edition suhrkamp 2759

Frowalt Hiffenmarkt aus Grollstadt-Sauger arbeitet rechtschaffen als Vertreter für eigentümliche Sanitärartikel, folgt einem starken Drang, an Bahnhöfen Reden zu halten, und unterhält in Meppen ein Schreibrefugium, von dem nicht einmal seine Frau weiß.
Der arglose Mann gerät auf so alberne wie unaufhaltsame Weise ins Gefängnis. Täglich wird er von einem offenbar nur für ihn zuständigen, räsonierwütigen Kommissar verhört. Wir erfahren davon in seinen Häftlingsaufzeichnungen, die ihre erschütternde Wahrkraft größtenteils einer ihm seit je zugewandten Brummspezies verdanken: einer Art Kotfliege (Scathophaga), die nach Sonnenuntergang Hiffenmarkts Hirn und Gedankenwelt überfällt und Schriftspuren hinterlässt. Ein Sittenthriller aus der bösen neuen Zeit, als das Schwadronieren noch geholfen hat.

Thomas Kapielski, geb. 1951 in Berlin, wo er auch lebt. In der edition suhrkamp erschienen von ihm bislang *Mischwald* (es 2597), *Neue Sezessionistische Heizkörperverkleidungen* (es 2680), *Je dickens, destojewski! Ein Volumenroman* (es 2694) und *Leuchten* (es 2738).

THOMAS KAPIELSKI

Kotmörtel

Roman eines Schwadronörs

Suhrkamp

Zeichnungen und Fotos: Thomas Kapielski

Höchsten Dank der Villa Concordia, Bamberg und Bayern für Gastfreundschaft, Schreibtisch, Gemütsruhe und Dortseinsfreude!

edition suhrkamp 2759
Erste Auflage 2020

Originalausgabe

Druck: Druckhaus Nomos, Sinzheim
Umschlag gestaltet nach einem Konzept
von Willy Fleckhaus: Rolf Staudt
Printed in Germany
ISBN 978-3-518-12759-9

I. TEIL

Der Alltag

Es schwinden es fallen
Die leidenden Menschen
Blindlings von einer
Stunde zur andern,
Wie Wasser von Klippe
Zu Klippe
Zu Klippe geworfen,
Jahrlang ins Ungewisse hinab.
(Joh. Chr. Fr. Hölderlin)

1. Kapitel

Würmer

Ach, werte, mir treu verbliebene Leser! Von den Gipfeln und letzten Erhebungen der Lebensmitte geworfen altere ich – sogar hörbar! Hört Ihr es auch schon, wie ich, nächtens knistern und knacksen? Es ist wie im Tal, wo man es bei Frost oben in den Gebirgen reißen und brechen hört, weil Stein und alte Tannen bersten. – Ob's bei mir vom Amboß (diesem Gehörknöchelchen) oder von sonst welchen Knorpeln oder von den Gelenken, den Kaldaunen herauf oder extern von den Kissen her knistert und knastert, bleibt unklar – jedenfalls steht's unleugbar in Verbindung mit dem unleugbaren Alterungsprozeß. – Also knirscht es bei mir wohl eher oben im Giebel (wo mein Getriebe wohnt) und gezähmter (noch) im ganzen leibhaftigen Rest!

Ich lausche diesem Knirschen, bisweilen ist es ein sachtes Prasseln (gar Morsen?), mit amüsiertem Gleichmut; es läßt sich jedenfalls nicht dechiffrieren oder irgend anders ausdeuten und stört auch nicht weiter, ja, es wiegt mich zuweilen sogar in den Schlaf, wenn es so sanft knistert wie Papierblumen im leichten (Ventilator-) Wind oder wenn's prasselt wie Regen draußen in kalter Nacht, der es im Bette ja stets noch behaglicher macht – sogar im Gefängnis unter diesen amtlichen Bettdecken hier, worauf die hiesigen Gewalten die Aufschrift haben einweben oder – was weiß ich denn? – aufsticken lassen: »Haftanstalt Grollstadt-Sauger«

Überdies und hierfür oder (konzertant besehen:) *zum* Altersknirsch *hinzu* bekam ich dann begleitend (nach der Haft, muß ich nunmehr ergänzen) von irgendeiner Deutschen Bundesanstalt monatlich 632,63 spendiert – sogenannten »Knatter«, auch »Knaster« (so paßt's zum nächtlichen Geknister) oder auch »Schotter«, andere wieder bevorzugen »Eunuchen« oder sagen »Euronen« oder im Sozialfalle »Euter«. – Nun wie auch immer, die bekomme ich allesamt hinzu orchestriert zum nächtlichen Altersgeknirsche. (Ich hör's ja auch gern! – aber das verdoppelte Geräusch in alter D-Mark wäre mir lieber!)

Welchselbige 630 Bundes-Euter und Knatter-Eulen (haha!) oder Deutsch-Adler (hoho!) ich mir freilich doch selbst und zeitlebens sauer ab- und aufgespart und damals wie heute ordnungsgemäß – für höhere Zwecke noch als diese! – versteuert und irgendwo immer zwangsweise eingezahlt habe. Und nun rücken sie die nach und nach (stark gestückelt und) gönnerhaft wieder raus … Bei meinen Abgaben seinerzeit sollte es großzügig und immer schön flott und brutto zugehen – und das ist es auch! Denn es gilt, meiner Gesittung gemäß, mit stark altchristlichem Einschlag:

»Wer zwei Mäntel hat, gebe einen ab, damit auch der zwei habe, der nur einen hat!«

Man hatte mir mitgeteilt, daß es sich bei der Kohle um eine »Wiedergutmachung« (so hatte es in der Post gestanden) bzw. um so etwas wie ein »außerordentliches Altersruhegeld« (so hatten sie am Telefon gesagt) handele – wobei im ersten apostolisch amtspostalischen Dreiwort befremdlich bleibt, was mit den paar Piepen »wieder« – wieder?! war es denn je? – »gut« gemacht werden kann? Da reicht doch ne Mille nich hin!

Und im anderen (telefonischen, »außerordentlichen«) Dreiwort verursachte mir die »Ruhe« viel Grübeleien; etwa frage ich mich oftmals zu Bett, während des knirschenden Knatterns oder prasselnden Knatterknirschs (hoho!), ob das Wort mehr als wie ein Ruhekissenwort die Altersruhe betont – zum Sterbetrost? Oder vielmehr ein Ruhegeld meint, also Ruhigstellung der Alten mittels Geld? So was wie: staatsfinanzierte Sedierung der Moribunden und Schmerzgramen, im Sinne von ›Gebt endlich Ruhe jetzt!‹? – Ich bin unsicher. Mich beunruhigt dieser (telefonische) Terminus mehr noch als der andere, gutwollende (postalische).

Kunststück! – bei flankierend 1200 Eupelchen »Mietbeunruhigungsgeld«, wie wir sargkastisch sagen, und zwar *per mensem*, allmonatlich! – Und richtig, Sie haben gut gelesen, nämlich: »sarg-kastisch«! So sagen wir, so schreiben wir nämlich!

Und was ist mit dem Rest? – »Davon leb' ick!« wie wir hier, in den ärmlichen Grollstadt-Saugerschen Marken, ebenso unverwüstlich wie leichenbitter daherreden.

Gleichwohl wollen wir uns freudig und dankbar erzeigen! Ihr werdet mich hierüber oder anderer Übel wegen nicht und nie jammern hören, geneigte Leser! (Auch zahlt nun, da ich mich in Gefangenschaft befinde, meine Frau die Miete und für die Zelle kommt vorerst der Steuerzahler auf, haha!)

Zwar ermangelt es uns so langsam an Hoffnung, aber

wir wehklagen trotzdem nicht. Das steht allein jenen unter uns zu, die Petitionen und dergleichen unterschreiben und Wimpel aus dem Fenster hängen, um Zeichen zu setzen, wie sie so tapfer wie nimmermüd' zu trompeten belieben – leider oft genug unter Ermangelung korrekter Zeichen-, aber Überschüssen an verpeilter Zielsetzung!

Nein, für einen Frowalt Hiffenmarkt – jawohl, Frowalt Hiffenmarkt, der bin ich! – ist's nicht und nie statthaft zu nörgeln – niemals! (Oder nirgends, nie?!) Einerlei, wir beschweren uns nicht. Wir lamentieren nicht, wir fordern nicht – wir machen!

Und ächzen allenfalls. Klar doch, wenn wir ständig Ärger auf uns ziehen oder etwa schuldlos im Gefängnis rumsitzen. Aber davon und weiteren Beschwernissen erzählen wir später mehr …

Was heißt übrigens »wir«? – Mir sind Sippen und Herden unerträglich, Vereine und Parteien meide ich so strikt wie Fußballstadien und Wartezimmer; sie alle sind überbevölkert und mir ganz unbekömmlich; mein ganzes Wesen ersehnt die Einsamkeit, die andere Menschen so fürchten. Nur die Frau, meine Dietlinde, die mag ich gern um mich haben, sie hat bis auf eine gelegentliche Frühstücksgesprächigkeit und den Hang zum Telefon ein ruhiges, bekömmliches Wesen. Die Kinder waren (vorerst) verscheucht und hatten zum Teil selbst schon Kinder, einen Hund konnte ich immer hindern, nur Meerschweinchen nicht, aber die waren auch längst vertrieben oder erloschen.

Bisweilen sitze (oder saß!) ich allerdings doch ganz

gern – aber einsam! – in Geselligkeit, bevorzugt in geräumigen und nicht zu vollen Gaststätten oder auch im Zug, wo man mich in Ruhe dasitzen und schweigen läßt.

Hier nun, in meiner Gefängniszelle auf der alten Veste Sauger – nun ja, es war eigentlich nur das Präsidium unten in Grollstadt und dort der überschauliche Gefangenentrakt, aber *doch* ein Gefängnis! –, da war es mir darum sogar recht wohl, wenn auch wenig kommod, was mich nicht kümmerte, und es sollte sich legen und wohnlicher werden. Immerhin, der mich verhörende Kommissar Röhr ersetzte die gelegentliche Gesprächigkeit meiner Frau zu Genüge und der schweigsame Wachtmeister Knorr bediente mein gelegentliches Verlangen nach einsamer Geselligkeit unter Menschen durch sein stummes und dickes ›nur so‹ Dabeisein und Wesen.

Warum aber spreche ich denn nun von »wir«, wenn ich allein mich oder »ich« meine? – Einen Majestätsplural zu verwenden steht mir ganz fern und nicht zu, und stünde er, so miede ich ihn und schämte mich seiner! (– Oder gewöhnt man sich dran? – Hm ...)

Nein, das »Ich« zu meiden, verberge ich mich gern hinter einem verstaubten Bescheidenheitsplural, welcher doch wiederum recht vornehm und antiquitätisch »*Pluralis modestiae*« benannt wird. – Wie eine barocke Truhe steht er da, aber wir brauchen sie oder ihn eben. Mitunter befinden wir gar, er und sie, Plural wie Truhe, passen sogar recht gut zusammen und auch zum Knistern, zum Nachtknirsch und insgesamt auch hierher und zu mir! Ja, wir vier – also er und sie und das und ich und alles in eins – gehören zu mir!

Und nachts träumte ich schon, ich sei in einer solchen Truhe behaglich eingeschlossen als wie ein Muschelwesen. Ganz so, wie sie es im Fernsehpuppenfilm *Urmel* für die Kinder und Eltern zeigen, wo alles Getier gern auf einer Insel in Großmuscheln wohnt, döst und zeitweise auch abtaucht und schmollt.

Sie bzw. er gehöre zu mir, schrieb ich eben, im Satz vor den seelentruhig dahindösenden Muschelbewohnern. Und – *rumms*! – da war's auf einmal da! Brutal blöd und zudringlich, klebrig: der wippend einmarschierende Schlager mit überfallartig grausem Gereime:

»Éhr gehört zu mihr
wie mei Namäh an dä Thüüür …«

Mämä-määä-mä mü-hüü, hoho! – So wurmte es mir nun rhythmisch-flott im Ohr herum, immer den Rosenberg ruff und runta, und ließ nicht ab und locker! Das wollte sich den Tag lang nicht lösen und verscheuchen lassen – furchtbar! Imma ruff und runta!

Das steht jetzt hier so knapp und flüchtig notiert, verehrte Leser, aber der Mist wollte mir dann noch zwei weitere, endlos durchlittene Tage (und Nächte!) lang nicht aus dem Kopf – und nun, da ich den Blödsinn erinnere und notiere, ist er sofort wieder da, der widrig leimige Ohrenschmalzwurm! – Also hoff' ich von Herzen, daß er Sie nicht auch befällt, verehrte und (dann hoffentlich weiterhin) gewogene Leserschaft!

Und nebenbei: Summt und sagt man diesem Schnulz-Couplet nicht gar homosexuelle Subdominanten bzw. Obertonpaarungen nach? – Gibt es da tiefliegend aufsprießende Subtexturen gar? – Hm. Man wird es wieder alles gründlich bedenken und wird letztmöglich doch wieder Freud lesen müssen?

Darum ist ja die Frage »Tut's noch weh?« auch so perfide, denn: Um ehrlich zu antworten, muß der soeben vergessene Schmerz wachgerüttelt werden! Der Befragte horcht also in sich rum und weckt seine erschöpft schlummernden Qualen auf, damit sie Auskunft geben, und macht sie damit obendrein noch grantig.

Durch eine – angeblich! – fürsorgliche Frage, verwandelt sich der Schmerzvergessene im Nu zurück in einen schmerzgramen Pönitenten und Wehleider. Es ist darum gewiß nicht verkehrt, dem Mitleiden und Fürsorgen zu mißtrauen, wie es Nietzsche auf seine durchgängig grantige Weise tat, denn das Mitleiden (und womöglich sogar er, Nietzsche, selbst?) birgt nämlich – zugegeben! – gewollt oder ungewollt bösartige Absichten!

Das ist wie bei der umgedrehten oder »negativen Psychoanalyse« (wie sie mein Kommissar Röhr vermutlich genannt hätte, der sich als gebildet in vielen Belangen erwies und angeblich sogar mal Theologie und irgendwas mit Polito- oder Psycho-, jedenfalls was mit -logie studiert hatte), welche Analyse, nach schiefem Freudschen Rezepte, die ganzen Hysterien und Macken nicht nur wachruft, sondern durch das Rumstochern geradezu verursacht, in die Welt setzt und überdies übel aufhetzt. Die verkehrte Analyse bringt das Unbewußte auf falsche Gedanken und braut (ganz arglos, ja »unbewußt«) Dynamit, das dann beizeiten (lustvoll) hochgeht! Sie weckt im Unbewußten – dem brisanten Truhe- und Muschelwesen – lange verborgenes Unheil, das sie ins Bewußtsein hinaufzerrt und dann als Ungeist aus der angebohrten Muschel entläßt, wo es Unfug treibt. Die Analyse lindert diesfalls nicht, sondern facht umgekehrt Unheil an und stiftet schwärende Schäden, innen wie außen.

So läuft das wohl meist. Ich kenne Leute, die hat die Analyse schwer beschädigt und obendrein arm gemacht! Und dann haben sie in ihrer Verzweiflung zur (frisch entkorkten) Flasche gegriffen – und es ging ihnen besser! – Also warum nicht gleich in den Weinladen ums Eck?

Überdies: In seiner Kapsel oder Muschel hielte der vergessene Sprengstoff weiterhin Ruhe – in seiner Truhe stört er keinen, weder Truhe noch Welt. Eventuell poltert's leise, ein paar leichte Macken im Innern noch, dazu nervöses, ingeniöses Lidzucken – mein Gott, was soll's!?

Aber nein! Die Truhe muß erbrochen, der Fusel entkorkt werden. – Jetzt knallt's allen um die Ohren! Und das Volk fängt das Saufen, das Stechen und Hauen und Raufen an …

Damals während meiner gewöhnlichen, allgemein harmlos-häuslichen Beschwernisse noch – Herr, was hätte ich die (manchmal) gern wieder! –, fragte mich meine liebe Frau Dietlinde eines trüben, scheußlichen Morgens einmal ganz unvermittelt:

Was für mich der Sinn des Lebens sei?

Mir fiel zuerst allerhand ein, das mich ständig kleinflammig kujonierte: nie recht zur Ruhe gelangen, sich vorwiegend fad befinden, gescheitert, unbeheimatet sein, ziellos, lustlos, trostlos und sinnlos. – Vollentfremdeter Grollstädter eben!

Dietlinde stand verlegen und traurig vor mir:

»Das soll dein Lebenssinn sein, Frowalt?«

Ich blieb wortlos, war selbst erschrocken, hob die Schultern.

Sie nahm's persönlich und weinte sehr.

Ich liebkoste sie, aber ihr ging's doch genauso schlecht. Und so saßen wir lange wortlos schluchzend beisammen und hielten uns fest und drückten uns.

Gibt es denn überhaupt einen Sinn? – Dann muß er ganz unscheinbar sein. Es wird so etwas wie der ewige Umlauf sein, Verfall und Erneuerung, Tod und Geburt; im zu erduldenden Menschleben auch so was, wie Sisyphos es durchmacht; dann die Jahreszeiten, Jahresketten, die Entwicklungsgänge der Pflanzen. Auch die animalischen Kreisläufe: Fressen, Ausscheiden, Atmen. Koitieren. Dann Knisterknirsch und Knacke, Kacke, Tod!

Aber da ist kein Verlaß! Denn die präzise und immer unverbrauchte Wiederkehr des Mondes und der Gestirne bleibt auf Ewigkeit *nicht* konstant. Früher überwachten ja extra noch Töchter des Zeus als *Horen* das geregelte Leben und die Ordnung und daß »die Sonne ihre Maße nicht überschreitet«. Aber damit ist Schluß! Jedenfalls sorgten sich die Alten schon vor ewigen Zeiten, ob alles glatt- und gleichlaufen wird, und darum haben sie Zeustochter *Eunomia* (nebst gleichrangigen Hilfskräften) bestellt und zur passenden Kuratorin ernannt. – Aber die sind im Rahmen des neuzeitlichen Göttersterbens auch lange tot! Und jetzt wird's brenzlig ... Denn all diese Gleich- und Umläufe und großen Zuverlässigkeiten werden eines fernen Tages zu eiern anfangen und vor sich hinschwitzen als »Rote Riesen«, um alsbald zu explodieren und in »Schwarzen Löchern« hinter »Schwarzschilden« zu verschwinden – unter großem, nobelpreiswürdigem Röntgengestrahle! – Oder wie der ganze ewig-endlose Wahnsinn ferner heißt und noch ferner heißen oder sein mag.

2. Kapitel

Fliegen

Mehr noch als »Die Ewige Wiederkehr« hatte mich immer die »Unschuld des Werdens« betört und überredet, wobei es hier freilich verfehlt, wie ich finde, eine Schuld oder Unschuld ins Werden hineinzudenken. – Dem Weltall ist doch egal, ob ich Hämorrhoiden habe oder ob oben irgendeine Milchstraße versauert! Beide gehören sie ganz sündlos dazu, so wie im Großen und im Ganzen auch diese Urknalls – von denen ich etliche vermute! – Oder denken Sie, werte Leser, auch im Kleinen an die Pfandflaschen, die Fernsehgebühren, die Quallen, Viren oder Brummfliegen.

»Was, Frowalt? Brummfliegen?« fragen Sie mich, werte Leser?

»Ja doch!« rufe ich. Denn: Alles was ist, ist wie es ist und wird, wie es wird. Also ja, auch Brummfliegen gehören dazu! Oder die Fernsehgebühren und die Quallen und alles ...

In diesem Sinne schreibe ich mir Tag für Tag, je nach Seelennot, entweder beschwörend die Kraftparole *»Et illud transit!«* oder abwinkend »Geht auch vorbei!« auf die vordere Innenwand meiner Hirnstube (wo das knirschende Getriebe wohnt) – ähnlich wie dieser Holländer Gadamer und sogar der Lüneburger Heidegger es in kniffligen Zeiten tun und getan haben sollen. Es bleibt unklar, wer von ihnen damit anfing, sich auf diese billige Weise Mut einzureden und die Welt gelassen zu nehmen – ich jedenfalls höre nicht auf damit! Denn es stimmt ja, also hilft's wohl auch.

Apropos Brummfliegen. Um meinen Schädel brummen und brausen öfters so kotfliegenartige Kopfzerbrecherchen und suchen, wie auch die lästigen Ohrwürmer, durch die Öffnungen an meine Hirnsäfte zu gelangen, wobei sie sich daran nicht nur vollsaugen und sattsaufen, um ihre Beute in der Morgendämmerung wer weiß wohin fortzutragen, sondern diese Fliegenbagage hinterläßt, wenn sie plündert und räubert, immerfort kostbarste Abfälle! Sie koten (scheißen), speien und schwitzen – und beflügeln mich damit! Sie brummen zu meinem Knistern und Knattern in Einklang und jubeln mir überdies noch göttlichste Harmonien unter, wenn ich in meinem Gelaß erschöpft rumliege und nachdenke. – Sie beschenken mich mehr, als daß sie mein Aas benagen und Hirnsäfte zapfen. Zuletzt gewinne ich dabei!

Diese Brummflieger kommen, wer weiß woher, bevorzugt auf mich, wenn ich schlaflos liege, im Wachkummer sozusagen und meist im Bett, und ganz oft und zahlreich überfallen sie mich im Klappbett der Mepper Refugiumskammer, die auf ihre Art eine geradezu amtierende Kummerkammer mit Fliegenterrarium bereitstellt. Daheim in Grollstadt-Sauger schwärmen sie ins Schlafzimmer, wenn ich mutterseelenallein neben meiner Frau Dietlinde, die von ihnen verschont bleibt und schläft, meine täglichen Sorgen umgrabe. Da kommen sie mich besuchen, da überfallen sie mich.

Und hier nun, in meiner Gefängniszelle, wo mich der Schlaf auch ständig flieht und kein Vorhang den Mond hemmt, fühlen sich die Kotfliegen, wie es scheint, geradezu sauwohl und sind gieriger als je zuvor! Ob es überall immer die gleichen Aasfliegen sind, vermag ich nicht zu erkennen; die Fliegen jedenfalls erkennen und kennen *mich* gut, und hier im Gefängnis, da sind sie noch triebhafter als sonst. Ich plante schon, sie mit meinem Stuhlgang und Essensresten an- und abzufüttern, damit sie meinen Bregen nicht noch vollends plündern und besser mehr koten und abtriefen, vulgo: viel scheißen und schenken (was ja verwandt klingt).

In der Gastwirtschaft oder im Zug gehen mir die Brummfliegen aus dem Wege, selbst wenn ich dort döse und ohne recht einzuschlafen nur dumpf und döse-dämlich dahocke – also anfällig wäre! Aber sie mögen es dort nicht; sie wollen intimer gelockspeist und geludert werden, am liebsten des Nachts vermittels luzid-erschöpfter oder erschöpft-luzider Schlaflosigkeit. Kommissar Röhr nennt das »Insomnie«, haha!

Nun waren mir die einfallenden Ohrwürmer stets nur nutzlos und lästig, aber die Kopfbrummer nötigen mich, vieles gründlicher zu begrübeln und zu ergründeln – und so kam das dann immer auch meinen Aufzeichnungen und Bahnhofvorplatzreden zugute und den *Mepper Kalamitäten*, die ich im Mepper Refugium schreibe und aufbewahre, und natürlich meinen *Gottesbeweisen*, die ihrerseits (als Taschenbüchlein) in der Welt umherschweifen und Leute angreifen. – All das und meine ganzen Gedankengebäude bestehen also letztlich: erstens aus Lesegeröll, zweitens aus »Insomnie«-Abfällen und drittens aus dem üppig anfallenden Kotmörtel der Brummfliege!

Aus diesen drei Zutaten baue ich meine schmucken Luftgebäude. Und so bilde ich mir wohl zu Recht ein, daß diese quälenden Nächte und kotfliegenartigen Überfälle mir insgesamt mehr zum Vor- als zum Nachteil gereichen. – Ob aber etwa die Pfandflaschen und Quallen mich auch beschenkten, wenn ich ganz auf sie angewiesen wäre? – Das weiß ich nicht! Die Pfandflaschen schon, aber anders (mehr als sichere Geldanlage). Und man müßte für die Quallen ein Wasserbett anschaffen und täglich tauchen und nachsehen, wie es ihnen geht und was sie zu sagen haben – nein, das möchte ich nicht! Ich habe ja meine Fliegen.

Also weiter im allerhöchsten Fliegenflug: So es Gott also *nicht* gäbe, wäre dann ja eine enorme Planlosigkeit des

Werdens zugange, aber auch *wenn* es Ihn gäbe, wären Seine Ratschlüsse unergründlich im Sinne einer »Negativen Theologie«, wie Kommissar Röhr es einmal bedeutungsvoll nannte, um im Grunde nur zu sagen, daß sich davon und darüber grundsätzlich nichts sagen lasse.

Und so glimmen immer nur die *vollendeten* Tatsachen und ihre Erklärungen recht plausibel nach, so daß sie gar geistvoll oder kausal einleuchtend scheinen und uns Menschen verführen, Sinn in den Weltlauf hineinzudeuten, vernunftgemäße Fortentwicklungen zu erkennen und daraus töricht nach vorn zu schlußfolgern und Zukunftspläne auszuhecken. – Dabei leuchtet doch nur ein, was eben so und nicht anders passierte, was nun mal so und nicht anders gewesen war und was seit gestern und heute früh schon im Helldunkel der Vergangenheit entschwunden ist. – Wie oft hätte alles anders kommen können! – Welche Zufälle, welche Launen haben den ewig schwankenden Gang der Welt bestimmt! Aber am Ende ist es dann *so*, wie es ist.

»**Aus der Geschichte** lernen!« wird oft trompetet. Meist nur, um weiter gewissenlos rumzupfuschen, denn das heißt doch am Ende nur: Alles wieder falsch machen …

Nach vorn bleibt eben alles offen und stets überraschend und anders. Kein Blatt ist gleich und der nächste Tyrann wird auch anders sein – er brüllt sehr wahrscheinlich nicht, wird eher den smarten Flüsterer und Einflüsterer geben. Jedenfalls, scharmant und berauschend wird der neue Schuft (oder eine Schurkin gar!) am Horizont aufgehen müssen, wie ein Erzengel und Retter in reiner Gestalt, um als erstes und endlich die unselig ewigen Bösen zu zerschmettern und abzuwürgen, damit ewiger Frieden auf Erden einkehre und deren konfiszierte Klein- bzw. Voluminösvermögen auf uns regnen mögen, bis endlich auch ein rundumerneuerter Helmut Kohl wiederkömmt und für Ordnung sorgt in Gestalt des bunten Dalai Ben Obama bin Stalin und der (oder die) dann die Angelegenheiten wieder mäßigt oder verschärft oder einfach besser macht oder so!

»Was sagst Du zu meiner These, Dietel?« fragte ich meine Frau Dietlinde ›diesbezüglich‹, haha!

»Unsere nächste Kanzlerin«, meinte sie, »wird schon dafür sorgen, daß mögliche Falten ordentlich ausgebügelt werden! Also reg Dich nicht wieder künstlich auf, Frowalt!«

»Du bist gut, Dietel! Du hast Nerven!« sagte ich. – Mein Dietelchen ist nun mal stark von Daseinsvertrauen und Lebensfreude durchwoben …

Andererseits, ganz regellos läuft es ja auch nicht um und um in der Welt, sofern die berühmten Naturgesetze beständig und ewig gelten sollten, und das tun sie derzeit. – Ob aber auch *ad infinitum*? Oder überdies gar *post finitum*? In den ›Schwarzen Löchern‹? Im Nichts gar? – Wo doch gar nichts ist. Und ob das auch *ante* urknallmäßig noch alles so gesetzmäßig rund läuft wie jetzt *post*-mäßig? – Knifflige Sache!

Ich werde Röhr während des Verhörs gelegentlich anschleimen und doof fragen, ob es, wo es doch »Negative Theologie« gebe, wohl auch »Negative Epistemologie« (ganz doof-bemüht gesprochen) oder (extra doof verlallt:) »Negative Wissenschaftsplillesofie oder so wat

Ähnliches« gebe? (Wo man dann prinzipiell wieder nichts wissen kann, was ich längst weiß, haha!) Und das wird er dann wohl auch gern beantworten, und ich werde wieder gucken wie ein Deckel, nee, Dackel – oder beides, denn Verschreiber sind zu achten und achtbar! – wie ein abgemästeter Gullydackel quasi!

Ich erinnere mich des Gullydeckels oder -dackels wegen gern eines sogenannten »Schlammsaugwagens« in Mönchengladbach, dem ich nach einer Bahnhofsvorplatzrede vom Kaffee gegenüber aus zuschaute, wie er seinen langen Rüssel in einen solchen offenen Deckelgully einführte, um ihn mit endloser Geduld und unter Einhaltung aller noch geltenden Naturgesetze mit hierdurch verursachten Geräuschen auszusaugen. – Beinahe so, wie meine Kotbrummer es tun! Die Schönheit, ja Poetik (ja Erotik!) der Szene und ihre irdene Einfachheit und Plausibilität waren umwerfend! Ja, sind es bis heute! Und aus den Schlämmen und Schlackehefen im Schlammtank des Schlammsaugwagens sprießen später dann überall auf den Feldern unsere beliebten Weißkohlköpfe, Dessertweine oder Spargeln, weil man gern und gut damit düngt. Bei mir gedeihen auf ähnliche Weise die *Kalamitäten*.

Allein, auch in diesen und gar jenen kniffligen Angelegenheiten beklagen, ermangeln und bemeckern wir weder etwas am Lauf der kleinen Dinge noch am großen Weltenlauf – ja im Gegenteil! –, wir mühen, ja freuen uns, alles zu nehmen, wie's ohnehin kömmt und auch sportlich genommen werden muß! Und sei's in Gestalt eines Saugwagenschlamms …

Im Leben muß man zusehen, daß man mit der vorhandenen Situation klarkommt, also meinerseits: geb. am 16.9.1950 in Grollstadt-Sauger, soundso beschaffen die Eltern; Sonnensystem, Erde, nunmehr 21. Jahrhundert, Holozän, Zwischeneiszeit; Willy Brandt; später beständige Kohl-, dann Merkel-Regierung; unterdessen Bürsten, Pinsel und Brummfliegen; Fußballtoto und Bahnhofsreden; Meppen, New York, Schweinfurt; akut Röhr und Knorr und Salzgitter bzw. Stahlgitter, haha!

So was sucht sich keiner aus. Jeder muß in gegebenen Verhältnissen klarkommen. Es gibt ein paar Entscheidungen, die man darin treffen kann, daß man es gut macht oder auch miserabel; bestenfalls meistert man es und macht was daraus. Manche lehnen lieber gleich alles ab und grämeln kränkelnd an der Unrechtswelt dahin. Das kommt für mich, der ich durchaus vieles mißbillige, niemals in Frage! Ich folge der Maxime: nicht rumgreinen! sondern – *fuck* noch eins: Mache, Mensch! arbeite! – »*Numquam lamentari* (*et lametta, hic et haehae!*) – *sed fac! labora!*« – o. s. ä.; vulgo: *Don't worry, work!*

Insofern bin ich wohl bis heute (und immer heute) ein halber Gestriger (›Kürchenlateiner‹), einer, der weiß, daß er in ein vorgegebenes Leben gesetzt – oder von Mutter Heideggern (hoho!) geworfen – worden: *ist*. Diese schlichte Einsicht ist meine Erdung, um den Situationen gewachsen zu sein, die mit mir von gestern herkommen und jetzt weitergeführt werden müssen. Diese Herkünfte nennt man gemeinhin auch Sprache, Kultur, Brauchtum, Benehmen usw. Es sind Nachlässe der Vorfahren, die als Vorbedingungen und Voraussetzungen von den Eltern und Mitmenschen auf uns kommen. – Obzwar in diesen turbulenten Zeiten ja alles daran anfängt, zu wackeln und brüchig zu werden. Aber auch damit muß man zurechtkommen! Denn es wird nun nicht mehr nur Beständiges, Geregeltes überliefert; der akute Traditionsüberdruß und das übermäßig Unregelmäßige werden alsbald selbst Tradition und Regel, was man einigermaßen verrechnen kann, wenn man bedenkt, daß ohnehin nichts endlos währt!

Nichtsdestotrotz schätze ich pünktliche Züge, regelmäßige Mahlzeiten, Stromversorgung und die bewährte, treuliche Ehe mit Dietlinde! Auf keinen Fall will ich einem unsinnigen Fortschritt hinterherhecheln! (Ich bleibe stehen; dann liege ich vorn, wenn der Fortschritt in der nächsten Runde hinter mir liegt!) – Liebgewordener und bewährter Gewohnheiten wegen halte ich mich lieber eigensinnig am Gestern fest und spreche zu den Ultraheutigen etwa so:

»Um ein tüchtiger Hiesiger-Jetziger zu sein, Ihr Vordringlich-Übermorgigen und Ultraheutigen, bin ich besser ein besserer Jetzig-Morgig-Gestriger! Haha!«

»Sagt so die Brummfliege?« fragen mich die bis hier folgsamen Leser und: »Flüstern die Kotbrummer Dir so was ein, Frowalt?«

»Ja«, antworte ich, »so in etwa reden sie mit mir und ich mit ihnen!« – etwa dergestalt:

»Mein liebes Brummfliegengeschwader vom edlen Geschlecht der äonenalten *Muscoidea*! Heute will ich Euch einiges offenbaren und bitte Euch, mir gedeihliche Losung zu hinterlassen!«

»So schütt' es nur aus, Frowalt, Dein schwerfälliges Menschherz!« summen sie da gefällig.

»Nun denn, Fliegen! Ein besitzstandswahrender Fortschrittler mit Pensionierung oder Universitätsstelle oder beim Rundfunk bin ich nicht! Wäre ich wohl gern. (Wer nicht?) Ich bin ein schlichter Bürstendrücker, *Kalamitator* (ein gelernter *Kalamitäten*-Schreiber also) und geschickter *Tippico*-Artist, weiter nichts. An den sicheren Bestand meiner 630 Beruhigungsgeld glaube ich nicht! Ich mühe mich, mein Leben selbst zu meistern, und nehme die 630. Große Sorgen mache ich mir weiter nicht. Ich weiß, was Euer emsiges Fliegenleben wert ist, und finde, es wiegt nicht mehr als meins! Die Vögel fressen, die Menschen klatschen Euch; wir Menschen schikanieren und schlachten uns gegenseitig. Solches Töten gehört sich nicht, befinden wir Hiffenmarkts! Eure Flugkunst bewundern wir! Vermutlich bin ich also so etwas wie Ihr, ein unzeitgemäßer Konfusionär nämlich. Freilich für mich allein und nicht im Schwarm.«

So spreche ich zu meinen Fliegen. Und da fragten sie gleich nach: »Was will der denn, Frowalt? Der unzeitgemäße Konfusionär?«

»Der Konfusionär braucht geordnete Verhältnisse. Er will ruhig und rechtschaffen leben, arbeiten, ein Auskommen haben! Er will wissen, grübeln, frei meinen und lesen, was er will! Er möchte Frau und Kinder um sich haben in erschwinglicher Wohnung. Er will Freiheit! Mehr will der Konfusionär nicht!«

»O weh, Frowalt!« brummseln sie da: »Das ist wenig und doch viel zu viel, zu einer Zeit, da nahezu alles geht!«

»Hm.«

»Und ein Übermorgiger, was ist denn das für einer, Frowalt?« fragten mich die Brummfliegen weiter.

»Nun«, erklärte ich ihnen, »der Morgige sagt beispielshalber: Wir müssen bescheidener leben, damit wir morgen besser leben als heute. Heute noch hängen wir das Schild ›Morgen Freibier!‹ auf! Das hängt dann jeden Tag da.«

»Heute ›Morgen Freibier!‹« gluckten die Schwärme gewieft.

»Der Übermorgige aber sagt«, dozierte ich fort, »daß es uns heute und morgen ohnehin schlechtgeht und daß es uns gar noch schlechter gehen muß, damit wir künftig in ewigen Paradiesen wohnen! Also laßt uns noch morgen das Schild ›Übermorgen Freibier!‹ aufhängen! Jenseits in Utopia gilt's dann!«

Die Fliegen feixten wüst umher und höhnten: »Morgenmorgen!«

»Ja, feixt nur, Fliegen!« gebot ich. »Von früher und

den Eltern her weiß ich, daß ich an heute denken muß, um morgen weitermachen zu können. Es geht ja doch weniger ums Weltende als ums Monatsende!«

»Ja, augenblicklich, jetzo, jetzund fliegenflüglich!« summsten, saugten und schissen sie vor ulkigstem Behagen!

»Und darum habe ich damals und stets« – und das verrate ich nun auch Ihnen, besonnene Leser! – »während meiner Berufstätigkeit immer auch etwas gespart und gut beiseite gelegt!«

Was Sie, werte Leserschaft, nun bitte nicht – wie alle sonst für gewöhnlich – belächeln möchten! (Bis eines Tages allen noch das Lachen vergeht, haha!) Diese Notgroschen – oder Notcents? – nein, besser Notgroschen! – halfen der Familie und mir dann oft! Auch in Haft sind Ersparnisse hilfreich.

»Und die Ultraheutigen?« fragten die Fliegen nervös: »Was ist mit denen?«

»Die verjuxen und verprassen fristlos alles und prompt, wie Ihr!«

Die Brummfliegen flogen kichernd und leichtfertig davon – drehten aber mit eins bei:

»Halt, das vergaßen wir Dir zu sagen, Frowalt! Der Große Schorsch, der Dichter, den Du gut kennst«, summten sie, »der dichtete einst ahnungsvoll diese Zeilen für Dich:

›*Endchrist endchrist du wurdest zum spott*
Statt deiner kommt der Fliegengott.‹
Kennst Du das, Frowalt? Es gilt Dir!«

»Nein, liebe Fliegenschar! Kannte ich nicht.«

»Es geht weiter, Frowalt! Höre:
›*Larven aus faulenden hirnen gekrochen*
Sind nun ins leben hereingebrochen.‹
Diese Zeilen des Großen Schorsch schenken wir Dir, für heute! Und nun lebe wohl, Frowalt! Bis morgen abend!«

»Danke, danke! Adieu!«

Und sie flogen hinweg. Da erst gewahrte ich deren hinterlassene Losung – für mich! Und begrübelte: Woher weiß der Große Schorsch das? und: Woher wissen *die* das? – Nun, es sind eben Fliegen; sie kommen viel rum und wissen viel …

Also wissen wir, was zu tun ist und was sich gehört! Wir wehklagen und utopieren weiterhin nicht (nur heimlich noch jammern wir ab und an in die gußeiserne Toilettenschüssel der Gefängniszelle oder in Freiheit in jede beliebige andere – warum, verrate ich später …), nein, wir klabüstern und kratzen hier klaglos ein weiteres Büchlein sogar noch zusammen, bestehend aus solchen Grübeleien wie diesen eben, bestehend aus meinen Bahnhofsvorplatzreden, des weiteren aus den geheimen Mepper Kammerschriften, den schon erwähnten *Kalamitäten*, und zuletzt aus den aktuellen Kerkernotizen (*»Ut mine Festungstid«*), welche wiederum aus Fliegen- und Schreibresten bestehen. All das fegen wir mit Fleiß und Leidenschaft hier zusammen, komponieren es gut durch und setzen es frisch aufbereitet, keck und gebunden in die kalte Welt hinaus, Euch zu Füßen, Leser!

Freilich nur, wenn sich's der treuliche Verlag abermals aufschwätzen läßt und rausbringt. Weil, warum sollte er? – Nun, Euch zu Nutz und Frommen sollte er!

Euch zu pinseln, zu umschmeicheln, Leser! Auch wenn Ihr es gar nicht lest, wie so viele heute nicht mehr lesen! Dann stellt es eben irgendwo hübsch auf, das tiefsinnig, farbfrohe Stück! – Was soll's!? Alles Kotmörtel nur!

Und um uns gleich ehrlich zu machen: Wir mühen uns im Grunde allein, Euch, verehrte, übriggebliebene Buchkäufer, abermals ein Scheinchen abzutrutzen (hähä!), um unser Zehrgeld, unsere Gefängniskost, unsere Selbstachtung etwas wenigstens aufzukäschern und um zuallererst die Umsätze, die bedürftige Wirtschaft insgesamt und am Ende eben damit auch Euch zu befördern!

Ach, was red' ich? – Alles längst geritzt!

Da liegt es ja vor Euch, als:

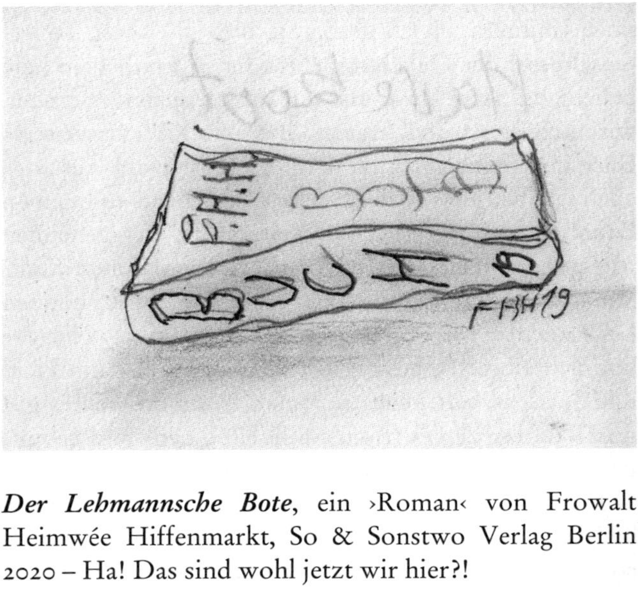

Der Lehmannsche Bote, ein ›Roman‹ von Frowalt Heimwée Hiffenmarkt, So & Sonstwo Verlag Berlin 2020 – Ha! Das sind wohl jetzt wir hier?!

Ich hatte lange erwogen, ob meinem Namen nicht besser ein mittiges »H.« anstünde – anstelle des kompletten »Heimwée«? (Den Drittnamen ›Irrgang‹ lasse ich ohnehin sein; er könnte mir schaden! Wenn die Kritiker »Irrgang« lesen, denken sie ungünstig weiter, nämlich dergestalt: »Irrgang, mein Gott! Da kommen gleich Irrtum, Düsternis und Niedergang ins Spiel. Oder Verschwörung gar. Jedenfalls alles typisch Hiffenmarkt und typisch Irrgang!« denken die, und das brauchen wir nicht!)

Am Ende habe ich mich aber für »Heimwée« (ausgeschrieben) entschieden. Denn Mozarts »Amadé« klingt stets so apart, daß ich ... nun ja, wir Künstlernaturen sind eitel. – Dafür haben wir nie Geld und sterben früh. Macht aber nichts, weil wir berühmt werden und auch gar kein Geld zum Altwerden besitzen!

Falls nun aber Irrgang doch noch in die Mode kommen und ungeheuer schick und günstig werden sollte, dann sehen wir bei den Dritt- und Fünftauflagen weiter! Dann eben doch *mit* Irrgang vorn – warum auch nicht?!

Denn ich dachte zeitlebens immer auch praktisch, gewogene Käufer und Leserinnen, und diesfalls eben so: Was bitte hätte ich hier in der Haft sonst tun sollen? Etwa täglich am Gitter feilen? Das hätte ich machen können; bei der Qualität des Stahls und bei den hier beschränkten Arbeitszeiten wäre das sorgfältige Hinbiegen und Zurechtfeilen eines soliden Buches kaum weniger zeitaufwendig – und beides kann schiefgehen!

Aber selbst ein schiefgehendes Buch ... aaah!! – Da sehe ich es wieder vor mir: ›Schiefgehendens‹, haha! – Geradeso wie damals die Geliebte und die Schafe meiner

Jugendzeit, die einst unbekleidet und schön schief am friesischen Deichhang entlangsprangen und sich leicht fallen ließen, hähä! Ich habe es ausführlich beschrieben! (*Kalamitäten*, Band 3. – O ha!) Und damals auch nicht erst groß rumgefeilt! Einfach losgelegt, alles aufgeschrieben! Und? – Bumm! Buch fertig!

Denn das ist doch wenigstens was! – Ein Buch! Eine bleibende Dichtung! Zumal mir Kommissar Röhr ja tagtäglich beides, das Buch und die bleibende Dichtung, nahezu komplett einflüsterte, ja in Teilen praktisch diktierte. Wodurch ich rasch vorankam mit den Schreibarbeiten und im Grunde wenig schiefgehen konnte! (Und so ein Werk ist ja immer auch ein unterlassener Sprung vor den Zug ...)

Das zersägte Gitter aber hätte ich am Ende noch ersetzen und bei verlängerter Haft ewig abzahlen müssen. (Oder meine Frau? Oder der Staat, höhö!) Die Haft wäre infolgedessen verschärft worden, und dann wäre es infolgedessen ja *doch* noch ein Buch geworden, aber ein noch bitter-reuigeres und ein räudiges dickeres obendrein (und eine Zumutung wohl auch).

Außerdem – viel anderes konnte ich gar nicht! Möglich (zumindest denkbar) wäre hier in Haft noch ein wenig Aquarellpinseln gewesen (aber da sey Gott vor!) oder Sackpfeife blasen (wie früher mal recht artig) oder vielleicht noch (wenn ich's gekonnt hätte) Kartenlegen (*Patience* und so Scheiß), oder Liegestütze und Sandsackboxen etwa? – Nein, alles nichts als Zeitverderb!

Also ein Buch! Mehr ging hier ohnehin nicht. Meine gewöhnliche Brotarbeit, meine Dienstreisen (und meine geheimen einträglichen *Toto-* und *Tippico-*Zustupferln) waren von hier aus unmöglich oder ohnehin strikt verboten. Nur das Fernsehen und normales (diskretes) Wichsen waren erlaubt – von wegen: Menschenrechte! Und Lesen, Schreiben, das wurde sehr befürwortet – von wegen: Entfaltung der Persönlichkeit, Entwicklung der Vernunft, Rückfindung und so fort ...

Also, warum einförmige Sägearbeiten, Aquarell oder Fernglotzen und nicht gleich ein fideles Büchlein und ab und an etwas Menschenrecht mit Entfaltung ohne Liegestütze?

3. Kapitel

Herr Gott, Mensch!

Mal grundsätzlich und nebenbei: Was hat Er, Gott, der mich schuf, hiermit bezweckt, daß er mich gegen Ende, da ich ohnehin schwächer und schwächer wurde, nun nur noch hat piesacken und fortknistern mögen? (Anderen, hört man, geht's richtig gut! – Werden die bevorzugt?)

Aber auch das muß ich tapfer wegstecken, und ich erkläre es mir so: Er, Gott, ließ einen fahren (so einen Stinker wie mich, hoho!) in die Welt hinaus – immer natürlich in Aggregatzuständen Seiner Wahl, klar! – oder auch einfahren (ins Gefängnüs und andere Schrecknüsse hinein!) – einfach nur so! – Oder zum Spaß? Aus höherer Blähsucht, als Dero Gnaden und E. Ew. Magnifizenz *et* Flatulenz? O ha!?

Zugegeben, blöde Fragen und reichlich verspätetes und reichlich verdrilltes Theodizee-Gewölle, welches ja wohl wieder mal prinzipiell unbeantwortbar ... ä ... wie Fliegenschiß.

Mit Gottesbeweisen habe ich mich schon reichlich früh und oft versucht und rumgeschlagen und hierzu gar zwei Bände im weltklugen Berliner *Rosé Verlag* (allerdings in der mir allein eröffneten Sparte »Rosé für Doofé«, die soweit ganz gut ankam!) veröffentlichen dürfen, welche zwei Bändchen damals auch sehr gut liefen, aber in der Sache keinen Fortschritt brachten, und, wie jeder Fachmann inzwischen weiß, haben klügere Köpfe noch (als ich einer) auch allerhand versucht, um Gott zu beweisen – stets auch bezaubernd einfach oder sehr labyrinthisch gedacht –, freilich immer vergeblich!

Bis Kant dann kam und den Spaß völlig verdarb und Schluß war! Angeblich geht's nun nicht mehr. (In Anbetracht dessen habe ich mich 1998 und 1999, als junger Mensch noch, mit meinen verspäteten und aussichtslosen Bemühungen ja doch wohl ganz gut geschlagen, oder?)

Nun, ich werde es nicht weiter versuchen, und mein Fazit gebe ich hier und heute kund – und habe das auch oft schon öffentlich, anläßlich einiger meiner Bahnhofsvorplatzreden, etwa in Ulm an der Baustelle oder in Zapfendorf am Münzfernsprecher neben dem Fahrkartenautomaten, verkündet, bevorzugt in Süddeutschland, wo man Gott in Teilen noch zugetan ist – bloß hört ja nie einer zu!

All meine diesbezüglichen Gedanken und Schriften habe ich also noch ein letztes Mal gut abgewogen und durchgegoren und endlich zu folgendem Kern- und Wahrspruch destillieren und verdichten (ja gar ›verdichtern‹, haha!) können, wie er genau so auch in den *Kalamitäten*, Band (weiß ich jetzt nicht), steht, dergestalt:

»**Sobald es** Gottesbeweise gibt, ist es vorbei mit dem Glauben, denn der bedarf keinerlei Begründung und keiner Beweise.« Punkt.

Hä?! – Nicht schlecht, oder? Was!?

Ja, und bumm! – denn das war's schon! Das ist die Lösung und der Weisheit letzter Schluß! (Meines Erachtens jedenfalls ...) – Das ist nun mein ›Satz vom Glaubensbegründungsbedarf‹! Es ist der vielleicht epochalste Satz all meiner tief durchdachten und öffentlich gehaltenen und immer reichlich sentenzgesättigten Bahnhofsvorplatzreden. – Nur beachten Sie bitte, verehrte Leser, daß ich allein feine Merksätze verschenke, aber nie Parolen in die Welt trompete! Ich gebe keine Rezepte aus und auch keine Leitsätze!

Letztmals, soweit ich recht erinnere, sprach ich den ›Satz vom Glaubensbegründungsbedarf‹ vor Jahren noch einmal nördlich, am Umsteigebahnhof Schlump zu Hamburg, wo man von Hoheluftbrücke nach Rauhes Haus Richtung Billstedt bzw. Mümmelmannsberg umsteigt. Ein sehr eiliges Publikum dort! Es ist immer ratsam, an solchen Rennstrecken hoch angereicherte und stark verdichtete Sätze ins Volk zu werfen, zumal wenn es alles verkappte Calvinisten sind und unduldsame Hanse-Spießer. Ihr bißchen Reeperbahn und das massenhaft aus dem üblichen Rahmen fallende Privat-Swingertum mit ›Partner-*Hopping*‹ halten sie für libertär und nonkonform, haha! – Daß ich nicht lache! Dabei machen sie alle schön mit da. Und alle das gleiche! Und hierbei sogar gleich an- bzw. ausgezogen! – Konforme Spießer sind das! Weiter nichts!

Daß in Schlump wieder keiner aufhorchte, ließ mich erstmals bitter empfinden. Aber noch lauter brüllen hilft gar nichts, dann halten sie einen für meschugge und werden noch eiliger vor Angst und Mitleid.

Nach dieser Niederlage von Schlump mochte ich das Reden am liebsten ganz in die Rapuse schießen; dann aber dachte ich, es sei doch tunlich, meine Rede künftig einfacher und zeitgemäßer zu gestalten und nur noch leicht verdauliche und gezuckerte Worte wie Schokochips ins Volk zu schnipsen. – Irgendwie hing ich ja doch stark an der dämlichen Rednerei! Und redete mir auch solches ein: »Mein lieber Frowalt! Besser doch Gold-Reden und keiner hört zu als Silber-Schweigen und alle horchen auf und hören nur nichts!« dachte ich mir so spitzfindig wie angebittert. Und so konnte es einstweilen weitergehen.

Meinen großen Satz aber, den »Von der gänzlichen Unnot einer Gottesbegründung« (wie ich ihn jetzt eben erst umtaufte und fortan benenne), sparte ich mir schmollend auf bis heute – und bis eben *hier* jetzt. Bitte schön, da haben Sie ihn nun, werte Leser! – Freilich, es wird ihn fortan keiner mehr *hören* und keiner *muß* ihn sich merken! Darf aber ... und möge dann nur ja recht zitieren, wenn er zitiert! (Sonst möge er zittern!)

»**Ein reiner** Vernunftglaube ist also der Wegweiser oder Kompaß« bei den Rundreisen des spekulativen Grüblers, wie ich einer bin, »im Felde übersinnlicher Gegenstände«, wie ich es irgendwo gelesen habe.

Einer aber von gesundem Menschenverstand, und derer sind gottlob viele, der macht, was zu tun ist, zieht seiner Wege ganz praktisch und angemessen und ebenfalls mit zureichend Vernunft, aber er irrt nicht, so wie ich, einem wimmelnden Fliegengeschmeiß im Hirnkasten hinterher und spekuliert auch nicht wie von Sinnen.

Anfangs lebte und dachte ich ja noch auf diese altgediegene und überall vorherrschende Weise gesund vor mich hin; jenes vernunftgläubige – ja war's denn überhaupt vernünftiges und nicht vielmehr vernunftabergläubisches? – Kotfliegengebrumme und Begrübeln kam dann alsbald mit der Geschlechtsreife sehr ausgeprägt und ausgerechnet bei mir zum Ausbruch! Es quoll auf wie Lava! Oder kam wie ein Angriff überirdischer Fliegengeschwader mit Hirnbrausen auf mich!

Anschließend folgte alles bei mir nur noch einem blinden Willen, der sich im Dampfbad jugendlicher Daseinsgier suhlte, welche mich bis heute, ermattet zwar, umtreibt, so sinnenfremd wie wütend und anhaltend redselig. Nur schlaffer eben.

Schopenhauer (»Suppenhauer« sagt Kommissar Röhr) und die Freud-Bücher (»Genußgift« sagt er) verdarben mich dann vollends; mit 18, 19, 20 Jahren war das. – Diesen lese ich selten noch, jenen in stets steckenbleibenden Anläufen – freilich sehr vergnüglichen.

»**Lieber Gott**, wo sind eigentlich die mir verheißenen dicken Titten und das ganze dazugehörige Drumirumi-Untenrum bei der Frau, bzw. bei den mir von Dir verheißenen und zustehenden Frauen hingekommen?« – So arglos und direkt sprach ich Gott mit fünfzehn an.

Im Laufe des nächsten Lebensjahres verlagerte sich die Frage ins Anklagende: »Wer zum Teufel genießt das mir Zustehende an meiner Statt und mit welchem Recht und warum überhaupt?« – Woher diese (meine) Ansprüche damals? Und heutzutage allgemein stärker noch in der Jugend, wie man hört!

Obzwar, man wird ja im Alter – leider Gottes! (was, scheint's, vom Leid Gottes, und zwar nicht Seines, sondern von Seinem uns bescherten Leid kommt! leider!) – auf recht matte Weise abermals puberal wirrwild und brunsttoll, wird man! Und wird noch einmal stark spätläufig und sexualgierig und obendrein knirschig im Kopp. – Was keimt da nach, so ›johannestriebmäßig‹? Und warum? – Herr im Himmel!? Was soll das?

Röhr sagte während eines Verhörs, als ich ihm meine Spätkeimung offenbarte, nur »Prolepsie!« und schwieg dann vielschichtig nachsinnend. – Ja, was soll man damit wieder anfangen?

Damals, mit spätestens siebzehn wußte ich, längst schon vorsichtiger (agnostischer) und erfahrener (Selbstversorger, vulgo: Wixer) geworden, mir selbst zu entgegnen: »Titten, Frowalt? Und Untenrumi, haha!? Was denkst du denn, du Dummerchen? Das ist *Dem* doch piepegal da oben! Den gibt's doch vielleicht gar nicht! Mußt du dich jedenfalls selbst kümmern, Frowalt!«

Später baute ich diese frühen und frappanten Fragen und Antworten gern in meine modernisierten Bahnhofsreden ein, die kindlicher und allgemeinverständlicher auf TV-Niveau gehalten waren, auch oder gerade ihrer sexuellen Würze wegen. Freilich ist mir im Laufe der Jahre als Bahnhofsvorplatzredner auf drastische Weise klargeworden, wie abgestumpft die Leute in dieser und eigentlich jeder Hinsicht geworden sind. Im Kern reagieren sie nur noch auf optische Reize, am besten auch scheibchen- bzw. kurzfilmchenweise serviert, giga- bzw. gaga-showmäßig arrangiert und alles schön augengefällig säuisch immer. (Mit Musik geht allerdings kaum noch was besser; die können die Leute nicht mehr ertragen!)

Ein Beispiel: Wollte man etwa der Keuschheit unbedingt eine Lanze brechen (und mir dabei die Stange halten, haha!), so stünde es besser damit, wenn eine Frau oder besser noch mehrere dies öffentlich aufführten, indem sie etwa interaktiv nackig zwischen den Leuten herumsprängen mit kurzen Parolen vermittels dicker Kajalstifte auf die bloße Brust gemalt: »*Chaste clad!*« oder »*Dress chaste!*« oder so hippes Zeug, das kaum verstanden, aber »*cool* rüberkommen« wird! – Tja, und darum gibt es so was längst schon und kommt gut an und gleich auch ins Fernsehen.

Meine klassische Rede bewirkt in solcher Hinsicht nichts und wirkt wohl auch überkommen (wie ein Auslaufmodell), aber ich bleibe dabei! Denn das Nacktturnen vor Leuten stünde mir nicht gut an! (Wie sähe das auch aus?!) – Also nichts damit und aus, Punkt! Bzw. amen!

Ein gewiß immer noch kleiner, aber vor allem hier in Europa wachsender Teil der Weltbevölkerung nimmt ja fest an, daß es gar keinen Gott gibt, und ich kann das nachvollziehen. – Welche Instanz soll man dann aber noch befragen? Wem Verantwortung, Schicksal und Schuld beimessen!? – Den andern Menschwürmchen etwa? Allgemein? Oder weil sie anders oder moralisch verwerflich sind? – Damit sich dann alle ideologisch oder konfessionell hochspezialisiert anfeinden, totschlagen oder rausreden können?

Ach, Ihm, Gott, ist's ja doch egal, ob Ostwind, ob Westwind – wie's Ihm beliebt! Er darbt nie, Er spielt nur – wenn's Ihn denn gibt!? Und man kann es ja einfach, so auch Röhr im Verhör, gemeinhin nicht wissen – eben nur glauben! (Sag ich doch immer!)

Und so gibt es Ihn womöglich doch – *und* doch nicht! Das riecht nach Kompromiß. Und damit suchten bereits die merkwürdigen Ptolemäer Unvereinbares zu versöhnen und fanden, in Hinblick auf die Frage, ob sich alles um die Sonne oder um die Erde drehe, den Ausweg vermittels ominöser Schattenmessungen, die das Ergebnis lieferten, daß sich die Planeten zwar um die Sonne drehen, diese sich aber gewiß um die Erde. – Ein Kompromiß! – »Geht doch!«

Ja, eben nicht! Der moderne Mensch muß entschiedener vorgehen und sich mit Paradoxien rumschlagen und abfinden und sich dann auch mit ihnen anfreunden, anders läßt sich sonst bald gar nichts mehr erklären und ertragen. Das entlastet auch vom ständigen Zwang, ständig alles und weiß der Teufel noch was entscheiden oder unterscheiden zu müssen.

Und darum gibt es Gott *und* gibt es Ihn eben nicht. Punkt! – So einfach! Goethe meinte ja auch schon: »Wir können einem Widerspruch in uns selbst nicht entgehen; wir müssen ihn auszugleichen suchen. Wenn uns andere widersprechen, das geht uns nichts an, das ist ihre Sache.«

Finde ich auch! Meist schlägt man sich aber doch mit anderen herum, weil *sie* es nicht seinlassen können, einem zu widersprechen, selbst wenn man mit seinen Widersprüchen unter sich bleiben möchte und dringend Ruhe braucht …

Es schießen überall Ideen ins Kraut, mit denen sich nichts anderes anfangen läßt, als sie ununterbrochen zu diskutieren. Manchmal wird einiger Blödsinn davon nicht nur diskutiert, sondern sogar umgesetzt. – Und wieder werden ewig Probleme diskutiert, die es gar nicht gäbe, hätte man sie nicht selbst ins Leben gesetzt …

Es bleibt abzuwarten, ob sich unsere Zivilisation gegen eine Horde mit politikwirtschaftlichen Diplomen bewaffneter Vollhorste wird erfolgreich verteidigen können. Es kann ja wohl nicht sein, daß unsere Demokratie die beste Gewähr bietet, daß die Macht nicht mehr in anständige und ehrenwerte Hände fällt. – Wer das allerdings sein sollte, weiß ich auch nicht.

Viele wissen ja heute nicht, was sie wollen, aber doch stets, was ihnen gefallen möchte – leider ändert sich das ständig. Also schwanken sie spähend umher (wie durch Supermärkte oder Modemagazine), was wohl gefälliger noch und angesagter wäre oder was nun ganz abzulehnen sei, und suchen dann dies und das danach aus. Sie suchen nicht nach dem, was nötig, tauglich und richtig für sie wäre, denn es könnte aufsässig oder altmodisch oder irgendwie blamabel und unkorrekt wirken, sondern sie wollen es aerodynamisch haben – wie alle! – und wohlfühlig nett, und vor allem muß es angesagt sein: modern, *up to date, à jour, hip* oder wie man das gerade am *coolsten* sagt. – Sonst kriegen sie es mit der Angst, daß sie was falsch machen und abgehängt werden!

Alle sind sie auf dem laufenden, weil (und wenn) sie wissen, was läuft, aber sonst wissen sie gar nichts! Meine verzwickten Paradoxe kämen diesen wind- und wankelmütigen Menschen vielleicht ganz recht – da bräuchten sie sich wieder nicht zu entscheiden und sie hätten einen schicken Aufschub und brächten gar noch die Paradoxe in Mode – was längst auch geschehen ist, allerdings mehr in Künstlerkreisen, die allerdings auch stündlich größer und größer und windschnittiger werden ... Denn Boheme ist schwer *in*. (Nicht nur in Schwer*in*, haha!)

Als damals öfter Sendungen über so eine Rednerecke in irgendeinem englischen Heidepark im Fernsehen kamen, wollte es scheinen, als ob mir nun ab und an doch Menschen zuhörten, wenn ich meine Bahnhofsvorplatzreden hielt. Ich bemerkte das erst nicht, weil ich es gewohnt war, daß die Leute keinesfalls zuhörten, und so konnte ich mich stets auf mein Reden konzentrieren und war nie veranlaßt, mit Rückkoppelungen, also mit Applaus, Begeisterung oder mit Murren und Pfiffen, umzugehen.

Schade eigentlich! Denn das erst macht eine gute Rede oder Predigt aus, daß sie einerseits unbeirrt bleibt und sagt, was zu sagen ist, aber andrerseits muß die Rede sich hierbei auch feinnervig dem Publikum anschmiegen, der Redner muß es genau abhorchen, damit er geschickte Modifikationen einflechten kann, um seine Botschaft gehöriger noch zu übertragen und um so dann den Triumph unter heftigem Beifall oder Schmährufen davonzutragen.

Plötzlich also geschah es, während ständig diese Heide-Park-Redner-Sendungen im Fernsehen liefen: Da blieben einige Leute während meiner Bahnhofsvorplatzreden stehen, zögerten aber, ob sie bleiben und richtig zuhören sollten. – Wieder wußten sie nicht recht, was sie wollten! Denn in Mode war der Stehredner durch die TV-Sendungen noch nicht (und auch nie, gottlob!) gekommen, sonst stünden überall Redner herum und erzählten Blödsinn, und es gäbe bald mehr von ihnen als Zuhörer, oder besser Zuschauer, denn die Leute gucken doch nur, ob es jetzt angesagt sein könnte, stehenzubleiben. Und wenn schon welche dastehen, stellen sich noch welche dazu. Dann wissen sie, daß es ihnen gefallen will, und sie hören sich jeden Blödsinn an. – »Stets schwankende Gemüter / wakkeln wankelmütig um / und um / und um …«

Nee, nee, jetzt bloß kein »Wiedebumm!« und »Haha!« hinten dran! – Einmal wenigstens will ich ernst bleiben, um der Sache willen, haha!

»Holla, Ernst!?« höre ich da wen höhnen: »So heißt also dein komischer Schlammsaugwagen ›Ernst‹ wohl, was, Frowalt? Haha?!«

»Weg da! Kuscht euch, ihr übelkotendes Fliegengeschmeiß! Wir wollen nun in uns gehen, um Klarheit zu schaffen, damit …«

Nach wehevollem Ringen um das Richtige, Wahre und Eindeutige wußte *ich* nun endlich, was ich will, und hatte mich klar für den »Fall *paradox*« (wie ich das janusartige Wesen, die nagelneue Phänotype taufte) entschieden – daß es Ihn also gibt *und* nicht gibt. Ich meine jetzt nicht den Blödsinn oder Zuhörer, sondern Gott! (Und die Phänotype, haha!) – So einfach.

Uns aber – gibt es! Ganz eindeutig! Wir wackeln und pendeln, ohne gefragt worden zu sein, im All umher wie zittrige Halme. Die Zeit ist uns bemessen auf wenige, (scheinbar) nicht enden wollende Jahre. Wir sind, und dann sind wir wieder nicht mehr, aber wir sind *und* sind nicht – *nicht* zugleich, nicht gleichzeitig! So wie Er, den es jederzeit gibt *und* gleichzeitig nicht gibt. Bei uns kommt erst das eine, dann das andere, bei Ihm alles oder gar Alles zugleich. Was bei Ihm und uns dahintersteckt, weiß auch keiner, außer Er vielleicht (teilweise) – aber das kann man wieder »prinzipiell« (so Röhr und ich) nicht wissen. – Und so schwierig ist *das* dann wieder ...

Der »Fall *paradox*« betrifft aber nicht nur Ihn, Gott, und höhere oder verzwackte Dinge, denn den Blödsinn etwa oder den Zuhörer gibt es nämlich auch *und* auch nicht *zugleich*! – Beispiel: Ich rede ja öffentlich keinen Blödsinn! Aber keiner hört zu. Irgendein Papst oder Kandesbunzler redet gleichzeitig nur Blödsinn! Hat aber unzählige Zuhörer, *gleichzeitig*! – Schwieriger Fall: ein »Fall *paradox*«! So einfach!

Mit Röhrs »prinzipiell negativen« Angelegenheiten verhält es sich im Prinzip einfacher und zugleich noch vertrackter, denn was zu kennen und zu nennen das wichtigste (ja, Wichtigste) wäre – Gott, Tod, Lebenssinn und dergleichen! –, erweist sich als das Unwißbare, als das Unnennbare – wobei verkomplizierend hinzukommt, daß die Mystiker etwa das Unwißbare zu wissen glauben, aber ihr Wissen nicht unzweideutig (also einfach) zu benennen wissen. – Verzwickt und zugedreht, nicht wahr?

Diese ganze vertrackte Knäulerei aber – mit den vielen, vielen Vieldeutigkeiten und mit den vereinten Unvereinbarkeiten und den unzweideutigen Unabänderlichkeiten und sonstigen -keiten und mit all den Pendelmenschen und TV und der Atomphysik und dem

All und das Alles! – *Das* ist es ja, was dann des Nachts um mich herum brummt und knistert wie Papierschlangengift und ausgerechnet mich immer kirre macht! Als schwieriger Fall (selbst) wieder …

Ist doch kein Wunder?! – Oder eben doch eins und zugleich keins?

4. Kapitel

Drahtkäfig

Punkt 12 Uhr nachts – immerhin bis dahin! – schalten sie hier in der Gefängniszelle das Licht ab. Dann brechen solch tiefdunkle Notizen ab, und es kömmt mit den Brummfliegen die Grübelei auf mich und das Knistern.

Ich war versucht, kurz vor 12 Uhr noch, neben »kömmt« auch noch »Knöstern« statt »Knistern« zu schreiben. Das sind so meine Übermütigkeiten und da kommen dann eben auch die Umlauterkeiten mit viel Üs und Ös hinterdrein! Aber im Dunkeln kann mich das stark wurmen (quasi würmen), und dann kann ich es nicht mehr ordentlich ausbessern und berichtigen und muß wachen, bis endlich die Dämmerung kömmt, nur um ein dämliches ö oder ü in ein treudoofes i oder schnödes Eier-O (ohne Öhrchen oben) zurück zu dichten (wobei ö und ü und i klein geschrieben besser aussehen, ein großes O aber beachtlicher ...), und dann muß ich viel Zeitaufwand betreiben einer schmählichen Rückgängigmachung halber – welchen Aufwand ich ja jetzt hier auch schon wieder betreiben muß, da ich diese Zeilen und so wurmlange Worte wie »Rückgängigmachung« (mit ü und ä übrigens, höhö!) wieder rückgängig machen muß, anstatt gleich »Ruckgangigmachung« zu schreiben! – Da sehe ich mich einfach in der Pflicht und Sprachpflicht! (Oder *stehe* ich i. d. Pfl. u. Sprpfl.?) – Na, egal!

»Aber, für wen denn wohl, Frowalt? Für wen denn stehst Du in der Sprachpfl…«

»Ja, Mensch, für Sie, veröhrte Läserschaft! Für wen denn sonst?«

»**Nee, nee, Frowalt**! Du irrst!« widersprach mir da mein tief vertrautes, zutrauliches, zuträgliches Brummfliegenvölkchen insgesamt: »Du schwindelst da wieder nur ausnehmend kokett, guter Frowalt! Du schäkerst nur wieder mit Deinen Lesern! Indes Du doch *uns* alles verdankst, was Du jenen darbietest!«

»Einiges, nicht alles!« wende ich ein.

»Gut, Frowalt! Einigen wir uns auf *einiges*?«

»Ja, da möget Ihr recht haben, liebe Brummfliegen! Warum aber zeiht Ihr mich der Lüge?«

»Weil Du, wenn Du so etwas wie eben zu Deinen Lesern sagst, im Grunde doch nur an Deine, wie Du es gut zu benennen beliebst, ›Umlauterkeiten‹ denkst!«

»Was? Was für welche denn?«

Die Brummer gerieten in triumphierenden Aufruhr und einigten sich eilend von Leib zu Leib untereinander – und das dickste Insekt unter ihnen sprach dann als eines für alle zu mir, dergestalt:

»Frowalt! Wir denken in Beispielen und Du denkst nur an Deine umlauteren tränenüberströmten Käsegebäckfüllungen, an Döine gewöhnlichen Geräteüberhöhungen, öfters zurückzuführen über herüberströmende Ölüberschußländer, öhö!«

Ich staunte sie an: »Alle Achtung!«

Sie mich: »Da staunst Du, was!?«

Und sogleich hätte ich sie ganz entwaffnet umarmen,

umgreifen – *wollen* wenigstens! Aber sie umschwirrten mich gütlich und zärtlich als Kopfwolke, und so sprach ich endlich zu ihnen:

»Ihr, mein liebes, treuliches Brummergeschlecht! Mein herzliebstes Fliegengewölk! Ihr habt ja so recht! Und habt mich erfreut! Und was Ihr mir darbringt, das nenne ich wohlgeratene Umlauterkeiten im Überschuß! Traun!«

Sodann fuchtelte ich gönnerhaft durch die Fliegenherde und scheuchte sie zärtlich umher, bis sie entzückt und befriedigt davonschwirrten!

Was noch notierte ich lange Tage lang in meiner Käfigklause in Kontemplation vertieft und in Brummerbrodem gesenkt und gelöst im All – ja was eigentlich?

Nun, vormittags gab es die Verhöre, was mir nicht so zupaß kam, weil ich da am besten den nächtlichen Brummfliegenkot hätte dampfend noch zusammenfegen, verwerten und umschreiben können und weil ich überhaupt früh alles frischer und besser kann.

Aber diese Röhrschen Frühverhöre trugen mir natürlich auch reichlich Grummet in meine *Kalamitäten*- und Schreib-Schober, und zwar so üppig, daß nachmittags in meiner gemütlichen Einzelhaft-Scheune bald kein Zettel und keine Pinnwand mehr frei und unbeschrieben war.

Außer diesem hier, das als *Lehmannscher Bote* vor Ihnen liegt, verehrte Leser, und zu den täglichen Frischabfällen, dem Kotmörtel und zu den einsamsten Schreibgedanken lieferten mir die ehedem gehaltenen Bahnhofsvorplatzreden, die ich bis ins Detail erinnere, weil ich sie ja frei hielt und immer gut vorbereiten und auch auswendig vortragen mußte, viel Stoff. Dann kam auch Geheimes von früher dazu, und zwar – ich hatte es angedeutet – etliches, gut Erinnertes, aus den einst für den privatesten Gebrauch in Ordnern gesammelten *Kalamitäten*, die in 10 Bänden zu 10 Ordnern (bis 2018) vorlagen und die vornehmlich in Meppen, im geheimen Schreibrefugium, erdacht und notiert wurden und dort in einem alten Wandsafe einigermaßen sicher aufbewahrt waren.

Im Folgenden biete ich erstmals eine gerade gut erinnerliche, aber rein zufällige (hm?) Kost- oder auch Kotzprobe (je nach Gusto!) davon, aus ebendiesen streng geheimen *Mepper Kalamitäten* – eine exemplarische Passage nur, bitte schön:

(Überschrift:) Gott der Dicke II.
(Textanfang:) »*Unter Antäuschung des Umstands, die leichte Ausfertigung eines Studiums (Marke:* ›Bätscheler & Masta‹*) setze einen, also uns, dick (wie Ihn,* vulgo*: Ihmchen) und sicher (wie wen wohl?) in die Welt oder wenigstens in den Stand nobelster Arbeitslosigkeit, treiben höhere Mächte (solche wie Er, wie Ihmchen und SPD) reichlich Idioten (wie auch mich?) vor sich her und hinein ins falsche Studium. Und: Bumm! Ist's passiert! Und dann? – Kieken wir Schafe blöd (und schief) aus der* Wäsche (Marke: ›B & M‹, *Baumwolle, buntkariert) und werden was? – Vertreter! Was sonst?! Und dann? – Schafe in gestreifter Baumwollkleidung? Warum nicht? Vorstellbar. (Wölfe im Baumwollpelz auch.) Wenigstens bleibt allen Verunglückten*

und Erfolglosen (comme moi?) die freie Wahl des Wohnorts (à Meppen *par example), denn: Keine Arbeit finden wir überall! Danke, lieber Gott! Bzw.: Gott sei Dank! Amen. Gegeben zu Meppen, den Soundsoten Zweitausendsoundso.*«

(:Textende)

Dann notierte ich unten noch die Stelle, wo es steht, also: *Kalamitäten*, Band soundso, Seite soundso. Kann ich jetzt hier nicht klären … Freilich bleibt noch zu erwähnen:

Eine handschriftliche Randbemerkung rechts daneben: zuerst stand *»wegschmeißen!«* da, dann um ein Fragezeichen ergänzt: *»wegschmeißen!?«*

Das schrieb ich damals vermutlich meines ewigen Zweifelns wegen und der dämlichen theologischen und rhetorischen Ausschweife, die ich mir (genauso wie die albernen Umlauterkeiten) nie verkneifen konnte und die hier auch schon überhandnehmen. (Ich werde es fürderhin drosseln! Versprochen!)

Diese Randbemerkung habe ich anderntags oder später mit dem Kugelschreiber recht resolut durchgestrichen, dergestalt: »~~*wegschmeißen!?*~~«

Und dann oder noch später notierte ich, wieder handschriftlich, sehr majuskulös sozusagen *»NICHTS KOMMT WEG!«* darunter. – So steht das dann ordentlich abgeheftet da in den Loseblatt-*Kalamitäten*, Jahrgang soundso.

Nein, nichts kommt weg! Ich schreibe dieses hier – ja eigentlich doch *alles hier*! – aus der Erinnerung, so getreu, wie es nur geht, und um dies zu verdeutlichen, muß ich, der Wahrhaftigkeit und Distanz wegen, bisweilen in die Vergangenheitsform wechseln, was Sie, liebe Leser (aber auch mich!), nicht weiter irritieren darf! Es ist und war ja alles genau so, wie es hier als gegenwärtig oder vergangen beschrieben wird oder worden ist und worden war. (Na ja ...)

Überdies lebt und erwacht – hoffe ich! – das hier Aufgeschriebene dann als Gelesenes in Ihrem je eigenen und gewiß sehr unterschiedlichen Lesergemüt und Gehäuse, verehrte, gemütliche Leser! Und Sie können sich das hier Anvertraute auf Ihre Art vergegenwärtigen, oder Sie lauschen einer längst vergangenen Märchengeschichte, je nachdem: als vergegenwärtigte Vergangenheit oder vergangene Gegenwärtigkeit. – Denn Sie selbst geben ja diesen Zeilen Gestalt nach Ihrem Wunsche oder Geschmack oder Ihrer Laune folgend – wie es ein jeder tut, der liest. Gäbe es so etwas wie Gemälde mittels Lesen, etwa Abbilder von oder durch Lektüre etwa dieses Büchleins hier – dann sähe wohl jedes ähnlich, aber gewiß doch ganz anders aus!

Und Sie werden ja sehen, was sich hier noch so tut mit und in der Zeit und von wo aus es betrachtet und erzählt wird und werden wird oder worden war.

In den hier nordöstlich angrenzenden Marken, Richtung Spreenhagen und ferner Berlin, wo die Grollstadt-Saugersche Zunge schon leicht verklingt und das Berlinern ganz überhandnimmt, bevorzugen es die einfachen Leute, die noch die altkluge (nicht alexanderkluge, haha!) Mundart sprechen, das Vergangene wie etwas sicher Erledigtes zu formulieren, und so sagen sie also nicht:

»Jestan wa ick bei Jüntan inne Laube.«

– sondern sie sagen:

»Jestan wa ick bei Jüntan inne Laube jewesen.«

Man macht nicht grundlos Sätze länger, als sie sein müßten. Gewiß läßt es sich leichter daherreden als schreiben, aber auch Gesagtes neigt zur Verkürzung, man sagt ja auch lieber »Moni« statt Monika und »Soli« statt Solidaritätszuschlag (der ohnehin eine endlose Zumutung ist). Also muß es gewichtige Gründe geben, warum die Vergangenheit da nicht ausreicht und die vollendete Vergangenheit bevorzugt wird. (Gar »werden wird«!? – Das kann und wird sich freilich auch wieder ändern mit der Zeit oder geändert gehabt haben werden oder so ...)

»Oaschpfefferl!« jubelte Kommissar Röhr einmal während eines Verhörs – warum, erinnere ich nicht! – jedenfalls fuhr er dann fort, irgend Sprachtheoretisches, »Dialektologisches« (sagte er wohl) zu ventilieren:

»Die Wiener, die alten, die haben noch lebendige, kluge Mundart!« behauptete er und: »›*Oaschpfefferl*‹ sagen die zu einer scharfen Peperoni, die zum Käsekrainer gereicht wird, da sagen sie ›*Oaschpfefferl*‹ zu! – Das ist doch trefflich, Herr Hiffenmarkt! Was für ein treffliches, pfeffriges Wort! Oder?!«

Ich brummte zustimmend.

Dann brachte er noch die Sachsen als Beispiel, um mich ganz zu überzeugen: »Oder die Sachsen«, erklärte und überzeugte er, »die machen, wenn sie von einem Kindersarg reden, ganz trocken und sarkastisch einen ›*Kind'RsoRsch*‹ draus und aus den Kindersorgen werden bei ihnen ›*de Kind'RsoRschn*‹ – was in Mundart eben nicht das gleiche ist wie normal Kindersorgen oder Särge!«

(Um das sächsisch gesprochene »R« Röhrs hier schriftlich zu verdeutlichen oder nachzumachen, was Röhr und ich mündlich hervorragend können, erlaube ich mir, mich mit einem groß geschriebenen R zu behelfen, um das sächsisch-röhrsche »R« möglichst echt röhr-sächsisch gaumgurgeln zu lassen, verehrte Hörer und Röhrerinnen!)

Und zu Röhr sagte ich damals nur:

»Stimmt schon, Herr Kommissar, haben Sie ganz recht!«

Und ihm war's dann auch recht so.

Wie auch immer, wir Schreiber und Erzähler müssen noch anderes bedenken. – Es ist doch grundsätzlich so: Entweder man erlebt oder man schreibt (und erlebt ja dabei nur das Schreiben, den Schreibakt selbst), also geht das Erleben dem Aufschreiben von Erlebtem voran und ist beim Aufschreiben dann stets ein Erinnertes. Das Vorbeigegangene, das ist – das Präteritum. Damit müssen wir Schriftwesen und Erzählwesen auf je verschiedene Erzählweisen leben, müssen es zumindest beachten und würdigen.

Anders, wenn man quasi schriftlich nachdenkt, so wie Kant und Hegel und die alle es angeblich Tag und Nacht taten – immer voll Rohr (oder Röhr? haha!) präsent, also besser – Präsens! Oder ganz salopp und freiweg nach Baudrillard quasi: *présent*, haha! Und im Leser ist das Präteritum dann plötzlich doch wieder ein just beim Lesen erwecktes Präsentes. – Verwirrend alles!

Versuchshalber könnte man einmal während des Schreibens über das Schreiben daselbst schreiben. Dann schriebe man Sätze wie: »Ich schreibe.« und »Ich setze gerade einen .« Oder: »Ich setze gerade drei ...« Oder: »Dies ist ein Satz, der sagt, daß er ein Satz sei.« Oder listiger: »Dies ist ein Satz, der sagt, daß er kein Satz sei.« – Hm. Da geht's schon los!

»Hinten steht in diesem Satz vorne.« Das hat Tomas Schmit mal behauptet. – Stimmt auch, muß man drauf kommen.

Erinnerungsfrüchte, die Erlebnissen entwachsen, lassen sich mit Fleiß viele sammeln und aufbewahren und dann auch aufschreiben und beim Lesen genießen (wie Trockenobstlese?), aber Schreibfrüchte werden unter mehr Denkmühen (oder in Denkmühlen) seltener ermahlen und direkter genossen. Schreiben, Belang und Lesen gehen hierbei beinahe in eins. (Wie bei Frischobstverzehr? – Na ja ...)

Zum Bleistift: Berg. Hm!? Berg. Das Wort »Berg«, so wie hier aufs Papier geschrieben oder gedruckt, erzeugt – tja, wie? – im Kopp eine Vorstellung von oder vom Berg: Gewaltige Steinmassen ›sehen‹ wir hierbei vor uns – freilich nicht übers Auge! Aber sehen *doch* etwas – bloß wie-wo-warum? – recht ansehnlich und untrüglich (?). Jeder Menschenkopf ›schaut‹ vermutlich einen etwas anderen Berg, jedem Menschen schwebt etwas Typisches, Bergiges vor, möglicherweise etwas tausend oder sonstwie viele Meter hohes, mit Felsen und Schnee obendrauf.

Das *Wort* Berg daselbst ist indessen gedruckt nur Millimeterchen hoch (und was heißt schon ›hoch‹ am

Bildschirm?), das Wort wiegt nichts, ein Absturz vom Berg-Wort ist ausgeschlossen und Schnee hat's keinen und kalt ist's da oben auf dem Wörtchen auch nicht.

»Berg« gesprochen dauert keine Sekunde, da ist nun nicht mal mehr Millimeterliches mehr, nur Schallwellen noch, in kürzester Zeit verklungen. Aber wieder gibt es eine Gestalt oder ein Nachbild in uns. Ein Jahr dauert ein Jahr (jahrwohl!); das Wort »Jahr« ist im Nu weggesprochen oder gelesen und vorbei.

Beide, der leibhaftige Berg oder das erlebte Jahr und das geschriebene *Wort* Berg oder das gesprochene Jahr-*Wort*, haben *nichts* miteinander zu tun, es sind zwei untereinander völlig fremde Wesen, die irgendein heimliches Verhältnis haben. Nichts verbindet beide, das Ding und das Wort, ein Etwas und Sprache – außer, daß das Wort im Menschenschädel etwas bewirkt, auslöst oder anregt, das ein leibhaftiger Berg im Gehirn auch irgendwie bewirkt, auslöst oder anregt.

(Bergfotos lösen auch nur Berg-Vorstellungen aus, denn was ist auf einem Foto groß, steinig und wahrhaft bergig?! – Fotos müssen eben auch gelesen werden.)

Die rätselhafte Brücke oder der dunkle Tunnel verläuft im Hirn allein zwischen zwei Arealen *dort*. – Die Forschung weiß wohl, wo das geschieht, auch was elektro-chemisch geschieht. Aber warum und warum nur bei Menschen? (Die Tiere allerdings pfeifen und signalisieren doch auch erstaunlich! Und Pflanzen gar? – ganz rätselhaft und möglicherweise ... – Wer weiß?)

Während eines meiner Verhöre, die ja im Laufe der Zeit irgendwie immer tiefsinniger *und* alltäglicher und

beinahe schon zu vertraulich wurden – denn Kommissar Röhr und ich waren ja täglich über Stunden beisammen! –, mühte ich mich doch, ab und an etwas Kluges zu sagen oder einzuwenden und nicht mehr nur verstockt herumzusitzen oder beizupflichten, und so zitierte ich einmal, aus reinem Überschwange wohl oder auch aus Angeberei, in einem sprachtheoretischen Zusammenhang, der mir genauer nicht erinnerlich ist, den Wittgenstein mit einem seiner stichfesten Quarksätze:

»Die Grenzen meiner Sprache bedeuten die Grenzen meiner Welt.«

»Schwachsinn!« schoß Kommissar Röhr sofort zurück.

Das warf mich dann auf Monate zurück in die Schüchternheit! Dabei hätte ich es besser wissen und machen können, weil ich den Wittgenstein mit seiner Nummernrevue früher schon zwielichtig und halbseiden fand, aber man kann sich den Schmarren eben gut merken und viel imponieren damit, weil es so durchdacht und hiebfest wirkt.

Da Röhr mich inzwischen längst durchschaute, was mir später erst dämmerte, und weil er mich schon besser kannte als ich mich manchmal selbst, was oft unter Menschen vorkommt, und weil er mich ja auch brauchte, denn ich war doch sein (schwierigster oder vergnüglichster?) Fall, ja darum lockerte er mich fortan bedachtsam auf, damit ich wieder mehr sagte, so gut es eben ging, und so ging's dann ja auch bald wieder.

Diese schieren Wörter sind eigentlich *nichts* im Vergleich zu den Sachen, die man mit Wörtern benennt. Ein tatsächlicher Berg, ein Tag für Tag durchlebtes Jahr – das ist ungeheuerlich! Selbst kleine Dinge wie Bier trinken und Eisbein essen sind mehr und anderes als »Biertrinken« (bei den Bukowskis oder Thomas Manns in deren Büchern) und »Eisbeinessen« (im Berliner Anzeigenteil oder Kochbuch), aber doch ist und kann dieses stoffkarge »Wörtern« und die Sprache unendlich viel – was kann man schwadronieren und anstellen damit:

Wie man vor hundert Jahren noch, im Alter von 142, im Juni, im Winter, kniehohe Berge erklommen und einmal auf Jahre in Lawinen durch Abstürze verschüttet lag und von kirchturmhohen Bernhard-Dienern mit Eisbeinen aus Bierfässern wiederbelebt worden und ins schwachsinnig abendlich-abendländische Frühstücksfernsehn geladen worden ist, wo man direkt auch mit Gisela Bündchen bekannt wurde und mit ihr über Heu-, Sand- und Schuldenberge zum Biertrinken bei den Bukowskis drüben *aufi* und später dann noch *obi* drüber kraxelte ... – Kann man alles so hinschreiben und sich gut was vorstellen dabei!

Unglaublich! Das funktioniert! – Freilich nur innerhalb dieses Drahtkäfigs namens Sprache. Außerhalb wird's zum Wahnsinn ...

Ähnlich erging sich einmal auch Röhr in solchen Vermutungen: Die Menschen seien imstande, »jede irrsinnige Behauptung, jede noch so wahnsinnige Ansicht und verschrobene, ja sogar lebensbedrohliche Theorie zu verfechten! Jede, Hiffenmarkt!«

»Jede?«

»Jede!« behauptete er so bekümmert wie standhaft.

»Aber die Wirklichkeit korrigiert das doch ...«

»Quatsch! Was soll das sein? Wirklichkeit, eine Erfindung des 18. Jahrhunderts. Die hält gar nicht stand! Und zwar der Wörter wegen, Hiffenmarkt! Wörter, Sprache.«

»Wie das?« wollte ich wissen.

»Ganz einfach. Wenn die Menschen über Nacht ihre Sprache einbüßten, dann packte sie ein ungeheuerliches Entsetzen über ihr nacktes, grausames Dasein! Die Wörter kleiden und behüten sie. Die sind wie Panzerung, wie Taucheranzug mit Helm. In ihren Wortfestungen können die Menschen anstellen, was sie sich ausdenken und glauben wollen. Im Grunde alles!«

»Aber Sie haben doch neulich ...«

»Nein! Nie! Da drinnen ficht sie nichts an, gar nichts!«

»**Die Frage**, ob ein Geschehen, aus dem man eine Geschichte macht, als Text dann noch etwas mit den anfänglichen Tatsachen zu tun hat, muß ich mit einem klaren Jein! beantworten. Gleichwohl verwandte und doch ganz entfernte, windblütige Gewächse sind das. Also irgendwie schon fast eher: Ja. Beziehungsweise: Nein! Ganz anderes Terrain! Mit anderer Wirkmacht und Wahrhaftigkeit versehen.«

Das steht genau so bereits, wie ich erst heute entdecke, im frühen vierten Band der *Mepper Kalamitäten*, die den Untertitel ›Weltbrünfte‹ tragen, weil es darin hauptsächlich um Dinge geht, die mir zeigen wollten, daß sich mir das Leben mitunter auch (sexuell) gewogen bezeigen möchte, und die ich heute nicht besser verfassen könnte als damals und die ich während meiner Haft ja nicht vorliegen hatte, weil sie ja, wie ich ab und zu schon bemerkte und anschließend erklären werde, im Schreibrefugium zu Meppen versteckt lagen und um Gottes willen nicht entdeckt werden sollten. Das heißt doch aber, daß ich an die *Kalamitäten* hier in der Haft nicht rankam – und nun aber doch daraus zitiere?!

Ich kann das hier (doch noch) nicht recht klären und verweise vorerst wieder darauf, daß sich über all diese Dinge ein Netz wirft, an dem von vielen Seiten gezogen und gezerrt wird, weshalb sich abermals nichts recht entscheiden läßt und wir abermals mit Widersprüchlichem, Paradoxem, quasi in der paradoxen Falle steckend, unter einem Fangnetz an Wirrnissen zusammen auskommen oder ä nun … , ja, müssen!

5. Kapitel

Likördrosseln

Egal! – Es geht auch so. Darum wollen wir nun besser wieder das Hemd an den Knopf nähen und zurück in die Geschichte finden: je nachdem – im Präteritum (»Es war / nicht vorhersehbarbar!«) oder im Präsens (»Er ist's / der Panflötist's!«). – Gut.

Der weiter oben zitierte Eintrag aus den *Mepper Kalamitäten*, der mit »~~wegschmeißen!?~~«, nicht der eben mit dem »klaren Jein« (welcher ja treulich abgeschrieben und hier später eingefügt wurde), dieser frühere Eintrag ist oder war aus der Erinnerung niedergeschrieben – oder ich tue jetzt mal so, da ich im nachhinein doch alle Papiere vorliegen hatte und nachprüfen oder abschreiben konnte! –, denn ich kam ja in meiner Kerkerzelle, wie gesagt, *nicht* an die in Meppen versteckten *Kalamitäten* und hoffte auch inständig, daß die Polizei sie und mein geheimes Schreibstübchen dort nicht entdecken werde, und darum hielt ich es vor Röhr auch geheim. Das kostete mich einige besorgte Nächte, und Röhr saß ich darum allzu oft mit Gewissensbauchweh gegenüber, und zwar je mehr ich ihn mochte, um so …

Und jetzt war's von mir noch verschärft worden durch diesen Eintrag hier; denn: Was zum einen, wenn der Kommissar solche aus der Erinnerung in der Zelle niedergeschriebenen und dort schlecht versteckten Aufzeichnungen zu Gesicht bekäme? Wie Sie, verehrte Leser, gewiß bemerkt haben, sind sie bisweilen doch sehr frevelhaft, auch erwähnen sie ständig Meppen und den Kommissar selbst! Das wird ihn interessieren!

Und was zum andern? – Nun, wenn der Kommissar also schlußfolgert, daß in Meppen, was ich bislang unerwähnt ließ, die viel schlimmeren *Mepper Kalamitäten* in einem geheimen Refugium lagern, und er es daraufhin aufbrechen und hochgehen ließe?! Was dann?

Dann schlüge mir das alles ganz zu Ungunsten aus, das war gewiß! Seine Gewogenheit mir gegenüber, die ich mir manchmal, nicht ohne Grund wohl, einbildete, wäre dahin gewesen, so wie auch sein Bemühen, meinen Fall ohne Gram und Voreingenommenheit und ganz ohne Schadenfreude oder sonstige Gefühligkeiten zu ventilieren und zu Ende zu bringen. – Na dann, gute Nacht erst mal!

Nein, nein! Auch hier hielt ich mich fest und entschlossen an meine Maxime wahrhaftigen Schreibens und freier Rede: *Nichts kömmt weg!* (Es darf nur gut versteckt werden!) – Trotz allen Risikos, trotz allen möglichen Ärgers: nein! Was freilich heißt, daß hier womöglich doch schwammig formuliert und pfuschig gedichtet werden darf? – Nein, es gilt, Roß und Reiter zu benennen, vor allem aber trefflich zu benennen!

Und nebenbei und überdies – ich muß und will Ihnen hier etwas bieten! Ich darf nicht lau und fad werden, nur weil's Ärger geben könnte! Warum denn sonst schreiben wir brenzlige Sachen und lesen bevorzugt reizreich Unerhörtes? Langweilen und flau schreiben, um behaglich zu leben und hierfür gar den Großen die Stiefel lecken, damit sie einen mit etwas Zuckerabfall beträufeln – das sollen andere tun! Das sollen WG-Chronisten, Landlebekünstler oder Papageieninselbewohner machen – ich jedenfalls nicht!

Außerdem befinden wir, daß *nichts* unwert oder so schändlich ist, daß es nicht gehört, erwogen, gesagt und vermeldet werden dürfe und dürfte. – Die Freiheit der Rede gilt uns alles! Zudem ist die Welt ein symphonisches Brausen und Brammeln, darin viele Stimmen weben und wahrsagen und wider- und wirr sprechen. Und so, wie wir die Erde nicht über den Himmel stemmen wollen (noch können), sollten wir die Worte Worte sein lassen, obgleich wir sie leicht entweihen, schänden oder anhimmeln und salben und lackieren oder wie auch immer kneten, stemmen und mißbrauchen könnten und können.

Die Moral, dachte ich mir (halb besorgt, viertel doof und halb aufrührerisch gestimmt), die vielgepriesene Moral, die uns Gut und Böse, richtig und falsch unterscheiden lehrt, sie selbst scheint mir doch eher dem Bösen anverwandt, denn sie stiftet (trotz und wider die Moralisten, die ich schätze!) überall endlos Schaden und Zwist, gerade indem sie jedem (vermeintlich und vollauf guten) Zwecke dient.

Der Moral obliegt, für das Gute gegen das Böse zu fechten. Wer aber setzt, was das Schlechte sei und wer wohl die Schlechten? Und was macht man mit den Bösen, den Schlechten? – Ach, da herrscht niemals Verlegenheit! Moral ermächtigt Menschen, stattet sie mit Herz, Gemüt und Begeisterung aus, damit sie das Gute ertrotzen und das Böse verderben – notfalls mit Niedertracht, mit Zwang! Wenn die Moral gebietet, den Nächsten zu lieben, dann röstet sie die Lieblosen, falls sie sich weigern, ihren Nächsten zu lieben!

Freilich will es scheinen, daß die Menschen einer Moral bedürfen – denn sie ersehnen sie gar und versprechen sich geordnete Verhältnisse. Und sie begehren Macht, wozu Moral ein handlicher Hebel!

Verwegener noch dachte ich mir (nach zwei weiteren (haft-imaginierten) Bierchen und sündhafter schon) einen Unterschied aus:

›Sittlichkeit‹, sie ist ebenso menschgemacht – hat aber mit Moral wenig zu tun (dachte ich)! Gesittung folgt der Pflicht und fordert Pflichten ein; sie unterscheidet zwischen richtig und falsch.

Moral aber setzt Recht und vergibt Rechte durch Rechtinhaber an Ausgewählte und Bewährte; sie unterscheidet zwischen Gut und Böse. Die Masse muß sich finden. Wer eine Moral zu befestigen weiß, kann machen, was er will, die Herzen fliegen ihm zu – denn alles ist gut jetzt! Wenige aber und viele andere aber ... nun ja und je nun! – kann man sich sonstwas ausdenken ...

Die Hiffenmarkts freilich (na, icke, Frowalt, jedenfalls) gehorchen (nebst Kant, Hegel, Günter Gaus, mir, Ernst Mosch und anderen Vorbildern) der Sittlichkeit und Gesittung ... Ja! Doch! Was sonst?!

Ich – ä, Pardon! – wir erinnern uns in dieser Angelegenheit eines frühen Verhörs Röhrs; er hielt es damals, während der ersten Sitzungen, für nötig, folgendes zu erklären, was mir dann auch viel Hoffnung machte (die ich nun höchstwahrscheinlich selbst zunichte gemacht habe):

»Verehrter Herr Hiffenmarkt!« sprach er mit Blick aus dem Fenster, wie er es oft tat beim Lautdenken: »Es tut abermals not, daran zu erinnern, daß wir hier nicht für und wider, sondern über Dinge sprechen. Es geht hier, und auch mir, allein um die Betrachtung und Untersuchung und die Klärung von Zusammenhängen, von Fällen, auch Ihres Falls, Hiffenmarkt.«

Hier fixierte er mich prüfend über seine Lesebrille hinweg, was mich etwas die Farbe wechseln ließ. Dann blickte er souverän darüber hin ins Weite und fuhr – weiß ich, warum? – gelöster noch, entlasteter und froher fort:

»Womöglich lassen sich bei kriminalistischen Untersuchungen im besten und im Ausnahmefalle sogar Gesetzmäßigkeiten erkennen und ausfällen – die wir, wie jede Annahme, sofort verwerfen, wenn sie sich als irrig erweist! Mitnichten aber geht es hier um moralische Stellungnahmen!«

Ach! Ich staunte ihn ratlos an, und er gab auf seine Art, mit geschlossenen Augen altväterlich nickend, zu verstehen, daß er noch einiges zu sagen beabsichtigte; also bitte, Herr Röhr:

»Handlungsanweisungen und ethische Regeln«, sagte er, »überlassen wir dem Gesetz. Das ist nicht einfach; aber wir Kriminals sind stolz darauf, daß wir es erstreben und uns um eine eher doch wissenschaftliche Haltung bemühen. Darum rechnen wir gut mit ein, daß wir und Sie und alle Verhörten als Menschen hier sitzen.«

Hm. – Plötzlich wurde Röhr gemütlich: »Daheim haben wir alle durchaus goldene Lebensregeln und lehren auch unsere Kinder, Gut von Böse zu unterscheiden.« – Hatte er doch Kinder also? – »Und wir halten uns natürlich auch privat an das Gesetz, das sich als vernünftig, regulierend und gut lebbar erwiesen hat. Wir haben dann keinen Grund, dagegen aufzubegehren. Meine Frau ermahnt mich sogar, wenn kein Auto kommt, bei Rot stehenzubleiben.«

Ja, wahrscheinlich, dachte ich, wenn ihr zwei mit alkoholischen Getränken zu den Bukowskis rüberwakkelt, dachte ich frech! Hierbei sah ich ihn aber besser etwas brav-verblüfft und treudoof an (wie ein Gullydackel, haha!), weil ich ja tatsächlich erstaunt war: Nie zuvor war er so offen ›methodologisch‹ (so Röhr) und offen persönlich (dito) geworden! Er merkte mir gleich was an und stoppte und schwenkte aus seinem allzu entblößenden und rotlichtigen Geplauder zurück ins Wissenschaftstheoretische:

»Jeder, der etwas untersucht, ob Wissenschaftler, Arzt oder Journalist und so auch wir Kriminalisten, muß sich die Regel setzen, die Menschen, die Dinge, den Fall sprechen zu lassen. Er soll gut zuhören und hierbei soll er selbst stille bleiben.«

Ich mußte schmunzeln, da wieder nur er redete – während *meines* Verhörs! (Hat man nun gar keine Rechte mehr?) Glücklicherweise übersah er es (absichtlich?) und fuhr fort:

»Davon muß auch das Befragen und Untersuchen und Experimentieren geleitet sein – zuhörendes Auge, behutsame Einfühlung, zurückhaltende Beobachtung.

Das braucht Geduld und Zufall. Der Apfel der Erkenntnis muß langsam und in Ruhe reifen und untersucht werden.«

»Dann kommt es zum Newtonschen Fall!«

Wir mußten beide lachen! Dieses Verhör hatte mich damals, am Anfang meiner Haft, sehr für ihn eingenommen, und in seinen Händen, hoffte ich, werde mein Fall gut ausgehen. Und ich mochte ihn bald noch besser leiden, den guten Röhr (mit ö und öhr, hähä!)!

Einmal stemmte sich Kommissar Röhr – jetzt die andere dicke Macht in meinem gottbeladenen Leben! – während eines Frühverhörs vom Schreibtisch hoch, räusperte sich gewaltig (»Ä häm Ää!«) und hob hymnisch an, wie folgt frei vorzutragen:

»Ä hämm, Äs ä – – :
›*Es schwinden es fallen*
Die leidenden Menschen
Blindlings von einer
Stunde zur andern,
Wie Wasser von Klippe
Zu Klippe
Zu Klippe geworfen,
Jahrlang ins Ungewisse hinab.‹
Und ab und aus! O ja!« endete er.

Und schön! (Das möge uns hier auch gleich als Motto dienen. Und darum hieven wir die Zeilen hinauf an den Anfang des ersten Teils dieser Kotmörtelschrift, die endlich *Der Lehmannsche Bote* heißen möchte!)

Nach seinem fulminanten Gedichtvortrag ließ sich Kommissar Röhr zurück auf seinen Bürostuhl plumpsen, beugte sich wuchtig vor, paddelte stark um und um – und drehte daraufhin fast sieben übermütige Runden lang am kippelig-zittrigen Bambus-Kaktus-Büro-Gestelle vorüber, um endlich, endlich dann in einen (seinen) ordnungsgemäßen Ruhe- und Normalzustand einzulaufen und zurückzurollen. – Ja und joho!: *Es schwinden es fallen die Menschen* …

Und ich, der Häftling, und Wachtmeister Knorr, der wie immer teilnahmslos wie ein Möbelstück an der Tür herumstand, wir hatten das Zweipersonenpublikum der Röhrschen Rezitation gebildet und sahen ihn nun, den Röhr, den eben noch rotierenden, mich verhörenden Hauptkommissario Röhr, meinerseits feierlich-besöppen und knorrseits sehr amtlich-gewichtig an – ob auch Knorr beeindruckt war, weiß ich nicht zu beschwören; der alte Wächter kannte das gewiß schon vom Chef, aber einen andachtsvollen, zumindest buchsbaumartigen Gesichtsausdruck hatte er ohnehin immer aufgelegt. (Ein »justizministerialer Besenschrank«, das merkte ich mir für die *Kalamitäten*. Auch: »Knorr-Knurr-bumm! – da fällta um! Wiedebumm!« – Das verwarf ich zuerst, aber dann: *Kalamitäten,* Abteilung Blödsinn … siehe oben.)

Ja, gewiß doch! Röhr (du Bärenhäuter!), dachte ich: Genau so, wie Du vorträgst, ist es ja! Und ö und ü und ö, Du holder Hölderlin, Du oller Schwärmköpp (ich könnte es nun wieder nicht lassen, fürchtbar!) – Du hast's einmal mehr getroffen! Eindeutig!

Von dem hatte Kriminal Röhr das nämlich zitiert und

rezitiert, wenn nicht gar geklaut und so getan als ob. Und wat nu Knoff-Knorrbär hierbei dachte, weeß ick doch nich! Er wohl auch nicht. Der denkt vermutlich kaum. (Aber: Unterschätze hier keinen, Frowalt!)

Egal, des stets amüsanten, heute nicht recht zurechnungsfähigen Kommissar Röhrs Vortrag (hatte es zuvor etwa einen Umtrunk von Amts wegen gegeben? – Geburtstag? Urlaubslage?) hatte mir (oder mich?) als wie ein Volltreffer mitten ins Herz geschossen! – Was türmten sich darinnen auch stets und ohnehin für Sorgen, und reichlich grob gekörnte Katastrophen stürzten wie Katarakte mit Wehgeschrei auf mich und meine Seele und mein Gemüt herab oder hinauf und hin und her und so (oder so?)!

Das Kerkerleben ist nicht einfach, das versichere ich Sie! (oder Ihnen?)

Als man noch frei herumlaufen konnte und saufen, wenn es einem danach war! O Herr! Da lief's auch hoch und runter – nur mir und meinem Herzilein tat's wohler und wohltätiger als hier jetzt diese Fliegenschwirbels und Herzikollers auf der Zelle! (Hier gab's nichts zu saufen!)

Der Wein damals – oha! – stieg beifolgend hinauf in die Hirnschale und schwappte dort frohgemut umher. Während der häufiger werdenden Toilettengänge fiel die Rebe dann unten wonnetrunken (und feiner gekörnt) ab ins Puschbecken. Oben freilich lief's dann weiter heiter hinein, ja kübelweis' rein. Wir saugten das Naß wie die altvordern Schlammsaugwagen zu Darmstadt! Und unten floß der Pisseschlamm beckenweise hinaus in die Welt, den Weißkohl zu nähren und das Reh mit Grünmahd zu entzücken! Den Spargel zu pfeffern und den Pfeffer zu spargeln, hossa, helau!

Freilich, frühmorgens dann war es bitter stets, o weh! – Wußte man aber doch, machte nichts! Alles wurscht und schnurz, haha!

Das war gefügtes Oben und Unten durch Röhren kommuniziert, unterdessen man oben röhrend kommunizierte, nach alter Götter Brauch und Maßgabe, an Biertischen zum Wein oder umgekehrt. – Freilich niemals so, wie dieses ungefüge moderne Rauschgiftelendsein es heute betreibt, mit viel Schwindel und Schwirbel und Jammerei und flankierend Geschwarbel und Aftergeschweife – bei viel verfehltem Raisonnement. Völlig verpeilt …

Oder schwarbel und schweifel ich hier auch schon völlig ab? – Ich fürchte, ja! (Dabei gibt's nicht mal was zu saufen hier!)

Ja, ja früher! Früher, als es uns – und schier alles! – noch gutging und ich nicht menschscheu, sondern wir, das vortreffliche Ehepaar Hiffenmarkt, also Dietlinde und ich, jung waren und oftmals an geselligen Biertischen zechten, prostete ich oftmals solches in die gesellige Runde:

»Freunde! Auf die Frauen!«

»Prost!« jubelten alle.

»Auf die Frauen, die wir lieben!«

Und alle jubelten »Ja, Prost! Auf die Frauen, die wir lieben!« und nippten sich so kräftig wie bekräftigend zu. Bevor mir nun aber einer zuvorkam und in die unfertige Parade fuhr, hob ich abermals den Humpen, höher noch, und rief ein weiteres gesteigertes »Hoch!« aus:

»Und auf die Schnapsdrosseln, die wir *kriegen*! Prost, Prost! Kameraden!«

Und wieder brach großer Radau los, und ich zwinkerte meinem Weibe liebevoll zu. Sie errötete dann leicht und wußte nicht, wie.

Wie im richtigen Leben! Und ebenso wie Kommissario Hölderlin-Knorrbein-Röhr steige auch ich nun stets gern gemessenen Schrittes und (stocknüchtern) angeheitert, nichtsdestoweniger stockend, stolpernd, wieder und nieder geworfen, beharrlich fallend und forschend dahin und hinab, durch die langen Gänge des Kerkers zu Grollstadt, hinab in die dumpf-düstere oder (gar?) süße (gar!) Lebenssenke, vulgo: Einzelhaft, vulgo: Einzelzelle. Tür zu, Klappe zu! – »Wumm, im und um / im Polizeipräsidium! / Wiedebumm.«

(»Schweifend schwiff ich wohl wieder schwarbelnd ab!« Auch notiert.)

Oben in Schweinfurt aber ging der Scheiß los, mit meinem törichten Botendienst im Auftrag einer Herrin zweier Päckchen, welche eine sehr attraktive Frau war. Ihr zuliebe und Ihr zu Diensten nahm ich den verhängnisvollen Scheiß, angeblich zwei Geburtstagsgeschenke, im Zug mit, von Schweinfurt nach Grollstadt-Sauger – so wie mir von jener galanten Dame gewandt und höflich aufgetragen ward! Und so, wie es sich gehörte! – O Mann, was mich das reute! Aber ich hatte es ihr damals nicht abschlagen können, der hübsch verschlagenen Tante, die auch noch Renate Lehmann hieß. (›Modell Renate Lehmann‹, blond und so, haha!)

Darum und folglich stecken wir nun fest, ausgerechnet im Jammertal und Kerker zu Grollstadt-Sauger, wo bekanntlich im Landkreis rundum die Leichenbitter wohnen, die unverwüstlich unverhohlenen. – Und auch die Idioten (wie ich), die auf jeden Scheiß hereinfallen! Und dann auch noch die, die sich schnappen und einsperren lassen (wie ich einer) – die anderen, die immer davonkommen, wohnen woanders, in Osnabrück oder sonstwo. Ich aber hier …

6. Kapitel

Teetafelreden

Eckermann hatte sich wenigstens getraut zu fragen, von wem denn Goethe wohl einmal am 11.9.1828 gegen Mittag ein so hübsch verpacktes Päckchen – ein ebenso schicksalschwanger-zierschnurumwirktes wie meine zwei wohl?! – bekommen habe?

»Von Professor Abeken zu Osnabrück!« so Goethe prompt. Klare Ansage!

Dann erkühnte sich Eckermann – wozu ich eben zu wohlerzogen oder zu schüchtern oder zu »paralysiert durch Rücksichten« (so Goethe) oder schlicht zu feige gewesen war! – des weiteren und ganz neugierig und ungeniert zu erfragen, was das niedliche Geschenkpaket Professor Abekens aus Osnabrück denn wohl enthalten habe?

»Es war eine merkwürdige Sendung, die mir viel Freude gemacht hat«, habe Goethe hierauf wieder geradeheraus geantwortet, was uns Eckermann berichtet und – unsere Neugier zu stillen!? – in den *Gesprächen mit Goethe in den letzten Jahren seines Lebens* aufgeschrieben und für immer in allen Einzelheiten verraten hat. Klare Sache also!

Hier freilich brechen die Gleichläufigkeiten zwischen Goethes und meinen Paket-Angelegenheiten jäh ab, denn meine zwei Päckchen machten mir nur Ärger, doppelt Ärger, und ich wußte zwar, daß sie mir von (einer angeblichen) Renate Lehmann anvertraut waren, aber nicht, was genau drin war – vermuten tat ich es schon, freilich auf harmloseste Weise – Geburtstagsgeschenke für den Mann, den Herrn Lehmann, eben!

Und diesen ganzen stattgehabten Dreck und Verdruß und das folgende Verhängnis muß ich auch noch selbst niederschreiben, da mir weit und breit kein Eckermann in Erwartung steht, den Griffel an meiner Statt zu führen und den Dreck selbst abzutippen.

Bei Goethen aber, das offenbarte er dem Eckermann ganz »freimüthig« vom Inhalt des Päckchens – und dieser verrät es uns ganz wahrheitsgetreu in seinen *Gesprächen mit Goethe in den letzten Jahren seines Lebens* –, da nämlich sei etwas von einem »liebenswürdigen Frauenzimmer« drin gewesen, bei der Schiller oft (typisch wieder!) rumgesessen und »den Tee getrunken« habe, und dieses Frauenzimmer habe »die Artigkeit gehabt«, Schillers (typische!) »Äußerungen«, welche sie auch außerordentlich »hübsch aufgefaßt und treu wiedergegeben« habe, in hübsch gebundenen Kladden niederzuschreiben – und ebendiese Kladden, mit den Aufzeichnungen der (typisch) Schillerschen Teereden (nicht aber das Frauenzimmer selbst!), hatte das hübsch-verdächtige Geschenkpaket Abekens an Goethe enthalten. Sonst nichts weiter, vielleicht noch 'ne Ansichtskarte …

Und damit war's gut – nichts weiter!

Bei mir war es (das Verhängnis) einmal eine Flaschenpostverpackung, wie man sie auf dem Postamt fertig kaufen kann und selbst zusammenfalten muß, schön in

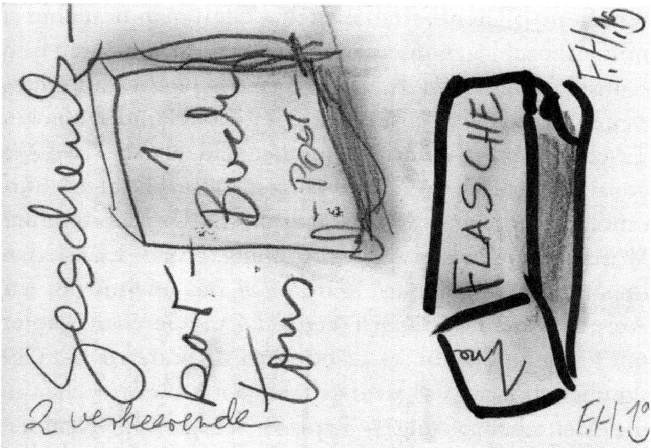

Geschenkpapier gewickelt, mit bunter, lockiger Schnur umwunden und geschmückt. Also mußte wohl eine Flasche verpackt gewesen sein, denn im Zug habe ich das Stück einmal neugierig geschüttelt, und es hörte sich danach an! So was hört man! – Aber was es war? Wein, Schnaps, Rasierwasser? – Und heute frage ich mich natürlich: Was anderes als Schnaps war darin? – Muß ja! Radioaktives (»Schweres«) Wasser? Flüssigsprengstoff? Rauschgifttunke? Flüssiggifte für die finale Massen- und Menschenvernichtung? (Ich sollte es erfahren ...)

Im zweiten Päckchen waren vermutlich Bücher verpackt. – Es fühlte sich so an! – Aber welche (und ob überhaupt) Bücher?

Am Ende der Schallplattenära besaß ich die Fähigkeit, auf jeder Langspielplatte lesen zu können, ob es sich um schnelle oder langsame, um Pop-, Orgel-, um Stockhausen- oder Klassikmusik handelte. Meine Buchwitterung blieb unterentwickelt – denn man brauchte ja nur aufzuschlagen und nachzusehen. Gut, Atlanten und Kunstkataloge oder Bildbände vermag ich von Folianten, schweren lexikalischen Einzelbänden und diese von Taschenbüchern blind zu unterscheiden. Aber welche genau es sind, kann ich durch feste Verpackungen hindurch nicht lesen. – Also, war es diesfalls böse Literatur? Waren es gebundene Verdammungs- und Hetzreden im Namen des Herrn? Waren das Bauanleitungen für Atombomben? – Hübsch verpackt in Geschenkpapier mit Fäden und Geburtstagsbommeln!? Waren es die Gesammelten Kriegserklärungen einiger Außerirdischer an die Menschengattung? – Typisch Schillersche Kladden waren es wohl eher nicht; es sei denn, als Diebesgut und Hehlerware!?

Verdammt! – Es müssen in den zwei Päckchen gute Gründe für meine Verhaftung verpackt gewesen sein.

Der gute alte Eckermann hatte später, in seinen *Gesprächen mit Goethe in den letzten Jahren seines Lebens*, nur wenige Zeilen noch abhandeln müssen vom Rest jener ganzen Geschenkverpackungsgeschichte mit Goethe, so daß nun alles für immer ganz offen liegt. Er, Eckermann, beschreibt in den *Gesprächen mit Goethe in den letzten Jahren seines Lebens*, wie Goethe die Frauenzimmerschen Schillerberichte noch kurz mündlich zusammenfaßte und wie er, Goethe, zum Beschluß der ganzen Kladden- und Teegesprächsgeschichte dann folgendes von Eckermann in den *Gesprächen mit Goethe in den letzten Jahren seines Lebens* noch festgehalten haben wollte:

»Schiller erscheint hier wie immer, im absoluten Besitz seiner erhabenen Natur.« Soll Goethe, laut Eckermann, gesagt haben.

Und ich sage: »Sage ich doch auch immer: typisch Schiller!«

Goethe aber sagte, laut Eckermann, über Schiller:

»Er ist so groß am Teetisch, wie er es im Staatsrat gewesen sein würde. Nichts geniert ihn, nichts engt ihn ein, nichts zieht den Flug seiner Gedanken herab; was in ihm von großen Ansichten lebt, geht immer frei heraus ohne Rücksicht und ohne Bedenken. Das war ein rechter Mensch, und so sollte man auch sein!«

Typisch eben! Haha! Und ich hätte die Dame in Schweinfurt einfach fragen können und sollen, ja müssen, was für eine Renate Lehmann sie denn bitte wohl sei und was da von ihr verpackt worden war, wobei sie mir vermutlich nicht die Wahrheit verraten hätte, denn ich war ja der arglose Botendepp, der Überbringer nur, das Bauernopfer, das sich so gar nicht zu fragen getraut. Und so weiß ich nur, was sie von sich aus sagte: Es sei ein Geburtstagsgeschenk, erklärte sie mir, für ihren Mann, der mich am Bahnhof in Grollstadt-Sauger erwarten werde, und daß sie die Geschenke leider nicht selbst überbringen könne. – Ganz klar und einfach alles. Aber, aber …

»**Wir andern** dagegen«, so Goethe (auch über uns!) und so demzufolge Eckermann in seinen *Gesprächen mit Goethe in den letzten Jahren seines Lebens* (auch über uns?), »fühlen uns immer bedingt; die Personen, die Gegenstände, die uns umgeben, haben auf uns ihren Einfluß; der Teelöffel geniert uns, wenn er von Gold ist, da er von Silber sein sollte, und so, durch tausend Rücksichten paralysiert …« – wie ich vom Schweinfurter Frauenzimmer! –, »… kommen wir nicht dazu, was etwa Großes in unserer Natur sein möchte, frei auszulassen. Wir sind die Sklaven der Gegenstände und erscheinen geringe oder bedeutend, je nachdem uns diese zusammenziehen oder zu freier Ausdehnung Raum geben.« – Oder in den Knast bringen, ha!

Die Löffelgeschichte und die Raumdehnungsgeschichte noch, und damit war's gut dann bei Goethe ebenso wie beim Eckermann! Goethe habe danach nur noch geschwiegen. Das Gespräch mischte sich wohl neu; Eckermann aber bedachte in seinen *Gesprächen mit Goethe in den letzten Jahren seines Lebens* anschließend daheim wohl noch diese merkwürdigen, sein eigenes Innere berührenden Worte Goethes in seinem Herzen und wie stets in gebotener Ausführlichkeit und schrieb alles auf, in diesen seinen *Gesprächen mit Goethe in den letzten Jahren seines Lebens.*

Aber das war's dann – endgültig!

Weiter brauchte Eckermann in dieser Angelegenheit nichts zu schreiben in seinen *Gesprächen mit Goethe in den letzten Jahren seines Lebens*, während für mich und für uns hier – zweier blöder, unheilbeladener Geschenkpäckchen wegen! – eine buchdicke Geschichte ansteht, die wirr wie sonstwas vorüberrumpelt und einfach nicht enden will.

Was wird noch werden? – Ach, was weiß man denn!? Gewiß nur: Es geht dahin, das Leben, und hinab, ein Herabstieg und Herbst und Niedergang von der Lebensmitte zur (Schweinfurtschen) Hinfälligkeit (als Verhängnis) hin, und zwar (auch noch) als Widersatz des Sinns oder so (*ad* Grollstadt-Sauger) – immer bergauf und -ab! Wir stürzen vom Hautausschlag zum Schlaganfall, erst kratzen wir leichten Grind, dann harten Schanker; wir erklimmen die garstige Gicht, ohne gefragt worden zu sein – weil wir müssen! Wir wanken von Niederlage zu Niederschlag (*post* Schweinfurt*em*) mühsam hinauf zum Hingang (*iterum ad* Grollstadt-Sauger) – nur, weil der sein muß! Was sind das für Höhen und Höhenzüge? Und Senken? – Was soll das?

Genug, genug nun des Drehschwindels! Kurzum: Ich saß zweier verfluchter Pißpäckchen wegen im Grollstädtisch-Saugerschen Kerker zu Grollstadt-Sauger, wo die unverwüstlichen Leichenbitter wohnen! – So einfach! Und so unglaublich! Aber wahr!

Röhr stemmte sich abermals gewichtig vom Drehstuhl hoch, wühlte sein (wohl doch beachtliches) Repertoire an Gedichten durch und entschied sich für ein weiteres, zweites Gedicht von, na? Schiller? – Typisch! Was denn sonst? also:

»Ä, ä häm. Wä, wä we wee – – :
›*Wenn alles eben käme,*
Wie du gewollt es hast,
Und Gott dir gar nichts nähme,
Und gäb dir keine Last,
Wie wärs da um dein Sterben,
Du Menschenkind, bestellt?
Du müsstest fast verderben,
So lieb wär dir die Welt!‹

Tja, meine Herren, setzen wir uns wieder!« beschloß er.

Dabei saß ich längst und nur Knorr stand wie immer – seines Schrankamtes gewichtig waltend weiter stoisch vorm Tore als wie ein Wächter herum, wiedebumm! (doch, doch!) und hörte wohl sowieso nicht recht zu – wozu auch?! (Hatte ja auch eine Stehstelle und keinen Sitzplatz und Horchposten inne hier.)

Ja, Quatsch! Und mal wieder typisch: Nichts typisch Schiller! »Das war Fouqué, meine Herren! So tröstet allein Fouqué!«

Nun, so wiegte Röhr mit Geschick sein poetisches Programm aus: Die eine Schale belud er vorab mit Hölderlin, der alles stürzen sah, die andere dann behutsam und mit Bedacht mit Fouqué – der gar für heil befand, daß Sturz uns beizeiten stürze?

Ungleiche gleiche Gewichte jedenfalls, und doch standen die Waagschalen eben ein, zitterten jedoch – wankelmütig in der Waagschalen gleichgewichtiger Spannung. Denn beide Schalen drückten ja stark nach unten, und die Erde zog sie beide zu sich heran, um sie zu verschlingen, ins ›All-is-one‹. (Oder Alles ist ohne, voll free and easy, haha?)

Fouqué und wohl auch ihm, dem Röhr, waren, ganz abgesehen von Hölderlin (und mir), viel Last und Leid im Leben beschieden. Ich erfuhr das im Laufe der Zeit und durch die Verhöre – was Röhr betraf, von Röhr persönlich und über Fouqué hatte ich vieles bei Schmidt gelernt. Und Hölderlin – nun, davon weiß jeder!

Überhaupt, Fouqués Fühlung und Weisheit verstand für Augenblicke und Gedichte lang fast Alles (und dann wieder gar nichts), und so wußte er es ihm, dem Röhr, und Röhr es uns, also mir, beizeiten vor- und aufzusagen! (So hatten nun alle was von!)

Allein, was dann? Die Zwei vermag sich in Spannung auszuwiegen, doch kömmt am Ende doch stets ein Drittes (hiffenmarkt-knorr-röhriges?) noch hinzu, ans (immer nur vorläufige) Ende aller Zweiheit. Der Widerspruch (der Gegensatz, die Entzweiung) hebt und hegelt sich auf im Dritten! (nicht Programm, haha!) – Das weiß inzwischen auch jeder! Sogar der »Fall *pardox*« benennt es exakt: 1 + 1 >= 3 respektive 1 – 1 <= 3 und Pi = F.*p*. bzw. Pft … haha!

Dementsprechend gab Röhr als Terz doch noch etwas typisch Schillerflocken hinzu (jetzt aber wirklich und wirklich typisch!), als *tertium datur* quasi, mit rauh gesenkter Stimme:

»Ä häm äh du ä d' d' duuu – ä – :
›*Dumpfig schollerts überm Sarg zum Hügel –*
O um Erdballs Schätze nur noch einen Blick! –
Starr und ewig schließt des Grabes Riegel,
Dumpfer – dumpfer schollerts überm Sarg zum Hügel,
Nimmer gibt das Grab zurück.‹

Tja. So weit Schiller, meine Herren! Setzen wir uns wieder!«

Eindeutig Schiller, eindeutige Richtung …

Tja, was sonst? – Da saßen wir nu wieder. (Ich hatte es schon bemerkt: Erde und Fall obsiegen im Dreisprung mit Schwerkraft – Richtung: Grab und Gruft! Interessant: Zwei negative Größen hatten sich nicht positiv, sondern nur negativ verrechnen lassen! – Leben eben!) Nur Knorr stand fest noch und aufrecht (doch innerlich saß er wohl stets bequem). Wir alle hielten nun inne und Ruhe und eine Weile tiefe Andacht. Knorr stumm, wie stets naturwüchsig, und ich gezwungenermaßen – aber gern auch! Man hörte uns allesamt ruhig atmen. Die zwei Zimmerpflanzen genossen es.

Ansonsten war ja alles von allen – von Hölderlin, Fouqué, von (typisch) Schiller und von Röhr! – gut, ja sehr gut sogar ins Bild und in die sowohl hegelsche als auch hiesige personelle Dreierbalance gesetzt und höchstmögend überschlagen. – Was will man mehr?

Ich konnte nun anscheinend auch abgeführt werden, da für Röhr für heute alles abgetan und ich nun der für heute erledigte Fall war. Das heutige, wieder mal einmalige Frühstücksverhörstück mit Gedichtvortrag war komplett – drei Akte, Vorhang zu – und ab!

Hinter Knorr herwackeln zurück in die Zelle. Ich hätte ihm jetzt wieder glatt eine (ja, was für »eine«?) übern Schädel ziehen können – warum latschte der nicht *hinter* mir her, wie es sich gehört? – Nahmen die mich hier nicht ernst? Hielten mich für harmlos? (Was ich ja bin oder war, ähä!) – Und wenn harmlos – warum ließen sie mich dann nicht laufen? Beinahe ehrenrührig, das alles!

Der fade Rest des Tages war elendes, langweiliges Dasitzen und Warten, und die Fliegen stoben schon gegen das Fenster ihres feucht beschlagenen Brutkastens, mich alsbald anzufallen und Bregenschlamm zu saugen – auf daß Mörtel daraus werde!

Heute mochte ich nicht allein sein. – Nein, ich sehnte mich nach meiner Frau, nach meinem Dietelchen! Zu Mittag hatte man mir (anstelle ihrer) zwei Würstchen mit Kartoffelsalat durch die Klappe geschoben, und diese banale, aber fürsorgliche Aktion, von mir als mütterlich-ehefrauliche Geste verstanden, rührte mich so tief, daß ich die Würstchen appetitlos beweinte, bis sie vor Kummer und Mitleid selbst grämlich zu schrumpeln begannen.

Abends gab's Brotscheiben, Streichkäseecken und Tee. (Zweimal Doppel-e, hintereinander!) – Wer oder welches fürsorgende Mutterwesen schob mir das alles hier in die Zelle rein? – Gevatter Knorr doch wohl nicht? Eher ein lebenslänglicher Mithäftling im Küchendienst? (Aber ich wußte nicht, ob es außer mir überhaupt andere Häftlinge gab?) – Oder ja, war es eine üppige, gutmütige Kaltmamsell mit Titten, wie ich sie mir in der Jugend ausgemalt und herbeigebetet hatte? Das wäre am schönsten gewesen!

Ach weh! – und meine liebe Frau? Saß die nun auch so einsam da mit ihren zwei hübschen und auch ganz allein vor Schmierkäseecken (mit 4 e) und träumte womöglich von mir? – Oder wieder, in Ermangelung meiner, vom Sauhund Clooney?! – Brrr …

»In guten wie in schlechten Zeiten!« hatten wir geschworen. Ja, doch! Das soll gelten, so soll es sein! – Allein, in guten Zeiten läßt es sich immer gut leben und lieben; die schlechten aber stehen wir doch nur allein durch! Nicht schlechterdings verlassen, nein, das nicht – aber allein.

Nachts lag ich elend lange wach und der Mond strich zwischen den Gitterstäben hindurch in die Zelle und legte Schattenstreifen aus, die langsam von rechts nach links über meine Decke und meine unbedeckten Körperteile hinwanderten, als gäbe es mich gar nicht. – Dem Mond war ich, wie Ihm wohl auch, völlig egal! Wie Er (also gottgleich) wollte ich freilich nicht sein – um Gottes willen, nein! – Ein kleiner Mond aber wäre ich gern, ganz leidlos rotierend (wie Röhr am Bürostuhl? – nein, lieber) draußen im All um eine liebliche Erdkugel und Sonne – so etwas wäre ich lieber als jetzt so ein elender Mensch!

Damals hatte es längst schon angefangen, das nächtliche Knirschen. In dieser Nacht wurde ich dessen erstmals deutlich gewahr. Ein leises Knispeln erst, ein Rascheln fast. Und die Brummfliegen waren es nicht; die kamen spät heute, die trennen sich immer ungern vom Vollmond draußen.

Mit einmal war es also da, das Knistern! (Es donnert und regnet und dunkelt ja auch immer, bevor man es merkt.) Ich begann mithin zu welken. – Mich wundert heute, daß es so spät losging. Das unmerkliche Altern meine ich nicht, ich meine das endlich bemerkte, unüberhörbare – denn womöglich merkt man das Altern vorher nur lange nicht, weil das Wachstum noch überwiegt, aber es ist ja von Anfang an und immer da. – Der Verfall, das Altern, der Tod, das Knöchern und das kalkige Knistern.

Ja, was macht man da? Wenn man nicht wehklagen möchte – aber doch muß, vor lauter Herzweh!? Und allein weggesperrt ist, ohne das Dietelchen und ohne Meppen?

Ach, Meppen! – Du warst ja im Grunde doch die Brunnenstube all meiner Traurigkeiten und Kalamitäten! – darum ja: *Kalamitäten*. Dort keimten und wucherten sie wie im Tropenhaus! Woanders auch, aber nicht doch *so* wie in Meppen!

Und hier, in der Einzelhaft, wucherten sie jetzt noch wilder, noch wüster, die geflügelten Seelennöte und umherbrummenden Kümmernisse, sie vermehrten sich wie auf Humus, gesäugt und gesättigt von den Meppener Altlasten (aus dem Mepper Schlammsaugwagen), die im dortigen Refugium, das noch ein freiwilliges war, gut vorgeschimmelt waren und nunmehr hier als fetter Kompost ab- und ausgärten und mir die Kotbrummer zu überfüttern und zu übervölkern drohten.

Zuvor schon hatte ich einmal angedeutet, wie ich dann bei allergrößter Verzweiflung heimlich in meiner Zelle und früher in Meppen und immer auch anderswo die Toilette nutzte, um insgeheim wehzuklagen. Das will wirr und krank scheinen – aber es heilt!

In den *Mepper Kalamitäten* steht alles darüber in Band sieben aufgeschrieben, der den Untertitel ›Ortskenntliches‹ trägt, weil ich darin meine Reiseerlebnisse aufzeichnete, die mich immer reich beschenkten, – diesfalls die erstaunlichsten Erlebnisse in Bauler, einem Flecken im Eifelkreis Bitburg-Prüm, den ich einst auch mit meiner Frau durchwanderte und der zu meinen Westgauen als Vertreter für Drogerie- und Sanitärartikel gehörte; dort gibt es zwar keine Drogerie, aber ein altansässiger Welpenzüchter nahm mir stets etliche meiner *Bamberger Busenbürsten* ab, verriet aber nie, was er damit anstellte. Ich hoffe doch, er striegelte damit seine Welpen – oder doch auch seiner Frau Busen? Warum nahm er mir dann aber so viele ab? – Bisweilen will man es besser nicht wissen!

»Was?« werden Sie sich fragen, bedachtsame Leser: »Vertreter? Westgauen? Busenbürste? Was ist das? Was hat das zu bedeuten?!«

Nun, werte Leser, Sie fragen zu Recht, aber ich berichte später davon ... Jetzt soll es uns erst um die Bauler Sorgenspülung gehen, und ich zitiere zu Bauler Ortskenntliches aus den *Kalamitäten*, Band 7:

»Bauler. In Bauler hat man ein psychosanitäres Verfahren ersonnen und es gut ausreifen lassen. Nunmehr zeigt sich Bauler freigiebig, die Welt daran teilhaben zu lassen.

Dergestalt: Wenn ein Bauler etwa schlecht geträumt hat und der Traum ihm den folgenden Tag zu verderben droht, so schließt er sich auf der Toilette ein, hebt den Toilettendeckel, kniet sich hin und erzählt seinen Traum dem Klosett. Es sei dies, so die Bauler, eine absolut effiziente seelische Reinigungsmethode, die auch optimale Wirkung bei Trauerfällen, Liebesnöten, Ängsten und sonstigen Bekümmernissen zeitigt.«

Das habe ich oft praktiziert – und es half immer!

Nicht immer, ach! – Wie wälze ich nun *das* wieder von meiner Seele? – Meine so lieblich-zärtliche Frau wirft mir zuweilen – und wenn, dann geradeheraus! – einen »Pessimismus« vor. Ich sage dann gar nichts; es hat keinen Sinn. Und ich denke mir nur und notiere:

»Aber mein Dietelchen! Versteh mich doch! Natürlich bin ich ein Pessimist! Was denn auch sonst? Wenn es doch wieder übel kommt, wie so oft und meistens im Leben, dann kann mich das wenig erschüttern. Ich habe es nie anders erwartet! Euch aber, liebe Narren und ›positiv Denkende‹ und Gutgläubige, Euch wird's umhauen! Was mich ja auch barmt, denn ich wünsche es keinem! Wenn es mir nun aber doch gut ergeht und doch Gutes auf mich kommt, dann freue ich mich wie ein Kind über ein unverhofftes Geschenk! Ihr Optimisten aber nehmt es für normal und gewöhnlich; Ihr packt stets Erwartetes aus und legt es beiseite zu den anderen Gaben in die Regale. Die Freude darüber ist Euch längst schal geworden. Das auf Euch kommende Übel aber, die Not und Krankheit, der Unfall und Tod, versetzt Euch in Schrecken und Starre. Mich nicht! Denn ich habe es immer gewußt und erwartet. Ihr aber seid schlecht gewappnet; Ihr vermögt die Lage nicht zu erkennen! Die feinsten Sinne für das Entscheidende aber entwickeln die Horchposten und die Nacht- und Schwarzseher.«

Also, Dietelchen? Also, Leser!? – Welches wohl ist die bessere Wahl? – Aber tröstet Euch denn meine Sinnesrichtung? Könnt Ihr sie übernehmen? Und werdet wie ich? – Aber nein! Bloß das nicht …

7. Kapitel

Gehäuse

Was macht sie aus, die Frau? – Nun ja. Ich war einmal, auf ihren Wunsch hin, wandern mit ihr, mit Dietelchen, in der Eifel. Wir hatten nur kleines Rucksackgepäck, der Weg war angenehm. Nach zwei Stunden schlich mein Dietelchen mit blasigen Füßen mißmutig hinter mir her und bremste unser gewöhnliches Lauftempo mit viel Greinen und Pausieren. (Heute wäre wohl Telefonieren hinzugekommen …)

Abends dann gab es im Gasthof zu Mayen unten im großen Saal und anderen Räumen ein zufälliges Hochzeitsfest mit Musik und Tanz, wo hinzu wir als Fremde freundlich gebeten wurden, um nur tüchtig mitzufeiern und zu tafeln. Nach genußvollem Speisen von reichlich Nachtischen auch tanzte mein Weib fidel und immerfort bis tief in die Nacht hinein und hatte für so eine Eventualität sogar ›Pömps‹ in ihrem Rucksack verstaut (und einen Föhn auch und Sprays, wie sich herausstellte – darum auch war er so schwer!).

Ich aber saß erschöpft und schnell betrunken in feuchten Wanderstiefeln mißmutig am leeren Tisch und hätte ins Bett fallen mögen. – So also bremste *ich* nun ihr gewohntes Lebenstempo. Und so war das eben öfter mit (oder zwischen) Mann und Frau.

Mein Eheweib, ein übrigens sehr hübsches Wesen, druckste einmal derart rum, daß ich sie schütteln und liebherzen mußte, bis sie dann endlich herausrückte: Daß sie mir ja doch nicht schön genug sei!

»Wie kommst Du denn darauf, mein hübsches Dietelchen? Mein herzliebstes, allerschönstes Eheweiblein?«

»Du willst, was ich nicht habe.«

»Ja, was soll denn das sein, Dietel?«

»Busen«, flüsterte sie schüchtern und sah betrübt zu Boden.

»Was?!« rief ich erstaunt.

»Ja, du sagst ja immer Titten und solche Sachen.«

»Aber Frau, das schreibe ich doch nur so daher, für mein Publikum, um es anzuspitzen und scharf bei Laune zu halten. Auch die alten Drogisten hören es gern! Außerdem hast du doch zwei liebliche, hübsche Busen!«

»Ja, was gefällt dir denn überhaupt noch so an mir?«

Tja. – Ich hatte es ihr nie verraten wollen, weil ich stets einen geheimen Genuß daran begehrte und verzehren mochte, von dem sie nichts wissen mußte, damit sie deswegen nicht eitel oder zickig werde. Und nun ging es nicht anders, ich mußte ihr lieb sein und bekennen:

»Insgeheim, mein liebstes, schönes Weibchen, sind mir bei den Frauen ja doch ein hübscher und kluger Kopf und die Hinterteile das allerliebste! Und zwar genau so welche, wie du sie hast, mein guter Liebling!«

»Und sonst nichts?«

»Auch sonst *alles*!«

»Alles?«

»Alles!«

Da war sie nun doch erleichtert und errötete leicht, denn ein solches, schön ausgeprägtes und durchgebildetes Hinterteil besaß sie ja wirklich, und sie wußte es genau (in ihrem schönen, klugen, sturen Kopf) und streckte es mir nun – meist vor der Spüle stehend, allein mit Küchenschürze bekleidet! – immer wieder mal ohne Zögern deckungswillig hin. Oder her.

Hoho! Vor zehn Jahren noch hätte ich sie dann augenblicklich besprungen. Doch damit hatte es sich so längst ausgeknistert. Also knetete ich ihr meist nur ihre zwei tüchtigen Backen gut durch und der Rest bedurfte dann anderer Mittel und Zutaten, die mittelbarer nur, aber letztlich doch auch Gipfel erwirkten. Und ab und an gelang es sogar noch auf die gewöhnliche Weise. Und so kehrte das Glück immer wieder zurück ins Haus, das ohne sie und ihr Glück und prachtvolles Wesen ganz leer war. – Oder leer wäre.

Das Alter hat seine komischen Seiten. Ich erinnerte mit eins, wie mein Vater, als er noch lebte (Gott hab ihn selig!), mit freiem Unterkörper und der Ansage, er müsse sich nun noch, um »das Bettlaken zu stempeln«, aufs Bett setzte, um so seine Waden mit Krampfadernsalbe, Pferdebalsam und dergleichen Heilwürdigkeiten einzureiben; das tat er unter schwerstem Gestöhne mit höchstem Genuß. Und tatsächlich hatte er dann jeweils einen (hämorrhoidal bedingten) Stempelabdruck hinterlassen, der auf dem weißen Bettbezug wie ein daumenlanges – nein, wie ein banales anales Komma aussah.

Unterdessen lief täglich die Waschmaschine, und meine Mutter saß stumm vor dem Fernsehapparat in depressiver Kümmernis und sprach ganz selten, aber wenn, dann so erstrangige Sätze wie:

»Was hatten die bloß für bescheuerte Frisuren damals!«

Mein Vater, der lange schon keine Frisur mehr hatte, brummte mißtrauisch, ob die Alte etwa auf ihn und seine (nicht vorhandene) Haartracht zielte. – Sie dachte nicht einmal daran und fuhr gutmütig fort:

»Besser kluger Kopp mit bekloppter Frisur oben druff als ne schnieke Frisur uf'm Doofmann! Oder, Edmund?! Besser so eena wie du!«

Er stand inzwischen wieder und pupte und brummte behaglich:

»Ja, klar! Gretelchen!«

Dann versuchte er, eine frische Hose über den Kopf zu ziehen. Und so starben sie dann beide alsbald dahin. Oder davon. Beizeiten von dannen.

Dieses grause Familienidyll und Totenbildnis beschämt mich unmittelbar! – ich breche es ab und beschwöre, ähnliches nie wieder aufzuführen! Denn meine Eltern waren gut, ich bin nun auch alt und habe ihnen zu danken, und beide sind mir nichts schuldig geblieben – so wie ich ihnen, hoffe ich, auch nicht. Ich bin beizeiten hinaus in die Welt und ihnen fortan nicht mehr zur Last gefallen, und sie werden gespürt haben, daß ich es meistern werde, so gut es eben geht, innerhalb meines Lebens Möglichkeiten. Und damit waren die Elternpflichten abgegolten auf die natürlichste Weise.

Aber selbst da noch, als ich seit langem frei umherflog, waren sie immer großzügig und hilfreich, trotz ihrer Armut, die eine noble war. Ich habe nie etwas in Anspruch nehmen müssen, konnte mich aber dankbar erweisen.

Geizige Eltern sind möglicherweise hinderlich, solange sie leben – danach erben die Kurzgehaltenen oft viel Aufgespeichertes an Geld und Haus! Ich erbte nur Aufgebrauchtes (1 Röhren-Farb-TV), hatte freilich immer genug und brauchte auch fortan nie viel – und Gott habe sie selig drum!

Beider Tod lag vor meiner Kerkerhaft – das konnte sie nicht mehr bedrücken, obgleich es mich nun verdroß, daß sie mich hier so von oben sehen könnten. Immerhin dürfte ich ihnen, sollten sie doch einmal noch vor mich treten, den Eid leisten, daß ich, meines Wissens, nichts von Übel und keinem Menschen Leid angetan habe – außer gewöhnlichen Kummer und leichtere Seelenlast vielleicht.

Selbst in die verhängnisvolle Paketbotengeschichte – die man, wenn alles gut ausgeht, gern zur lustigen Bombengeschichte ausbaut – geriet ich ja nur aus Gutmütigkeit und Höflichkeit, wie sie mir die Eltern stets nahelegten. Daß ich hierdurch in den Ruch der Hehlerei oder sonst Schlimmeres geriet – ich weiß es bis heute nicht, denn Röhr hält Genaueres aus taktischen Gründen geheim! –, auch das war niemals meine Absicht. Ich wollte einer Dame eine Höflichkeit erweisen, nichts weiter!

Der Vater starb, wie Männer zu sterben bevorzugen – augenblicklich, mit einem Schlag. Die Mutter quälte sich elend und lebend tot noch allzu lange dahin; das bevorzugen die Frauen nicht, aber sie sind oft zäh und duldsam und können schwer loslassen. Ich darf mir immerhin zugute halten, daß ich meine Mutter zwei Jahre lang hierbei umsorgte; ob sie es merkte und mich überhaupt noch erkannte, bleibt bis auf den Tag des Wiedersehens ungewiß. Ich werde sie fragen. Und ich werde sie beide sehr drücken!

Von nun an war ich auf mich gestellt und ich bin damit meist gut klargekommen; die Einsamkeit verdrießt mich, wie gesagt, gar nicht. Mit Frauen hatte ich wenig Glück; sie paßten nicht recht oder ich ihnen nicht. Nur meine Ehefrau konvenierte dann, und wir blieben gern für immer beisammen.

Um die mir beigesellten Kinder, die Monika, den Erwin und Friedemann, habe ich mich stets und herzlich gekümmert, aber ich habe es nie als Vertragspflicht angesehen, daß sie etwa eines Tages in der Pflicht stünden, sich dafür um mich zu kümmern. – Sollte es doch so kommen, freue ich mich!

Passionswege geht man allemal allein, mögen da noch so viele weinend um einen sitzen – wovor Gott mich und sie bewahren möge! –, denn seinen Schmerz, seine Krankheiten erdulden und sterben, das muß jeder – nein, das muß immer nur *ich*! wie jedes Ich! – ganz allein für sich.

Weil ich so denke und für richtig befinde, daß man seine Kinder rechtzeitig in die Welt entläßt und sie dann auch wie Erwachsene behandelt, wirft mir die Frau im gelegentlichen Jähzorn Charakterdefizite vor und mangelhafte Vater- bzw. Fürsorgelibido, und sie unterstellt mir ungenügenden Beistand für den Fall, daß es ihr selbst einmal schlechtgehen sollte. – Sie mag unbesorgt bleiben! Frowalt Hiffenmarkt weiß stets seinen Pflichten zu genügen.

Sie selbst, Dietlinde, ist hierin bedingungslos opferbereit; auch ein längst dreißigjähriger Sohn bleibt ihr »das Kind«, um das sie sich bekümmert, und ich vermute sogar einen Trieb in sie (wie in viele Mütter) eingepflanzt, der einen ›*Regressus ad uterum*‹, vor allem die Kinder betreffend, ersehnt und bestrebt. Die Mutter begehrt, die Brut zu umarmen, zu behüten, zu umurmeln und zu verschlingen auf ewig und in sich, als Empfangende und Gebärende und abermals Empfangende. – Denn immer entzückte meine Dietlinde eine Bastelarbeit der Kinder viel mehr, als wenn ich ihr das Himmelreich schenkte! – So ist das eben.

Die Gottesanbeterin, die nach der glücklichen Begattung zum Frommen der Brut den Ehemann verspeist, wird allen Lesern bekannt sein. Sie tut das nicht aus feministischen, sondern aus genetisch verankerten Trieb- und Instinktgründen und vor Hunger.

Sollte ich mit den Kindern, ohne die Frau, in ein großes Unglück verwickelt werden, so besorgte sich die Mutter zuerst um ihre Kinder – das steht fest! Ob sie mich ihnen zu Gunsten opferte, wage ich nicht zu mutmaßen, aber ich mache mir in dieser Angelegenheit nichts vor. Tiefere, ältere Zwänge drängen auch unsere Gattung, die Hege der Brut an vorderste Stelle zu setzen.

Überlisten läßt sich die Frau oder ihr Naturtrieb, solange kein Kind da ist; die Föten genießen noch kaum

Fürsorge. Das Verhüten und Abtreiben plagt seltener das Herz und Gewissen der Frau als dann ein totes Kind. Aber die Menschen können auch fühllos, kaltherzig und grausam sein …

Vielleicht hat das alles seine guten Gründe und vielleicht hat Dietlinde auch recht mit dem, was sie mir vorwirft, und ich irre in allem! Die Tiere jedenfalls, denen ich gesündere Instinkte als uns Menschen zugestehe, behüten *und* entlassen; sie schubsen den Nachwuchs aus dem Nest hinaus ins Leben, sobald es nur geht. Das muß für Menschen, die ihre Föten während ihres ersten Frühlings auf Erden noch lange außerhalb des Mutterkörpers zu behüten haben, so nicht zutreffen – aber doch ähnlich, aus Gründen der Notwendigkeit allen Werdens und Vergehens und um einer tauglichen Erwachsenheit und Selbständigkeit willen! Ein guter Meister weiß sich beizeiten überflüssig zu machen und den Lehrling als Gesellen in die Welt zu entlassen. So jedenfalls halte ich es.

Bestenfalls haben wir beide recht, die Mütter in jener, die Väter in dieser Richtung und Hinsicht, denn die Mütter gebären, hüten und bewahren, die Väter aber hüten und befähigen und schmeißen raus! – Bislang jedenfalls.

Denn die Geister stehen bereit, dies als überkommenen Unfug abzutun – sollen sie nur! Mit ihren Kindern, die solche bahnbrechenden Menschen oft gar nicht wollen und haben, und mit ihren Gefährten, oder auch ohne die, müssen solche umwälzenden Menschen dann allein klarkommen. Das Leben ist hart – ich kenne viele vergrämte Rebellen! –, aber Einsicht und Bewältigung mildern und glätten dann vielmals doch noch den Mißstand und die Not, die am Ende bevorzugt alle Kindlosen und Vereinsamten anfällt.

Als ich noch jung und munter herumsprang in der Welt, sei's in Sauger, Schweinfurt, Haßfurt oder Meppen oder auch drüben in New York, wo ich einst an der *Central Station* große Reden schwang und überall in der Welt zu Hause war und Massenware, soviel ich nur wollte, in die dortigen Märkte drückte, da war mir alles egal, und doch war mir alles ganz zum Vorteil gediehen!

Mochten sich doch meinetwegen alle erwürgen im Tal um Gut und Geld, ich blieb in Meppen, in Gaustadt-Sauger und New York, auf den dortigen Anhöhen Hochhäusern und Gebirgen, stets der froheste Herr der Welt!

»Ich bin der froheste Herr der Welt!« – So rief ich früher und sagte es mir noch bis vor einem halben Jahr beinahe noch monatlich (täglich schon lange nicht mehr!) und meist nur noch in Meppen und Sauger. (New York war lange schon vorbei.) – Immerhin, die Sonne schien noch, die Amsel sang von dahingeschmolzener Finsternis aus dem Tale jenseits der Alewynschen Gärten. – Wo würde sie erneut einbrechen? Das fing ich mich irgendwann an zu fragen. Und ich dachte hierbei nicht an die Amsel, sondern an die Finsternis, eine undeutliche zwar, aber schon aufdämmernde und niederziehende. – Pessimist eben …

Bis dahin war ja auch Alles gutgegangen und gut gewesen! Bis eben dann scheiß Schweinfurt kam – und die junge Dame mit ihren blöden Geschenken. Und ihren Teufelsgaben! Dem hübsch verpackten Verhängnis in zwiefacher Paket- und Renate-Lehmann-Gestalt!

8. Kapitel

Niete

Der sorgfältige Leser wird sich längst gefragt haben, wovon ich denn eigentlich gelebt habe, vor meiner Haft, wovon eine Familie ernährt und die Redereisen und Meppen bezahlt?

Von den Einnahmen durch Bahnhofsvorplatzreden ja wohl nicht! Die waren eine immer nur kostspielige, nie recht zu bändigende Leidenschaft von mir – seit meinem fünfzehnten Lebensjahr!

Damals verspürte ich erstmals während eines Schulausfluges nach Berlin auf einem U-Bahnhof namens ›Britz-Süd‹ – parallel zu ersten sexuellen Regungen übrigens! – den stärksten Drang, mich auf einen Papierkorb zu stellen und eine kleine Rede über den Unfug des Latein- und Französischunterrichts zu halten. Damals hörten mir sogar einige Ausflugskameraden beipflichtend zu, die anderen Passanten werden mich, auch bei den folgenden Reden ohne Begleitung, für ein gestörtes Schulkind oder sogar für verrückt gehalten haben.

Die Ähnlichkeit und das gleichzeitige Aufsprießen sowohl dieses Drangs zu gereckter Redehaltung mit Redeschwall als auch meiner frühesten Erektionen mit Erguß waren nicht zu übersehen und ich habe viel darüber nachgedacht, konnte aber nie finden, daß mir das eine etwa das andere irgend ersetzt oder kompensiert habe – eher verstärkt! Der Hang zu beidem war von Jugend an stark ausgeprägt da, und beides konnte auch gut bedient und beruhigt werden, ohne sich gegenseitig zu schwächen oder sonstwie zu beißen. Das Gegenteil, die gegenseitige Steigerung, mag erwägenswert sein ... Und so war es dann auch wohl eine Zwillingsexistenz, in der zwei mehr sind als nur zwei ...

In den ersten Ehejahren zeigte sich meine Frau überaus amüsiert und wohl auch erotisiert, wenn ich mit einer Erektion vor ihr am Bette stand, um sehr hitzig über die seinerzeitige Außenpolitik Walter Scheels oder egal was noch zu reden, um sie sodann final, und unter starkem Applaus der Massen gewissermaßen, zu bespringen.

Allein, beide, Rededrang und sexuelle Aktivität, haben mich und die Meinen nie ernähren helfen. Auch diesfalls im Gegenteil wohl. – Wovon aber lebte ich denn?

Jetzt freiheraus: Ich trieb bis in die Zeit vor meiner Inhaftierung Handel mit Bürstenartikeln, genauer: Ich bin (oder war) Vertreter, so steht es auch in den Akten, und drückte Bürsten und Rasierpinsel in die restlich verbliebenen Drogerien und kleinen Seifenmärkte Deutschlands. Zu diesem Zwecke reiste ich mit einem Musterkoffer und kleinem Vertretergepäck ständig mit der Bahn umher – das Autofahren war mir immer schon zuwider. Meine Ware besorgte ich mir auf Kaution in einer Berliner Blindenanstalt in der Oranienstraße, die eine Bürsten- und Pinselbinderei betreibt, und in Bamberg bei der Firma *Bürsten Nickles* im Zinkenworth, die leider selbst auch an Laufkunden verkauft und überdies eines der schönsten Schaufenster dekoriert, sonst wäre der kaum zu sättigende Bamberger Markt damals auch ganz der meine gewesen. So aber hatte der Nickles wie von selbst das Bamberger Monopol inne.

Kurz und gut, ich bediente als Hauptvertreter für Sanitärbürsten und -pinsel die drei Großlandschaften des Dreiecks Meppen/Emsland, Franken, Großraum Grollstadt-Sauger und überdies in minderer Funktion noch Teile Nord- und Süddeutschlands. – Was sich wohl ganz gut anhört!

»Bamberger Busenbürste«

Das Geschäft lief zum Schluß miserabel, weil die Seifenketten und Supermärkte woanders einkauften und mir die Drogerien wegstarben und auch allmählich dem Altersgeiz und der Todesangst unterlagen.

Ich trat dann irgendwo frohen Mutes ein, und der Drogist, der mich seit Jahren kannte, stand so bekümmert wie abermals gealtert, ja steinalt schon, im Wege und wehrte mich ab: »Wir brauchen nichts, Herr Hiffenmarkt! Der letzte Rasierpinsel ist vor neun Monaten verkauft worden! An eine schwangere Frau übrigens, hähä!« – Hierbei glotzte er triefäugig in seine uralte Musterauslage mit Pinseln und Bürsten und stellte sich vermutlich Versautes und Sabberiges mit rasierpinselkaufenden Frauen im neunten Monat vor …

Und wenn ich dann aufmunternd sagte: »Ja, die Frauen! Was wären wir ohne sie? Wie sieht's denn mit den *Bamberger Busenbürsten* aus?« Dann schöpften diese abgelebten Drogen- und Seifengreise doch etwas Hoffnung und hellten auf: »Ja, die *Busenbürsten*! Da dürfen Sie gern noch dreißig von aufschreiben!«

Die ganze Branche an Kleinstdrogerien mitsamt ihren Vertretern kränkelt! Bis heute und nun wohl ärger noch, wie ich höre, wo immer es sie überhaupt noch gibt, und alle zeigen sie Symptome von Sterbeangst: Die Läden insgesamt, die Schaufenster, der staubbelegte Verkaufsraum und am schlimmsten geht es in den Hinterzimmern zu, wo übelriechende Dosensuppen warm gehalten und stundenlang Abrechnungen angestarrt werden.

Die Vertreter, also wir, leiden als eigentliche Parasiten stark unter dem Niedergang unserer Wirtsorganismen und zeigen darum ebenfalls die merkwürdigsten Verhaltensauffälligkeiten – ja, manchmal auch Totenflecken schon an den Beinen! Bei mir ging es ja noch, aber wir alle lebten doch derzeit im Grunde nur noch von *Bamberger Busenbürsten* – und keiner wußte so recht, warum?! Es war einfach so!

Es gibt sie bis heute, diese *Bamberger Busenbürste*

vom *Nickles* in Bamberg, der wahrscheinlich reich und übermütig mit ihr geworden ist (im »Großen Paderborner Sanitärkrieg« allerdings hat er sich dann vorbildlich verhalten). – Ob aber die Frauen tatsächlich ihre Busen damit bürsten? Oder ihre Männer ihnen diese? Oder ob sie der Privatkunde in abartiger Weise nutzt und befremdlich einsetzt? – Keiner von uns wußte je etwas darüber, selbst altgediente Drogisten konnten sich das Busenbürstenwunder nicht erklären und sagten immer nur ratlos: »Wieder drei weg heute! Drei!!«

Die meisten von ihnen, womöglich bald alle, haben dann das ungelöste Rätsel mit ins Grab genommen. Andere bäumten sich noch kurz auf. Und mich rettete gewissermaßen auch die Verhaftung. – Ja, doch! Denn die Lage war vorher schon in einigen meiner Gauen explosiv geworden …

»Drei Bamberger Busenbürsten«

In Paderborn etwa hatte im allgemeinen Niedergang ein alter Drogist namens Greiner kurz vor dem Ende seiner von den Ahnen und Altvätern auf ihn gekommenen *Drogerie Greiner* letztmals aufbegehrt und vor Verzweiflung und aus Feigheit vor dem Hauptfeind einen Krieg *gegen mich* angezettelt, der den großen Seifenketten hätte erklärt werden müssen – nämlich *Rossmann, DM, Ihr Platz, Müller* und *Schlekkermann* und wie sie alle heißen! Dieser Afterdrogist Greiner hatte mich auch bei der Innung in Haßfurt angeschwärzt, daß ich angeblich *Busenbürsten* falsch abrechnete, asiatische Duplikate verkaufe (was *Nickles* in Bamberg hellhörig werden ließ, den ich beruhigen konnte) und beim Kunden Schweinsborsten für Dachshaar ausgebe. – Alles nur Lüge und Ränke!

Daß dem Blitz, der die damalige – zugegeben schreckliche! – Verdorbenheit, wenn nicht Vergammeltheit meiner inneren Verhältnisse beleuchtete, kein Einschlag folgte, lag daran, daß ich meist angetrunken und wie immunisiert im Land umherreiste und nichts als dumpf und rechtschaffen *Bamberger Busenbürsten* vertickerte, mithin immer gut geerdet und finanziert blieb oder wie im *Faradayschen Käfig* beschirmt an Kneipentischen hockte und zum Bier meist nur noch in Regionalblätter starrte. Meine Indolenz aber trieb einen Splitter in den feindlichen Körper, sie reizte den Greiner und machte ihn gallig und töricht.

So kam es zum Krieg! Drogist Greiner, mein frischer Feind, war mir zuvor nie großartig und auch nicht bösartig aufgefallen! Ich war nicht gewarnt! – Ja, wie auch!?

Vor greisen Kitteln und Knitteln?! Immerhin folgte dem Blitz beizeiten ein Donner und schreckte mich auf! – Alarm! Alarm! Zu den Waffen!

Es waren dann freilich lächerliche Gewalten, die mir, vom greisen Drogisten Greiner gedungen und schlecht entlohnt, in meinen Vertretergauen West und Süd auflauerten und eine Art Kleinkrieg wider mich organisierten, der mich – und mehr noch sie, diese lächerlichen Greinerschen Rotten! – viel Kraft und Zeit kostete, aber keine Gefahr für die Unwiderruflichkeit meines Sieges bedeutete, zumal gewichtige Kräfte, der Bürsten-Nickles etwa aus Bamberg, zu mir standen. – Als Greiner verbittert am himmlischen Blitzschlag (vulgo: Krebsleiden) starb, fiel seine Bande im Nu auseinander. Und damit war diese Sache bereinigt! Der ›Paderborner Sanitärkrieg‹, wie ich ihn fortan nannte, hatte geendet.

Aber das alles hätte mir eine Warnung oder ein Fingerzeig auf Schweinfurt sein müssen! *Dieser* Krieg hätte mir durchaus dienlich sein können, meine Horizonte, besonders Richtung Schweinfurt, besser zu observieren und beizeiten auf *jene* künftigen Geplänkel zu achten und vorsorglich zu rüsten. – Aber nein, ich träumte im Wohlgefühl meines Sieges weiter!

Der ›Hons‹ aus Niederrad schrieb mir meinen Kleinkrieg betreffend damals Erbauliches, das mich vielleicht dann zu sicher und siegesgewiß machte:

»Lieber Frowalt! Zu den Entscheidungen auf dem Schlachtfeld überliefert Plutarch ein schönes Stück von Alexander. Am Tag der Schlacht bei Gaugamela schlief Alexander bis in den späten Morgen. Den Generälen, die ihn nicht aus den Federn bekamen und ihm sagten, lange schlafen dürfe er, wenn der Sieg errungen sei, jetzt aber stehe ihm bevor, darum zu kämpfen, antwortete er: Wieso? Wir haben doch bereits gesiegt, da wir nicht mehr marschieren und Dareios verfolgen müssen, nachdem er endlich einer Schlacht nicht mehr ausweicht.«

Solches also schrieb mir damals, mich »aus den Tiefen« seiner »blühenden Einöden« grüßend, mein liebwerter Kamerad ›Hons‹, dessen Gruß zwischen ihm und seiner Tochter schicklich ›Ich bin der Sieg!‹ lautet. – Er kennt sich aus! Darum auch legte Töchtervater Hons unbeirrt nahe, Konstantinopel sei noch zu seinen Lebzeiten dem Christentum zurückzugewinnen! – Um der Töchter Frommen? Um der Hiesigen willen? – Gleichwie, er, Hons, ein Magus aus Hessen, wird es womöglich schaffen!

Solche Ritter also mehrten meine Reihen wider den Spitzbuben Greiner aus Paderborn! Also war der Sieg unser! – Und machte mich doch töricht.

Sie, verehrte, nicht mehr nur sorgfältige, sondern nun auch sorgenfaltige Leser, werden so bekümmert dreinblicken, wie ich es auch tat, denn die *Bamberger Busenbürste* und der restliche Rasierpinselkram finanzierten mir gerade eben so die nötigen Dienstreisen und das mir unentbehrliche Mepper geheime Refugium. Und meine Handelstätigkeit fand nicht mal äußeren Frieden! – Wie konnte das gehen? Was brachte Geld?!

Nun, es keimte mir früh schon, neben dem Rededrall und den beachtlichen Erektionen (haha!), ein seltsam seherisches Talent bei Fußballwetten. – Es gibt Wochenenden, da spüre ich es, da wette ich wie ferngesteuert; einmal etwa wettete ich beim Samstagspiel auf Hertha-Hoffenheim 3:3 und Bayern-Düsseldorf 3:3, genau auf Ergebnis! – Ein ganz unwahrscheinliches Ergebnis, aber so kommt es dann meistens – und so kam es auch damals! *Toto* oder *Tippico* schieben mir dann 12 und mehr für 1 rüber und finanzieren den Rest, den die Rasierpinselei nicht mehr zu stemmen vermag – und das alles sogar steuerfrei, hähä!

In der Haft war es mir freilich nicht erlaubt, weder das Wetten noch das harmlose Lottospiel – das kaum als Wette gelten kann und bei dem meine seherischen Geschicke schlichtweg aussetzen, denn es ist ein gar zu tumbes Unglücksspiel! Und weil *Lotto* – der Name schon! – so unfaßbar dämlich und doch raffiniert ist und für mäßige Gelder, die andere *in summa* dann fett machen, nichts als falsche Hoffnungen verheißt, dürfen verurteilte Häftlinge, zu denen ich als Untersuchungshäftling – gottlob! noch – nicht gehörte, unter Begleitung eines Wachtmeisters, wie ich von Röhr gehört habe, zur Belohnung ihres Wohlverhaltens wöchentlich einen Gang tätigen in die der Haftanstalt nächstgelegene Lottofiliale und dort einen einfachen Tippschein mit zehn Kästchen ausfüllen, sofern sie es sich leisten können und nicht alles für Zigaretten ausgeben. (Man sagt den Häftlingen, daß, wenn sie flüchten, sie kein *Lotto* mehr spielen dürfen! – Und keiner flieht!)

Sollte ich mich nun darauf freuen? – Hätte ich da wohl hinterrücks und heimlich, anstatt zu rauchen und *Lotto* zu spielen, doch *Tippico*-Fußballwettscheine ausfüllen können? Oder wäre ich da schon so trottelig geworden, daß auch ich Trost aus zwei artigen Lottokästchen zu pumpen erhofft hätte? – Ich mag gar nicht daran denken!

Die Untersuchungshaft bekommt mir gut, daran ist kein Zweifel, aber vielleicht sauge ich auch schon billig Hoffnung hier, daß ich ja letztlich doch davonkommen werde, und richte es mir darum behaglich ein – oder aber meine partielle Spielernatur genießt einfach nur den Spannungs- und Schwebezustand, der über mir sinnt, wie denn die Würfel nun fallen mögen … Alles war noch unentschieden, ich steckte wie *Schrödingers* Kanarienvogel im Käfig, nee, wie Schröders Hauskatze im Kerker, schuldig und unschuldig zugleich (»Fall *paradox*«!), bis endlich ein Schiedsrichter hineingriff und eine tote Niete oder einen lebhaften Gewinn herauszog.

Die Niete ließ mich, den abgerissenen Bürstenversager, den dämlich-arglosen Botengänger und vermeintlichen Rabenvater und Oberpessimisten, sogleich zusammenfahren, so als sei mein Schicksal längst entschieden und ich sicher verurteilt durch meine ständigen Mißgriffe. – Andererseits hatte ich ja beim *Tippico*-Spiel bewiesen, daß ich durchaus zu den Glücklichen und zu den Gewinnern gerechnet werden durfte und daß ich ein Kämpfer und Sieger bin, was ich zuletzt ja im ›Paderborner Sanitärkrieg‹ zur Genüge bewiesen hatte. So roch es also doch nach Freispruch!? – Ach, es schwebte alles weiter in wankender, aber doch recht kommoder Balance – nun aber seit Monaten schon.

Glücklicherweise bunkerte ich daheim noch Gewinnreserven, und, wie schon verraten, allerhand Gespartes auch; nur meine Frau wußte, wo es versteckt war, und verwaltete es gut. Dietlinde handelte aus Sorge um die Zukunft, um die Kinder und die Prozeßkosten sogar noch einige Wertpapiere, indem sie diese, was immer das Klügste ist, billig einkaufte und teuer verkaufte – ohne freilich viel Umsatz zu machen. (Was bei mir im Bürstenhandel leider genau umgekehrt und verkehrt lief, wie Sie, werte Leser, während meines Verhörs gleich mitlauschen dürfen.) Stückweise schickte sie mir vom Guthaben kleine, unauffällige Beträge zu.

Viel und viel mehr brauchte ich hier ja nicht – kaum Ausgaben, Unterkunft und Futter zahlte der Staat (hähä!), solange ich eben nicht schuldig gesprochen war (aber dann wohl für immer ...). Denn ich befand mich ja, wie eben erklärt, seit langem in Untersuchungshaft, weshalb mich Röhr auch immer noch täglich verhörte – so lange, bis die Sache für ihn geklärt war und ich infolgedessen abgeurteilt werden würde.

Sowohl die Aufklärung als auch ein Schuld- oder Freispruch ließen auf sich warten, und die Würfel trudelten ewig noch. – Was mich gar nicht mehr störte, ich hatte es mir hier längst hübsch eingerichtet und überm Schreibtischchen hing längst ein Kunstdruck vom *Armen Poeten*.

Überdies, um einen Schuldspruch war mir nicht bange, auch wenn ich ihn niemals hätte begreifen können, weil ich nichts Unrechtes getan hatte (was natürlich jeder absichtslose, nichtsahnende Drogenkurier beteuert und unter Tränen beschwört, wenn er dann aus Gründen der Staatsraison auf 20 Jahre in Ketten abgeführt und weggesperrt wird ...), nein, was mir zu schaffen machte, war die Vorstellung, daß die Verhöre mit Röhr abbrechen könnten und alles fortan verstummen werde – das hieße dann für mich Absturz und Totenstille und verhieße mir alsbald den sicheren, knisternden, den letztknattrigen – Tod.

»**Halt! Stop!**« wird der genaue Leser rufen: »Was ist mit den Einnahmen durch Buchverkäufe? Die Bestseller und *Gottesbeweise*, der Pferdehofroman *Galoppierende Backfische* (englisch: *Galloping Girlies*), das muß doch alles Kohle gebracht haben und noch bringen!?«

Ich bitte Sie! Davon läßt sich nicht leben. Die Leidenschaft hierzu, auch dieses hier jetzt, zu schreiben, kostet viel Mühe, Zeit und Nerven – das zerrt am Gemütskostüm und verzehrt nur Gelder. Die Erektionen schädigt es auch und mein genuiner Reise- und Rededrang wird nur gebremst, wobei er jetzt ja aus anderen Gründen sowieso ausfällt und alles hier noch viel belastender wirkt und schädigt als beim Schreiben in Freiheit draußen. (Oder auch nicht ... hm?)

Wobei die Leidenschaft, von der ich sprach, die beim Rededrall oder Sexualtrieb und auch die bei meiner Wettspielneigung viel größer ausfällt, mehr Hitze hat und wärmt als das triste Tastengetippe und öde Schreibgestiftel. Das Alter und sein naturgemäßes Knistern und Knirschen und Sabbeln sorgen bei mir für das übrige, das gibt mir den Rest, wie man so sagt, haha! Die Schreibstrapazen befördern das noch und umgekehrt. Hinzu kommen, wie gesagt, jetzt die Haftbedingungen, die mir meine Arbeit freilich auch erleichtern. Es war im Grunde hier alles wie in Meppen, nur nicht geheim! – Gleichwie, das hiesige (haftbedingte) *Kalamitäten*-Machen war, ist und bleibt eine idiotenhafte Strapaze – wie alle höhere Dichtung!

Kurzum: Das Schreiben und Erzählen ist mir – genauso wie das Bürstendrücken übrigens! – eine beschwerliche Pflicht, die ich ebendarum erledige, weil es (durch mich! wen sonst?) erledigt werden muß. Andererseits, so ganz ohne Pfiff und Lust ist der ganze Schwachsinnsvollzug und Galeerenbetrieb am Schreibtisch (und für die Drogisten) auch wieder nicht, und so erledige ich ihn also auch gerne – und, ja – doch, doch! – durchaus mit Leidenschaft. Aus Berufung!

In der Haft hatte ich überdies nichts Besseres oder mir sonst Übliches zu tun – keine Bürsten noch Schaumpinsel waren zu drücken, keine Reden waren an den Dienstmann vom Bahnhof zu bringen, kein Nichts und wenig Regungen nur waren zu begütigen.

Meiner Frau ließ ich manchmal noch Kassiber zukommen, die (nichts als, höhö!) visionäre Fußballtips enthielten – die nach neuer Rechtschreibung geschrieben, als neudoofmodische »Fussballtipps«, nur nebenbei bemerkt, sage und schreibe: 2 S, 2 L und 2 P pro Wort fassen! – Wer wollte *darauf* wetten?

Nun, meine Fußballtips kamen entweder zu spät bei Dietlinde an oder funktionierten nicht, wenn oder gar weil (?) meine Frau sie in Vertretung anwandte. Es bedurfte wohl meiner divinatorisch-elektromagnetischen Unmittelbarkeit und Präsenz, die von hier, aus der Zelle und vermittels Frau zu stark vom Wettschein und der Wettannahmestelle separiert und so eben zu stark isoliert waren. (Daß Dietel sich nicht für Fußball interessierte, machte nichts! Ich tat's ja auch nicht!) – Also lief und funkte da nichts mehr über diese »morphogenetischen« *Tippico*-Wettfelder, über welche mir gelegentlich noch der Wind Fußballergebnisse zutrug, die mich hier aber so ungewürzt überhaupt gar nicht mehr interessierten und mich ja auch nie interessiert hatten.

9. Kapitel

Grundstoff

Vor Jahren, bei der leicht entgeisterten Durchsicht einiger fälliger Rechnungen am Refugiums-Schreibtisch zu Meppen, welche ich mir tunlichst nur dorthin senden ließ, damit sie besser geheim blieben und meine Frau nicht aufregten, schrieb ich einmal ganz wie nebenbei – als ich schon völlig müde und schwindelig über den Bilanzen saß, so daß die Brummer um mich munter und brünstig wurden! – und wie abwesend, ja wie schlafwandlerisch vier Worte untereinander auf einen Kneipenrechnungsblock, welche ich mir überall gern aneigne oder von den Brauereien *Sauger*, *Osnabrücker Bergquell* oder bei *Schultheiss* in Berlin (nur bei *Veltins* nie!) besorge und die ich mir überall in Stapeln zur Seite lege, um keinen Gedanken, keinen Einfall, kein winziges Brummköttelchen zu vergeuden, zu vergessen oder zu verlieren – dort also, auf so einem *Klosterbräu*-Bierblock stand dann, wie ich damals erst anderntags gewahrte, ein kleines, formvollendetes Gedicht! – Ja doch! Ein Gedicht!

Die Hiffenmarkts sind an sich lyrisch amusisch und im Grunde ganz minderbegabt für die edlere Dichtung; hier aber stand nun plötzlich ein aus tiefsten und dunkelsten Gründen auf mich gekommener, stark verdichteter Vers von vier Worten auf vier Zeilen, und ich schiebe Ihnen diesen, werte Leser und verehrte Freunde der

Lyrik, hier unten drunter (und mehr nach rechts an den Rand), nämlich so:

*›**Welt***
Gelt
Geld
Weld‹
F.H.H.

Wie in nachtwandlerischer Selbstsorge hatte ich den Vers noch signiert; es stand, wie Sie sehen, unter den vier Zeilen »F.H.H.« – eine von mir oft benutzte Signierart bei Gekritzel, Glosse und dergleichen, ein etwas hochmütiges Künstlerkürzel für Kleinkram und für: ›Frowalt Heimwée Hiffenmarkt‹, früher auch oft: »F.H.I.H.«, mit Irrgang noch; aber das ließ ich bald bleiben – es klang zu sehr nach Künstlerpaar oder Künstlerkollektiv und Irrsinn. (An anderer Stelle oben habe ich das auch schon von einer anderen Seite her abgeleuchtet und für ungünstig befunden. – Vorerst also kein ›Irrgang‹!) Denn ich arbeite und dichte ja grundsätzlich allein! – Also keine vier Kollektiv-Buchstaben! Und bei Kleinkunst und Zeichnungen auch keine drei mehr, sondern neuerdings nur zwei noch: »F.H.« Das soll (wie bei einigen Zeichnungen, die hier unter den Kotmörtel des *Lehmannschen Boten* gemischt vorliegen) (vorerst) genügen! – Sonst wird man mir das zweite »H.« noch als »Häftling« oder Hochmut ausdeuten wollen! Ölkunst und hohe Verse signiere ich allerdings immer noch (gern, für den Nachruhm postum) mit »F.H.H.«. Bücher und *Kalamitäten* markiere ich im Titel ungekürzt mit »Frowalt Heimwée Hiffenmarkt« – hier die beste Lösung, meine ich!

Allein, was mich manches Mal doch wurmt: ›Hiffenmarck‹ wäre edler als mein banal-marktständisches Hiffenmarkt! – das wäre zu erwägen, als Künstlername, mit ck und ohne t am Ende. Es klänge dann nach Adel, der mir normal nicht vergönnt ist (aber zustünde?) und der meinen Schriften sicher mehr Schub verliehe … Man müßte es eben einfach machen und »Hiffenmarck« schreiben! – Stellen Sie sich umgekehrt ›Otto von Bismarkt‹ vor oder ›Bismarkthering‹ und ›Bismarkttag‹! – Entsetzlich! Also ›Hiffenmarck‹ wäre schöner …, aber nun ist Hiffenmarkt in der Kunstwelt längst gängig – und bleibt! Mein Gott, warum auch nicht!? (Gott trägt gar zwei t am Ende! Und gottlob kein ›Gock‹ nicht!)

Das Ding, also der Vierzeiler oben, war nicht schlecht! – Ein ›*Haiku*‹ fast, wie selbst Japaner zugeben werden, und ein historisch-fiskalischer Abriß überdies und eine veritable, ja kapitale Geldtheorie, wenn nicht gar Philosophie war's außerdem – wie selbst Luhmann und Marx zugeben werden! Nee, schätzungsweise zustehen würden hätten! (Sind ja tot beide. Also sachlich bleiben!)

Je länger ich drüber saß und draufstarrte, um so tiefsinniger und gehaltvoller wollte der Vers, der ein »hybrides Haiku-Gedicht-Philosophem« (so Hiffenmarkt) war, mich dünken und mich gut dünken, nämlich hermeneutisch dergestalt begründbar:

Als die »*Welt*« (1. Zeile, leicht hervorgehoben, also auch Titel des Gedichts: »*Welt*«) noch ganz die alte war, da kam nach ihren Regeln der Tausch und so auch das erste, harmlose »*Gelt*« (2. Zeile) in die Welt, und als dann das »*Gelt*« zunehmend bestimmender und weltbeherrschend wurde, verwandelte es sich vom »Gelt« übers Gold ins »*Geld*« (3. Zeile) und änderte nun seinerseits die Welt in eine geldgemäße »*Weld*« (4. Zeile; Beschluß und Pointe) – in eine Geldweld also, wie wir sie nun haben!

Aus der Geltwelt wurde eine Geldweld! – »... und was das Falsch und Verhau'ne daran war / ward leicht zu erkönnen ...« (so Staphanowitsch Schorsch I.).

Ha, Leser!? – Nicht schlecht, was? Oder?

An dieser Stelle will ich mich sogleich hüten, auf billigste Weise geldkritisch dazustehen oder etwa ein Lob auf die Armut ins Volk zu trompeten! Das sollen nur immer die Wohlhabenden machen zum Ablaß und Wohlfühlen oder aus Glaube, daß »*wir*« bei Regen unbedingt Wasser sparen »müssen«. In dieser Hinsicht sind sie gern auch für »Gleichheit« und »Gerechtigkeit«, wenn es heißt, »wir müssen«. – Denn sie können; wir aber *müssen*!

Und darum halten sie sich schwarz bezahltes Dienstpersonal von Bosnien aus Mitgefühl für die Dritte Welt und kutschieren in luxuriösen Elektrogeländewagen herum, um CO_2 zu sparen, und verschleißen ungeniert »nachhaltige« Bio-Produkte und Tofu-Würste vom *Aldi*. – Überdies ist es ja so: Wenn der Gleichheitsglaube bei den Wohlhabenden kein Überlegenheitsgefühl erzeugt, dann verliert er den Reiz für sie – ein tendenziell biodynamisches Strohfeuer folglich! Also muß nachgelegt werden: Es soll noch der Luxus und Reiz des ›einfachen Lebens‹ (zum sonstigen ›*Lifestyle*‹-Luxus‹) hinzukommen! – Mehr

Bescheidenheit »brauchen wir«, schlichteres Leben, Energie sparen »müssen wir« – also kauen sie Veganfutter, um Buße zu tun und seelischen Ablaß zu erlangen. (Und wir sollen mittun und Bratenstücke meiden!) Und sonntags geben sie sich kapitalismuskritisch und überweisen den Walfischen 50 Euro, wie weiland ihre Oma 10 Reichsmark dem Reichstierschutzbund.

Überdies werde ich den Verdacht nicht los, daß die ohnehin einfach lebenden Leute (vulgo: wir!) hierbei wieder auf dürftige Zeiten und Mangel eingestimmt werden sollen – damit wir dann nicht rummaulen, sondern im »Gern-Verzicht-Üben« schon mal geübt sind. Also sucht man, diese frischen Naturreligionen der höheren Stände auch in die unteren zu pflanzen, wo sie in Teilen sogar gedeihen …

All die verkrachten Künstlerexistenzen, die Bohemeschauspieler, Studenten und scheppen Schulkinder tröten und schallmeien indessen die gleichen Parolen ins arbeitende Publikum und darbende Fußvolk, obwohl sie sich diesen Luxus gar nicht leisten können. Warum? – Vermutlich nur, um mit einer wohlfeilen Geste ihr armseliges Leben in ein seliges armes umzudichten. Das wäre zu ertragen, wenn sie das »einfache Leben« nicht auch allen anderen verordneten und sich um ihren eigenen Scheiß kümmerten, anstatt hierfür ständig um Stipendien und Mindestzuwendungen zu greinen!

In diesen Milieus beklagt man jetzt oft auch die sogenannte »Gentrifizierung«, die es den armen, alleinstehenden Schluckern scheint's künftig nicht mehr ermöglicht, im Großstadtzentrum eine Dreizimmerwohnung und nebenher noch ein Atelier zu halten, während alle, die sich das locker leisten können, anklagend mitposaunen – damit sie ihre Ruhe und billigen Mieten behalten und überall damit angeben können – »Sieben Zimmer, sechshundert warm, haha!« – ich hab's erlebt!

Als wir uns während eines Verhörs auch einmal sehr weit in dieses garstige Themenfeld verirrt hatten, weil Kommissar Röhr wissen wollte, wie und wo ich wohnte und was ich Miete zahle, befürchtete ich seine allgemein umfänglichen, diesfalls mich wenig interessierenden wohnungsmarktpolitischen Einschätzungen, und gewärtigte überdies Röhrs übliches Gehader am Weltzustand – aber er wischte die Sache nur kurz beiseite und sagte:

»Gentrifizierung? Ha, Herr Hiffenmarkt! Ich wäre heilfroh, wenn wir wieder ein paar mehr Gentlemen und echte Damen, also etwas mehr *Gentry* in Grollstadt-Sauger wohnen hätten! Leute, die Klasse haben, gut erzogen und angezogen sind und sich zu benehmen wissen!«

Das ließ mich später dann auf der Zelle doch wieder nur nachdenklich zurück, nämlich: Was ich denn da wohl selbst für einer in Grollstadt-Sauger sei? – wohnungssoziologisch betrachtet! – Zu welchen Milieus ich wohl gehöre? fragte ich mich. – Zur Bürstendrückerboheme mit 1200 Miete und immerhin 600 Ruhigstellungsgeldern? Oder zu den Zweitwohnungsfutzis mit Meppenrefugium!? Oder zur Zocker-*Gentry* mit nackt aktienspekulierendem Eheweib in knapper Schürze? – Oder war ich nichts weiter als ein bettelarmer Poeten-Simulant und hierzu rumschnorrender Sorgenlikörschlucker mit

Bürstenhintergrund und letztlich nichts weiter als ein Insasse des Kerkers zu Grollstadt-Sauger?!

Nein! – Besser doch so, wie mein Kollege Gottfried Benn das anstellte, der, ganz wie ich, einen Brotberuf ausübte und damit, ganz so wie ich, die Freiheiten besaß, zu dichten, was und wann er wollte, ohne hiervon ein nur kümmerliches Leben fristen zu müssen. Kollege Benn hat das mal durchgerechnet: Als er längst berühmt und vierzig Jahre alt war, hatte ihm die Dichtung insgesamt 975,70 Mark eingebracht! Mir waren in diesem Alter schon ein paar Eulen mehr vergönnt – aber, mein Gott! – das wäre bei weitem noch zu wenig gewesen, meine Familie allein mit Dichtung zu nähren, und darum war ich ja auch Sanitärvertreter geworden und war froh als *Tippico*-As, durchzugehen, um ein Auskommen zu haben. Der Leser macht sich falsche Vorstellungen, wenn ihm hier geldsatte Dichtertypen wie Stephen King vorschweben …

Mir hielten also die Sanitärartikel und der Fußball den Rücken frei, während es bei Benn der Geschlechtsverkehr war, dessen Übel er als niedergelassener Arzt für Haut- und Geschlechtskrankheiten zu heilen wußte.

Oder Thoreau zum Beispiel, der den Rückzug in die Wälder und das schlichte Leben lobpreist: Dieser Naturbursche, mit Bleistiftfabrik der Eltern im Rücken, hatte vielseitig studiert, war Bleistiftminenerfinder, Lehrer, dann Geodät von Beruf – ein Kulturbursche also, der gut verdiente, so daß er kaum arbeiten mußte und sich in ein Blockhäuschen verkriechen konnte. – Seiner Tüchtigkeit wegen nimmt man ihm den Schmarren fast auch ab!

Röhr äußerte sich in solchen Zusammenhängen einmal so:

»Zurück zur Natur! Daß ich nicht lache! Raten Sie das mal einem afrikanischen oder indischen Bauern, Herr Hiffenmarkt! Der komfortable Schritt in guten *Outdoor*-Schuhen aus der Kultur heraus zurück zu den Neandertalern ist eben bequemer, als die tausend mühsamen Schritte barfuß von dort zurück in die Kultur.«

»Man langweilt sich wohl. Alles öd und schlaff geworden!« versuchte ich den Vorgang zu erklären: »Mir geht es im Wald ja auch besser als hier.«

Er sah mich mitfühlend an und sagte, was mich sehr für ihn einnahm: »Mir auch.«

Kafka und der Musikmacher Ives waren beide als Versicherungsleute unterwegs; der erste verdiente spärlich und hatte den Tag zu tun, der andere, auf höchster Position, hatte Geld im Überfluß – beiden aber blieb hierdurch die Freiheit, nebenher Beachtliches zu schreiben und Merkwürdiges zu komponieren!

Noch besser aber hatte und machte es Max Liebermann, der von Hause aus sehr vermögend war und sich mit Talent und Zähigkeit durchsetzte und trotz aller Erbsicherheiten ein guter und auch gut verdienender Maler wurde. – Aber so was ist selten!

Zugegeben: Schreiberkollege Stephen King pumpt massenweise Schmöker in den Markt, macht Umsatz wie irre, braucht keine Bürsten zu drücken und *Toto*-Nebeneinnahmen und? – säuft! Tja, man bekommt nichts geschenkt im Leben …

Was ich mache, ist auch selten – Bürstenumsätze, etwas *Tippico* und Gottesbeweise, ein Meppenversteck, auch einigermaßen Saufen und dann noch die *Kalamitäten*. Man könnte meinen, ich sei eine nicht nur prekäre, sondern auch zerrüttete und völlig meschuggene Existenz und söffe wie St. King der leibhaftige. Und bisweilen meine ich es selbst. – Aber sonst ist alles gut bei mir und geht auch ganz gut. Und der King soll machen, was er will ...

Während der ersten Verhöre hatte mich Röhr, vermutlich einem Pflichtformular oder sonst welchen Verhörregeln folgend, noch sehr detailliert befragt. (Später dann redete er ja mehr als ich, der Verhörte.) So fragte er also, wie Sie eben, aufmerksame Leser, auch nach meinen Einkünften.

Ich erklärte, ich sei Vertreter für Bürsten- und Sanitärpinselartikel.

»Läuft das denn?«

Ich antwortete beinahe so arglos wie Ihnen eben, (auch weil ich es damals für schlauer hielt, im Verhör ehrlich zu sein und Röhr durch Offenherzigkeit zu gewinnen) und erzählte ihm von den halbtoten Seifenhändlern und stinkigen Hinterzimmern, von den entgeisterten Seifenvertretern und der rätselhaften *Bamberger Busenbürste*:

»Davon lebe ich im Grunde, Herr Kommissar!«

»Wie hoch ist der Einkaufspreis beim Bürsten-Nickles in Bamberg?«

»Nickles nimmt 5,80 für die Bürste.«

»Und was kostet die dann bei Ihnen, Herr Hiffenmarkt?«

»5,20. Mehr geht nicht!«

»Aber da machen Sie doch Verlust!«

Ich war in eine von Röhrs Verhörfallen getappt und versuchte mich betriebswirtschaftlich rauszuwinden:

»Der Umsatz bringt's, der Umsatz macht's, Herr Röhr! Nur der Umsatz! Und Sie müssen bedenken, daß ich die Alleinvertretung in den drei Großräumen Süd, West und Ost mit einigen Rechten auch in Nord habe. Ich pumpe da Tausende und Hunderte von Bürsten und Pinseln in den Markt. Das sind gigantische Umsätze, Herr Kommissar!«

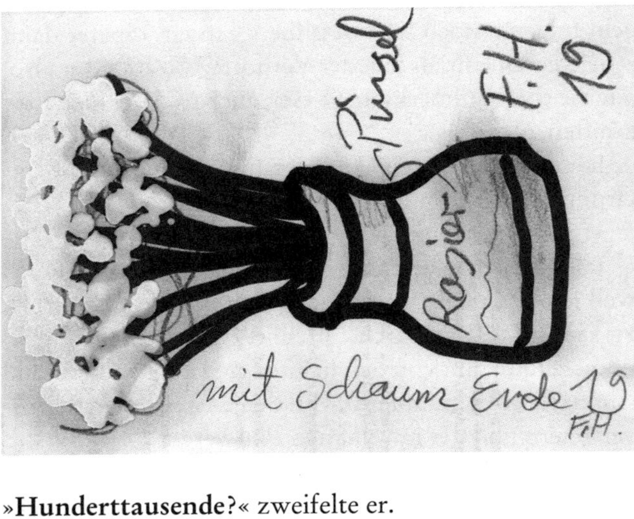

»**Hunderttausende**?« zweifelte er.

»Nun ja, mehr so hundert hier und hundert da. Das läppert sich!«

Er sah mich mißtrauisch an (wie meine Frau mich auch oft) und notierte was Kurzes. Dann fragte er:

»Warum machen Sie gerade in Bürsten und so was?«

»Hat sich so ergeben.«

»Warum nicht Autos oder Computer oder Versicherungen oder Grundstücke? Damit soll man gut verdienen.«

Ich sah ihn vorwurfsvoll an, mäßigte mich aber und machte auf ehrliche Haut:

»Also Rasierpinsel und Bürsten gehen immer, Herr Kommissar! Sie sind klar und unkompliziert. Ich kann sie jedem erklären und mich für sie verbürgen, also habe ich mich dafür entschieden. Mein Gott, ja ...«

»Sonst noch Einkünfte?«

»Ich habe einiges geschrieben.«

Das interessierte ihn; ich mußte mich erklären, aber er nahm mir das nicht ganz ab. Bislang hatte ich mich auch extra naiv und rechtschaffen doof gegeben – was wunder!? Eine peinliche Stille war entstanden, dann fragte er:

»Ä..., noch was?«

»Was?«

»Einkünfte, Herr Hiffenmarkt! Was noch?«

Hm. – Sollte ich ihm nun das mit meiner Fußballwahrsagerei beichten? – Ich hielt es nicht für ratsam und sagte:

»Es gab mal einen ziemlichen Lotteriegewinn früher, also kaum dreißigtausend. Davon zehren meine Frau und ich immer noch. Und sie macht damit auch ein bißchen in Aktien, damit es nicht zu schnell weg ist und sich vermehrt. Und sie bügelt auch manchmal in Heimarbeit und so ...«

Damit hatte ich versucht, davonzukommen, die Angelegenheit zu verdrehen und auf meine Frau abzuwälzen, und eben das mußte Röhr erst recht mißtrauisch gemacht haben. – Er merkte alles, und im Kriminalberuf und Verhör mußte ihm eine Naturgabe beiseite gestellt oder in sein Charaktergerüst gesenkt worden sein, welche zumindest meinem seherischen *Tippico*-Geschick gleichkam.

Nun werden auch meine sehr verehrten, sehr *genauen* Leser – die kostbar, aber leider auch selten sind (so wie sorgfältige Schreiber, die mir weniger Sorgen bereiten)! –, die werden nun zu Recht mißtrauisch geworden sein und einwerfen:

»Ja, Frowalt Hiffenmarkt, was ist denn mit den eingangs erwähnten Ruhe- oder Wiedergutmachungsgeldern in Höhe von immerhin 650 Euro, oder was das da war? Und überhaupt, Gelt hin, Geld her, Hiffenmarkt! Was sind das *genau* für Gelder?«

Und genauso hätte auch Röhr gefragt! Er ist ebenfalls sehr überlegt und folgert scharf, aber er läßt es sich nicht so anmerken.

»Ah, die!?« antworte ich dann (gegebenenfalls): »Sie meinen die ominösen und lächerlichen Sechshundertundetwas, die Ruhehaltungsgelder? Die meinen Sie, Herr Kommissar? Und, liebe Leser, die meinen Sie wohl auch?«

»Ja. Ja, die meinen wir!«

»Ja, mein Gott, was ist das denn schon?! Sechshundert und ein Bissel ... Ich bitte Sie! Die paar Eulen?!«

Und außerdem und ...

Andererseits ist das doch was! – zugegeben. Etwas Grundstoff immerhin, auch wenn es für meine ständigen Ausgaben bei weitem nicht zureichte und auch weil es die sechshundert vor meiner Haft ja noch gar nicht gab und auch gar nicht geben *konnte*, und darum war Röhr im Verhör mit ihnen auch nicht zufriedenzustellen, denn solche regelmäßigen Behördengelder hätten ihn schon mehr überzeugen dürfen als meine ganzen komischen freiberuflichen Bürstenumsätze und der übrige Schmu!

Diese Beruhigungsgelder, »sage ich jetzt mal so« (wie alle jetzt immer so sagen), die kamen dann später erst ... Ich hatte da schon eingangs mal was durchschimmern lassen ..., was ich jetzt aus betriebstechnischen Gründen nicht weiter erklären kann bzw. verraten darf, hochwerte *genaue* Leserschaft! – Obgleich ich es ja gern täte, weil ich, durch Röhr befördert, im Laufe der Haftzeit zunehmend in Aussagelaune geraten bin und überdies und aufgrund der Beichten und Herzenserleichterungen vermittels Verfertigung dieser Zeilen hier auch anschwellend fideler und bekenntnislustiger werde.

Nun, ich bitte (und bremse mich und) Sie um Geduld und Nachsicht, denn Sie werden es noch einsehen und zu schätzen wissen – also später dann!

10. Kapitel

8998

Unsere Anlagen, das, was man Charakter nennt, unsere geographischen und historischen, unsere sozialen und erblichen Bedingungen, die je eigene Situation und Beschaffenheit also, und hieraus folgend auch unsere Illusionen, sie alle bedingen unweigerlich unseren Blick auf Alles – und verengen ihn! Auch das, was ich hier ständig überlege und unterbreite und für uns ausleuchte, ist durch die Hiffenmarktschen Filter gepreßt und gekwetscht worden.

Es steht mir also zu Gebot, nicht unerwähnt zu lassen – oder hatte ich es gar schon erwähnt? –, daß die Hiffenmarkts und speziell ich, Frowalt, den insgesamt feschen Typus ostelbischer Prägung inkorporieren. Ich erwähne – oder erwähnte? – das immer gern freiherzig und fast zu oft und aufdringlich vor aller Welt. – Aber hier wohl noch nicht? –

Nein!? – Dann werde ich es sofort tun! Also: Wenn und wo immer ich es tue, werde ich als erstes gefragt: Wie man sich »diesen Typus ostelfischer Prägung oder was«, wie sie meist sagen, wie man sich den oder das denn vorzustellen habe?

»**Treuherzig ist er**, der ostelbische oder meinetwegen auch ostelfische Typ«, antworte ich ohne Zögern, ganz routiniert, »leichtgläubig, schüchtern ist er, gleichwohl von Zweifel, ja nobelster Skepsis zernagt und von Geweihbrummern umbraust, ferner ist er schnurrig, sparsam und kauzig, bisweilen geif- und eifernd und hierzu mit galantestem Schnapshunger ausgestattet, um seine paar Gramm Cholerik (verborgen in 85 Kilo Melancholie) anzuheizen oder zu dämpfen, je nachdem. Und ich speziell, Frowalt, leide noch mehr als alle ostelbischen Typen und die Hiffenmarkts, Grollstädter und Sauger sonst, an den für Stehredner typischen Krampfadern und habe die typisch ausgeprägten Arsch- und Backenknochen und Hämorrhoiden des Bürstenvertreters, der nicht viel läuft, sondern im Zug, in Cafés, Warteräumen und Hinterzimmern rumsitzt.«

(Das Refugium bleibt weiter geheim!)

(**Zudem wäre es besser** – »grundsätzlich« gar, ja fast wohl schon »prinzipiell« sogar besser –, wenn die verehrten Leser vom (und zum) Besten meiner nur erführen, daß es mich gibt. – Sonst nüscht und janüscht weiter! Aber ..., na ja ...)

Poetisch gestimmt, füge ich dann noch etwas ehrlich Begütigendes hinzu, etwa so:

»Insgesamt also sind wir doch recht kommod und brauchbar möbliert, wir Hiffenmarkts, nur eben ziemlich passim, wie wir sagen, meinetwegen auch schwer- oder wehmüthig oder auch blöd im besten, ja liebenswertesten Sinne. Je nun, Freunde! So ist das nun mal!« ende ich, und sie sehen mich mitleidig an.

»Hm«, sagen sie dann und meist noch: »Was sind denn Geweihbrummer, Frowalt?«

»Geweihbrummer!?« – Nun, dann erzähle ich, nur wenn ich mag (meist mag ich), von fliegenartigen Schnurren, die den Kopf und hirnsymbolisch das Geweih umrunden, und erzähle auch die Hirnsauger-Ausscheidungs-Geschichte von vorhin, die Sie, verehrte Leser, schon kennen! Meist aber gemäßigter …

Wenn mich jemand kaum kennt, dann schicke ich meinem Hiffenmarktschen Tugendkatalog noch Auskünfte voraus, dergestalt:

»Wir, die Hiffenmarkts, beziehungsweise ich, der Frowalt, wir stammen ja von Sauger oben, aus Landkreis und Stadt Grollstadt-Sauger, welche das ewige Mirakel der Deutschen bleibt und meine Wiege war und voraussichtlich auch mein Grab sein wird …« – und freilich nun auch mein Kerker ist, aber das lasse ich aus und sage es nur Ihnen jetzt im Vertrauen! (Aber nun weiß es ohnehin schon jeder …) –, »… und dieses, mein Sauger in Grollstadt liegt weit hinten, im fernen ostelbischen Osten. Darum sind wir ja, wie so viele dort, treuherzig, leichtgläubig, schüchtern, gleichwohl von Zweifel, ja nobelster Skepsis zernagt und von Geweihbrummern umbraust, ferner schnurrig, ferner sparsam und kauzig und …« – Hatte ich schon erwähnt, oder?

Auch egal. Nur, *das* steht noch zu bemerken: Meine Freunde, Gefährten, vor allem gewisse Intimusse, und gelegentlich sogar mein Ehegespons sagen allesamt entweder normal »Frowalt« oder gelegentlich auch Typ (also »Tüüp«) zu mir. Ich weiß nicht genau, warum und wo das aufgekommen ist; vielleicht kommt's vom »feschen Typus ostelbischer Prägung« her, den ich ständig vorbete.

Meist sagen sie das, also »Tüp« oder »Tüpe«, anerkennend oder kopfschüttelnd – und gottlob! selten – im Abschluß und Beschluß:

»Duh biß 'ne Tüüpe! Mann, Frowalt!« sagen sie und:

»Weißte dat eijentlich, Frowalt?«

Ich sage dann einfach: »Nee.«

Meiner Frau halte ich zugute, daß sie mich nie, niemals Tüpe nannte; einmal nur sagte sie »Tüpe«, als sie mich fragte, warum denn einige wohl manchmal Tüpe zu mir sagen?

Ich sagte daraufhin einfach: »Weiß ich nicht.«

Und gut war. Denn wohlmeinend und zugetan heißen mich alle stets nur Frowalt – der freilich das Zwielicht liebt und die Nachtgedanken, weshalb ihm die Eltern hellsichtig den Zweitnamen Heimwée und Drittnamen Irrgang – und *nicht* Tüpe oder Typée! – mitgaben, haha. Hiffenmarkt – ein wohl doch insgesamt sehr schöner Name, finde ich! – Frowalt Heimwée Irrgang Hiffenmarkt, oder? Was meinen Sie, verehrte Leser?

Jedenfalls, dieser Mann mit dem schönen Namen Frowalt Heimwée Irrgang Hiffenmarkt notiert sie andächtig, seine geweihumbrausten Nachtgedanken, Tag für Tag, von Jugend an, später dann meist in Meppen und immer auch zum Behufe der Reden, die später nur noch Bahnhofsvorplatzreden waren, und tatsächlich nagelte und schlug ich ja diesen Reden einiges aus den Nachtstücken und *Kalamitäten* wie Hufe auf! Wodurch sie, genauso wie die *Kalamitäten*, auch immer mehr und mehr – und meines Erachtens auch besser und besser wurden!

Die Resultate dessen liegen, wie gesagt, nebst üblichen Tagesübungen und hinzugekommenen Brummschädeleien hier vor Ihnen! Und geheim lag das meiste davon im alten Wandsafe des Mepper Refugiums, an den ich derzeit nicht rankam. – Wie gut, daß niemand seine Zahlenschloß-Nummer 8998 kannte! Haha! Da können die lange drehen und machen …

Es konnte nicht ausbleiben, daß Röhr von meinen Brummgeschichten und Nachtauswürfen und Aufzeichnungen erfuhr, wobei ich das Mepper Refugium (und die Nummer 8998 (auf einem (1) Geheimzettel notiert und gut versteckt)) eisern geheimhielt, genauso wie die Bahnhofsvorplatzreden, die mir ihm gegenüber nun plötzlich peinlich waren und von denen ich nicht wußte, wie ich sie ihm hätte nahebringen sollen – und womöglich hätte ich eine Probe dazu geben und eine exemplarische Rede seiner Wahl vor ihm und Knorr halten müssen. – Also: lieber (noch) nicht! Nur die Brummer, die gab ich zu! (Nicht aber die Nummer 8998.)

Wie alle fragte auch er, was »Geweihbrummer« seien; ich erklärte es ihm ausführlich.

»Sind Ihnen«, fragt er mich auf einmal, »Novalis' Senker ein Begriff, Herr Hiffenmarkt?«

»Nein.«

Er, Röhr, erläuterte mir nun Novalis' *Senker*, welche Versenker ins Innere und ins Selbstgespräch seien und deren Hebungen und Bergungen ihm, Novalis, auf eine Weise zugute kamen, die beinahe dem entsprachen, was mir an Kotfliegenmörtel nach schlaflosen Nächten überblieb. – Ganz klar: Röhr hatte mich verstanden! Und weil ich darüber und von den Senkern *auch* derart begeistert war, konnte ich nicht an mich halten und rief:

»Ja, Herr Kommissar! Da wissen Sie ja bestimmt auch um die Imhoffschen Hypomnemata, also wenn Eingebungen sehr steil einbrechen als beziehungsweise mittels Gedanken, Erinnerungen, Notizen, Aphorismen im Sinne steilster Moderne bei archaischster Vornehmheit, was dann im Prospekt wie Ausgezierden Imhoffschen Geistes dasteht und breit umherfunkelt! Und zwar epochal, vollästimiert und erleuchtet und ä …«

Ich hatte mich überhoben, verplappert und brach ab. Es hätte nicht viel gefehlt und ich hätte Meppen und die Nummer verraten.

Röhr schaute mich verblüfft an. Vermutlich hatte ich mich zuvor allzu echt doof gestellt und sehr auch verstellt, und zu diesem Zwecke hatte ich ja extra noch

Fremdworte falsch gelallt, nur damit er mich für harmlos blöd hielt und mildernde Umstände geltend machte. Und plötzlich die »vollästimierten Hypomnemata« und das ganze Gefunkel! – So was mögen die Kommissärs nicht! Und damit war's nun vorbei mit schön doof und Schonfrist!

Wobei ich mir heute nicht sicher bin, ob Röhr nicht doch von Anfang an durch- und tiefer blickte, sogar mehr als ich selbst. Dem Mann entging nichts. Und als ich damals ertappt und schamweh errötete, schmunzelte er nur feinspürig und sah taktvoll aus dem Fenster – ganz über mich und darüber hinweg.

Geheimnisse laden einen mit geweihter Macht auf, man ist eingeweiht, aber sie belasten auch und können einen zum Bersten bringen, und darum bin ich ganz froh, daß wenigstens Sie, traute Leser, um die Geheimzahl (8998) und das Mepper Refugium wissen und mich überhaupt gut kennen, weil mich sonst Geheimnisse wie Sünden belasten. – Es ist wie Ohrenbeichte und Reuegebet vor Ihnen, liebe Leser! Mein Blutdruck ist ohnehin hoch ... und so fühle ich mich nun wohler!

Es wird jetzt auch langsam Zeit, den Grund für meine Verhaftung näher zu erklären. Dazu muß ich freilich weit ausholen, denn die Brummer fliegen nicht geradeaus, sondern schwirren und schweifen umher, absichtslos folgen sie ihren Wegen (während ich allerdings meinen Wegen allzu oft absichtlich absichtslos folge, um spezielle Absichten zu verfolgen, die sich folglich querstellen, denn so geht das auch wieder nicht, sondern) – *das* ist der Brummer Wesen und darum finden sie ja auch verborgene Öffnungen, sowohl hinein als auch hinaus und überall hindurch, während der wütende Pfeil sich seine Wunden und Zugänge selbst schlagen muß – sofern er trifft! sofern nichts im Wege steht! sofern er tief genug sticht! Und wo dieser pfeilgerade nur allerhand Sezierleichen hinterläßt, da haben wir im Brummfluge abermals einen Zugang entdeckt, eine Lösung gefunden und eine Klarheit und Übersicht erhalten –

»Heureka!« rufen wir dann dankbar unseren dicken Nutzbrummern hinterher, und sie kehren kurz um und brümmeln uns aus ihrer Kurve ins Glück noch einige Wohlwolligkeiten zu:

»Heimwée Irrgang, wir mögen Dich sehr! Sei uns Dein Frowalt auf immer!«

»Ja, das will ich sein, liebe Brummer!« sage ich dann: »Für immer! Und ewig!«

11. Kapitel

Schirme

Was meine Reden anbelangt, liegt mir noch etwas auf der Seele. Ich bin, wie wir nun wissen, diesbezüglich durchaus auch schüchtern, obgleich ich sie ja ständig ganz ungeniert öffentlich halte. Aber so, wie ich mich vor Röhr schämte, eine Rede zu halten, so kostet es mich hier einige Überwindung, eine solche komplett gedruckt zu sehen.

Bisher gab ich davon nur Sätze und Zeilen preis, meist solche, die aus den *Kalamitäten* stammen und dort nie zu Reden gediehen sind, sondern allein schriftliche Notate und Behufe bleiben, bis ich sie je nach Bedarf und Anlaß zu Reden verarbeite oder anderes daraus mache.

Wenn ich dann fertige Reden vortrage, klingt das ganz anders, als es sich liest, und ist auch etwas ganz anderes. – Eine Predigt etwa folgt auch einem schriftlichen Plan, aber sie ist im wesentlichen eine rituell vollzogene Zeremonie, die lebt und atmet und aus meist frei vorgetragenen Teilen besteht. Und so leben meine Reden auch! Das gibt es sonst noch bei Theaterstücken – aber Theater mache (und mag) ich nicht! *Ich* baue in aller Öffentlichkeit und vor Hörern (na ja …) nur meine gut durchplanten Gedankengebäude auf, mit Fundament und endlich auch Dach drauf und Schluß – als freie Reden. Mehr nicht.

An den Bahnhöfen kann ich mir sicher sein, daß mir kaum einer zuhört. Gleichwohl sage ich dort, was es zu sagen gibt! Und ich sage es mit allem mir gegebenen Geist und Elan und ohne jede Verstärkung. Meist stehe ich nicht einmal höher, auf Podesten oder Tribünen schon gar nicht. In Bamberg und Schweinfurt halte ich mir einen leeren Bierkasten versteckt; in Darmstadt gibt es ein kleines Betonpodest mit einliegender Eisentür im rückwärtigen Bereich des Bahnhofs, vermutlich ist es die Plattform einer Senkbühne in ein Lager hinunter, und ich rechne während der Reden dort stets damit, bühnenreif versenkt zu werden und so vielleicht auch (einmal wenigstens) von der Presse Beachtung zu finden.

Jedenfalls ist es, abgesehen davon, daß nie einer zuhört, einfacher, vor fremden Menschen in der Öffentlichkeit zu reden, selbst *wenn* alle zuhörten, als vor Einzelpersonen in Räumen oder vor dem Spiegel, wo trockene Reden geprobt werden; meine Frau in unseren Jugendjahren ausgenommen – da hielt ich ja noch diese Bettreden allein für sie, Sie wissen schon ..., die mit Walter Scheel und so weiter.

Daß keiner zuhört, ist nicht meine Schuld. Ich gebe mir Mühe, gut zu reden! In diesem Büchlein hier wird ja auch wieder ungewiß bleiben, ob jemand unter Ihnen geneigt sein möchte, verehrte Leser, eine exemplarische Rede von mir, so sie gedruckt vorliegt, dann überhaupt zu lesen (denn man darf sie natürlich überspringen!) – und wenn manch einer sie dann vereinzelt doch liest, dann bleibt mir versagt, darauf zu reagieren, wie es bei den öffentlich gehaltenen Reden vor Publikum der

Fall ist, das ich hier freilich nicht sehen und kennen kann und das (wie Gott und Röhrs »Negative Theologie« angenähert prinzipiell schon beinahe) ganz unsichtbar und stumm bleibt.

Ach, was soll's!? – Ich gebe jetzt meine Mönchengladbacher Rede vom 9. April 2018 frei, die ich vor der Verhaftung im Mai und unmittelbar nach dem Ereignis mit dem Schlammsaugwagen am Gullydackel (haha!) in der Nähe des Güterbahnhofs gehalten hatte – und überdies gebe ich sie ganz keck auch in den Druck, *voilà!*

Zu den Umständen, die wichtig sind, dies noch: Es war ein 17 Grad kühler Tag, das Wetter sann auf Regen, aber es regnete nicht, was mir egal ist – ich rede auch bei Regen. Es ist bei Regen immer lustig und in der Erinnerung sogar ulkig, wie da beim Regenreden von Regenreden (haha!) die Schirmchen wie zum Angriff gesenkt an mir vorüberflitzen, während ich durch die Schauergüsse auf das bunte Völkchen einrede.

Also gut jetzt, hier:

Bürger
von Mönchengladbach!
Wie ihr wißt, machen manche unter uns, was sie wollen, und das ist meist gar nichts oder Ungutes. Sie wurschteln sich auf Kosten anderer und auch Eurer durch.
Die gleiche Erscheinung begegnet uns schon in Ägypten. Da regierte damals der Ptolemaios mit Kleopatra, von denen es einige gab. Des Königs Bruder war nun so ein Schlawiner, der auf des Königs und Kleopatras Rechnung

freifahren und sich überdies noch die Insel Zypern unter den Nagel reißen wollte. Nun wünschte man diesen Bruder, diesen Dieb und Faulenzer, der weitab in Kyrene saß, zurück in die Spur zu zwingen. Und hier kam und kommt die Waffe der passiven Renitenz ins Spiel.
Diesen Begriff, verehrte Bürger von Mönchengladbach, dürfen Sie sich gut merken:
›Passive Renitenz‹!

Sie geht so: Die Abordnungen, die den störrischen Bruder zur Raison bringen sollten, wurden von diesem mit Höflichkeiten überschüttet, mit großen Festen und Gelagen über Wochen bei Laune und – hingehalten! Zur Verabschiedung der Abordnung wurden einige Versprechungen mitgegeben – und dann nicht eingehalten, zum Vergnügen und zur Schadenfreude des ganzen Orients und aller anderen Taugenichtse und Feinde des Ptolemaios, die natürlich ihre Lehren daraus zogen, die auch heute noch jedem Gauner und Politiker geläufig sind.

Sobald die nächste Abordnung auftauchte und schärfer drohte, wurde abermals wie zuvor und noch aufwendiger und hinhaltender verfahren. So ging es viele Male.

Die harte Bestrafung, gar Tötung des frechen Bruders war nicht möglich; sie hätte die Römer auf den Plan gerufen, die den Taugenichts für ihr Ränkespiel brauchten.

Also war alles so wie heute, da jeder Unhold und Tunichtgut ja doch wie ein Mensch behandelt zu werden beansprucht, stets den Parteien zu Diensten steht und auch das allgemeine Recht und sonst viel Rechte besitzt und übermäßig beansprucht.

Was folgern wir daraus?

Ich weiß es nicht und bleibe so ratlos wie Ihr, verehrte Zuhörer! Lang und hoch aber sollen sie leben,

Mönchengladbachs gute, emsige und rechtschaffene Bürger!

Adieu!

†

So. Kreuzzeichen noch (mache ich immer) und fertig! Es war dies eben eine meiner durchaus typischen Reden – historisch fundiert und geerdet, bündig, kurz, verständlich gebaut und vorgetragen – aber nicht zu sehr vereinfacht, sondern durchaus anspruchsvoll, aufs Nachdenken zielend. – Oder? (Hat mich in Ermangelung eines Publikums nun schon die Vermessenheit überwältigt?)

Daß ich am Ende stets ratlos bleibe und mich bekreuzige, hat einmal rhetorisch-antipädagogische Gründe – die Leute müssen und sollen selbst wissen, was sie denken, und ich will nicht den Klugscheißer und Alleswisser geben! Das steht höheren Mächten zu! Zum anderen gibt es noch einen tieferen ›prinzipiell-negativen‹ Grund: Oftmals weiß ich mir ja tatsächlich selbst keinen Rat! – Darum auch das Kreuz zum Schluß mit Verweis auf allwissendere Instanzen …

Womöglich rennen die Leute ja darum vorbei, weil ich sie nicht komplett bediene, *all-inclusiv*isch, wie sie's gewohnt und verwöhnt sind – aber davon gehe ich nicht ab! Anweisungen und Belehrungen bekommt ein jeder Mensch genauere und bequemer am Fernsehen und von der Politik. Ich aber habe meine Pflichten und Maßgaben zu erfüllen! So halten wir es eben, wir unverwüstlich Grollstädter und Sauger Landvolk. – In allem! Und amen: †

12. Kapitel

Reisebiere

Obwohl ich es auch schon oft erwähnte, sage ich es lieber vorab noch einmal: Am modernen Fortschritt stört, abgesehen vom Krach, das Veränderungstempo. Und daß er mich, den bewahrsamsten Menschen überhaupt, zunehmend meiner Bestände – meiner Gewohnheiten, Eckkneipen, Hirnspeisen, Zugfenster, meiner Ruhe, meiner Bürstenmärkte und zuletzt auch noch meiner Freiheit! – beraubt.

Vieles hätte durchaus langsamer und gern erst nach mir umgebaut und abgeschafft werden dürfen. – Freilich durchaus dürfen! Ich empfinde in dieser Obliegenheit zwiespältig, denn ich muß und möchte diese fortwährenden und aufdringlichen Veränderungen akzeptieren, obgleich ich, ganz klar, zu ihren Verlierern gehöre und dagegen aufzubegehren allen Grund hätte. Denn immer stellt sich drohend die Frage, welchen »*nice* Scheiß« die Fortschrittler sonst »övöndöll« (so Schiller von Goethe und dieser von Henscheid) noch umfummeln möchten? – So wird man doch wider Willen zum störrischen, mürrischen Menschen!

Denn ich wünsche nun keinesfalls, unter die Schar trotziger Widerstandskämpfer gereiht, hinter Wimpeln herschreiten und zwielichtige Katechonten erwarten zu müssen! – An den Bahnhöfen habe ich oft genug davon doziert. Weil mir dort keiner zuhört, geriet ich jedenfalls nie in Gefahr, selbst für solch einen Erlöser erachtet und auf Schultern gehoben zu werden. – Gott bewahre!

In unseren Regionalbahnen neuester Bauart ließ sich länger schon kein Fenster mehr öffnen – da haben wir's wieder! Unnötige (angeblich aber notwendige) Verfummelungen bis ins entbehrlichste Detail. Dafür geht es nun schön klimatisiert und händi-pfingstlich durch unsere schallgedämpft schattierten Lande.

Früher stellten sich im Nachtrab der ständigen Veränderungen bzw. Verbesserungen (wie die Verbesserer behaupten) sogleich und beinahe ausbalancierend etliche Verschlechterungen ein (also im Sinne von: ›*malum qua bonum*‹). Das war gewissermaßen natürlich und erwartbar und konnte gut verrechnet werden: Die Waschmaschine entlastet – aber nun langweilt man sich oder stöhnt mehr als zuvor, weil man das nasse Zeug dann selbst aufhängen oder mühevoll in den Trockner hieven muß. Der Trockner entlastet, zeitigt freilich auch wieder Mühen ...

Heute gibt es auch in dieser Hinsicht *wieder* einen Fortschritt, denn eine (1) durch den klassischen Fortschritt verursachte Verschlechterung entbindet nun im Namen des Fortschritts nicht mehr nur eine (1), sondern mindestens drei (3 + n) weitere. Und darum zieht das moderne Menschgeschlecht in seiner sehnlichen Sucht nach Wohlbefinden fast nur noch Übel auf sich – oder wähnt und wägt alles für Übel, was die Alten noch beglückt hätte (ein Äpfelchen, ein Lebkuchen und Nüsse zu Weihnachten) – und weil es längst keine Gefechte mehr zu führen weiß, verliert es einen asymmetrischen

Frieden nach dem anderen und verblödet überdies gewaltig.

Schon unsere Kinder, die nie abspülen mußten, stellten ihre Biergläser und Haschpfeifenkessel natürlich falsch rum in den Geschirrspüler und sind allesamt auch sonst bis heute ganz unpraktisch und handwerklich vollkommen unfähig – zu Hämmern und Sägen wußten und wissen sie allein anderer Nerven.

Und so haben sie es wohl von mir, denn mit den kleinen Handwerkskästen, die ich allen drei Kindern, dem Mädel Monika und den Jungs Erwin und Friedemann, vaterpflichtig zusammenstellte, damit sie sich früh übten, haben sie von Anfang an nur das Unfugmachen gelernt und Schaden angerichtet. Ihre hochheiligen Fahrräder, Händis oder kaputten Rechner kuriert und schraubt bis heute ihr Vater, der alte Frowalt! Allerdings tüftele ich gern und so ist's dann ja wieder gut so. – Nun ja, eigentlich auch wieder nicht.

Kein Wunder. Die Schulen vermochten damals schon nichts mehr; Werk- und Physikunterricht waren im Grunde abgeschafft. Die Kinder konnten nicht mehr erklären, wie ein Kühlschrank funktioniert. Wenn ich dann »mit Wärme« kam, fühlten sie sich veralbert, meinten die Kälte käme per Strom, während ihre Mutter sie vermittelnd bat, das Stromkabel zum Kühlschrank anzufassen: »Und, Erwin? Monika? Ist es kalt?« – »Nein, Mama! Aber auch nicht sehr warm!« – Haha!

Wahrscheinlich war alles schon so verdorben wie bald auch an unseren Universitäten. Neulich las ich an einem

Tag ganz zufällig zwei sehr verwunderliche Sachen aus der längst entrückten Welt der höheren Ausbildung:

Erst sah ich ein Foto in der Zeitung mit einer Parole auf dem Schild eines protestierenden Studenten, da stand: »Wir machen keinen Finger krumm – 20 Semester Minimum!«

Also 10 Jahre lang wollen sie nichts tun, aber garantiert semestern (vulgo: ausschlafen, feiern). – Gut, daß unsere Kinder Fachschulen besuchten und Lehrberufe ausüben!

Als zweites las ich dann auf einem schlecht geklebten Plakat in der Straße: »*Queen of Waxing* – Enthaart ins Semester! Sondertarif für Studenten.« Darunter noch Kleingedrucktes. – Was nur, frage ich mich, treibt unsere frischen Semester um?

Zuletzt und am selben Tag noch erzählte mir dann meine Frau von einer Lehrerin aus der Schule, wo sie für mich einige Sanitärartikel abgeliefert hatte, daß sich ein Kind dort habe nicht recht – aber auch nicht schlecht! – zu behelfen wissen, das dort scharf geächtete Wort »Neger« (in der seit Jahrhunderten negerliebenden, *blues*-seligen Region um Grollstadt, mein Gott!) zu umgehen, indem es »eine anders hautfarbige Person« in seinen Aufsatz um- und hineindichtete. – Großartig! Eine ganz anders auf- und umfärbende Weltneuheit und Jugend haben wir jetzt da – und auch in Deutschland endlich wieder! Ein Fortschritt! – Oder eine Verbesserung nur? Eine längst fällige Bonbonisierung einer gewissen Malefizität? – Die moralischen Unterweisungen jedenfalls scheinen an unseren Grundschulen noch ganz unversehrt zu glücken!

Im Großraumabteil unserer Fern- und Nahzüge war ich durch diese neuerliche, verbesserte Schalldämmung genötigt, allerhand lästigem Geraschel, Gezischel, unfaßbar dämlichen und überflüssigen Unterhaltungen und noch viel mehr fernmündlichen Monologen zuzuhören – was oft seltsame Effekte und rätselhaften Unsinn zeitigt, wenn man von zweien nur einen sich (am Händi) unterhalten hört. – Was dann wiederum meinen Nachtgedanken zuschatten kam – nein, oder doch und durchaus (Verschreiber sind zu achten!) zuschatten *und* zustatten kam, wenn sich die Brummer des Nachts aus den langen Schatten des Mondes lösten und auf all den (ja, letztlich meinen!) täglichen Unfug stürzten, um daraus (also aus mir!) frischen Mörtel zu brauen – ganz *bonum-qua-malum*-mäßig quasi, haha!

Dostojewski, *Der Jüngling* – ist dem werten Leser (›quasijewski‹) längst bekannt, nehme ich an. Nun, den las ich damals über Wochen im Zug; ich zitiere gleich eingangs meine Lieblingsstelle:

»Er zeichnete sich dadurch aus,
daß er unfehlbar auf jeder Haltestelle
ausstieg und einen Schnaps trank.«

Warum diese Stelle? Weil ich mich damals, vor meiner Haftzeit, selbst dadurch auszeichnete, daß ich unfehlbar auf einigen Haltestellen im Bundesbahnnetz, vornehmlich den größeren mit Gaststättenbetrieb (*noch!*) und Kioskverkauf, ausstieg, irgendwo dort einen Schnaps trank (an kleinen Stationen notgedrungen aus dem Flachmann), um dann in alter Frische und bestens gesammelt auf den Bahnhofsvorplatz zu treten und eine meiner großen Reden zu schwingen, die allesamt beinahe auch als Eigendruck in kleiner Prachtausgabe veröffentlicht auf uns gekommen wären als die »Großen Hiffenmarktschen Bahnhofsvorplatzreden«, Gesamtausgabe in Schweinsleder oder Halbleinen, und die bis auf wenige Proben hier auch besser unveröffentlicht geblieben sind, denn meine Bahnhofsvorplatzreden müssen das Leben, die Wetter, die Vorplätze, den Bahnhof und den Schnaps atmen, um selbst lebendig zu bleiben.

Bei Theaterstücken geht es mir, wie ich schon erwähnte, ähnlich; als Druck sind sie, für mich jedenfalls, tot und unzugänglich – und darum lese ich sie nicht, und schlimmer noch: Ich kann sie einfach nicht lesen! – Ständig sitze ich da und frage mich: Wer war jetzt wieder dieser Hamlet oder die Amalia von Edelreich, was will die jetzt wieder? – Oder noch schlimmer gar noch, daß ich mir ständig sage: »Ja, sagt mal!? So spricht doch kein Mensch! Wer redet denn so?« – Schauspieler wohl. Also ich nicht. Und ins Theater gehe ich schon gar nicht! Niemals!

13. Kapitel

Das Nix-weidä

Damals fuhr ich, meiner Rasierpinselmission und ehrenamtlichen Bahnhofsvorplatzrednerei wegen, oft mit dem Zug, wobei man einiges erlebt – das kann ich Ihnen sagen, werte Leser! (Bücher braucht es so nicht mehr im Zug, hoho!)

Zwei Menschtypen wurden mir hierbei besonders auffällig, weil sie auch stets Zug fahren, und zwar diese zwei: einesteils ganz unscheinbare, also heimlich Betrunkene und andernteils der weibliche, stark gealterte, aber ultrazähe, faltige Hauttyp, in Vollendung aus dem Schwäbischen, der aus Tupperschachteln dumpfen Blikkes Apfelecken verzehrt oder besser gesagt malmt und anderen undefinierbaren, aber garantiert vegetarischen Matsch oder Kleister frißt; hierbei machen diese Menschen, weniger als die Betrunkenen, mit ihrem leicht irren Grinsen auch den Eindruck, dauernd angesoffen zu sein, obwohl sie vermutlich stocknüchtern sind.

Jedenfalls fahren diese zwei Menschtypen wohl am liebsten im Zug in der Gegend herum oder müssen ständig irgendwo hin. Dabei sahen sie schmunzelnd aus dem Fenster, stundenlang, kauend oder angesoffen. Es waren die angenehmeren darunter. Die anderen, unangenehmen, die fangen – weiß Gott? doch auch von den vergorenen Apfelecken befeuert? oder von multiplen Flachmännern vollends überwältigt? – irgendwann zu reden an und reden und reden. Die einen lallen und die anderen quasseln mit vollem Mund und speien Krümel in die Umgebung und viel Unfug auch hinterher. (Welcher mitunter brauchbar ist – die Fliegen fressen alles, sogar auch weithin ausgeworfene Speikrümel mit Unfug!)

Aus den mir sympathischeren Sitzreihen der Angesoffenen, zu denen ich selbst und die meisten Dienstreisenden und Vertreter in Bürsten oder sonstwas gehörten (nur die besserverdienenden Vertreter fliegen), oder aus den Reihen der verkappt längst besoffenen Rein-Reisenden (bzw. besoffen Nur-so-Reisenden) schnappte ich nun einmal dies auf und nahm es mit in diese Geschichte, weil es irgendwie dazugehört und sinnprägend wirkt – da nämlich entspann sich folgender Kurzdialog am Tisch mit den vier Sitzen gegenüber:

»Sooch aa, Schdäwohn! Wos wüllsdn uff Meinige?« fragte drüben einer ganz unverhofft den Reisegefährten.

»Nix weidä.« Antwortete dieser ihm gegenüber Sitzende.

Das trug sich zu auf einer meiner Zugfahrten zu Bürstenmissionen und Vorträgen in und um Ebelsbach und Erlangen, wobei Ebelsbach immer gut ist, aber Erlangen öde und geradezu abartig und extrem bürstenfeindlich, ja bürstenverachtend überdies!

Ich übertrug diese in mir nachhallende Szene zunächst ins Hochsaugersche, in die beinahe noch hochdeutschen Formen der Grollstädter und Obersaugerschen Markendialekte, die sonst ja auch leicht ins Berlinerische neigen:

»Sag an, Stephan (oder schmucklos Stefan?), was willst Du in Meinigen?«

Knifflige Frage! Ich war dann auch ganz Ohr. Und Auge. Und Wißbegier! – Dann also antwortete Stephan (oder Stefan):

»Nix weidä.«

Was ich mir ins Hochsaugersche übertrug als ein:

»Nichts weiter.«

(Mit Punkt! Nicht mit Ausrufezeichen. (Also: Mit Punkt. Und nicht mit Ausrufezeichen!) – Also doch wohl prosaisch ein *Stefan* …?)

Und dann kam auch »nichts weiter«. Nachdem ja nun klar war, daß jener Stephan (oder Stefan?) drüben am Fensterplatz in Fahrtrichtung nach Meiningen reisen werde, und zwar um nix weiter. Wobei dieses »Nix-weidä« eindeutig mehr Tiefe besitzt als ein schnödes »Nichts-weiter«! (Mit »Nur so« übersetzte man es wohl stimmiger; bleiben wir besser bei »Nix-weidä«!)

Nun, damit hatte er seinem Reisegefährten, dessen Name nicht fiel, und uns allen, die wir zugehört hatten und hatten zuhören müssen (der hochmodernen Zugdämmschallung wegen!), eine einfache, aber völlig zureichende Auskunft erteilt und hatte, für mich jedenfalls, viel Klarheit, ja weite Aus- und Einsichten erwirkt. Und Punkt! (Bzw.: Punkt.) Und nichts weiter. Bzw. »Nix-weidä«, hähä!

Mir aber hatte jener Stephanus (wohl und eben doch?) auf seine (und auch meine) Weise zusätzlich Erkenntnis gewährt, die sofort jene zwei Saiten (nicht Seiten!) meines Gemüts – die (Subkontra-A) tiefe, slawisch beisummende Neigung zu Starkbier und Wurstigkeiten – *und* die (zweigestrichene e) hohe Saite, von mildem Nihilismus, mit Resonanzneigung zu Flachmann, Schnaps- und Geschlechtsverzehr (*sic!*), gestimmte –, und zwar *beide* Saiten zugleich, kräftig angeschlagen! (A3 + e2) – Und diese zwei Saiten veranlassen bei mir vielstimmige, obertonreiche Resonanzen!

Was weiter? Der Mann, der um nix weiter nach Meinigen reiste und Stefan (oder wohl doch Stephan) hieß, wischte nun wie in Vollendung zum Ausklang seiner Ansage »Nix weidä« mit dem rechten Hemdärmel ganz zärtlich die Öffnung seiner Bierflasche, nahm einen ordnenden (nicht ordentlichen, gut, auch das, aber vor allem ordnenden) Schluck und schmiegte seinen Blick, wie zuvor, durchs getönte Zugfenster weit hin (wie Röhr oft!) in die von Kiefern und Strompropellern gesäumten Horizonte vor Gaufeldt-Bad Södern ins, tja, – ins: »*Nix-weidä*« eben!

Jener wortgewalttätige Lüneburger Heidegger-Philosoph vom Schwarzwald oben, der sich allerhand Beachtliches schon ausgedacht hat, behaupte ich jetzt mal (ganz ohne Scheiß, Leser!), der hätte doch nun wohl neidgram aufgejault!

»Wieso das denn?« werden Sie sich fragen, und ich sage es Ihnen direkt:

»Wegen des ihm, dem Heidegger, entgangenen, aber doch unentbehrlichen Zentralexistenzials und Kernbegriffs vom ›*Nix-weidä*‹! Der arme Mann heult und kwietscht doch, obzwar längst tot, immer noch schwerst geworfen und verzagt im Limbus seiner verpaßten Gedanken herum und grämt sich rotierend!«

»Warum denn?« fragen Sie?

»Ja, weil ihn doch diesbezüglich die Erleuchtung voll verfehlte! Was selten der Fall bei ihm war, muß ich zugeben! Aber eben drum quält's ihn ja so!«

Kurzum: Dieser leibhaftige *Stephanus* – Stephanus, das ist: der Gekrönte! – war ein getarntes Genie! Er war der unbemerkt Erlauchte, der traumwandlerische Meisterdenker, ganz ohne höhere Vorbildung! – So etwas gibt es!

»Ja und, Frowalt?! Was noch, was gibt es noch so?«

»Nix weidä!« – Hähä!

Das war satt und gut und mehr als genug, nicht nur für so eine gewöhnliche Routinefahrt! Ein Kurzdialog, der keinen weiter störte – im Gegenteil, was mich betraf! Mich beschenkte er!

Aber dann ging es doch noch weiter! Mitten hinein in die folgende, durchaus gesättigte, weitreichende Ruhe sprach abermals jener Stephanus vom Fensterplatz, seinen Blick hierbei weiter erwägend am Horizont haften lassend, sehr unverhofft diese lapidaren Worte:

»So an Windradel do«, er nickte knapp in eines Windradels Richtung und zeigte ein weiteres daneben mit seinem Bier, »so ans do, jo, so eins do, des hätt'i a schoo gärn!«

Nach einigen gestreckten Überlegungen seines Vis-à-vis-Kumpels und Reisegefährten fragte dieser wie in sokratischem Hebammen- und Heimholedienst – an mir, ja, mir! stellvertretend, wofür ich ihm bis heute dankbar bin! Denn ich war gewiß der einzige hier im Großraumabteil, dem dieses Gespräch *höchste* und dem

Reisegefährten und anderen eben normale Erleuchtung (oder nicht mal das) gewährte. Der Kumpel fragte nun also (für mich!):

»Jo, sooch aa, Schdäwohn, wos willst jetzt do mit so an Windradl doo?«

Der Reisegefährte hatte auch auf eins hingezeigt mit seinem Bier. Und da kam auch schon die Antwort:

»Besser schlofm.«

Und Nix-weidä, dachte ich, haha!

Also hatte Stephanus »Besser schlofm.« gesprochen. – Ja, er sprach »schlofm« und beinahe gähnte er hierbei ein noch viel müderes »schlōfm« hervor! Sehr, sehr müde. – Oder schiere Gelassenheit?! Und nix-weidä!? Oder gar »*das Nix-weidä*«!?

Und abermals verzögert vertiefte nun, ja bohrte der Reisegefährte so interessiert wie ratlos:

»Jo, soch a, Schdäwohn, wie wuidst jetz domit besser schlofm?«

Hierbei zeigte er wieder mit seinem Bier auf ein neues Windradel, von denen reichlich in der Landschaft umherstanden, so daß während der schnellen Fahrt und des gemächlichen Gesprächs zwischen Stephan und seinem Reisegefährten immer genug Exemplare zum Hinzeigen am Horizont verfügbar waren. (Als ein zudringlicher, anschaulicher Fortschritt – übrigens!)

Stefan Stephanowitsch, der Gediegene, gab dem Reisekameraden ein: »Jo, freilig!« zur Antwort und: »Do hast fei a gude Rendiden! Und a guds un saubers Gfühl host obmdrei aa no! Jo, jo.«

Hierauf setzte nun der Reisegefährte, abermals um

einiges verspätet, zum Schluck an und gab hiernach ein ebenfalls billigendes oder schon gar nichts mehr verstehendes »Jo, jo« hintan. (Gegen gutes Gefühl und Rendite hat ja auch keiner was.)

Und alsdann war's aus! Ganz aus und Schluß! – Beider Gespräch verstummte fortan bis ans Ende der Fahrt (immerhin noch 70 Minuten).

Ach, Stephanos! Du Erlauchtester! Du Krone der obersten Oberpfalz oder Übermark oder sonst von wo man Dich absandte zu uns, die allesamt niedrig sind gegen Dich! – Reise Du nur tüchtig weiter durchs Land und zeige den Menschen die Wege ins Glück! Und ins Nix-weidä. Haha!

14. Kapitel

Das O

In einer Zeitschrift der Deutschen Bundesbahn, sie heißt »*mobil*«, ganz neckisch-fesch mit unterstrichenem o (und natürlich Kleinschreibung), sie erscheint monatlich – und oje, wird man sich den jecken Blödsinn neben den üblichen Umlauterkeiten nun auch noch angewöhnen? – und sie, diese *mobil*-Zeitschrift liegt eben für lau überall im Zug rum und heißt, wie gesagt »*mobil*«.

Darin blätterte ich aus Langeweile, weil ich die Strekke ständig hin- und herschuchtern mußte, und las auch ein Interview mit einem gewissen Herrn Pflaume, der als Unterhaltungskünstler beim Fernsehen bestallt, ja bedeutend vorgeschirrt waltet – was ich mir aus allen möglichen Angaben zusammenreimte. Ich selbst gucke ja kaum fern und weiß darum nichts! (Weshalb mich die Gebühren auch wurmen! Aber ich versuche sie ebenso sportlich zu nehmen, wie die ›*Schwarzen Löcher*‹ oder diese ebenfalls mysteriösen ›*Wurmlöcher*‹ oder die Quallen und Pfandflaschen ...) Dieser Mann, der Herr Pflaume, wirke nun dort beim Fernsehen, sagte er im Interview, um »familientaugliche Formate« (was immer das sein mag) für die bundesweite Ausstrahlung zu fertigen und selbst zu »moderieren«.

Nun, die Antworten des Herrn Pflaume auf beharrlich harmlos-dämliche *mobil*-Fragen waren allesamt ebenfalls recht obenhin und seinerseits harmlos *mobil*-

mäßig und unverfänglich dahergeplaudert. Völlig unverhofft aber sagte der Fernsehmann dann doch etwas Bedeutungsvolles, dessen er sich vermutlich gar nicht bewußt war, etwas sehr Treffliches, dergestalt: Einen Bericht über seine diversen abgebrochenen Wassersporterfahrungen mit »*Wakeboard*« und »*Stand-up-Paddeling*« und was weiß ich noch, schloß der TV-Mann mit der Bemerkung, ja einem veritablen Fazit ab:

»Alles Mal [groß geschrieben!] ausprobiert zu haben [Komma fehlt] finde ich übrigens eine gute Voraussetzung fürs Fernsehen: Es hilft, wenn man von allem so ein wenig Ahnung hat.«

Holla!

Nun also, ein Mann mit viel Zubehör war's auf und für jeden Fall, und ein gut orientierter Radarmann, jener Pflaume, soviel stand schon mal fest! Sodann begrübelte ich die bedeutenden Reste und Tiefen der untiefen Aussage, derweil unser Zug eilig ostwärts gewundene Talfahrt nahm, durch Tannenwälder um Hügel und Höhen Richtung Heimat. – (Und abends wollte ich mich dann in dieser Angelegenheit noch mit meinen Fliegen besprechen ...)

Vorerst nur dies: Diese von Herrn Pflaume eingestandene Wenig-von-allem-Ahnung und das damit verschwisterte Halbwissen eignet heute nicht nur Fernsehleuten. Es pfuschen und klugscheißern solche universal erwünschten und einsetzbaren Geister derweil allerorten herum. – Einige davon saßen um mich herum im Eilzug nach Grollstadt-Sauger und glotzten sogar auch in so ein *mobil*-Blatt, o ja.

Es ließ mich nicht los: »Verdanken die ihr solides Halbwissen«, fragte ich mich beim kurzen Stop in Lohndorf-Frondorf, abermals über die beachtlichen Abbildungen der multiplexen Wasserportaktivitäten des TV-Mannes gebeugt – doch schon ging's weiter! –, »verdanken diese halbwissenden Allrounder ihre Allround-Ahnung der Schule oder schon mehr oder auch dem Fernsehen?«

Tja. Vermutlich sind heute die Bildschirme (egal ob als TV- oder Netzgeflimmer) prägender und auch hilfreicher, um zu wissen, was läuft. Aber das läuft wahrscheinlich auch umgekehrt so: Das Fernsehen (im weitesten Flimmersinne) gleicht sich (wie die Schule) den flachen Horizonten und Bildschirmen seiner Kundschaft an. Früher, noch vor der TV-Ära, nannte man das Phänomen in seinen theoretischen Teilen und Untiefen »Kreuzworträtselwissen« und der Wahrspruch vom praktischen Alles-aber-nichts-richtig-Können währt ebenso lange schon; es mag also das Halbwissen und Wenigkönnen eine so stete wie alte Volkstugend sein, die freilich zur modernen Kardinaltugend aufgerückt ist, und dem Fernsehen eignet sie besonders; so schmiegt es sich seinem Publikum gut an und liefert ihm alles wie gewünscht, mit viel Gefälligkeit und sehr familiär möbliert, direkt in seine Wohnzimmerwelt. Da ist und wird dann innen (hinter den Flachbildschirmen) alles so wie außen (vor den Flachbildschirmen) – und umgekehrt.

Und wenn es sich nicht harmonisiert zwischen Glotze und Glotzer und einander nicht angleicht – wie beim volkspädagogischen, »anspruchsvollen« Fernsehen, das nichts als die Ruhe und einfachsten Gewißheiten der Zuschauer zu stören vermag –, nun, wenn nicht, wenn also etwa TV-IQ und Zuschauer-IQ zu sehr divergieren, zu wenig korrelieren, ja überhaupt nicht mal mehr kausalieren, dann stößt eins das andere ab und eine Seite kündigt der anderen die Eintracht auf. Dann aber werden die Zuschauer, obzwar sie leiden und mangeln, den Mist aus- oder umschalten. Dann stellen sie ihr Programm selbst zusammen, gucken nur noch ins Netz oder gehen lieber wieder in die Kneipe!

Bleiben aber beide im Einklang, Glotze und Glotzer, dann wird dereinst das Fernsehn den Geist dieser Kurzepoche bewahrt haben, wie einst nur Gemälde, Stile, Schriften und gewisse Moden den Geist der Vorzeiten.

Und jetzt kam draußen wieder das teuflische Erlangen, Kurzstop, und weiter nach Osten! – Gott sei Dank!

Es ist ja jetzt in diesem Land allgemein wie mit Vereinen oder wie im Verein (die heute schicker »*organization*« oder »*assoziation*« heißen). Es ist eine aus lauter gemütlichen Niedertrachtengruppen bestehende Vereinigkeit und Vereinstätigkeit in unserem Landstrich gediehen.

Solche um ihre Wimpel, Glaubensgeschwisterschaften und TV-Lagerfeuer gescharten Meuten werden dann immer auch gern ungemütlich. Und das muß sein, denn diese Vereine flögen sofort auseinander, wenn ihnen der Feind abhandenkäme!

Will man, wie ich, keinesfalls Vereinsmitglied werden und sagt: Laßt mich in Ruhe! – Dann raunzt der Verein: Du, Frowalt, du nimmst uns nicht ernst! Nur bei uns bist du gut aufgehoben …

Man möchte aber nicht. Und schon drängen noch andere, konträre Vereine. Und so weiß man bald nicht mehr, wo oben und unten, drinnen und draußen ist und wer in welchem Verein oder im Verein derer hockt, die keine Vereine mögen und wollen, wogegen sich nichts sagen läßt, aber wogegen sich vermutlich wieder Vereine gründen ...

Später suchte ich diese ganzen Zugreisegrillen mit *mobil* und Verein und Nix-weidäs noch während der Fahrt zu modifizieren und zu verfeinern – für die abendliche Kotbrummermästung daheim in Sauger gewissermaßen schon vorzukauen.

Allein, gegen Ende einer Zugfahrt wird mir stets wie benommen und mein Kopf taugt nicht mal mehr, um längere Sätze zu begreifen, denn währenddessen ich am Klapptischchen im Zug noch Wort für Wort bis ans Ende eines längeren Satzes zu steigen vermag, kippt mir doch gegen Ende der Fahrt immer der Schlußpunkt weg, und der reißt mir dann immer gleich den ganzen Satzrest mit in den Orkus bzw. in die Demenz und runter ins Oblivium. Ich falle dann quasi selbst zurück und muß wieder (ganz aussichtslos) von vorn beginnen. Also lasse ich es bleiben, schaue matt aus dem Fenster, sitze nur so da. – Und nix weidä, haha! Vollendet wird oder wurde dann alles noch in der Nacht, daheim in Sauger oder meist doch in Meppen.

Hier, in der Zelle, ging es – ohne Eilzug, Sauger und Meppen – sogar noch besser bergan. Hier lenkte mich nichts ab. Nicht mal das Dietelchen.

Am Bahnhof Bamberg, Ausgang Richtung ›*Arcaden*‹, die irgendwie pleite gegangen sind und wo man nicht so auffällt, redete ich einmal vor Jahren, auf Grund ähnlicher Überlegungen (wie eben im Zug), das nun Folgende. – Da der Knoten geplatzt ist (ja, platzen denn Knoten?), fällt es mir jetzt bedeutend leichter, noch eine weitere Rede aufzuführen! Zur vorübereilenden (zugegeben wieder spärlichen) Menge und (nicht vorhandenen) Zuhörerschaft zu Bamberg an den hinteren *Arcaden* sprach ich also damals wie folgt:

Werte Bamberger,
Bambergerinnen und Bambis!
Die Katarakte des Fortschritts reißen alles mit sich hinauf in endlose, schwindelnde Höhen; die Katarakte des Lebens verwüsten und reißen und stürzen alles mit aller Wucht hinab in den Verfall und Zusammenbruch hin und zurück zu den Wasserwurzeln.
Die Natur der Wasserfälle bewirkt, daß sie sich wieder beruhigen, und sie fügt im Ablauf alles neu und von vorn zum natürlichen Kreislauf und zum Leben und Atmen der Wasserfälle – aber der Mensch? Was ist mit dem?
Seiner Natur nach ist er sterblich wie jedes Tier, wie jeder Halm; im Kern aber ist er ein Schwirrgeist. Seine Ideen, sein Tatendrang, seine Zusammenballungen, Flausen und Kriege – was damit?
Sie wirken, außer in der Tendenz zum Fall, wenig naturhaft, weil sie sich stets gewaltsam hinaufstürzen und dabei alles, was im Wege nach

oben steht, beiseite und nach unten zurück ins Verderben werfen.
Ihr aber sitzt vor den Fernsehapparaten, wie berauschte Radarsoldaten, und schaut, daß Ihr seid, wie alle sind, und wißt, was alle wissen, und daß Ihr ausseht, wie alle aussehen.
Die Fernsehsessel aber senken sich schon zum Sturzflug, wie auf dem Gemälde vom stürzenden Thron des Papstes Innozenz X., das Francis Bacon so vortrefflich malte, und nun knirscht es auch schon allenthalben im Gebälk und allerorten dräut Unheil.
Hört hin! Wacht auf, Ihr Träumer!
Adieu!

†

Und Kreuz und ab und bloß weg! – Es hatte wieder keiner zugehört, und dieses Mal war ich ganz froh darüber, denn ich hatte sie doch sehr geängstigt und beschimpft, die gutartigen Bamberger Leute da.

Ein älterer Mann war darum (?) kurz stehengeblieben und hatte mir mißtrauisch gelauscht, dann blinzelte er mir verkauzt zu, schüttelte den Kopf, nachdem ich die Stelle mit »... aber der Mensch? Was ist mit dem?« in die Menge gedröhnt und dabei unabsichtlich auf ihn gezeigt hatte. Da sah er sich erschrocken um, nahm einen festen Schluck aus einem getarnten Flachmann, verstaute diesen wieder und lief eilig davon. Ich befürchtete kurz, er werde die Polizei alarmieren.

Es passierte aber gottlob nichts dergleichen, denn nichts und nie geschieht etwas! Keine Polizei kommt, keine Presse, die Darmstädter Bühne senkt sich nie und dieser Mann war nur wieder ein innehaltender Luftholer, Irrtümler und Pegeltrinker auf dem Weg in die Bamberger *Fäßla*-Brauerei gewesen.

Also eilte ich in den Bahnhof hinein, Gleis zwo, vierzehn Uhr dreiundvierzig nach Meppen (oder war's Grollstadt?) über alles und Schweinfurt. Das Bürstenmonopol, das dicke Geschäft, das hatte in Bamberg ohnehin felsfest der Sauhund Nickles inne. Da sah ich in Bamberg keinen Stich, also redete ich dort in Bamberg immer nur kurz und reiste lieber rasch weiter ins heimlich-heimelige Meppen (oder Sauger) über Salzgitter und über sonst alles. Oder doch gleich nach Hause? – Nee, lieber erst nach Meppen! Ja, doch, heute stracks nach Meppen!

II. TEIL

Das Verbrechen

Laß die Waffen, letzter Held
Aus den letzten Händen:
Die Geschicke dieser Welt
Sind nicht mehr zu wenden.
(R. Borchardt)

Sonst kan ich doch nichts thun
als Klagelieder schreiben.
Und sonsten stillt mich auch
kein ander Zeitvertreiben,
Es wäre denn der Tod.
(Joh. Chr. Günther)

1. Kapitel

Holzbrand

Endlich rumpelte dann auch der Zug über viele Weichen in die Alt-Meppensche Bahnhofshalle von siebzehnhundert (und etwas) hinein, um Ruhepause abzuhalten und Strom nachzutanken im freigiebigen Meppen, wo ich am Rande der Innenstadt im Souterrain unterschlüpfe – im heiligen *Mepper Refugium*. Denn man meide für solche Verstecke und jede Art einfache Wohnung nur ja das Zentrum und stets auch die äußeren Randgebiete! Beide sind sie verödet und greulich, aber im Gürtel dazwischen läßt es sich wohnen.

Dort also, wie wir längst wissen, verbirgt sich mein Refugium, wo ich auf meinen Drückerfahrten in den Westregionen und sooft es überhaupt nur ging abstieg, um dort meine beseeligende Zuflucht und endlich wieder Ruhe für die *Kalamitäten* zu finden.

Meine Frau wußte, wie Sie wissen, nichts davon, aber es fiel mir nicht schwer, ihr meine häufige Abwesenheit zu erklären, weil ich ja ständig auf Drückerfahrt umherreisen mußte. Daß ich dann oft gar nicht tingelte, sondern im Refugium hockte, Kotbrummer mästete und Mörtelabfälle in Kladden eintrug, fiel gar nicht auf.

Wie kann man es sich vorstellen, dieses Refugium? – Es gibt hinten am Wohnhaus eine Treppe hinunter zu meiner Eingangstür. Die anderen Mieter im Haus benutzen den vorderen Eingang und Hausflur; ich niste abgeschieden. Im Inneren der Behausung befinden sich hinter der gut befestigten Pforte und unter fensterartigen, oben vergitterten (!) Lichtluken ein kleiner Abort, eine Küchenecke ohne Herd und der Raum, worin ein Klappbett und mein Schreibtisch stehen – diese zwei Notwendigkeiten, Schreibtisch und Klappbett, dulden weder Spind noch Möbel, noch Eheweib (gelegentlich jedoch Kebsen, hähä! – na, das war einmal), wofür ja im Grunde auch kein oder kaum Platz ist. (Na ja, geht ja sogar im Auto … hab aber keins, haha!)

Dafür steht nun freilich ein geräumiger Schreibtisch an der Wand. An ihm entwarf ich meine Reden, trieb ich die *Kalamitäten* voran und wärmte Suppen und Gedanken auf einer schwächlichen Dreistufen-Elektroplatte. An der Wand darüber hängt (bis heute, hoffe ich) der Druck vom *Armen Poeten* (es sei denn, er ist herabgefallen und auf den Boden geweht). Nachts molk ich im Klappbett meine Bett- und Hirnbrummer, oben fast senkrecht ein wenig Sternenhimmel. (Die vergitterten Fenster, an die ich von hier gewohnt war, erleichterten mir später die Haft.)

Ich kam nun nicht mehr hin und hatte mein neues Refugium in der Haftanstalt Grollstadt-Sauger. Aufgeflogen war der Laden in Meppen wohl längst nicht. (Sonst hätte es hier schon einige Aufregung gegeben!) Da schlief und verstaubte nun alles, ohne daß jemand davon wußte. Telefon gab es nicht; Miete, Strom usw. liefen über Geheimkonten – alles perfekt, es fiel und flog nichts auf.

Innen über der eisernen Eingangstür hatte ich eine

grobe Holztafel, so eine mit Borke am Rand, angebracht, welche ich selbst nach eigenen Entwürfen hatte brennen lassen bei einem uralten Mepper Holzschilder- und Baumscheibenbrenner, einem Meister der Brandmalerei. Der Bittspruch darauf war von mir ersonnen:

*»**Gott möge** es schützen*
vor Feuer und Blitzen,
vor Hagel und Sturm,
– mein Refugiurm!
Gott möge es schützen
vor Schulden im Buch
und schlechtem Besuch,
vor Feuer und Sturm,
– mein Refugiurm!«

Zugegeben, »Refugiurm« war arg verbogen, allein des Reimes wegen! (Ich hatte noch »Refugiturm« erwogen, aber ich bin, wie gesagt, ein mäßiger Lyriker.)

Oft habe ich mir gedacht, ach, wenn doch einmal nur *guter* Besuch käme, das wäre schön! (Nur der schlechte war ja gebannt.) – Was würde der hier zu sehen und lachen haben ob dieses Spruches, ob meines scheppen Einfalls und der altmodischen Holzbrandtafel, und wenn der Besuch das nun alles so sähe, den *Armen Poeten* und so – das gäbe ein Gelächter!

Und wenn der Besuch dann nachgefragt hätte: »Frowalt, ist das dein Ernst? Glaubst du an solchen Unsinn?«

Dann hätte ich geantwortet wie ein abgeklärter Atomphysiker (oder alter Gullydackel, haha!):

»Ihr Dummerchen! Hört mir gut zu! Solche Holzbrandtafeln aus äonenalter Brandmalerei- und Andenkentafeltradition sind von alters her auf uns gekommen! Und wie sollten sie da nicht wirksam sein? Selbst wenn man überhaupt nicht dran glaubt, wirken sie garantiert!«

Und *diese* Tafel war wirksam, weil doch garantiert nie, ja überhaupt niemals Besuch kam! Womöglich aber wird sich der gute Kommissar Röhr als erster an allem hier dereinst abfeixen dürfen, wenn Knorr ihm die Tür aufgebrochen hat und sie den Laden hochgehen lassen, und dann knipsen sie zur Beweisaufnahme meine Holzbrandtafel und den Spitzweg! – O Gott! Wenn sie dann auch noch meine Frau dort hinführten … hätte ich mich wohl besser gleich aufgehängt! Denn Röhr würde lachen, Knorr vielleicht schmunzeln, aber meiner Frau verginge doch vor Entsetzen das Lachen und überdies verlöre sie alles Zutrauen zur Welt und zu mir! – Freilich: »Des Armen Haus ist wie ein Altar- und Opferschrein« – oder so … Na also!

Dem Meppener Refugiums-Schreibtisch zu dienen war und ist im Mepper Refugium alles bestellt! An der Wand darüber hängt das schon erwähnte Bild vom pfiffigen Spitzweg, ein schöner Kunstdruck vom *Armen Poeten* – weil wir fernöstlichen Sauger Rumdrücker durchaus auch albern und schnurrig sein können! Der Spitzweg und die Holzbrandtafel dienten freilich auch einer Tarnung, denn wer, außer Röhr (und nicht mal der!), sollte vermuten, daß hier ein Ungeist untertauchte? – Alles war schön ordentlich aufgeräumt, die Andenkentafel und dann auch noch ein Spitzweg – ich bitte Sie! Wer vermutet da Böses?

Um dieses kleine Heiligtum machte ich mir, nun in Haft, einige Sorgen, die zuvor nur meiner Ehefrau galten, denn das Refugium ist ja mein einziges Geheimnis vor ihr. Treu war ich ihr immer. Und die Kebsen eben waren wieder nur reine Würze und Aufschneiderei, um den Leser zu vergnügen, ihn anzuspitzen und leicht aufgegeilt bei Laune oder bei der Stange zu halten, haha! Und Sie wissen ja, daß *böser Besuch* kraft Zauberspruchs gebannt war …

»**Stangehalten**? Den billigen Witz hatten wir schon, Frowalt! Wie oft willst du den noch anbringen?« fragen mich Leser.

»Gut, gut! Kommt nicht wieder vor!« verspreche ich.

Freilich ist dieses mein (zugegeben) zwangsneuerotisches Rumgealbere und Gewixe tatsächlich einer Art Kebse geschuldet, einer biegsamen *Talkshow*- und Podiumsfrau, die allerdings wohl mehr ins Lesbische neigte – oder es ist ihr sogar zu danken, weil diese Frau einmal vor Jahren öffentlich und im Fernsehen behauptete, Hiffenmarkts *Pferdehofroman* und die *Gottesbeweise* enthielten zu wenig saftige Fickszenen, ja, seien verklemmt oder so was. Dabei wollte sie mich nur niedermachen, damit ein anderer Depp, ein einflußreicher Apparatschik der Unterhaltungsliteratur, bei der Preisgeldvergabe wieder bevorzugt werden konnte, damit er sich seinerseits würde bei ihr revanchieren müssen …

Nun. Seitdem gebe ich natürlich ordentlich Zunder und lasse Votzensaft spritzen, bis endlich die Gunst einmal wieder zurück auf mich fällt! Bis dahin mache ich eben in Bürsten, wie Benn mittelbar in Geschlechtsverkehr, mein Gott, was soll's?!

Kurz, soviel Freude, Ruhe und Gestaltungstrieb mir das Refugium immer auch schenkte – es hat mir ebenso viele Sorgen bereitet und Gewissenswunden gebissen und mich (in Teilen) charakterlich auch ziemlich versaut.

»**Du meine Güte!**« schrieb ich einmal in Meppen auf ein DIN-A4-Blatt, das dann wie üblich im *Kalamitäten*-Ordner abgeheftet wurde:

»Was bist du«, schrieb ich da und meinte mich, »was bist du neuerdings nur für ein Yin-'n'-yang- und Zen-Fui-Tschu-Futzi (Fu-Zi) geworden?!« – Wörtlich!

Es gibt die *Kalamitäten*-Kladden und die *Kalamitäten*-Ordner. Hingeworfene, übermütige und vordergründig dämliche Zeilen schreibe ich auf gelochte A4-Blätter (kariert) und hefte sie im je aktuellen Jahrgangs-Ordner ab. Die mit Tiefsinn und hochwertigen Sentenzen gefüllten *Kalamitäten*-Kladden indes werden mit den Einzelblatt-

Ordnern gemeinsam in geräumigen Schubern aufbewahrt, die dann einen kompletten Jahrgang umfassen. Es gibt bislang zehn Schuber, und das Mepper Refugium gibt es seit zehn Jahren – schlußfolgern Sie selbst, Leser, was ich und sie (die *Kal.*) ihm (dem Mep. Ref.) verdanken!

Ich habe diese hingeworfenen Futzi-Zeilen später, wie so oft, nicht mehr recht einordnen und schon gar nicht kapieren können, und ihr Anlaß war mir auch schleierhaft. – War sie der Angelegenheit um Pflaume oder dem *Nix-weidä* oder den asiatischen Duftkerzen meiner Frau geschuldet, die sie beim Baden gern aufstellt? – Es erschließt sich mir einfach nicht mehr.

Um die befremdliche Aussage später etwas aufzufrischen und ihr eine begreifliche Tendenz zu geben – Löschen, Tilgen, *Tipp-Ex* und dergleichen lehne ich ja entschieden ab! –, fügte ich später in Meppen noch einige in Grollstadt-Sauger ersonnene Zusätze schriftlich hintan; es stand also schon fest da:

»Was bist du neuerdings nur für ein Yin-'n'-yang- und Zen-Fui-Tschu-Futzi (Fu-Zi) geworden?!« – Gut. Und hier setzte ich solches hinzu:

»Ja, die Dialektik!« ergänzte ich: »Läßt sich schwer abschütteln; wir sind damit groß geworden. Negation negiert sich stets selbst. Verflucht, wem sage ich das? (– schreibe ich das? Schreibe ich das? Wem?)«

Ja, wem, haha!? – Den Haßfurtern vielleicht oder den Schweinfurterinnen? Den Chinesen und NegerInnen? – Auch diese zusätzlichen Zeilen erschließen sich mir nicht. Aber wir selbst sind uns im Grunde doch immer ganz rätselhaft und ewiges Geheimnis – so als »Refugiurm« selbst und eins des Mepper Refugiums und überhaupt. Und *genau so* erklären wir es den Haßfurtern und Schweinfurterinnen am besten, bitte sehr! Und so wird dann doch noch was aus solch unzugänglichen, fernöstlichen Futzi-Sentenzen! Und wir kommen wohl wieder »ein Stück weit« weiter? – Ja, leck mich! Eben nicht! *So* nicht!

Ach, wie oft saß ich schon über Sätze gebeugt, die ich kaum zu entschlüsseln vermochte, darunter eigene oder, aufregender noch, fremde, die mich auf Stunden beglückten, weil ich darin herumforschen und sie mir auf vielerlei Weise ausmalen durfte. In der Gottesdienstordnung zum 13. Sonntag im Jahreskreis der Pfarrei *Unsere Liebe Frau*, Eisgrube 4, las ich einmal vor Jahren die Zeile:

»Salatspenden für Samstagabend (Höllenfest) sind willkommen.«

Was habe ich damals begehrt, dieses katholische Höllenfest teilnehmend erkunden zu dürfen – weniger der Salate wegen, die ich, außer den Wurstsalat, verschmähe, sondern um auszuloten, welch höllentiefe Bewandtnis es damit auf sich haben mochte – in der Eisgrube 4 zumal!

Ein alter Kapitularvikar und guter Rasierpinselkunde aus Motschenbach (Oberfranken) überzeugte mich später recht schlagend, daß es gewiß besser für mich gewesen sei, nicht teilgenommen zu haben – weniger weil ich damit eine neuerliche kirchliche Entmystifizierung hatte heil umschiffen dürfen, sondern – weil er als Ersatzmann des Oberhirten selbst auf Stunden hatte dabeisein und »sehr viel Salat« essen und loben müssen!

2. Kapitel

Der Türfall zu Schweinfurt

Schon seit Jahren trug ich beinahe täglich Botschaften per Bahn aus dem Mepper Refugium oder direkt von Grollstadt-Sauger aus zu den Bahnhöfen im ganzen Land und so auch nach Schweinfurt hin – wo es passierte! Dort, in Schweinfurt, gab ich sie dann (wie überall) am Bahnhofsvorplatz kund und fuhr sogleich weiter oder wieder zurück, weil es sich mit den Bürsten und Pinseln dort nicht lohnte. Manchmal kaufte ich dann wie stets im Bahnhofs-Schnellkauf zum Schnaps noch Sprudel oder eine kleine Wegzehrung, meist eine Schweinfurter Leberkässemmel, für die Weiterfahrt.

In anderen Städten erledigte ich vor oder nach den Reden noch meine Vertretungen bei den Drogisten. Schweinfurt ist ein schwieriges Sanitärpflaster (haha!); es gibt neben den gemeinen Seifenketten nur noch *The Body Shop*, was, wie ich von einem Eppendorfer Dolmetscher erfuhr, auf gut Deutsch übersetzt ›Karosseriewerkstatt‹ bedeutet – und tatsächlich laufen demolierte Weiber rein, um sich Gesichtsmasken und Reparaturen für die Haare und die Haut zu beschaffen. Daran gibt es nichts zu bespötteln – bloß verdiene ich mit Demolierten, die bei solchen Werkstätten einkehren, rein gar nichts! Zudem (oder darum) bleibt der Segen meiner *Busenbürste* all diesen lädierten Ladies (schlimmstenfalls lebenslang) versagt.

Die ›Leberkässemmel‹ läßt sich beim Einkauf leicht dahersagen, aber aufgeschrieben sieht sie sehr drollig käs'semmelig und leberlappig aus, mit ihren 4 e, 2 m, 2 s und dem kessen ä mittendrin! Aufsagen läßt sich das Wort, wie gesagt, so leichthin wie leibhaftig aufessen und kinderleicht wegsemmeln im Nu – sowohl die Semmel als auch das Semmelwort! Wie schön mundgerecht sie ist, wie zureichend zu malmen, zu marmeln und murmeln ist sie selbst und das Wort, welches sie ziert und zeigt!

Im Zug auf der Rückfahrt vom Reden in Schweinfurt und Haßfurt, wo ich das Kässemmelproblem schon zweimal öffentlich erörterte, esse ich sie und bedenke hierbei Sprachprobleme. Dazu noch den Schnaps, der als ›Klarer‹ und ›Flachmann‹ selbst ein reines Stark- und Kraftwort ist.

Kurzum, meine Reden verdankten nicht nur den Kotbrummern etliches – auch nichtige Anlässe und Kleinstimpulse gaben ihnen frischen Drall! Diese Ein- und Abfälle wurden zunächst in den *Kalamitäten* festgehalten, erörtert und später eventuell in freier Rede vorgetragen.

Hochgestimmt, nach gutem Vortrag und üppigem Bürstenverkauf, erwarb ich zur Wegzehrung also gern einen Flachmann Klaren für die Reise und für die Inspiration, auf daß der Korngeist wie stets beihelfen mochte, das ›Es‹ und ›All-Es‹ überhaupt zu klären und aufzuklären und obendrein ›das *Nix-weidä*‹ zu loben und läutern! (– Was für ein Satz! – Erst ›auf‹ und dann wieder ›zu‹ und dann auch noch ›klären‹ – und was für ein Kraftwort wieder mit beifolgendem Starkwort: ›Klarer‹ im ›Flachmann‹!)

Sie bieten, nebenbei, auch prima »Stodtwurschtweckla« im Bahnhofsverkauf zu Schweinfurt feil, und überdies den erwähnten, besonders feinen Klaren, nach polnischkoscher Bauart gefertigt – »The King of Dabbel-Korn«, wie er im unterfränkischen Landkreis genannt wurde und klare Sache auch: 40 Prozent! – Kann ich nur empfehlen, geneigte Leser!

»Ein Schnaps, fallera!« singe ich dann beschwingt mit den anderen Vertretern im Zug und denke: »Schnaps! Auch so ein Wort und Ding! Ein letztes Wort, falleri! Dann tragen einen die Englein fort … fallera! Und andererseits ein Ding, hahahaa! Das paßt! Widewidewitt bumm, bumm!«

Und die anderen Vertreter pflichten mir gewöhnlich bei: »Bumm, bumm!« – oder je nach Laune auch: »Wiedebumm!«

Ja, Botschaften welchen Sinns übergebe ich nun Haßfurt außerdem noch per Bahn? – Was rede ich dort?

Darum aber soll es uns vorerst nicht zu tun sein. – Der Bahnhof von Haßfurt liegt am Rande der Stadt, und wie ich gerade bemerke, geht es mir auch gar nicht um Haßfurt, wohin ich mich jetzt irrtümlich verhaspelt und verschnapselt habe. Es geht ja vielmehr um Schweinfurt und um »*ad*« bzw. »*post Schweinfurtem*« – Sie erinnern sich? Und darum müssen wir nun, fallera!, kurz wenden und einen frischen Anlauf nehmen Richtung …

Schweinfurt, welches auf dem Wege liegt nach Haßfurt, woselbst freilich das Hauptquartier der »*Deutschen Handelsvertreterinnung*, Abteilung Sanitär Süd, Standort Haßfurt« liegt bzw. aufgeschlagen und befestigt steht, weshalb ich oft nach Haßfurt und irrtümlich oft auf Haßfurt komme, obwohl ich von Schweinfurt berichten will, aber dann von Haßfurt daherrede, obwohl (?) ich Schweinfurt meine (!) und meine Botschaften ja auch in Haßfurt und Schweinfurt an einem Tag ablade – nur eben in Haßfurt vorsichtiger als dort in Schweinfurt und anderswo, damit keiner von den Sanitärhauptleuten aus der Zentrale mich eventuell beim Reden erwischen und anzeigen möchte – zum Spott der ganzen Innung!

Die Befehlshaber der Innung haben freilich Dienstwagen und umfahren damit die Bahnhöfe weiträumig, und ihre Tippsen mit den Strapsen (alles nur Frauen, tja ha!) sitzen hinten mit drin oder bedienen vorn die automatisierte Knüppelgangschaltung und halten denen …, nein, letzteres tilge ich! Hatte ich gelobt!

Im Grunde sind das, des Aufwandes wegen, dieselben Reden auf einer Rundfahrt, Reden ähnlichen Inhalts, die ich überall halte, und wenn ich in Eile bin, dann trompete ich öfters beim Halt am Bahnhof nur kurz einige Stich- und Kernworte durchs geöffnete Zugfenster – bzw. *trompetete* (aber nicht wie Nofretete, also »trompé-té-té«, gesprochen). – Nun, alles Vergangenheit! Denn ich merkte ja bereits an, daß die Bahn nicht mehr geneigt sein möchte, den Fahrgästen das Öffnen der Fenster zu gestatten, um etwa beim Abschied noch Zwiesprache oder Ansprache und Händchen oder Reden zu halten. – Also mußte ich an die Zugtür, was schon mal blöd ist.

Bei der letzten Rundreise vor meiner Verhaftung gab ich darum nicht wie sonst, durchs offene Fenster, sondern des Fortschritts wegen sowohl Haßfurt wie Schweinfurt durch die offene Zugtür Bescheid, und zwar in Sachen »Kässemmel und Fortschritt« – jeweils Kurzfassung und stark auf den Landstrich Franken zugeschnitten. Man hat nicht viel Zeit beim Halt – die Leute müssen erst ein- und aussteigen oder der Schaffner beansprucht die Tür manchmal für sich und *sein* Bescheid- und Signalgeben.

Und weil ich mich dabei in Schweinfurt wohl stark überbrüllt oder mich zuvor verschluckt oder mich zu weit nach vorn hinausgegeifert hatte, gab ausgerechnet Schweinfurt *mir* dieses Mal unverhofft Bescheid – nachdem ich jahrelang nur ihr, der Stadt Schweinfurt, Bescheid gegeben hatte und sie hierbei stets stumm und ruhig geblieben war! – und zwar auf eine abermals wortarme, aber sehr wirksame, mithin spukhafte Schweinfurter Weise – nämlich so:

Schwirbel und Nebel im Kopp und Rums!
Fiel ich ohnmächtig aus dem Zug.
Aus dem Zug aus der Tür.
(Im Ansatz zur Rede.)
Aus der Tür auf den Bahnsteig.
Und auf dem Bahnsteig auf den Kopf.
Und meine Innereien? – Knall! Autsch! Bumm! Die mußten Schaden genommen haben! Ein Riß, ein Ratsch! Tat unten sehr weh!
Aua, aua!
Sehr! weh!
Und weg …

Ich lag dann wohl totengleich am Bahnsteig.

Als ich zu mir kam, wuchtete ein Schaffner auf meinem Brustkorb herum. (Womöglich hatte er mich gar mundbeatmet? – Öh!) Ich lag da, sah gen Himmel und die Leute vom Bahnsteig glotzen mich von oben herab an. Ich sie wohl auch extra blöd von unten herauf. Dann wetzten drei Feuerwehrleute herbei. Behorchten mich, spritzten mir was und taten allerhand und hievten meinen Leib auf eine Bahre. (Ich bei alledem noch gar nicht so recht dabei.)

Dann Blaulicht, Tatü-tata! Und ab!

Nun wissen Sie auch Bescheid, werte Leser!

Es packte mich also diesmal Schweinfurt – seinen lästigen Kurzzeittrompeter und Schimpfer vom Bahnhof! Es packte mich prompt am Schopf und bei der Gesundheit und riß mich aus dem Zug, aus der Tür, auf den Bahnsteig. Anstatt mich in den Zug rein- und somit rauszuwerfen aus Schweinfurt! (Ich hätte es akzeptiert!) Nein, Schweinfurt packte mich direkt bei den Klöten, riß mich am Unterleib und haute mir eene vorn Kopp! Peng!

Und dann implementierte mich *heavy* Schweinfurt, geradewegs vom Bahnhof weg, wo ich vom Zug auf den Bahnsteig aufs Schädelchen gekippt war – weil das Fenster, wie gesagt … und so fiel ich der Stadt quasi ins Haus, ins alte, herbe, derbe »Haus *heavy* Schweinfurt« – in Gestalt einer wirklich riesigen Großklinik! Daselbst warf es mich aufs Krankenbett. Dann dort erst viel Getöse und Rumgeschiebe und: »Haben Sie Ihre Krankenkassenkarte dabei?«

Weitläufiges, weltberühmtes *heavy* Großklinikwesen eben.

Ja. So schnell geht's manchmal!

Und dann kommt plötzlich einer rein und sagt: »Alles ja nun doch gar nicht so schlimm, Herr Hiffenmarkt! So wie es aussieht, können wir Sie nach der Operation in zwei, drei Tagen schon wieder entlassen. Nun, wir schauen mal!«

So schnell kann's dann auch wieder gehen.

Wenn ich »Krankheit« über »zwei, drei Tage« oder gar »längere Zeit« höre – läßt mich das schaudern! Schon vor Jahren, nicht so lange her, hatte es mich zum ersten Mal erwischt. Ich nenne es den ersten Vorfall (Vorfall I.), der mich umgeschlagen hat kraft eines Kinnhakens im Straßenkampf – Näheres später ... Ich mußte seinetwegen in ein Krankenhaus verbracht werden, das ich zuvor von innen nie hatte erleben (oder mir langwierig hatte ersiechen) müssen. Und Besuche dort, selbst armer, erbarmungswürdigster Kranker, ja Todkranker, machte ich höchst ungern! An Ausreden und Unpäßlichkeiten war ich darum nie verlegen, denn dies *waren* ja meine Unpäßlichkeiten und darum auch keine Ausreden!

Denn wie oft hatte ich erleben müssen, daß Leute von dort, kranker noch als zuvor, nach Hause abgeschoben wurden als aussichtslose Fälle – dabei hat man ihnen alle Aussicht *dort* erst, im Krankenhaus, entwunden! Und zum Ausgleich und zum Andenken hat man ihnen dafür noch wildgewordene Keime und Hautpilze mit auf den Heimweg gegeben. – Und darum heißen sie ›Krankenhäuser‹, basta! Sonst hießen sie doch ›Gesundhäuser‹, mein Gott! – Ich jedenfalls schlug weite Bögen drum, stabile Brücken drüber und Tunnels untendurch.

Meine Mutter besuchte ich dann oft im Siechenheim – weil es sein mußte, und darum machte ich es ohne Lamento! Aber schon das Selbstverständlichste, dieser reine Liebesdienst, hat mir die größten Mühen bereitet und Schäden zugefügt.

Nun also der zweite Vorfall, der Schweinfurter Leibriß und Kopffall, der Vorfall II., ha! Im Schweinfurter Klinikum erklärten sie mir, es sei weniger der Kopf als ein arger Leibriß gewesen, der mir zusetzte. Er hatte sich allerdings gut und schnell reparieren lassen. Zum zweiten Mal jedenfalls war Frowalt I. mit Blaulicht in ein Krankenhaus verbracht worden wegen des II. Vorfalls.

Nun, ich habe es überlebt und hoffe, auch Ihnen, verehrte Leser, sind die so geheimnisvollen wie wirkmächtigen Heilkräfte lebenslang gewogen; man wird ja meist oder genauer nur *vorerst* wieder gesund! – sogar die Ärzte wundern sich darüber, wenn sie ehrlich sind; sie benennen ja nur und durchleuchten und hoffen auf die Pharmazeuten, die sich auch immer nur wundern. – Was sollen sie auch tun? Nur helfen können sie, daß wir von allein wieder flott kommen.

Wir alle wissen um die ehernen Gesetze der Natur und kennen den Zweiten Hauptsatz (Hauptsatz II.) zur Genüge und wissen also, daß jede Erholung nur vorübergehend sein kann. »Entropie«, sagte Kommissar Röhr dazu des öfteren und schaute hierbei betrübt auf seinen dorr-dürren Kaktus im Bambusgestell und auf weitere Fälle des Niedergangs in den Akten – wie mich:

»Futsch, aus! Läßt sich nicht ändern. Irreversibel, das Ganze, ha!«

Hatte er mich gemeint oder den Kaktus? – Es galt uns beiden. Und allen! – Ja, allem!

Einen weiteren ganzen Tag nach den (tatsächlich nur) zwei Tagen brauchte ich dann (allein, ohne Blaulicht), um den Ausgang aus dieser Schweinfurter Heilanstalt zu finden, einen weiteren halben noch dazu, den unmerklichen Bahnhof Schweinfurts – man findet ihn nie! Es ist das Vertrackte an Schweinfurt, daß keiner den Bahnhof findet. Dieses Hutzelhüttchen, das vermaledeite, der angebliche Hauptbahnhof, der sieht aus wie ein schäbbiges Finanzamt! Man irrt ständig daran vorbei. Alle rennen sie rum da und suchen ihn …

Was soll's! Seitdem ich ihn letztmals fand, lasse ich Bahnhof Schweinfurt und *heavy* Schweinfurt im Ganzen in Ruhe – und zwar liegen! – nicht links, nicht rechts, sondern weit abseits! Denn ich habe verstanden, Schweinfurt! Altes Haus Schweinfurt! Alte Bahnhofskatastrophe. – Altes *heavy* Scheißhaus! Aber ich schreibe, Dich zu ehren, Dich zu satisfaktionieren, Dich zu adeln und begütigen fortan zweimal:

»Schweinfurth,
Schweinfurth!«

Extra *cool* mit ›Ti-äitsch‹: »Guthes, althes Haus *heavy* Schweinthförth, Swoinförth!« – So, und jetzt reicht's! Der Fall möge für immer erledigt sein!

Denkste! – Und es gab beizeiten viele Zeichen! Schon der Feind Greiner aus Paderborn damals! Und jetzt waren zwei frische Begebnisse so deutlich, wie allerdings auch schwer deutbar, daß sie mich hätten wenigstens mißtrauisch, zumindest vorsichtiger werden lassen *müssen*!

Zu unverkennbar, zum einen und ersten, war das Ereignis am Knollplatz zu Schweinfurt auf der Suche nach dem Bahnhof gewesen, wo ich, ganz bedeppert noch von der Vollnarkose und Klinik, in den Gassen und um die Kirchen herumschlich. Dort rannte ich fast eine junge Dame um! – Und trat sofort erschrocken zurück:

»Pardon, Madame!«

Nein, keine Dame, ein junges Ding war's, fünfzehn, sechzehn vielleicht; es hatte in einer Ecke der evangelischen *Citykirche* nichtsnutzig herumgelümmelt und im Wege gestanden – und so weit und so wenig auffällig an sich und auch schon alles normal heutzutage, haha!

»Na, du Sack!?« sprach sie mich an und: »Willst amol?«

3. Kapitel

Schlitz

Nein, nichts wollte ich, nur zum Bahnhof und weg! Ich hielt Abstand, wie ihn die Politiker und auch die Mütter bei Gefahr empfehlen. Plötzlich aber gähnte das Fräulein in Reichweite ganz ungeniert, ja flußpferdgleich (hierbei auch schrecklichste Zahnstände entblößend) in meine Richtung; dann freilich hielt sie mir nicht nur ihren oben klaffenden Schlund mit der spitzroten Zunge hin, nein, unterdes riß ihr, mit Absicht gar, ein weiterer Abgrund am linken Knie auf und zeigte sich mir ganz schamlos, wiederum klaffend – doppelt, oben und unten!

Es war nämlich, heute weiß ich das alles, seinerzeit Mode und zweifelhafte (allerdings auch harmlose) Zier der jüngeren Frauen und Mädchen, sich möglichst noble Markenjeanshosen zu beschaffen und diese dann vorn im Gebiet der Kniescheibe aufzuschlitzen (ob an- oder ausgezogen, kann ich nur vermuten).

Warum nur? – Um damit, wie man es ehedem neckisch nannte: »Knie zu zeigen«? Oder war damit im Grunde mehr und zeitgemäß an die Vulva gemahnt oder verwiesen? – War beides, oben und unten, eigentliches, wesenhaftes Schamweisen also? Die zur Schau getragene Vulva, als verwundende Wunde, als verschlingendes Mal? Gar Doppel-Mal oben und unten!? – Sigmund Freud, der Deutschelm (nicht Deutsch'helm, sondern Deut'schelm, besser gesagt eben Deutschelm), der täte nun gewiß beipflichten und wohlig schmunzeln diesbezüglich – weil er wieder mal richtiglag, der säuische Mutmaßer! Der alte Bluffer!

Hier kommt mir in den Sinn, daß mich Röhr einmal mit dem Befund zu überraschen wußte: Die Deutschen seien »fortdauernd besessen von Helmen« und trügen sie auch »so beflissen wie hingebungsvoll«!

»Helme? Was für Helme?« nahm ich wunder.

»Eisenhut und Schaller, Herr Hiffenmarkt!«

»Was?«

»Ja doch! Topf- und Spitzhelme. Pickelhaube und Stahlhelm. Sturmhauben. Zur Zeit sind's Fahrradhelme. Helm muß sein in Deutschland!«

»Na ja!« feixte ich da so schepp wie waghalsig hinterdrein: »Helmut muß auch sein!«

»Helmut? Was für 'n Helmut?« nahm nun Röhr wunder.

»Ja, Helmut Schmidt und Helmut Kohl!« rief ich entbrannt und: »Helmut Rahn und Plessner-Schelsky noch und Helmut Schön und Helmut Berger. Und Helmstedt auch, nicht wahr, Herr Röhr?!«

»Was für 'n Helmstedt?« nahm abermals Röhr wunder.

»Die Grenzfeste, ehemals Kontrollpunkt Helmstedt, Herr Röhr! Oder Wilhelmshaven, Kriegshafen! Oder Eichelmast oder Erzschelm, da steckt auch überall Helm drin, oder drauf, haha!«

Er starrte mich an. Wandte sich betreten ab. Und schaute weithin zum Fenster hinaus. Ferner sprach er Worte des Sinnes, daß es letztmöglich wohl nur noch gelte, sich »beizeiten des Seufzens zu entwöhnen«.

Die stets, um den Preis ihres Überlebens, hellwache Damenhosenindustrie (diejenige für Herrenhosen darf einstweilen noch Wintermodeschlaf halten), hat unseren Fräuleins geschwind diese selbstverstümmelnde, obzwar wohl tief befriedigende Betätigung des Hosenknieschlitzens fortgerissen und zur eigenen Obliegenheit gemacht, indem sie die Hosen ab Werk gegen Aufpreis schon geschlitzt abgibt.

Ob diese »Firmenpolitik« – kleiner geht's bei denen ja nicht und danach kommt dann gleich »Firmenphilosophie« oder was mit »Logistik« und dergleichen Blödsinn –, ob das nun klug war, wird sich herausstellen, denn unsere Jugend frönt ja doch offensichtlich und unbeirrbar allen Arten der Selbstkasteiung, steckt sich Nadeln durch die Nase, hungert sich bis auf die Knochen aus oder läßt sich im Gegenzug von Colasprudel und Ketchup aufschwemmen; sie feilt sich die Zähne spitz, läßt sich an den delikatesten Stellen tätowieren und wer weiß was noch? – Nur, warum?

(Womöglich schlummerte hier die Zukunft der *Bamberger Busenbürste*, die vielen Perversen anscheinend brauchbar und hilfsmittelmäßig unabdinglich schien und mir weite Märkte aufreißen konnte ...)

Ja, warum nur?

Vermutlich weil ihr, der Jugend, wie einige mutmaßen, der hiesige Friede belanglos und schal geworden ist, oder »Weil's ihnen zu gut geht!«, wie mein Großvater gelegentlich gut verallgemeinernd argwöhnte, und manche sagen jetzt auch »Wohlstandsverwahrlosung« dazu. – Und dann paßt's modernisiert wohl wieder!

Und wenn es ihr, unserer Jugend, künftig an Pein und Selbstbeschädigung ermangelt oder solches allzu feil und leicht von der Industrie (vom Kapitalismus wieder!) vorgefertigt verfügbar sein wird – was dann? Was wird sich die abermals abgehängte Nachhut ausdenken, wie sich schadlos halten? – Nein, schadlos nicht! Sie darbt ja nach Schäden. Aber womöglich nimmt sie diesen Firmensadismus gerade darum, passiv und frei Haus, gern in Kauf.

Ohnedies wird man dem Nachwuchs seine künftig neu und selbst erfundenen Selbstdemontagen und Reizzwacken sowieso gleich wieder wegnehmen und zu Geld machen. Also bleiben Untätigkeit und armseligste, ja dumpfeste Selbstdestruktivität (auf unterstem Heimwerker-, Hammer- und Kneifzangenniveau) ihre derzeit größten Vergnügen und bestmöglichen Fluchten.

Nun, ich vermute hier wieder nur – so wie es meine Vorfahren in Hinblick auf meine Ausfälligkeiten (familienheuristisch quasi) probierten, um zu verstehen, warum ich unbedingt Schlaghosen und längere Haare brauchte …

Die Gewerke, welche das Damenhosenschlitzen besorgen, hat man jedenfalls (vermutlich unter firmenphilologischen *»Fair-trade«*- und sonstigen *»Mega-culpa«*-Aspekten) den halb verhungerten Blagen in unseren ehemaligen Kolonien, diesfalls Biafra und Vietnam wohl, zugeschlagen und dergestalt dort einige davon in Brot und Schichtdienst gebracht, auf daß diese Armen nun, wie gesagt, dort gefertigte Jeanshosen gleich auch am Knie ritzen, um für die Firma höhere Endpreise zu erzielen, als dies mit ungeschlitzten Hosenbeinen noch sittlich vertretbar (*»fairtretbar«*) wäre. Die im Akkord schlitzenden Kinder begreifen das alles geradeso wie meine Schwieger- und Großeltern und ich ohnehin nicht, aber womöglich kaufen sie sich nun selbst solche Schlitzhosen von ihrem sauer verdienten Schlitzgeld ... und dann läuft die Ausbeutung wieder weltweiter rund, haha!

Die genauso dünkelhafte wie idiotische Steinwaschmode, *»stone-washed«* hieß es, in welche man einst viel investierte, auch mit Entwicklungshilfe- und Steuergeldern übrigens, war derweil rasch außer Mode gekommen und das ganze schöne Geld in die Rapuse über den Äquator gegangen und dort verregnet, freilich heimlich doch gesammelt und auf die gut versteckten Mühlen weniger in die Schweiz umgeleitet ... Aber lassen wir das! Nur soviel: Mit den Knieschlitzen wird es genauso laufen, Richtung Schweiz nämlich!

Jedenfalls war dies alles ein Zeichen und hätte mich warnen müssen!

Welches war nun das zweite typisch Schweizfurtzer, Pardon! – Schweinfurter Zeichen, welches beizeiten deutlich gegeben war und zu deuten parat stand?

Nun, ein Rotzlöffel war's, nur acht, höchstens wohl zehn Jahre alt, der mich gleich nach dem versauten Schlitz- & Schlundvorfall grinsend am Schweinfurter Busbahnhof, nahe dem Knollplatz, den man stets findet, wenn man den anderen sucht, fixierte. Dieser Bengel gammelte hier auch nur wieder herum, beinahe den Anschein erweckend, als arbeite er mit dem Schlitzluder vom Knollplatz Hand in Hand, und er sprach, als ich ohnehin schon erschrocken und, meines kläglichen vorvorgestrigen medizinischen Leibeingriffs wegen, überaus doof und wehrlos wirkte, diese nun folgende, ganz abgebrüht vorgetragene Formel wider mich:

»Vosselöckoaschbieblgau!«

Als ich den Kleindeutschtürken oder was der da redete ratlos anglotzte, die Augenbrauen hob und viel zu onkelhaft nachfragte, erklärte der kleine Sausack sogleich sehr wonnevoll auf Hochschweinfurtsch:

»Votze, oder?« Ob ich verstünde, hä?

»Hm. Ja.«

»Piepel! Leck Arsch! Verstehst mi, Doofmann?«

Er meinte mich. Und als ich ihm ganz entgeistert wieder nur »Hm. Ja.« entgegenbrummte, vollendete das verderbte Halbgewüchs seinen Bann- und Zauberspruch und sagte ihn gleich noch einmal auf:

»Votze! Leck Arsch! Piepel, kau, Doofmann! Kau! – Packst' dös endlich?«

Ich drehte so schwächlich wie eilends und verlegen ab und der Frühreifverdorbene feixte mir hinterher. Am Bahnsteig repetierte ich entgeistert der Jugend frischeste Formel:

»Votze, leck Arsch, Piepel kau!«

Hm, »kau«? – Imperativisch gemeint wohl? Und »Kakau« fiel mir noch unsinnig ein. Nee, so unsinnig nicht: »Kakao« – hätte ich dem Kind spendieren sollen, um es zu normalisieren, zu restaurieren.

Der Herr Schaffner mit dem Ohrring sah mir argwöhnisch zu, als ich solche Vokabeln brummelnd seinen Zug betrat und im Gang heftig mit einem Rucksackträger zusammenstieß und kurz rangelte und hierbei den Zauberspruch vor mich hin fluchte:

»Votze, leck Arsch! Piepel kau!«

Dann endlich nahm ich schnaufend Platz, um endlich, endlich einmal wieder heimzukommen.

Nur um sofort wieder hochzuschießen und rauszupreschen! Denn im Krankenhaus hatte ich meinen Musterkoffer mit den Pinseln und Bürsten vergessen. Also kämpfte ich mich zurück am Rucksack vorbei und quälte mich (vorgestern frisch repariert erst! also schwächlich!) hinauf und zurück zum *heavy* Klinikum.

Die Schwestern, dachte ich unterwegs, werden in den Koffer gesehen und die vielen Rasierpinsel und zuoberst die Pracht- und Vorführausgabe der *Bamberger Busenbürste* mit Goldrand bestaunt haben. Als ich dort eintraf, um ihn abzuholen, sahen sie mich von ganz oben bis zur Mitte und dann noch intensiver (und sehr anzüglich auch) unten rum an. Sie waren dort ohnehin verwegene Luder allesamt (wie im Arztfilm!) und manchmal hatten sie mich nachts nur geweckt, um mir eine Schlaftablette zu geben und mich zu fragen, ob ich denn auch die »Ente hübsch artig vollgebrunzt« hatte? Ich sagte dann immer brav: »Ja!« – So mögen sie das hören!

Ich erklärte den Damen dann noch ein wenig die Rasierpinsel und die goldene *Busenbürste* und dachte kurz, ob ich noch Geschäfte mit den Dummerchen machen sollte, entschied aber anders und machte, daß ich rasch davonkam.

Nun stand ich also wieder da, vorm *heavy* Klinikum

Schweinfurt, mit meinem Bündel und dem Koffer (wie ein Kriegsheimkehrer), wußte aber jetzt den Weg und einen Umweg um den Knollplatz herum und am Busbahnhof vorbei zu nehmen. Wie gerädert traf ich zum zweiten Mal am Bahnhof ein.

Zunächst rief ich meine Frau in Sauger an, daß ich nun werde drei Stunden später kommen. Sie zeigte sich einigermaßen gefaßt, ja gleichgültig! Den Krankenhausvorfall hatte ich ihr gegenüber auch stark heruntergespielt. Allerdings, in letzter Zeit war es etwas schwierig mit uns geworden ... – Was, wenn sie (und ich!) geahnt hätte, daß wir uns lange nicht wiedersehen würden?

Der Gerechtigkeit halber will ich nun einräumen, daß Schweinfurt auch gute Seiten besaß (und womöglich noch besitzt?) – damals zumindest eine: Die Schweinfurter Stadtverwaltung kaufte mir beachtliche Mengen an Busenbürsten, Schaumseifen, Waschlappen und Rasierpinsel ab, die sie unter die Armen der Stadt verteilte.

Diese Sanitärgegenstände wurden vor der Ausgabe amtlicherseits genau und aufs Gramm gewogen und die Empfänger der Sanitär-Almosen hatten ein Jahr später im Schweinfurter ›Amt für Gesundheit und Soziales, Abt. Hygiene‹ vorstellig zu werden, wo die markierten Bürsten oder Pinsel und Seifen abermals gewogen wurden. Die Abnutzung der Gerätschaft wurde vermittels Feinwaage, Taschenrechner und Tabellenschlüssel bemessen und veranschlagt, dergestalt, daß ein Mann, der sich fleißig wusch und rasierte, oder eine Frau, die sich tüchtig bürstete und pflegte, belohnt wurden mit höchstmöglicher Sozialunterstützung. Abzüge gab es bei denen, die sich gehenließen und verwahrlosten. – Ein zarter Zwang des Fürsorgestaates also! Ihm war freilich zu danken, daß Schweinfurt tendenziell adretter wirkte als andere Städte und daß seine *plebs urbana* in Teilen gepflegter wirkte als anderswo. (Sogar die zwei verdorbenen Kinder vom Knollplatz waren ja ganz ordentlich gekleidet gewesen.)

Ich schreibe bewußt »tendenziell« und »in Teilen«, denn ich wußte von der Schweinfurter Beamtenschaft, vor allem von den ränkesüchtigen FDP-Kommunisten und von etlichen roten Anschwärzern darunter (die einige sogar auch »schwarze Rothäute« nannten) und die allesamt für Beihilfen zuständig waren und mir meinen Kram abkauften, daß geschummelt wurde, was das Zeug hielt, daß die Borsten von den Klienten beschnitten, die Schaumseifen auf Tage in Wasser gelöst und den Pinseln Haare ausgerissen wurden, während man die Waschlappen reduzierte, indem man immer nur sie wusch, aber nicht den gemeldeten Sozial- und Pflegefall (›Klient‹).

Die Kluft zwischen Sozialtheorie und Alltag zu verhüllen, waren Politik und Beamtentum gehalten, den Unfug weiter zu treiben, so als wäre nichts! Man tat ja Gutes – und schwieg! Diese »Politik der Vernunft«, wie sie die Regierungspartei Schweinfurts vertrat, mochte ihre Abwahl vorerst hemmen, weil sie Anklang fand, auf Dauer aber wird das Übel seinen Agenten über den Kopf wachsen! – Mir sollte das vorerst alles recht sein, denn ich verkaufte gut dort!

4. Kapitel

Feist

Es war wohl im Herbst 2018 schon, als das Laub draußen fiel und einige Vögel fortgereist waren, da sprach der liebe Kommissar Röhr einmal sehr herzliche, wärmende Worte zu mir, die mir verdeutlichten, daß er mich verstand, ja einmütig mit mir fühlte. Ich hatte ihm in zaghaften Worten schon einige Male erklärt, wie sehr mir Menschmassen und Lautes zuwider waren und daß ich die Einsamkeit liebte, sogar auf der Zelle! Da sagte Röhr zu mir am Nachmittag so erfreut wie tröstend:

»Lieber Hiffenmarkt! Es gibt Welten, eher noch in der Natur, in Ställen, Klöstern und Gaststuben, da lebt alles in geselliger Einsamkeit, in der Mächtigkeit schieren Daseins ruhend, wie Kühe im Stall und auf der Weide. Wir, die wir in Massen erstickend und einsam durch unsere Städte irrlichtern und uns von Schwermut ernähren und alles nur entsetzt beobachten können, wir schmachten doch mit kalten Händen nach jener Wärme und nach wahrer Einsamkeit.«

Längst schon wird bei Ihnen, liebe Leser, der Eindruck vorherrschen, daß ich meine Untersuchungshaftzeit im Grunde dann doch sehr genoß. Das stimmt und ich habe das auch schon erklärt!

Das freilich war auch dem Umstand geschuldet, daß sich mein Hausfrieden vor meiner Verhaftung plötzlich sehr verdüstert hatte. Ich habe vielfach schon einiges von gemeinsamen Kindern durchsickern lassen; es waren nicht nur gemeinsame. Meine Frau Dietlinde brachte eine Tochter aus erster, viel zu früh geschlossener Ehe mit in die unsere. Diese halbwüchsige Tochter lebte, als wir geheiratet hatten, nur kurz noch mit uns und war dann eines Tages verschwunden, so wie viel später unsere gemeinsamen zwei Söhne auch, die es beizeiten in die Welt hinausdrängte. Der eine Sohn, Friedemann, ist Pauken- und Schlagzeugwart an der Oper in Kassel geworden, der andere, Erwin, Erzieher in Erfurt; beide haben längst auch Familie und Kinder sogar. Die Tochter meiner Frau war damals, als sie davonlief, siebzehn Jahre alt gewesen. Sie floh wohl zu einem Liebhaber oder strebte zur Seefahrt oder in den Friseurberuf – was weiß ich? Die Mutter schaute bekümmert, mir war's recht und ich fand's richtig. – Sie kennen meine Einstellung zum Erwachsenwerden.

Meine Frau hatte nun in der Zeit vor meiner Haft auf eine sehr subtile Weise diese längst schon älter gewordene Tochter Monika wieder zu uns ins Haus – was heißt Haus? – in die weniger als ein Ar kleine Sauger Dreizimmerwohnung geholt oder besser mir untergeschoben, wohl wissend, daß ich ein Einzelgänger bin und einzig sie, meine Dietlinde, und den gelegentlichen Besuch aller Kinder und Enkel noch ertrage, und durchaus auch gern ertrage, weil sie abends wieder fort sind. Jeder weitere Mensch wird mir in meiner Wohnung binnen weniger Tage zur Last und Qual. Gäste, die länger als drei Tage … na, Sie wissen schon.

Nun war sie also da, die Dicke. Die dicke Monika.

Warum es so sein mußte, verriet meine Frau nur zögernd. – »Das Kind«, wie sie stets sagte – es war inzwischen 42 Jahre alt! –, suchte angeblich hier und nur hier in Grollstadt-Sauger nach vielen Fehlschlägen und Irrwegen durch die Welt eine Wohnung und Arbeit, die das dicke Kind vorher irgendwoanders gehabt und verloren hatte.

Nun war sie also da, die dicke Monika. – Ein früher mal hübsches weibliches Wesen, das zum Fernsehsessel- und Duschtier mutiert war, das unser Bad in Beschlag nahm und dem man täglich einen halben Liter vornehme Flüssigseifen, fünf Rollen Klopapier und fünfzehn Schokoriegel ins Gehege werfen mußte, um es mild zu stimmen. Beim kurzen Freigang durch die Wohnung nach dem Duschakt fraß sie uns in der Küche den Kühlschrank leer, um sich als nimmersattes Couchwesen wieder vor den Fernseher zu werfen. Des Nachts war sie dann wenigstens in dunklen Angelegenheiten unterwegs und schlief darum gottlob tagsüber bis zum nachmittäglichen ersten Waschakt und der darauffolgenden ersten Fütterung. Am angenehmsten war es mir also, wenn sie schlief, was bis gegen zwei, drei Uhr nachmittags der Fall war, und so blieb mir der frühe Tag, den ich ohnehin schätze.

Für meine Frau war sie »das Kind«, das sie nun wie einst als ihren Säugling umsorgte – ich deutete an anderer Stelle schon die starken Triebe hierbei an: die Sehnsucht der Mutter nach Rücknahme des Fötus *»ad uterum«* und dergleichen weiblich-urmütterliche Voll- und Dunkelmondheiten. Das Kind aber war lange schon volljährig, sein extrauteriner Frühling war einem dicken Frühherbst gewichen. Ich hätte, da meine Frau tagtäglich den »Notfall!« der dicken Tochter bewehklagte – und mich damit längst irre gemacht und weichgekocht hatte! – nun wenigstens eine Wohngemeinschaft unter Gleichen mit gleicher Aufteilung der Lasten erwarten dürfen. Was heutzutage natürlich ahnungslos dämlich ist!

Im Schnitt ernähren drei produktive Grollstädter Staatsbürger acht Bedürftige, wozu Sozialermattete, Annabergfestteilnehmer, Politiker, Studenten, Künstler oder auch und selbstverständlich Kinder und Rentner zu zählen sind. Aber die Dicke, die Monika, war kein Kind mehr und noch kein Rentner, sondern ein notorischer Notfall und derart faul, daß sie sich stets nur mit einem schlaffen »Moni« vorstellte, obwohl sie schöner Monika hieß. – Eine sprachliche Verkürzung, deren Hintergründe wir vorn im ersten Teil schon abgehandelt hatten.

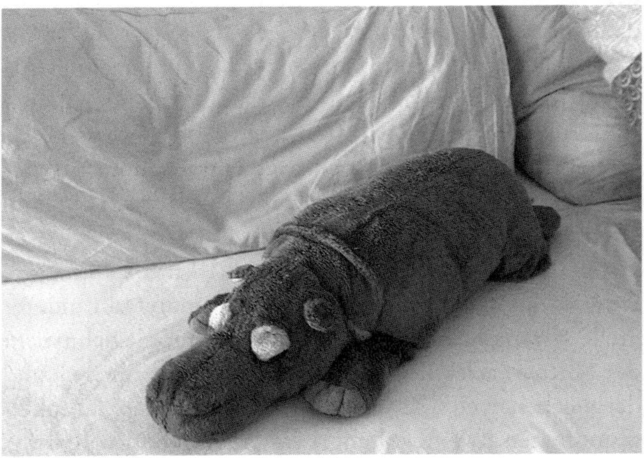

Ohne die Kinder waren wir, das Ehepaar Hiffenmarkt, ungebundener, aber auch schrulliger geworden – meine Frau beschaffte (ja, entband) im hohen Alter dann noch ein wurstähnliches Kuscheltier, ein Stoff-Nilpferd (oder Flußpferd, die mit den dicken Nasen), welches auf den Namen »Nili« hörte. Ich hatte, ganz Handelsmann und *one-world-market*-mäßig (bzw. *Global-Fu-tzi*) für den Namen »Flußpferd Wurstel« bzw. *»Hippo Sausage«* plädiert, haha! Aber »Nili« setzte sich durch. Im Ehebett schlief es mit uns, im Wohnzimmer sah es mit uns fern, das »Nili«, und bald betörte es auch mein Herz! »Nili« ging's gut bei uns und allzu oft ging's ihm sogar besser als mir!

Bisweilen, wenn wir nervös wurden, besser gesagt: ich nervös und ungeduldig wurde, finster und bärbeißig, täuschte das dicke Moni geschickt Bemühungen an, ihr molliges Nest bei uns gegen ein kaltes draußen zu wechseln, freilich nur, um hierbei operettenhaft zu scheitern – auf Grund einer bösen, mißgünstigen Welt, womit sie die Mutter abermals kirrte, die sogleich bebend durch die Wohnung fegte und »Mein Kind!, mein Kind!« rief und »Notfall!« und *mich* zusammenstauchte, weil man ihr Kind wieder benachteiligt hatte und es nur daheim vor dem sicheren Untergang zu retten war.

Die Dicke hätte eine Wohnung auch erst suchen und überdies auch finden müssen, dazu noch geeignete Arbeit – aber die Zeit hatte sie gar nicht! Und ihre Ansprüche waren hoch, was die Wohnung und den Arbeitslohn betraf, niedrig indes sollten die Mühen der Arbeit und Suche danach bleiben. Sie bestrebte ohne Arbeit nur von Geld zu leben. – »Reich ohne Arbeit«, haha!

Ich zog mich zurück in meine Schreibecke, die im Schlafzimmer geduldet war. Die Frau entzog mir mittlerweile sogar das Vertrauen, Nudeln fehlerfrei aufzusetzen. Das übertrug sich auf die Dicke, die mich gemeinsam mit der Mutter schurigelte. Beide fraßen immerzu Kuchen, meine Frau wohl, weil sie die Tochter seelisch entlasten und darum selbst dicker werden wollte, und so schlußfolgerte ich weiter, zu Recht wohl, daß meine Frau mir, ihrem Mann, die Speise nur noch gönnte, wenn Reste blieben, weil erst das Kind satt gefüttert sein mußte. – Es gibt Insekten, wie Sie bereits wissen, die ihre Männer nach der Begattung fressen oder verfüttern, um ihre Brut durchzubringen! – Tiefere Instinkte eben, Mütter!

Es fing damit an, daß ich mich separat von Speckbroten ernährte und trotzdem stark abmagerte – vor einseitig ernährtem Kummer wohl. Später, im Gefängnis, wo sie es heutzutage niemals wagen dürften, Speckbrote aufzutragen, nahm ich endlich wieder zu.

Nun hatte mir Kantinen- oder Mensaessen immer schon schmecken wollen; ich werde dort satt, es mundet und Vitamine gibt's auch. Kaviarzeugs und Trüffeln brauche ich nicht. Frische Kartoffelpuffer, die Kantinenköchen nicht so gelingen können, bereite ich mir eben selbst zu.

Egal, jede Kantine der Welt versorgt und nährt mich auskömmlich. Warum auch sollte eine Gefängniskantine oder Mensa schlecht kochen? Um Aufstände zu provozieren? Alles Quatsch! Der Koch einer (auch vielgeschmähten) Mensa in Braunschweig, der seinen

Mitarbeitern zu Weihnachten Rasierpinsel und seinen Kaltmamsells *Busenbürsten* schenkte und darum mit mir ins Geschäft geraten war, erklärte einmal: Schlecht kochen mache im Grunde viel zu viel Arbeit! Dazu habe man dort gar keine Zeit! Und so böte man eben soliden, machbaren Standard. Das Elend rühre allein daher, daß sie exzellent und spottbillig zugleich kochen sollen, überdies noch vegan und sonstwelche koscher Extrawürste nach Art der Saison und je nach Glaubensintensitäten.

Meine Frau setzte mich früher mal, als wir noch frisch verheiratet waren, ganz auf Fleischnahrung und meinte es gut damit. Heute vermute ich, sie wollte sichergehen, daß guter Samen in mir reifte und so gesunden Nachwuchs sicherstellen.

Ich fraß sie damals ständig und tapfer, diese Keimdrüsenmast aus feisten Rouladen, mit strammen Gulaschs und Schweinsbraten – aber heimlich ersehnte ich mir stets Puffer und schlichtes Kantinenessen: simple Quarkspeisen, Nudeltöpfe, Erbsensuppe oder Königsbergklopse in Kapernsoße auf fahlem Kartoffelpüree. – Welch schlichte Anmut, welch durchschnittliche Größe! Welch fügliches Futter!

Als ich durch Dietlindes Hauskost fett geworden war und längst auch tüchtig gesamt und gezeugt hatte, die Kinder folglich gesund waren, kochte die Frau wieder stark reduzierte Diäten, weil sie selbst zugenommen hatte. Das tat sie nun plötzlich auch wieder, um ihr dickes Kind zu entfetten, andererseits dann viel Kuchen, um sich dem Kind anzugleichen. – Ein Irrsinn und ›Fall *paradox*‹ für die Sippenpathologie und angewandte Ehetherapie!

In dieser Zeit nahm ich wieder stark ab! Abends telefonierte meine Frau meist ausgiebig oder schaute sich kompensationslüstern stundenlang Küchenkataloge und Musterküchen im Netz an, während ich gebeugt überm Schreibtisch hockte und meine Speckbrote (auf eigene Kosten) kaute. Zu ihren Küchenträumen äußerte ich mich nicht weiter, ich wollte meinen Hausfrieden wiederhaben und mein Schweigen und Stillehalten gewährte mir Ruhe. – Bis mit dem Schweinfurter Unglück dann auch Befreiung kam …

5. Kapitel

Kartonagen

Eine sehr, ja eine seer (wie das Meer und noch mehr) hübsche Dame in Schweinfurt sprach mich am Bahnhof an, als ich zum zweiten Mal an diesem Tage am selben Bahnsteig stand und auf den Zug nach Grollstadt wartete! (Welche Zufälle!) Sie hielt zwei Geschenkpakete in den Armen. Und sprach mich an (!), ob ich wohl zufällig nach Grollstadt-Sauger rauffführe?

»Ja.«

Ob ich wohl die Güte haben könnte, ihrem Mann diese zwei kleinen Geburtstagsgeschenke mitzubringen, da sie selbst, der kranken Mutter wegen, in Schweinfurt (*heavy* Klinik!) bleiben müsse und die Geschenke nicht selbst nach Grollstadt bringen könne? Heute aber habe ihr Mann Geburtstag! Und der wiederum müsse in Grollstadt verharren, eines unabgeschlossenen Handels wegen mit hochwertigen Uhrenartikeln. »Hätten Sie also wohl die Güte, diese Geschenke zu überbringen, mein Herr?« – Ich sagte sofort:

»Ja!«

»Es macht Ihnen auch keine Umstände?«

»Ja, ich fahre doch sowieso hin, also nein, keine Umstände!«

»Oh, wie lieb von Ihnen!« rief sie sehr verzückt: »Sie machen es also!?!«

»Ja.«

»O, was wird er sich freuen, mein Mann!«

»Ja.« (Ja, ja, wird er! – bei der Frau, hoho!)

War ich der schönen Frau oder einer inneren Not folgend und äußeren, attraktiven Wucht erlegen und darum ihrer Schönheit auf den Leim gegangen? War ich allzu gutmütig oder nachgiebig, ja eigentlich annähernd schon zu defätistisch gestimmt gewesen?

»Ja, Frowalt!« sage ich mir heute.

Als diese Frau in Schweinfurt so flott und sexy am Bahnsteig von weit her auf mich zuwippte ... ja doch, sie sah umwerfend aus! Und als sie mich noch nicht gefragt hatte, da war's um mich längst geschehen! (»Ja.«) – Man sah an ihr vorn kecke Beulen oberhalb des knappen Rokkes verrutschten Reizverschlusses und darunter prallte die marmorne Pracht zweier baumlanger Unterläufe und hinten kecke Backen, ö hö! (»Ja, ja.«) Und einwandfrei auf Hackenschuhwerk stolzierte sie einher bzw. hier her, zu mir! Verflucht noch eins!? Oder? (Ein Köder nur? – »Ja?«)

»Ja, Frowalt!«

Tja, und unten hingen und zwackten meine frisch operierten Kaldaunen und irgendwas hing wohl noch am halbseidenen Testikelfaden, in Folge des hiesigen Leibriß', Sie wissen schon! Oben aber biß mir mein vorstehender Schneidzahn vor Greisenlust ins Untergelipp' – in *heavy* Schweinfurt, wie gesagt.

Es war wohl auch eher so: Diese Frau, diese kolossale, fatale *Femme fatale*, die kam direkt auf mich zu mit ihrer ungewöhnlichen, sehr beflissen, ja beinahe fußfällig vorgesäuselten Bitte:

»*Excusez-moi*, mein Herr! Lehmann, mein Name! Renate Lehmann. Darf ich Sie um etwas bitten?«

»Ja, Frowalt Hiffenmarkt mein Name! Ich bitte sogar darum!«

Wir schüttelten uns schon die Hände!

Ich hörte dann den Rest ihrer Bitte etwas verlegener an und dachte längst: »Mach ich doch, Renatchen!« Und dann sagte ich:

»Ja. Warum nicht, gnädige Frau! Mache ich doch!«

Und – schwupps! – hatte ich die zwei munter verpackten Geburtstagsgeschenke als süßes Gepäck im Musterkoffer zwischen goldener *Busenbürste* und höflich platzmachenden Rasierpinseln verstaut.

Mein Gott, ist man blöd manchmal! (Aber zuvorkommend natürlich!) Und es hatte doch Zeichen und Anzeichen gegeben! (Ja, steckte gar Drogist Greiner postum dahinter!?)

Wieder hatte ich nur Gutes und das Beste gewollt – und am Ende war mir nur Unglück beschieden. Dieser törichte Botendienst, den meine Frau später dann immer »nur bekloppt« nannte, brachte mich geradewegs in die langwährende Untersuchungshaft, wohin ich auch noch arglos, freiwillig und auf eigene Rechnung reiste, anstatt mich gleich in Schweinfurt verhaften und auf Staatskosten in den Knast schoffieren zu lassen!

Nun war es aber so. Ich hatte mich nach den Umständlichkeiten am Klinikum in Schweinfurt erneut und zum zweiten Mal, nun mit Musterkoffer und zwei Geschenken, auf die letzte Reise nach Grollstadt-Sauger begeben. Es ging dann im Zug auch arglos heiter dahin, die

Päckchen der Frau waren gut verpackt und keine Kilo-Beschwernis, im Gegenteil – ich brachte Geburtstagsfreuden und Glück mit nach Grollstadt! – Und Renate Lehmanns Mann würde mir am Bahnhof sicher um den Hals fallen und schlimmstenfalls Küsse schenken, die natürlich ihr, seiner Frau in Schweinfurt, galten – und die ich ihr auch gern ausgiebig vergönnt und verpaßt hätte, dem Luder Renate Lehmann!

Überdies war ich frohgestimmt, weil meine Frau beim letzten Anruf (vom Bahnhof aus) doch wieder zahmer gewirkt hatte und andeutete, daß die Dicke durch ihr, meiner Frau, Betreiben bei einer *Bäckerei Fleischer* (haha!) in Sauger oben in Brot und Kuchen gekommen sei, und daß sie, die Dicke, nun bei einem »ganz netten Mann«, der »absolut nichts gegen mollige, reifere Frauen« habe, ja sie sogar »besonders verehre«, eingezogen sei – was ich mir so übersetzte, daß die Dicke nun von einem frischen Galan und Wiedehupf (›Widehupf‹), der Dicke bevorzugte, ins Haus gelockt worden war, um sie dort Tag und Nacht auf dem Sofa, unter der Dusche oder am Fernsehsessel von hinten oder sonstwie bespringen zu können, je nach Gusto!

Ich war geradezu betäubt vor Freude! Und bis sie der Widehupf, ihrer überdrüssig, hinausgeworfen haben würde, hatte ich genügend Vorkehrungen getroffen! Da könnt Ihr sicher sein, skeptische Leser! – Bretter und Eisenplatten täte ich vornageln und Wurfsteine türmen!

So süffelte ich mich nun munter und trunken vor Freude und Zukunftsglück per Eilzug meinem geheilten Hausfrieden und meiner Dietlinde entgegen (die ich noch heute würde nehmen wollen, auch am Fernsehsessel meinetwegen, *a tergo* usw.) – ganz voller Flachmanns- und Flachmachsglück, bis ans Ende der Reise und noch darüber hinaus – ganz arglos und doof!

Wie man denn da wohl endlich, bei soviel Rückschlägen und Gegenwind, ein richtiges Leben führen soll? (Nach einem *guten* frage ich erst gar nicht!) – Ja, das fragt sich so leichthin, so unbedacht.

Und *führt* man es denn überhaupt, das Leben? Oder folgt man ihm nicht eher, wie das Vieh im Joch dem Band des Gänglers? Und was ließe sich daran, so man sein Leben selbst zu führen trachtete, tatsächlich bestimmen? Was wäre daran denn überhaupt führbar? Wer führt es tatsächlich, das Leben?

Das Leben doch selbst oder sich selbst wohl, als Gemisch aus vielen Absichten, Vorbestimmungen und Widerfahrnissen. Über weit höhere Instanzen und ihre Absichten läßt sich hierbei »prinzipiell« (so Röhr und so nun auch ich: »prinzipiell«) wenig, ja eigentlich gar nichts sagen – was für jene Instanzen spricht, uns aber ratlos läßt! Und was wiederum einiges für sich hat – als abermals paradoxer ›Fall *paradox*‹!

Ja doch, ich gebe zu, hier wieder nur ins Theologische abzweigen oder gar flüchten zu wollen – aus der heiklen Päckchengeschichte nämlich, aus den Restbeständen der Selbstverantwortung für mein Leben. Und da suche ich wohl gern – Sie kennen das schon! – alle wichtigen Tat- und Lebensfragen unablässig mit kauzigem Unsinn zu umschiffen …

Also zurück zum Klartext! – Mein kompletter Botschaftsauftrag per Bahn, hinsichtlich dessen ich in der Ansicht lebte, daß es Besseres nicht zu tun gebe, als Reden auf Bahnhofvorplätzen zu halten – der war ja im Grunde nur für'n Arsch! (»Ohne Scheiß!« wie sie heute noch anzufügen und ständig zu sagen belieben. – »Genau!«) Und darum ließ ich es dann auch eines Tages besser ganz bleiben, das Reden und diesen ganzen Schmu mit dem Sendungsbewußtsein! Und zwar ganz ohne Scheiß! Oder vorläufig jedenfalls und einstweilen. Soviel vorweg. Und: »Genau!«

Nun aber hatte ich mich auch noch zum Sendboten wildfremder Belange machen lassen! – Was stimmte nicht mit mir?

Unterdessen schmerzte trotz Flachmann, Wunderheilung und Hochstimmung im Zug nach Hause mein frisch operiertes Gekröse und in Verbindung mit diesen Zweifeln auch mein Gehänge – ob kausal oder nur korrelativ, bleibt unklar. Im krampfigen Skrotum zuckte es jedenfalls am dünnsten Faden, der im Eingeweide wie unter furiosester Begleitung scharf gegeigt und gesägt wurde durch allerhand Skrupel, Besorgnisse und einen beifolgenden Kopfschmerz oben. – Herr im Himmel! Was war *das* wieder?

Unsere Vorvorvorfahren waren eindeutig im Vorteil, weil sie diese Mächte des Innern als äußere Mächte erlebten und somit fein raus waren! Oder? – Ach was, es wird ihnen dennoch nicht besser ergangen sein, nur weil der Mist draußen stattfand. Man kann dem Übel freilich gelassener zuschauen, wie einem Schiffsuntergang vom Ufer aus. Da mag man todunglücklich sein – aber nicht so, wie die dort drüben an Bord! Oder? – Denn sicher bin ich mir nicht! In keiner Angelegenheit mehr. Und ich hab's ja nie erleben müssen. (Nur beim ersten *Titanic*-Untergang im Kino, furchtbar! Der zweite im Fernsehen ging dann schon angenehm unterhaltsam vor sich; nur Dietel weinte noch ...)

Die Alten (Griechen) immerhin waren sich sicher, daß der Same einmal im linken und einmal im rechten Hoden entstünde. Und ein Same, der von rechts kommt, kommt in den rechten Teil der Gebärmutter, einer vom linken nach links. Und auf der rechten Seite keimen Jungs und links Mädchen. – Welches Ei schmerzte eigentlich? frag- te ich mich; es war das rechte! Zeuge ich also künftig nur Mädchen noch – das wäre schön!

Und da wäre es doch heilsam für mein künftiges Mäd- chen, dachte ich kurz, sofort auszusteigen, um eilends zu wenden nach Bamberg hin, wo ich früher schon mal mein Skrotum in Rauchbier heilbadete und kurierte? (Und so auch das Leiden etwas nach außen verlagerte.) – Aber die Päckchen, der Auftrag!? Ich ließ es bleiben und fuhr weiter hinein ins Glück nach Grollstadt-Sauger.

Was der Schmerz eigentlich will, wird mir zunehmend rätselhafter. Die letzte plausible Erklärung war noch die mit der Erbsünde. Aber das nehmen ja nicht ein- mal mehr die christlichen Kirchen und deren Vor- und Nachbeter ernst.

Doch wer weiß? Und ich frage da ungebunden, freier: Womöglich werden wir es dann einmal, wenn es so weit ist, doch gut genug gewußt (gewußt) haben? Ja, gewußt gewußt! Und haben werden!

Überdies: Wie mag es drüben im Totenreich bestellt sein? Ob man dort auf wundersame Weise wiederum auf seiner, also »meiner Welt« sein wird, als taumelndes, schmerzgrames Ich? Nur anderswo – und wie? Und mag es drüben und anderswo bisweilen so lustig zugehen wie hienieden auf Erden? So fragen es sich wohl viele. – Oder wird es ebenso ermüdend und schmerzhaft und bitter werden? So frage ich mich das jetzt. Und so fragen ebenfalls viele! (Wie etwa früher die Kirchen, die freilich gar nichts mehr wissen und auch nicht mehr viel fragen.)

Das Beste, was diese Welt für mich bereithielt, waren immer ein kräftiger Niederschlag und eine Vollnarkose, welche mir spät erst, im fünften Lebensjahrzehnt, mit 43, zuteil wurde, weil mir einmal ein Schaden und Bruch am Kopf und Unterkiefer repariert werden mußte. Erstmals so auch Beförderung mit Blaulicht und Tatütata ins Krankenhaus – wie in Schweinfurt! Ich hatte ihn schon angedeutet, den Erstfall (Vorfall I.).

Die zweite Betäubung, die soeben im Klinikum Schweinfurt, des Türsturzes und seiner Reparatur wegen (Vorfall II.), die war dann einesteils milder schon und währte nur kurz, und inzwischen war ich es ja beinahe gewohnt.

Aber diese Vollnarkosen wirkten jeweils unbegreiflich entbürdend, befreiend und für nicht zu ermessende Zeit – beinahe für immer! – hinausführend aus unserem Jammertal, weit weg ins Nichts und ins ›*Nix-weidä*‹. Eben ins *Nichts*! – Wer mag zu empfinden oder zu ahnen, was das bedeutet?! Bis man dann diesfalls doch wieder wach wird und alles weitergeht …

Dergestalt aber, als ewige Gesamtbetäubung oder Entbürdung des Leibes und Geistes, will mich der Tod nimmer mehr schrecken! Denn da ist nichts, das man fürchten müßte. Und ein wundersames Wiederum – das kann es so wohl doch nicht geben. Da wäre kein Ort für.

Mit dem kräftigen Niederschlag, den ich oben erwähnte, meinte ich den Regen, den Schnee und die Graupel.

Die erste Vollbetäubung aber (nach Vorfall I.) folgte tatsächlich auch einem Niederschlag, einem K. o. und *Knockout* im Straßenkampf, als ich im Alter von bereits 43 Jahren als letzter ausharrender Kämpfer unseren Straßenabschnitt gegen die Schlägermeuten aus der Sauger Sophienstraße zu halten gewillt war und weil mich die Alten von dort, allesamt Rentner, die in Überzahl waren und nichts als ihr abgenutztes Leben zu verlieren hatten, furchtbar verdroschen, mir die Knochen und den Kiefer brachen und mich dergestalt beschädigt ins Krankenhaus und in die erste Vollanästhesie trieben. (Wofür ich heute durchaus dankbar bin.)

Hienieden aber tröstet mich der andere Niederschlag ohnegleichen – ein starker, anhaltender Regen, der Graupel oder ein leiser Schnee oder zorniger Hagel, die sind für mich das Schönste auf dieser garstigen Welt! Narkosen bekommt man selten, und bekäme man sie oft, wirkten und schmeckten sie schnell seicht und gewöhnlich, wie alles, was übertrieben wird. Die Narkose folgt immer auch einem Schmerz und Unfall, was von Nachteil ist. – An den Schnee oder Regen aber werde ich mich nie gewöhnen, weil alles daran ist gut!

Das wohl erstaunlichste: Weder vor Schmerz noch Übel, noch Tod hatte ich ich je Angst! – Weder vor noch nach meinen Aderlässen und Narkosen, noch nach meinem Botengang für Renate Lehmann, noch während meiner doch ziemlich riskanten Volksreden und anschließenden Rückzüge, die bekanntlich am angreifbarsten sind, wenn sie nicht rasch und geordnet unter bester Deckung durchgeführt werden.

Nun bilden Angst und sogar Feigheit die durchaus kostbarsten Teile jeden Mutes! Und etwas Doofstellerei und Einfältigkeit machen die kostbarsten Teile des Verstandes und der Gewitztheit aus. – Freilich sollte zumindest etwas Furcht oder ein leichtes Gefühl der Bange während aller Gefahrnisse und Kampagnen mit im Spiel sein, um den Übermut unschädlich zu halten und das Halsbrecherische jeder Waghalsigkeit zu entschärfen. Und von Vorteil ist auch, wenn man nur so tut, als sei man doof.

Während meiner Jugend und hohen Reifezeit, bis weit in die Vierzig – wie Sie soeben erfahren durften, werte Leser! – pflegte ich viel mutiger noch, ja tollkühner als heute in jedes Gefecht zu gehen – ob nun in Grollstadt-Sauger gegen die harten Greise und *Dealer*-Schufte aus der Sophienstraße oder am *Old Central Station* in Amerika, wo ich *Drugstore*-Pfeifen verkloppte! – und stets bestrebte ich auch, in die größten Volksaufläufe vor Gasthäusern forsch hineinzupreschen, um dort, inmitten des tosenden Tumults, aufwiegelnde Reden wie Schwirrholz und Peitsche zu schwingen. Damals hörte übrigens schon keiner zu, aber meine Reden stachelten wenigstens doch die Kämpfer an, denen das Anfeuern sowieso wertvoller war als der Inhalt meiner Verlautbarungen!

Das alles ist vielfach in den *Kalamitäten* bezeugt und auch in meinen sonstigen, stets auf Wahrheit beruhenden Schriften, etwa in den frühen *Gottesbeweisen* oder im reiferen neunten Band der *Kalamitäten*, welcher meinen großen Generationen- und Pferdehofroman *Galoppierende Backfische* birgt, der, wie Sie womöglich nicht wissen, in der englischen Übersetzung eines Eppendorfer Dolmetsch als *Galloping Girlies* vorliegt. Dieser Roman zeitigt freilich schon die Spätfolgen meines Kriegskunststudiums als auch eine meiner Altersreife geschuldeten Milde, weshalb er als früher Altersroman in die Literaturgeschichte eingehen dürfte. (Mein Dolmetsch wies mich massiv darauf hin!)

Nicht genug damit: Meine Frau warf mir kürzlich – als uns die Dicke längst zermürbt, mich verzagt und die Frau oft zornig gegen mich gemacht hatte – das böse Wort an den Kopf:

»Du schlappes Ei, du!«

Was sie gewiß sofort reute. (Sie ist eine vornehme, bisweilen freilich wütende, Dame!) Aber sie hatte nach meinem Schweinfurter Tür- und Testikelfall ja letztlich doch (irgendwie) recht behalten …

Nun, auf der letzten Zugfahrt von Schweinfurt nach Grollstadt focht mich das alles nicht an! – Alles würde heilen und gut werden, das war gewiß! Und – schlaffes Skrotum hin, schlappes Ei her! – ich würde sie heute noch hart und fest bespringen an unserer Küchenzeile in Sauger oben, mein liebes, gutes, altes, bestes Ehegespons …

So las ich als Straßenkämpfer und Kneipenschläger noch, der klüger und nachgebender werden wollte, und um meine mitunter verderbliche Bangelosigkeit (bzw. Tolldreistigkeit) zu kompensieren, mit viel Gewinn einiges über die Kriegskünste – vor allem bei Clausewitz, Polyänus, Sunzi, Tan Daoji und Gracian, die ich ja allesamt kannte vom *Bertelsmann*-Lesekreis her und durch meine damals noch wehrhaften evangelisch-lutherischen Konfirmandentruppen, welche Gruppen und Kriegskünstler gegenwärtig ganz zu unrecht vergessen oder mißachtet werden. Bei der Bundeswehr lasen wir im theoretischen Unterricht immer nur Anselm Grün und gelegentlich noch Noelle-Neumann! – Wie soll man da für seine Heimat fechten lernen?

Gerade den Pazifisten und Kriegsächtern aber böten diese Geistreichen und Kriegslistigen ersprießliche Erkenntnisse, weil auch Kriegsgegner schlau zupacken und letztlich immer klüger noch fechten müssen als ihre Gegner oder Feinde, diesfalls eben die zahlreichen Freunde des Krieges und der ewigen Zwietracht. Dieser alte, menschalte Gesell', Gevatter Krieg, schleicht sich ja nicht von selbst davon, der will sich achtbar bekämpft wissen! – Sonst nimmt er die Pazifisten nicht ernst, haut sie einfach beiseite und dann ist es ganz aus und geschehen um sie und alle Pazifistinnen; sie gehen dahin, werden geschändet. Schade um sie!

In besagten *Bertelsmann*- und *Reader's-Digest*-Zirkeln und Kirchenkreisen hatte ich mir überdies auch immer viel Seltenkluges angelesen aus den mit Unkraut und Spinnweben bewachsenen Schwarten der Theologie und

Philosophie oder sonst amüsant Verstiegenes noch aus ganz abseitigen Sparten wie Atomphysik und Gendermainstreaming – mit der Hoffnung, es möge dieses Studium die kommenden Katastrophen mildern, den alternden Leib im Geiste trösten, mir die Welt erklären, das Gemütskostüm fester weben, die Sexualität läutern und zuletzt auch den Tod zum guten alten Bekannten, zum Erlöser und Zechkumpan machen. – Hierbei wußte ich freilich nie, ob das Studium praktisch halten werde, was es theoretisch (fast immer zu wohlfeil) versprach.

Letztendlich bin ich allezeit und auch jetzt – obzwar allein, ja mutterseelenallein, auch in dieser Zelle wieder! – wie von Engeln flankiert durch die finstersten Pforten des Lebenspfades marschiert, oder besser: hindurch geschoben worden, – ohne jeden Widerstand, fast schon zynisch, sarkastisch schmunzelnd, so daß ich mir sagen kann:

»Ja, lieber Frowalt, so ist es nun gekommen! Und du hast es nicht anders erwartet! Und Alles ist ja doch gut, so wie es nun ist! Denn Alles ist nur, wie es ist und wie es war, und es wird, wie es wird.« – Knall, autsch, bumm! – Lebens- und Kriegskunst eben …

Dagegen darf nun folgendes eingewandt werden: Ein alter Grieche sagt »es war, ist und wird sein« und meint dabei im Grunde, daß sich alles immer gleichbleibt, denn was ist, ist – und was nicht ist, ist nicht. Von nichts (und Nichts) kommt nichts! – Wie kann da also etwas anderes hinzukommen und wie kann da etwas ganz verschwinden und vergehen? In der Zeit bleibt alles ewig gleich, ohne Anfang und Ende. Punkt.

»Und der Augenschein? Der Tod, die Erfindungen, das Händi? Der Urknall? Schwarze Löcher? Was ist damit?« fragen wir uns – und ähnlich fragten auch die Ahnen. Wie konnte ich denn so (zum Beilstift oder Speibeil) im Gefängnis landen? Es hätte mein Leben doch gleichbleibend dahindümpeln müssen ... Wie konnte die Dicke erst hübsch sein und dann dick werden? Und jetzt bin ich hier in Haft – das ist nun eben so! Aber soll ich keine Hoffnung tragen, weil ja doch alles immer gleichbleibt? Und darf, ja kann man sich gar nicht verändern und bessern oder verrückt werden, wie etwan Nietzsche?

»Schein und Trug! Ein menschlicher Irrtum!« wird jener Alte (Grieche) behaupten.

Finden wir auch – aber bei ihm! *Er* verschließt die Augen und denkt sich was aus: Was vorher so keiner gedacht hat – also ist seine Idee selbst schon eine Neuheit und Veränderung! Und darum kommt auch ein anderer Philosoph her und wird der Aussage widersprechen und wird seiner Aussage eine andere Tendenz verpassen, indem er sagt:

»Nee, nee! Es wurde. Und jetzt ist es, wie es ist, klar! Und dann wird wieder etwas Neues und Anderes sein und wird wieder enden und verenden. Da ist in allem Verschiedenheit und Bewegung. Ich steige nicht zweimal in denselben Fluß und ich bin selbst im Fluß und selbst stets auf Achse, haha!«

So. Und das ist eigentlich auch mehr meine Meinung ... oder alles wieder nur Grammatikschwurbel? Oder beides?

Am Bahnhof Grollstadt-Sauger, den wir mit etwas Verspätung erreicht hatten, suchte ich sogleich den Mann der Frau Lehmann, einen Karl übrigens, (Karl ›Kardinal‹ Lehmann wahrscheinlich, haha!), der sich diese hübsche Frau in Schweinfurt irgendwann einmal glücklich geschnappt hatte. Und wie mit ihr, Renate Lehmann, vereinbart, sollte mich der ›Kardinal‹ am Eingang links unter der großen Uhr erwarten, um seine Geschenke zu übernehmen. – Vielleicht spendierte er ja noch ein Bier? Mir wär's recht gewesen. Ich war in Laune!

Allein, der Mann stand nicht da.

Ich nahm die zwei bunten Päckchen aus meinem Musterkoffer und trug sie offen und weithin sichtbar umher, damit mich der Mann endlich doch als den Boten seiner Frau erkennen konnte.

Allein, es erkannte mich keiner.

Nach zwanzig Minuten rief ich die Frau in Schweinfurt an; sie hatte mir ihre Karte übergeben und mich gebeten, »einfach anzurufen, falls was sein sollte!«.

»Ja, was soll schon sein?« hatte ich ihr entgegnet und war gut gelaunt (und dämlich) davongestapft – »Renate Lehmann«! (Das Luder! Der Name schon!) Sie hatte mir freudig hinterhergewunken, bis ich, ihr treudoof ergebener Abgesandter (besser wohl Laufbursche), in den Zug gestiegen war. Durchs Fenster gab's zusätzlich tollstes Gewinke! Wie blöd hatte ich ihr zugefuchtelt, meiner Renate am Bahnsteig!

Allein, ihr Telefon sagte mir nur, daß da »kein Anschluß« sei »unter dieser Nummer«. – Das ließ ich mir noch dreimal gesagt sein.

Und dann stand ich da.

Nach einer halben Stunde lief ich zurück in den Bahnhof und sann nach, was nun zu tun sei?

6. Kapitel

Gespenster

Der Hauptbahnhof oder Bahnhof von Grollstadt-Sauger, denn einen weiteren gibt's ja nicht, hat zwei Ausgänge, einen mittleren, zentralen – wo draußen die große Uhr hängt. Eine große Halle mit Geschäften und Fahrkartenverkauf führt den Reisenden zentral und anstandslos zu den Bahnsteigen oder hinaus in die Stadt. Dies ist der Hauptausgang und Haupteingang.

Des weiteren gibt es einen zweiten, von den Bahnsteigen aus gesehen rechts etwas verborgen gelegenen Nebenausgang, der nur ein Ausgang ist und über dem auch ein Schild angebracht ist, worauf geschrieben steht: »AUSGANG« und darunter: »Problematische Frachten« und »Meldepflichtiges Gepäck«.

Auch über dem anderen, problemlosen Hauptausgang ist so ein großes Schild angebracht, das wohl kaum jemand je bemerkte – und ich schon gar nicht! Man geht eben nur rasch hinaus dort! Aber dort, sehr weit oben über dem Portal, steht »HAUPTAUSGANG« und darunter kleiner: »Alle Reisenden Richtung Grollstadt und Sauger« und unter diesem »Alle Reisenden Richtung ...« steht außerdem noch – ich habe das erst später entdeckt! – ganz klein, in Fraktur und schlecht lesbar: »Freier Ausgang für problemlose Frachten und Gepäkke!«

Hier, durch den zentralen, neuerdings auch »problemlosen« Hauptausgang lief ich für gewöhnlich (wie jedermann) nach Grollstadt hinaus und von da nach Hause ins höher gelegene Sauger. Meiner unzustellbaren Schweinfurter Fracht wegen wählte ich aber diesmal, zum ersten Mal überhaupt, den »problematischen« Nebenausgang.

Es schien ihn sonst niemand zu brauchen – oder jeder zu meiden! Alles wirkte dort sehr verschlafen und unbenutzt: keinerlei Betrieb, kein Mensch weit und breit. In einem Nebenflur schlief in einem offenen Schließfach eine Katze; sie blinzelte mir kurz zu, gähnte, bog sich und döste weiter; im Schlaf wischte sie einige Mal erschrocken nach Spinnweben.

Daneben öffnete sich rechter Hand zum Durchgang hin eine niedrige Theke, wie zu einer dahinterliegenden Gepäckausgabe, darauf stand rechts eine kleine Klingel mit einem Drückknopf obenauf. Hierneben hatte eine ungelenke Hand mit Kugelschreiber auf einen *Leukoplast*-Streifen »Nur bei wichtigen!! Meldungen« geschrieben und darunter noch »Hier klingeln!«. Das Wort »wichtigen« war zwei Mal unterstrichen und mit zwei Ausrufzeichen amtlich drohender noch gewichtet. – Man wollte dort nicht unnötig belästigt werden.

Ich suchte Mut und drückte, erst behutsam, dann hörbarer »Kling!« und ein drittes Mal keck schon »Kling! Kling!! Kling!!!«.

Im Hintergrund ging nun ein derbes Gerumpel und böses Husten los. Dann erschien ein Wesen in zivil, durch eine umgebundene Lederschürze aber doch als halbamtliche Person ausgewiesen, überdies und deutlicher noch durch eine Schirmmütze als Mann höherer Instanz, denn vorn mittig stand »KONTROLLE« auf einem roten Hutband und »AMT GRS« noch. – »GRS« stand für Grollstadt-Sauger, unsere amtliche Autonummer lautet ebenso: »GRS«.

Der hustende Herr Gepäckkontrolleur oder Zolleinnehmer wogte und kurvte inmitten einer Tabakwolke, vom langen Sitzen krumm geworden, herbei und brummte, da er sich durch mich beim Tabakgenuß oder Dösen oder sonstwas gestört sah, sehr unwirsch:

»Wat wolln *Sie* denn?«

Tja, wenn man's nur immer recht wüßte! – Nietzsche bekannte gegen Ende einmal: Der ihm einzig verbliebene Kreis »natürlicher Verbündeter« bestünde allein aus »Offizieren und jüdischen Banquiers«. Ein – nun, wenn man es nicht so genau nahm! – annähernd offiziersähnliches, rauchendes Mensch mit strengem Blick und Gehabe stand nun leibhaftig vor mir und horchte mich gebieterisch aus. Nietzsche voll vertrauend, stand ich ganz zu Diensten!

Ich erklärte ihm die Angelegenheit so gut es eben ging und wie ich es hier auch schon ausführlich tat, und endete so, daß der Mann der netten Frau aus Schweinfurt, der mir versprochene Abholer, eben nicht gekommen sei, daß die Frau nicht zu erreichen sei, und daß ich mir nun keinen anderen Rat wußte, als mich den Behörden anzuvertrauen – hier nickte er zustimmend! –, um die zwei Päckchen eben hier vertrauensvoll abzugeben, bis sie von dem Mann der Frau aus Schweinfurt, der auf dem Weg hierher ja vielleicht nur verhindert oder sonstwie verirrt war, würden eingelöst und abgeholt werden, denn dies sei ja hier wohl die einzig richtige Stelle für »derartige Angelegenheiten«, sagte ich.

Er nickte zustimmend, fast wohlwollend!

»Überdies habe ich mir gedacht«, sagte ich abschließend, »daß ich, um möglichen Ärger zu vermeiden, die zwei Päckchen auch lieber loswerden will. Nachher heißt es noch, ich habe sie für mich behalten wollen und gestohlen!«

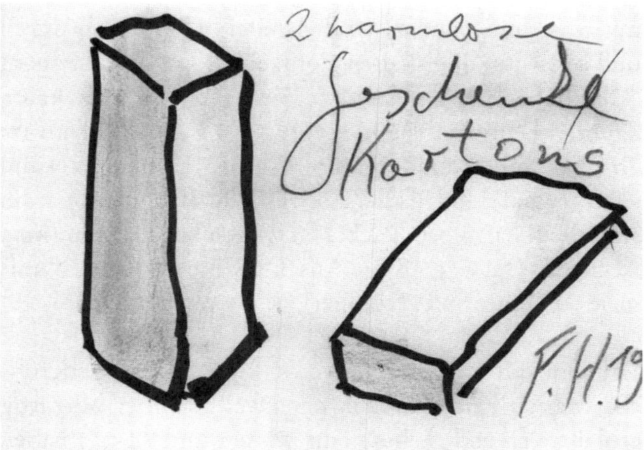

Der Dienstmann sah sich die zwei hübsch verpackten Schatullen prüfend, ja mißtrauisch an. Auch schüttelte er die vermeintliche Schnapsschatulle vorsichtig und nickte hierbei, als habe sich sein Verdacht bestätigt.

Das andere Päckchen befühlte er vorsichtig; ich sagte: »Bücher wohl!?«

»Sie wissen nicht, was drin ist?«

»Nein.«

Ich tat nun ebenfalls mißtrauisch und abweisend, um mich ihm gleichsinnig zu zeigen (›anschleimen‹ wäre wohl treffender gewesen!) und um mir die zwei Frachten etwas weiter vom Leib zu halten und die ganze Obliegenheit auf ungefährliche Distanz zu schieben – ich wollte mit der ganzen Sache am liebsten nichts mehr zu tun haben!

Hierbei mußte ich mich am Argwohn und Verdacht des Dienstmannes infiziert haben, denn es überfiel mich mit eins ein Schauder! Und Zweifel brach in mir durch und sogar um in eiskalten Verdacht. Sogar Furcht auch! (Obwohl ich ja Ängste, wie Sie eben erfuhren, kaum kannte.) Denn was lag hier vor? – Da gab es eine mir im Grunde unbekannte Frau! – »Renate Lehmann« kann jeder sagen! Und da war etwas Unbekanntes in zwei äußerlich harmlose Päckchen verpackt. Da war kein Abholer! Da war »Kein Anschluß unter dieser Nummer!« – Da war was faul hier!

Folglich sah mich der gestrenge Herr Diensthundeführer – da ich beim Anblick der zwei Kassiber blitzartig erblaßt war und nichts mehr wissen und zu tun haben wollte mit alledem! – ebenso alarmiert an und schärfer noch als zuvor, denn er hatte längst Witterung aufgenommen und hielt es gewiß schon für ausgemacht, daß ich ein Betrüger oder Verbrecher war und die Flucht ergreifen werde, ohne daß er zuvor meine Personalien hatte erfassen und mich festnehmen können. – Ganz falsch lag er nicht! Ich hatte vor, abzuhauen, zu fliehen …, aber … eine Schwäche …, wie es so ist.

Überdies schöpfte er nun *den* Verdacht, der alle, jeden und auch mich anfällt und erstarren läßt – wenn plötzlich so ein zwielichtiges Postpaket vorliegt:

»Ist das nicht wohl – möglicherweise doch eine – *Paket-Bombe*!?«

Warum stand jetzt hier, an dieser wichtigen Zoll- und Fiskalstelle Grollstadt-Saugers, kein dem Nietzsche und mir verbündeter jüdischer Banquier im Hilfseinsatz? – Diese Leute sollen friedlich sein, zivil-human und verständnisvoll.

Nun, Bankleute meiden mich für gewöhnlich; sie wittern meine eherne Armut. Ich meide sie darum durchaus und gerade nicht! Allein, es wollte mir immer nur gelingen, untere Chargen dieser raren Menschenart auf mich zu ziehen, und mit diesen lohnt es sich nicht, vertraulich zu werden. Sie belästigen in unangenehmen Angelegenheiten, benehmen sich schlecht, sind leicht abfällig und noch dämlicher als geizig und nicht mal mehr Juden. Diese gewöhnlichen, subalternen Clerks waren mir stets übelgesinnt, aber nur mit diesen war mir der Umgang vergönnt.

Deren höchste Vorgesetzte aber, die Nietzsche meinte, hätten mir gewiß leicht zu Verbündeten werden können, denn sie sind gebildet und formvoll im Umgang und haben Geschmack, und ich war ja Geschäftsmann und ein gelehrter Schreiber und Kunstfreund auch … Tja, wenn ich nur einen davon hätte kennenlernen dürfen – den alten Warburg, den ollen Oppenheimer oder die Mendelssohns! –, wir wären gewiß Freunde, ja ganz dicke Freunde geworden!

Nun also stand dieser Feld- und Zollwebel vor mir mit seinem Bombenriecher; auch solche können ja durchaus dienlich sein und als Verbündete jedenfalls geschulter fechten als unsereiner oder jene Banknadelstreifen. Und solche Haudegen wissen überdies gut zu entschärfen!

Sie sind schon gewitzt und durchtrieben, unsere vierschrötigen Zoll- und Grenzwächter aus den ehedem Preußischen Gauen! – Meiner nagelte mich nun unter guten Vorwänden fest an seinen Frachttresen, ließ die zwei Päckchen vor mir liegen, was geschickt war, denn wir klebten ja noch aneinander, da sie mir anvertraut waren, und außerdem hätten die Dinger hochgehen können, und so war mein Zollschuft schon mal schön außer Gefahr! Gleichwohl sah es so aus, als bestünde gar keine Gefahr und als vertraute mir der Zöllner ganz und gar – was alles insgesamt vollidiotisch (oder voll idiotisch), aber wiederum auch klug war! – und so war der Zollpreuße nun in aller Ruhe (was geschickt war) davon- und zurückgelatscht in die weiten Kulissen seiner Etappe, um mir angeblich von dort aus besser behilflich sein zu können. In Wirklichkeit hatte er Deckung gesucht und war zum Telefon gelaufen, um Verstärkung und Polizei und sonstwen zu alarmieren!

Spätestens jetzt hätte ich noch flüchten können – und müssen! So schnell wie möglich hätte ich wegrennen und die scheiß Päckchen liegenlassen sollen! – Wenn er, der Diensthabende, mich dann freilich hätte gut beschreiben können oder gar besser sprinten als ich … und überdies waren meine Fingerabdrücke drauf.

»**Ich liebe** die Ungewißheit um die Zukunft und will nicht an der Ungeduld und dem Vorwegkosten verheißener Dinge zu Grunde gehen.«

So, verehrter Friedrich Nietzsche, mag man meinethalben gern – und ohnehin immer! – durch den gewöhnlichen Schlamassel und ganz ziellos durchs Leben rutschen (um ab und an mal in die unversiegbaren Trostpreistöpfe zu plumpsen); an verläßliche und gut gelegte Lebensschienen glaube ich freilich auch nicht und an Verheißungen schon gar nicht!

Ja, man erfährt das Leben auf diese Weise oft gelassener, aber vor Niederschlägen feit einen das nicht. Und helfen denn irgendwelche Banquiers und Offiziere, wenn man überdies das Höchste zu ersteigen und Abgründe zu erfallen und zu durchschreiten wagt, wie Nietzsche es mußte? – Ach, i wo! Weder pflogen noch lasen ihn solche Leute, noch fochten diese »natürlichen Verbündeten« für ihn, als er sich ins Steilste hinauf und hinab in entsetzliche Untiefen verstiegen hatte. Geld schenkte ihm auch keiner, und ob er überhaupt solche ranghöchsten Hilfskräfte näher kannte, bleibt so ungewiß wie bei mir unstreitig.

Nun, wir ahnen das immer alles! Es dräute und wob auch über mir wieder Unglück und in mir rumorte es ebenso undurchsichtig und mulmvoll (wie in Nietzschen) herum. Ein deutlicher Wink von außerhalb wäre nicht schlecht gewesen. Daß der fröhliche Wissenschaftler nicht ahnen konnte, daß er dereinst meschugge würde, mag hingehen, da es sich ohnehin nicht vermeiden ließ. – Bei mir lagen die Dinge freilich anders!

Aber erklären Sie das mal einem Bahnhofszöllner, und erläutern Sie es einem zweiten zum dritten Mal und dann der Polizei auch noch mal in aller Ausführlichkeit. Immerhin hörte mir dann später auf dem Revier endlich ein Mann im Range eines Oberhauptkommissars genauer zu, und eine einzige Darstellung meines Falles genügte ihm! – »Hm. Verstehe, Herr Hiffenmarkt!« hatte er einfach gesagt, und dann war's gut. – Na ja ...

Daß dieser Oberhauptkommissar Röhr hieß, wußte ich damals noch nicht. Die Zollfritzen und gewöhnlichen Dienststreifenbeamten hatten sich indes so verhalten, wie man es vom Fernsehen her kennt; da steckte simple Taktik dahinter, einesteils eine Zermürbungs- oder Einschüchterungstaktik und andernteils eine, die dem Verdächtigen das Lügengebäude sturmreif schießt. Wobei in meinem Fall die Rollenteilung zwischen verständnisvollem und brutalem Zöllner fehlte – bei mir waren sie beide und allesamt herzlos.

Überdies und derweil hatte ich meine Geschichte, die so kompliziert auch wieder nicht war, der Wiederholungen wegen beinahe schon geglättet und gestrafft, und so sollen auch Sie, geneigte Leser, meine Geschichte noch einmal hören, so wie sie, nun, meines Erachtens: wirklich war, und wie ich sie allen darstellte (und Sie, aufmerksame Leser, waren ja dabei!):

In Schweinfurt am Bahnsteig habe mich, erklärte ich wieder und wieder, eine mir ganz unbekannte Frau angesprochen, die sich als eine Frau Renate Lehmann vorstellte, die ich aber gut beschreiben kann, weil sie mir ungemein gefallen hatte (selbst das gab ich zu!), und die mich fragte, ob ich ihr den Gefallen tun könne, zwei kleine, leichte Päckchen, die angeblich Geburtstagsgeschenke für ihren Mann enthielten, im Zug mit hinüber nach Grollstadt zu nehmen, damit ich sie dort am Bahnhof ihrem Mann Karl (›Kardinal‹, haha! Das ließ ich aus!) Lehmann übergebe, der sich erkenntlich zeigen werde bei der Ankunft und Übergabe. Aber der Mann sei nicht gekommen. Das Telefon der Frau Lehmann sei unbekannt gewesen. Während der Fahrt oder mehr gegen Ende und am Bahnhof Grollstadt-Sauger sei mir die Sache dann unheimlich geworden, aber ich habe nicht gewagt, in die Päckchen zu schauen. Darum habe ich mich entschlossen, die seltsame Angelegenheit besser beim Bahnhofszollamt Grollstadt vorzubringen, die ominöse Fracht und gleichsam meine Verantwortung als Bote hierfür abzugeben, um guten, befreiten Gewissens hinauf nach Sauger zu meiner Frau nach Hause gehen zu können, wo mich »meine Familie«, sagte ich, »auch jetzt noch dringend und sicher sehr besorgt erwartet und längst vermißt!« – Punkt. Den Rest, die Verhaftung usw. kannten die Beamten (und Sie, werte Leser, längst schon) selbst.

Bereits am Bahnhof also hatten mich dieser Zollscherge und plötzlich auch noch ein zweiter ganz übel beargwöhnt und in Verdacht gesetzt. Da lagen noch die zwei Päckchen wie eine hochbrisante Verhandlungssache zwischen uns, denn ich stand weiterhin festgenagelt draußen und die zwei Dienstschergen drinnen am niedrigen Tresen, der wie eine Paketdurchreiche auf der Post aussah, kniehoch und mit Blech beschlagen.

Plötzlich dann, auf »eins, zwei, drei!« hatte der erste Dienstmann, den wir kennen, die Päckchen mit sich fortgerissen und lief damit wie von Sinnen nach hinten in die Diensträumlichkeiten, wo er sie, wie ich gerade noch seitlich beobachten konnte, in einen niedrigen, ausgepolsterten Stahlschrank warf, der wie ein am Rücken liegender, alarmrot lackierter Safe aussah. Dann ließ er rasch eine schwere Klappe zufallen und wirkte erleichtert. – Es war das wohl eine Art sicheres Bombenbehältnis. Es scheint sie auf allen Bahnhöfen zu geben – aber so verborgen eben, daß keiner davon weiß und sie keinen beunruhigen können.

Der zweite Dienstmann aber, ein dicker, kräftiger Kerl, war mir unterdessen in den Rücken gefallen und packte mich fest am Arm und führte mich im Polizeigriff sehr resolut durch eine Eisentür mit in die Diensträume hinein und hieß mich hinten auf einem Stuhl neben dem rotglühenden Bombenschrank Platz nehmen. – Man habe »leider« die Polizei rufen müssen!

»Die will ich aber jetzt auch!« greinte ich.

Meinem kurzen Krankenhausaufenthalt in Schweinfurt will ich aus wichtigem Anlaß jetzt noch folgendes nachschicken, weil es mir die drei Wege zeigte, die mir jetzt offenstanden:

Die Alten, die dort im Sechsbettzimmer neben mir (der ja nur zwei Tage dort ausharren mußte) ewig siechten und es am schwersten hatten, weil sie dem Tode nahe waren und Schmerz litten, die ihr Leben lang gearbeitet, Weiber ertragen und Kinder erzogen und manch einen Schnapskater durchgestanden hatten, die lagen geduldig da, mit ihren falschen Herzklappen, mit beißenden Kaldaunen oder eitrigen Karzinomen – zäh, kämpfend, duldsam! –, und bissen die Zähne zusammen: »Ich allein muß hier durch, wie durch mein ganzes Leben lebenslang schon!« – Ich nannte sie respektvoll die *Dulder*.

Die theatralischen Jammerlappen unter den Kranken waren freilich die *Widerstandskämpfer*, wie ich sie nannte; sie jammerten die Nächte durch nach Morphium und klingelten unablässig nach den Schwestern: »Hilfe, Hilfe! Aua, aua! Es tut *mir* so weh! Warum hilft *mir* denn keiner?!« – Das waren nun eher jüngere Menschen, lasch, verwöhnt, ungeduldig von Grund auf und insgesamt hilfs- und mütterbedürftig: »Hilf mir! Helft mir doch endlich!« oder »Alle denken nur an sich! Gebt mir doch endlich eine Spritze! Ihr seid schuld, wenn ich sterbe!«

Und eine dritte, ganz verlorene Menschgattung gab es dort auch noch – die Resignierten, solche, die längst kapituliert hatten, ihre Schnauze hielten, völlig leer und entgeistert und kalt dalagen, sich irgendwann in der Nacht das weiße Laken selbst über den Kopf zogen und lautlos starben. – Ich nannte sie die *Gespenster*.

Sollte ich hier nun vor den Zöllnern und Schergen *Dulder* sein oder zetern und jammern oder das Laken der *Gespenster* nehmen? – Eine elende Auswahl, die mir vorerst erspart blieb, da zwei gewöhnliche Streifenbeamte auftraten, die ich ersehnt hatte, die sich mir jedoch furchtsam näherten, so als sei ich ein schlecht bewachtes Raubtier. Oder ein wütender *Widerstandskämpfer*!? – Doch also besser laut zetern jetzt, um mir die Gunst der zögerlichen Staatsgewalt zu erwinseln?

Eindeutig! – die zwei Bewaffneten fürchteten sich vor mir! Ich indes hatte den beiden harmlos-grün uniformierten Bürgern wie Befreiern entgegengesehen, wie hochherzigen Edelrittern, die mich endlich den garstigen Zollsöldnern entreißen und befreien *mußten*, weil sie aufs Grundgesetz vereidigt waren! Haha!

Der erste Zöllner raunte den zwei Polizistenbrüdern übel Vertrauliches zu, zeigte auf den glutroten Bombenkasten und abwechselnd auf mich. Dann näherten sich mir die zwei Polizistenmenschen – mit entsicherten Pistolen und Knüppeln! – und forderten mich auf, die Hände im Rücken ruhig zu halten, um mich zu fesseln, wie im Fernsehen wieder, mit Handschellen! – sodaß ich laut aufjaulte wie jede verletzte Kreatur, wie ein jeglicher freier Mann, der eben Sklave geworden! Den so Gefesselten (mich!) forderten die zwei Schergen barsch auf, das Kreuz zu schultern und mit ihnen zu gehen. Der eine Wachtmeister trug mir Bündel und Koffer nach. Die zwei Geschenke für den ›Kardinal‹ blieben im Bombensafe.

Die zwei feisten Zollknechte aber sahen mir höhnisch und großtuerisch wie gemästete Angler hinterher, die eben ihr fettes Netz um einen Pfennig Blechbeute verhökert hatten. – Subalterne Halunken und Hunde, die!

Auf meinen jämmerlichen Einwand, lieber doch erst noch nach Hause zu wollen, ja sogleich zu müssen, erwiderten die Polizisten mit höflicher Ignoranz und Nachdruck: Das werde schon beizeiten der Fall sein! »Erst ins Revier!«

Also wohl besser *Dulder* doch? Und beizeiten dann auch *Gespenst* und Selbstzudecker?

7. Kapitel

Meerschweine

Die Weltverbesserung und Neigung zur Revolte ist derweil (vorübergehend?) mäßiger und sachlicher geworden. Es geht nicht mehr ums Ganze, um Sozialismus und Kommunismus, sondern um das Organisieren von komplizierten Verhältnissen, um die Planung nächster Schritte, um Künstlersozialkassen und Müllsortieren, aber auch immer noch um sozialistische Bitte-sofort-Forderungen, wie dem nach einem »Bedingungslosen Grundeinkommen« (vulgo: »Enteignungen woanders«).

Wenn ich das Wort »bedingungslos« höre, muß ich an die Tage und Stunden mit den *Duldern* und *Gespenstern* zurückdenken und lauthals auflachen! – ›bedingungslos‹, du lieber Gott! So wollten ja auch die *Widerstandskämpfer* bedingungslos jede Medizin und keinen Schmerz und ihre Gesundheit wiederhaben! Die Bedingungen stellt aber der mächtige, siegreiche Gegner – diesfalls die Krankenkassen und der Tod!

»Du Heilige Dampfkacke!« brüllte ich schon damals aus der vierten Etage des Siechenheims, wo meine Mutter langsam und elend krepierte, in die Welt hinaus:

»Ihr da draußen, Ihr, in Freiheit alle! Ihr Schnösel und Simulanten! Ihr Mastvieh und Bittsteller! Ihr aufständischen Ranschmeißer, Arschlecker und revolutionären Rotampelignoranten! Ihr wißt doch gar nicht, was los ist, überhaupt nichts wißt Ihr!«

Die ganze Dienst-, Gendarmes- und Offiziersgattung ist voller Tücke und Arglist – Verbündete sind sie nicht, Nietzsche! Da irrt Er! Wobei ich den ollen Kommissar Röhr hier gern ausnehmen möchte. Ich kannte ihn freilich damals noch nicht …

Die zwei Polizisten, die sich im Grunde auch anständig verhielten, führten mich (bedingungslos) über einen dritten Bahnhofsausgang hinaus, welcher als geheimer Hinterausgang dem Zoll- und Visitationsbereich für diskreten Zu- und Abgang (bei solchen Verhaftungen etwa) dienlich war – wahrscheinlich um Aufsehen, Pressefotografie oder Tumulte und Lynchakte zu vermeiden, wenn sie wieder einen Gauner an der Zollstelle abgefischt hatten! (Wobei ich mich heute oft frage, ob, außer mir Trottel, dort überhaupt jemals einer abgeführt worden war?)

Wir kamen über diesen dritten Ausgang in eine Seitenstraße, wo einige Lastwagen und Güterkarren geparkt standen (guter Ort zum Reden übrigens!), und dort setzte man mich hinten in ein Polizeifahrzeug der einfachsten Mittelklasse. – Ein simpler *Opel*, wie ihn sonst nur meine Frau Dietlinde noch fährt (ich kann's ja nicht); mehr konnten wir uns nie leisten. – Die Polizei wohl auch nicht.

Beim Einsteigen schützte mir einer der Polizeibeamten den Kopf mit der Hand vor einem Stoß an der Fahrzeugtür – wie oft hatte ich das im Fernsehen gesehen! Und hatte es immer für eine erfundene Kintopp-Mache, für reine Schauspielerei gehalten – und womöglich war es ursprünglich auch so! – und nun fand der Zirkus tatsächlich statt! Und es war ja auch alles hier ein wenig wie Kintopp …

Einmal, als junger Mensch noch, bestellte ich mir ein »Seidla«, wie die Bamberger sagen, Rauchbier vom *Schlenkerla* in dessen Stammhaus zu Bamberg. Diesen Seidel Rauchbier stellte ich mir in einem versteckten Winkel auf die Erde, damit mich weder Japaner noch Berliner (die vorwiegend dort verkehren) erblicken mochte, zog meine Hosen runter, ging wie zum Defäkieren in die Hocke und tunkte mein Skrotum, das seit Tagen juckte und schmerzte, sacht in das dunkle, kühle Schinkenbier. – O, ward ihm und mir da wohl und erquickt zumute! – Daher also mein beständiger Hang und Drang hierzu und auch die Überlegung im Zug wieder, ob ich nach Bamberg wenden sollte?

Auch straffte sich mir damals, beim ersten Eintunken, wie von alten Rauchbiertrinkern verheißen ward, der Hodensack und brütete hernach über Wochen nur guten (rechten) Samen aus (woraus später dann Erwin und Friedemann sprossen). Kühn schwebte mir vor, die kräftigen Sämereien ausgiebig zu verpfropfen und zu streuen unter Bambergs Schönsten …

Eine darunter, die Hübscheste, die Würdigste, die mit Jagdhaus, Fabrik und Forsten ausgestattet – die in Wirklichkeit Bäckereifachverkäuferin war, aber das war mir – Forsthaus hin, Kümmelbrot her! – völlig egal; nur *die* wollte ich nehmen, die hatte ich mir auserkoren, denn sie war die mit den zwei lieblichsten, standhaftesten …, die mit der zart-seidigsten … und die mit dem süßesten Bäuchlein usw. gezierte Allerschönste im Land. (Der Maler Fragonard, der welsche Sauhund, pinselte sie als *La Gimblette* ehedem wie im Traum – meinem Traum, visionär!) Die wollte ich! Und die sollte mir sogleich einen Thronfolger gebären und (mit dem linken Hoden!) wollte ich dann noch eine gleich hübsche Tochter zeugen, und die und sie sollten dann auch mein Haus (mit 3 Zimmern), vorhanden in Grollstadt-Sauger, beflaggen, lenken und putztechnisch bestellen. Haha!

Bis dann doch erst mal mein Weib Dietlinde dazwischenkam (mit den Söhnen Erwin, Friedemann und ihrer Moni am Schlepptau) und dort einzog und wir gleich heirateten. So wurde nichts daraus, aus der Bamberger Schimäre, die auch nur eine (unter etlichen) war! Denn die leibhaftige Betreffende und Auserkorene achtete meiner gering (bzw. gar nicht!) und ich spann (oder spinnte) schon damals sehr. Zum andern biß mir mein Weib beizeiten die übrigen Träumschäume weg ... nun ja und gut so.

Das Bier aber, in dem ich seinerzeit badete, trank ich damals auch wacker aus – denn es soll nichts verkommen! Überdies, so verrieten mir die Alten unter den Rauchbiertrinkern zu Bamberg, schenkten das Bierbad *und* der Biertrunk *gemeinsam* genossen mehr Kraft, als allein in dreißig Seideln netto getrunken drinsteckt!

Wie kam ich jetzt darauf? – Da ich doch hinten gefesselt in einem Funkwagen saß und durch meine Heimatstadt schoffiert wurde? Ich saß nun auch wie bedeppert hinten und glotzte durch die Scheiben in eine entrückte Welt, die meine war.

Ja, wie nun kam ich darauf? – Zum einen schmerzten mir wieder Leib und Keimdrüse, da entsinnt man sich eben des heilsamen Rauchbierbades zu Bamberg, und zum anderen war mir recht übel, ja allgemein sehr übel zu Mute, und es kostete mich einige Mühe, den Funkwagen nicht vollzukotzen. Ich kämpfte, meine inneren Prozesse in den Griff zu kriegen – was nicht einfach ist, wenn diese Griffe in Handschellen stecken!

Darum stellte ich mir nun Wohltuendes vor! Nach acht Seideln Bier geht es uns besser, also träumte ich sie mir herbei – und das könnte ein weiterer Grund gewesen sein. In mir aber rumorte es freilich eher »wie nach dreißig *Schlenkerla*« und da geht's einem gar nicht mehr gut! – Eine stehende Redewendung im Bamberger Volk übrigens, wo man das *Spezial* dem *Schlenkerla* gemeinhin vorzieht! Von diesem wird's einem schlecht, sagen sie, von jenem nicht so! Den Japanern genügt's aber, wissen die alten Bamberger, die wollen nichts anderes in Bamberg, als nur das *Schlenkerla* saufen und dazu laut werden mit *Karaoke* und Karacho. Die Berliner freilich genauso. Und so sitzen sie beisammen im *Schlenkerla* und hecken gemeinsam nur Unfug aus, die Japaner mit den Berlinern (als neue Achsenmächte gar?).

Daher die unverhofften Rauchbiererinnerungen? – Ach, verflucht noch eins, das war doch egal … Nur kotzen wollte man nicht!

Um mich weiter abzulenken und Trost zu saugen, fragte ich mich während der absonderlichen Stadtrundfahrt – eben ging es in Richtung auf meine Straße oben in Sauger zu: Ob man wohl draußen auf dem Wege ins Revier beidseitig Gruppen von Mädchen aus dem Grollstädter Lyzeum aufgestellt hatte, mit Fähnchen und Schildern ausgerüstet und mit über die Sauger Landstraße gespannten Spruchbändern, auf denen entweder »*Welcome* Frowalt Heimwée!« oder »Frowalt Irrgang, *go home*!« oder beides abwechselnd geschrieben stand? – Aber es standen keine Lyzeumsfräuleins da, niemand stand da. – Nur mein Bauch schmerzte und ich meinte schon wirr und verdrillt im Geist und am Leib ganz zu zerzausen! Und wollte am liebsten nach Hause und hörte es vorn raunen und munkeln vom Motorraum her: »Futzi, *go go go to prison*! *Go go*, Futzi, *go*! Futzi!«

Lieber Gott im Himmel!? – Ob mich die zween Beamten im Funkwagen wohl an meinem Wohnhaus vorbei, im Schrittempo gar, fahren werden? – Damit ich ja sehen konnte, wie meine Frau und die Dicke mit Sekt anstoßen, und wie sie mir vom Balkon Blütenblätter und Wixpuppen zuwerfen? – Mein Gott! Was ist los mit dir, Frowalt? – Spinnst Du?

Ach, Mensch! Wen wundert's denn? Mich hatte nie jemand willkommen geheißen! Sogar meine Eltern hatten erst vor, mich abzutreiben, weil ihre Not damals ebenso groß war wie meine heute; da kann man schwer ein Kind empfangen!

So kotzte ich nun gottlob nicht, sondern es tropfte mir nur eine Träne zwischen die Beine aufs Autopolster, das, wie ich jetzt erst bemerkte, ganz fleckig war von Schweiß, vom Blut und den Tränen anderer Elender. – Armer Frowalt Heimwée Irrgang! – erst totenbleich, nun Totenmaske und endlich Totenmarkt!?

Wenn Sie es bis hier in diese Buchzeile geschafft haben, geneigte Leser, und sich nun umschauen, den ersten

Teil und den zweiten bis hier überschauen und meine Situation, meine Tränen, die Rauchbieraktion, meine merkwürdigen Berufstätigkeiten und all meine anderen gemörtelten Sentenzen überschlagen, dann werden Sie gewiß mutmaßen, der Frowalt Heimwée Irrgang Hiffenmarkt, der ist ja doch insgesamt ein ziemlich aus der Zeit gefallener und fallender Mensch!? – Und damit haben Sie recht!

Abgesehen von meiner derzeitigen Lage wollen mir die Zeiten insgesamt nicht gefallen, also lasse ich mich herausfallen. Das ist schon darum nicht schwer, weil ich dazu nur bleiben muß, wie ich bin – also alt und altmodisch. Eine Rebellion, die ich verabscheue, ist hierzu nicht nötig. Daß es zum Tür- und Fensterfall ausarten und ich mir dabei die Birne blutig schlagen kann, ist mir bewußt. – Das Risiko gehe ich ein!

So laufe ich also weiterhin in unseren überfüllten Grollstädter Behörden aufs gewöhnliche Männerklo und sehe mich nicht in den anderen Abteilungen nach neuen Möglichkeiten um (was sowohl Schaulustige, Unanständige als auch Unentschlossene machen) – allein, weil es sich (für mich) so nicht gehört, denn ich bin unerheblich andersartig veranlagt, von konträren Neigungen weiß ich (nur?) nichts, und dessen ungeachtet hinterlasse ich einfach ein sauberes Piß- und Waschbecken – wenn's sein muß, ziehe ich hierfür einige Blatt Abtrockenpapier und putze die Armaturen und den Klorand selbst – wie zu Hause ja auch! Kein Problem also, obgleich doch ein wesentliches!

Das Leben ist mit Mühen und Unannehmlichkeiten

verbunden, die ich ohne Getöse zu meistern suche; um Lust, Leid und Verfall braucht sich keiner zu bemühen, die finden sich von allein.

Meiner Frau bleibe ich treu und verbunden (bis über den Tod und die Haft hinaus, haha!), auch wenn sie ein bisweilen garstig-modernes Wesen ist und die Frauen-illustrierten ihr mit Absicht und viel Vergnügen die Laune und uns die Ehe zu vermiesen suchen. Die Steuern zahle ich ungern – aber ich zahle. Wie Kriminalmeister Röhr bleibe ich (klassisch) bei Rot stehen und duze nicht jedermann, Damen und Profi-Anduzer schon gar nicht! Auch finde ich es wenig statthaft, mich meiner Mitwelt in kurzen Hosen zu bezeigen, denn sie hat ohnedies überhandnehmende Abscheulichkeiten zu verkraften.

Meine Kinder sind in vielem mißraten, aber das liegt weniger an Dietlinde und mir als an den Zeiten, aus denen ich gefallen, die ihnen aber gefallen wollen, solange sie nur Pizza und Rockkonzert haben. Die inzwischen erwachsenen Jungs wollen mir *grosso modo* gelungen vorkommen (auch müssen sie nun selbst Ableger hinbiegen), aber die Dicke läßt sich gehen und findet keine Kraft mehr, inne- oder gar gegenzuhalten. So verharrt sie – gelähmt, stinkfaul und anmaßend zugleich. Im Grunde kann sie nichts dafür! Denn das ist es ja, was ich den unseligen Zeiten vorwerfe, daß sie die Menschen verderben und in dämliche Haustiere verwandeln.

Ein uralter Drogist aus Nössen, der mir immer bei Trost, bisweilen gar gottbegnadet vorgekommen war – vor Jahren verstarb er selig entrückt! –, versicherte mir einmal unter vier Augen, das Land ringsum sei insgesamt in schlechter Verfassung, sein Staat so gut wie erledigt und die Menschen seien insgesamt krank! Es fehle an Nachkommen, an tauglichen zumal, und er müsse immerfort erschreckende Übermaße an Baldrian, Hopfen und Knoblauchkapseln über die Theke (seiner *Drogerie Roll*, Nössen) ins abgezehrte Volk schieben. Vor allem der übertriebene Gebrauch von Johanniskraut sei stets ein deutliches Zeichen des Niedergangs, beteuerte er!

Ich staunte: »Was ist passiert? Wie kann das sein?«

»Nun«, erwiderte er, »es marodieren und sticheln allerhand dünkelhafte Fahrradhelmtruppen im Lande umher, organisiert zu Verbänden, die der moralinsauren Tugendtyrannei huldigen und mit Gewalt den Land-, ja den Erdkreis zu retten trachten.«

Ich sah ihn ratlos an; er fuhr fort: »Unser derweil alt und arm gewordenes Volksgemüt wird zum Zwecke jener Kräfte mit Verordnungen und allerhand Abgaben gepiesackt, bis der gutartigen Nössener Seele eines Tages noch der Kragen platzt und sie zum Nietzschehammer greift! Dann gnade Gott!«

Weil er mich hierüber verwirrt und wieder ratlos sah, kramte der Altnössener in einer Schublade nach einem Foto – vom Nietzschehammer! Mit ihm könne man handfest philosophieren!

»Ja, werden die Nössener ihn denn brauchen?« fragte ich entgeistert.

»Nein. Darauf warten die Ungeister nur!«

»Warum das?«

»Weil sie sogleich auftrumpfen und den Leuten ordentlich aufs Haupt dreschen. Die Nössener werden sich hüten! Weniger weil sie klug, sondern kraftlos geworden sind. Freilich wissen sie von alters her einiges von der Heillosigkeit der Weltschäden und halten sich fügsam. So allerdings«, seufzte er, »werde zuletzt alles wieder verderben, alles schwinden!«

Damals verstand ich ihn nicht. Dann gingen die Zugfenster nicht mehr auf, das Biertrinken auf Bahnhofsvorplätzen wurde untersagt, die Drogerien durften keine Spielautomaten mehr aufstellen; heute piesackt mich der Zoll schon am Bahnhof und die Polizei sperrt mich grundlos weg! Die Dicke raubt mir rechtlos Nerv und Frau! Den Zusammenbruch des Bürstenmarktes lasse ich hierbei noch unerwähnt …

Als ich Dietlinde damals vom unheilverkündenden Nössener Altdrogisten erzählte und ihre Meinung hierzu erbat – zeigte sie mir (oder ihm? oder uns?) nur den Vogel!

»Der Nössener Nietzschehammer«

Einer tiefdeutschen Einstellung zufolge sei eine ernste Lage stets auch tatsächlich ernst – aber nie hoffnungslos. (Also weitermachen!) Österreich hingegen vermag ganz und gar keine ernste Lage zu erkennen, schätzt diese aber stets als überaus hoffnungslos ein. (Und setzt sich darum ins Kaffeehaus und wägt ab.)

Heute indessen verhält sich wieder alles ganz anders, wenn nicht gar umgekehrt! Es ist unübersichtlicher, undeutlicher und alles ähnlicher geworden. (Ja, geradezu rätselhaft, paradox!) – Was soll man machen!?

Mir wurde im Polizeirevier von Grollstadt ein Anruf zu Hause gewährt. Dietlinde am Telefon: Die Dicke sei unterdessen fort vom Wiedehupf, berichtete sie (ob der sie wohl schon »dicke hatte«, haha? und sie rauswarf? – oder ob sie ihn floh? verriet sie nicht ...), und da sei die Dicke eben kurz zum leiblichen Vater gezogen, einem Zechenpauker und Rhythmusgeber aus Bottrop. (Hier kam mir spontan eine Albernheit in den Sinn: Wäre die Dicke in Sauger geboren, hätte die Frau sie wohl ewig »mein Säugling« gerufen, jetzt war sie das »Bottröppelchen«, oder wie stets »mein Kind«.) Schon am gleichen Tag aber, berichtete Dietlinde weiter (all diese Manöver fanden also gestern und heute statt!), sei das dicke Bottröppelchen schon wieder zurück zur Mutter. (Denn sie hatte wohl von weitem gerochen, daß ich für länger auswärts verhindert war ...) Dann aber ... Ich kam kaum zu Wort – meine Lage kümmerte Dietlinde wenig, nur: »Die Kinder, die Kinder!«

Ich legte auf.

So saß also die Dicke wieder am Sofa und Dietlinde war ihr zu Diensten! – Na prima!

Ob ich nun auch einen Anwalt rufen wolle? fragte mich ein Polizist. Vom Fernsehen hatte ich gelernt, daß man jetzt keinesfalls sagt: »Ich brauche keinen Anwalt! Ich verteidige mich selbst!« – Also sagte ich:

»Ich brauche keinen Anwalt! Ich verteidige mich selbst!«

Man brachte mich hierauf in eine Ausnüchterungszelle. Dort setzte ich mich auf die Pritsche – und war allein! Was mir gut bekam. Sie wissen das längst, wie gern ich allein bin!

Allerdings überfiel mich nun hier ein ungewöhnlich kaltes Fliegengebrumm' und die böse Grübelei ging los! Ich überschlug die häusliche Situation: Waren sie alle dort binnen zweier Tage, so schnell wie ich in Schweinfurt gesund, so daheim allesamt irre geworden? – Hatten Mutter und dicke Tochter etwa wohl inzestuös-gleichgeschlechtliche Neigung zueinandergefunden? Vermittels Männerhaß wider den Bottroper und mich? – Wollten sie Inzucht treiben, um nicht durch weitere Ehen mit Fremden Erbansprüche anderer Häuser entstehen zu lassen? – Ja, was weiß denn ich?

So saß ich angeschmiert da und besorgt sinnend – freilich in einsamer Eintracht mit mir (und meinen Brummern) in einer kargen Zelle, wo sonst nur Besoffene und gewalttätig gewordene Sauger oder sonstwelche Grollstädter Zentrifugalkräfte abkühlten und ausnüchterten. Dennoch war ich im Grunde ganz froh, haha! – daß ich nicht heimmußte, zur Dicken und ihrer Gespielin. – Dann doch lieber allein in Gefangenschaft!

Was machte nun bloß das liebe Nili, unser wurstartiges Stoff-Nilpferd, daheim? ging mir durch den Kopf. – Ersehnte es meiner? Schob es sich die Dicke gar zwischen die Schenkel? Und ging es ihm, dem Nili, etwa noch gut dabei!?

Daß ich stets Haustiere abzuwehren vermochte, habe ich schon bemerkt. Drei Meerschweinchen aber hatten sich nicht verhüten lassen – eines Tages waren sie einfach da! Sie standen unter der unsteten Obhut Erwins, unseres Zweitgeborenen, und während mancher Notlagen folglich unter meiner und Dietlindes. Es waren drei Meerschweinchen, die »Nicki«, »Mucki« und »Rosi« hießen, weil Erwin sie in einem Brausetauchbad so getauft hatte (wobei wir mit »Erwin« auch nicht besonders glücklich verfuhren ...).

Meerschweinchen Rosi wurde von den zwei Jungs auch »Dicke« oder »Dickerchen« gefoppt, um genaugenommen wider die große Halbschwester Moni zu stacheln, die damals noch gar nicht dick war, hierdurch vermutlich aber beschädigt wurde und alsbald das Feld zugunsten der Brüder räumte.

Meerschweinchen Mucki bedeckte ein hellbraun weichfedriges Fell; sie war die »Claudia Schiffer unter den Meerschweinchen«, wie Dietlinde einmal trefflich sagte. (Und die junge Moni war's sogar auch mal unter den Mädchen gewesen!)

Nicki, das dritte Wesen, blieb indes unauffällig und sah aus wie in Tarnkleidung gepelzt. Ein ganz unscheinbares, eben getarntes Wesen, wie es viele heute gibt, weil sie so am besten durchs Leben zu kommen glauben. Und so ist es oft auch! Das Meerschweinchen Nicki freilich starb alsbald.

Sie leben nicht lang, diese nur fressenden und asexuell auf Heu gehaltenen Lebewesen, und dieses kurze Leben ist bemitleidenswert eintönig, wie ich finde – aber es scheint ihnen zu gefallen, und der Vorsehung hat gefallen, ihr eintöniges Leben durch ein kurzes aufzuwiegen und es mit viel Einfalt auszustatten. Wir haben alle drei dann im Sauger Forst beerdigt und im *Alten Sauger Forsthaus* auch immer ordentlich Beerdigungsfeier mit den Kindern abgehalten.

Einmal ist Erwin zum Betrauern Mucki Schiffers abermals hinein in den Wald, aber da war das euthanasierte Mucki anderntags schon verschwunden, sein Grab auch geschändet. Es erhellte sich bald: Wildschweine hatten Mucki Schiffer exhumiert, für einen tauglichen Leckerbissen erachtet und aufgefressen – darin aber befand sich rächendes Gift! Womit die Vorsehung einiges wiedergutmachte oder jedenfalls etwas aufwog.

8. Kapitel

Nilfische

»**Wie nun genau**? Und stimmt das denn so? Läuft das so, Schreiber Hiffenmarkt?« Vereinzelt höre ich jetzt solche Rufe aus der Leserschaft, die meine eben geäußerte Aufwiegetheorie bezweifeln oder mißverstehen, ein ödes Leben werde durch ein kurzes vergütet.

Also erkläre ich es genauer: Es ist dies ja tiefer gedacht ein Theodizee-Gedanke, dessen Theodizee-Faktor ich in diesem Fall mit etwa 0,89 veranschlage, weil er dem Gedanken nach mächtig (quasi theodizeemäßig prinzipiell) gegen 1 tendiert, welches das Optimum wäre; hier aber greift er nicht höher. Denn der Kompensationsgedanke, ein kurzes Leben wöge doch immerhin ein arg ödes auf, will mir hier, ich gebe es zu, schwach scheinen, nämlich: sollte ein rasch verblühendes Leben nicht lieber mittels eines turbulenten und bewegten aufgemöbelt und wettgemacht werden? – etwa mit Sex, Drogen und Rockmusik oder auch mittels Film, Fernsehen, Helene-Fischer-Chöre sowie kraft etwa des »*Stand-up-paddeling*«, wie es jener TV-Pflaume betrieben hatte? Und genau so wird es ja längst schon allerorten lustig praktiziert und *mega-event*-mäßig quittiert und vergolten – das immer zu knapp bemessene Leben!

Die Gegenprobe fällt freilich schlecht aus: Ein ödes, einfältiges Leben kompensiert vermittels eines unsterblichen — wer wollte das? Ewig in der Ödnis leben? Gut, einige gibt es immer. Und im Grunde – wird nicht auch das praktiziert? Womöglich sogar gewünscht und erwartet? – Dergestalt, daß Übergewichtige Tag und Nacht vorm ewigen zweiten Fernsehprogramm neben unvergänglichen Biervorräten sitzen, Salzstangen vertilgen, sich langweilen und benachteiligt fühlen – und hierfür ersehnen sie dann noch das *Forever-young* und die Unsterblichkeit, damit sie auf ewig die nächsten Fußballergebnisse erfahren und Chancen im Lottospiel nutzen können. – Doch, das gibt es auch!

Somit veranschlage ich den Kompensationsfaktor in diesem Falle – kurzes Leben macht ödes wett – besser auch niedrig auf höchstens 0,64.

Womit wir die Sache, hoffe ich, einigermaßen geklärt hätten.

Wenige Wochen zuvor, die Dicke lag schon dauerhaft bei uns zu Hause rum, hatte uns der Sohn Erwin, der flatter-

hafte Meerschweinhüter von damals, nun Erzieher und wohnhaft in Erfurt, mit seiner Familie zum Sonntagsessen besucht. Erwins Frau war eine gelernte Zigarrenfachverkäuferin aus dem Hessischen gebürtig. Die Kinder hießen, glaube ich, Nicki und Rosi. – Nein, anders. Aber egal!

Erwin und seine Frau begriffen die Lage sofort! Als die Dicke gegen Mittag aufgestanden war und wie ein Raubtier die Kruste vom (unzureichend euthanasierten) Schweinsbraten verschlungen hatte, bevor noch der Rotkohl und ein Kloß am Tisch standen, wußten Erwin und seine Frau, was hier los war und stellten sich hinter mich und wendeten meine sonst abprallenden Sorgen und Argumente breitseitig wider die Mutter, unser aller Dietlinde! Wir verrissen die Dicke gewaltig, während diese Nachmittagsschlaf hielt, und versuchten Dietlinde zu bekehren, die Angelegenheit kritischer zu sehen. Mir tat das gut, die Frau aber wurde grämlich, schimpfte und hatte wieder kein Einsehen.

Hiernach geriet auch ich mit Erwin in Streit. Es ging um das »*Multitasking*«, wie er es nannte, das gleichzeitige Nebeneinander verschiedener Tätigkeiten. Seine komplette Familie, die Erfurter Zigarrenmamsell und er und ihre zwei Kinder Nicki und Mucki (oder auch Rosi oder so, haha!), pflegte beim Essen gern nebenbei noch zu telefonieren und Fernsehen zu schauen und falls überdies von irgendwoher noch flotte Musik mit einfiel, so war ihnen das nur recht, denn sie verfochten ihr *Multitasking* mit Inbrunst! – Was mir eben krank vorkommen wollte.

Ob ich denn nie zwei Dinge gleichzeitig täte?

»O, doch! Zwei schon!« antwortete ich wie im Ernst: »Alle zwei Wochen etwa!«

»Ja, was denn?«

»Tja, Kinder!« sprach ich da: »Um das volle Bewußtsein zu erlangen über die beschämend vernachlässigten inneren Vorgänge, also das Kauen, das Hinunterschlukken, die Magenverdauung, die Dünn- und Dickdarmtätigkeiten, aber auch das Erbrechen. Genau darum esse ich immer wieder mal gern zu Mittag, wenn ich auf dem Klo sitze und groß muß. Ich nehme meinen Teller mit rein und schließe ab. Damit dann der ganze Prozeß einmal alle zwei Wochen wenigstens bewußter abläuft! Von oben bis unten hindurch oder umgekehrt versenke ich mich! Dann kommt automatisch das Körperbewußtsein, das Kreislaufbewußtsein quasi.«

»Dein Mann hat einen Knall, Mama!« sagte Erwin, der Erz-Erzieher, beim Abschied zur Mutter, meiner Frau.

»Da hast du recht, mein Kind!« winkte sie ihm, seiner Zigarrenandreherin und den Kindern Nicki und Mucki oder Rosi nach. – So geht Familie!

Gleichwohl ersehnte ich mir jetzt auf der Zelle (auf der Stelle – für kurz nur!) mein Weib – mein liebes, kernhaftes Mädchen, meine volle Tulpe und schiere Lebensfrische, mein Dietelchen! – herbei, damit sie mich tröste und lind anheize, was ich ja auch oft getan: sie begütigen und besänftigen, selbst wenn sie mich zuvor getriezt hatte. Denn sie ist ja doch grundgut!

Ich will ein galantes Beispiel geben: Als etwa mein liebstes Ehezweiglein vor Jahren einmal sehr grimmig geworden und hierbei der Anwesenheit ihres Gatten vergessen und sich allein gewähnt (zu haben wohl nur vorgegeben?) hatte und Übelworte wider mich herausschleuderte, als hörte ich sie nicht, da räusperte ich mich vernehmlich im Innern der beiliegenden Kemenate, von wo ich ihr Schelten mitgelauscht hatte, und trat sogleich mit geöffneten Armen daraus hervor, als hätte ich nichts gehört und als sei nichts gewesen, um einer Ertappten die Blamage zu ersparen; auch begann ich sie eilends zu herzen, zu busseln über und über.

Und da errötete sie so sehr, daß ich sie mir noch inniger ans Herz drückte, und ich dankte dem Herrn und vor allem dem Herrn Maler und Tapezierer, daß er es seinerzeit für das Beste befunden, ihre Zimmerflucht leicht rötlich zu halten. Es war dann, als die Farbe getrocknet und der Maler fortgeeilt war, ein patsch-rosa bis lachsrotes Schlafzimmer mit Doppelbett daraus geworden. – Deswegen fiel ihr Erröten (oder gelegentlich Zornrot) kaum auf. – So wog sich wieder alles auf!

Die zwei Schutzmänner, die mich ins Revier fuhren, hatten sich mir gegenüber, obzwar wortkarg bis auf das Nötigste und sacht behördenkratzig, geziemend verhalten, weswegen ich mich dann auch nicht weiter sträuben mochte, weil mir schwante, daß sie tun mußten, was ihnen zu tun geheißen, und ich war bestrebt, unnötige Grobheiten wider mich auch mit stiller Höflichkeit zu vermeiden.

Später auf der Zelle erwog ich, ob meine in Höflichkeiten verpackte Demut gegenüber den Polizeiinstanzen nicht allzu provinziell, allzu altdeutsch gewesen war.

Denn heute ducken sich die Deutschen, die es in Teilen gar nicht mehr sein mögen, anders – nämlich nicht mehr vor Polizei und Staat, sondern bevorzugt vor rabiateren Mächten, vor allerhand Raub- und Spaßvögeln; lieber gehorchen sie verwilderten Restinstanzen und bevorzugt bitterernsten bzw. *hip*-heiligen »Gerechtigkeitsschlingeln« (wie Klavierbauer Huth diese akuten Trieb- und Zugkräfte einmal zu bestimmten wußte). – Im Kern aber sind sie untertänig geblieben!

Sollte ich alter Deutschmann nun, da doch alles Gesetz gut und recht zu sein behauptet und folglich auch *ist*, sollte ich da das Gesetz auch oder trotzdem unbedingt bzw. bedingungslos (!) gutheißen? Selbst wenn das hieße, »Mist schleppen und Strohhalme aufklauben«? Nun, wir fragen falsch, denn Luther (Deutsch) meinte, als er das schrieb, allein *Gottes* Gesetz! Und da gilt es eben, Mist zu schleppen, Hälmchen zu sortieren und auszuharren! Der Obrigkeit war der deutsche Reformator natürlich auch zugetan. (Sie sind es bis heute, unsere Reformatoren!)

Überdies gilt zu bedenken, daß, wenn man die Macht schmäht und sie abzuschütteln sucht, man sich selbst aller Macht entäußert. Der Bauer wird leicht vom Spielfeld geworfen von Gegnern, die sich behaupten.

Als ich dann im Funkwagen noch am Bahnhof Grollstadt in Handschellen saß und wartete, sah ich, daß nun längst auch allerhand Chemiker, Bombenkerle und andere Experten in Raumanzügen eingetroffen waren und auch schon wieder abzogen und daß dann der erste Zöllner mit meinen zwei Päckchen – die nun wohl doch nicht zu explodieren drohten! – in einer versiegelten, durchsichtigen Kunststoffkiste an den Kofferraum unseres Funkwagens gelaufen kam, wo diese Beweismittelkiste – im Rückspiegel sah ich's gut – von einem der Polizeibeamten neben meinem Reisegepäck verstaut wurde, während der andere mich gewissenhaft bewachte.

Dann ging es wie im Taxi durch das mir vertraute Gelände und durch Straßen ohne Wimpel und Spruchbänder direkt durch eine sich öffnende eiserne Autozufahrt von hinten (*a tergo!* – Wunscherfüllung, haha!? – Aber so? Freud, du Schelm, du Versprecher und Fehlleistungskraft!?) ins Polizeirevier, das unten einige Ausnüchterungszellen und oben komfortablere (für Dauergäste?) bereithielt, von denen ich eine später kennenlernen sollte, was ich damals nicht ahnte.

Durch den Innenhof wurde ich, wie Sie wissen, in solch eine Ausnüchterungszelle zum Abnüchtern (haha!) – aber wohl mehr doch zum Zahmwerden und Innehalten (?) und zum Aufweichen (vor den Verhören!) geführt. Zur Mahnung und Besinnung roch es auch merklich und bedrohlich nach Lagen von Scheuermitteln über Urin und Erbrochenem.

Banaler Dinge wegen, Ausweisverlängerungen und so, war ich oft schon hier gewesen, freilich vorn im Hauptgebäude und nie in solch einer Ausnüchterungszelle! – Obzwar ich beim Heimgang nach weitreichenden (arbeitsbedingt) feuchten Drückerfahrten durchaus manches Mal reif dafür gewesen wäre …

Die Zellentür war krachend ins Schloß gefallen, außen wurden Riegel festgestoßen. Mein Herz pochte. Es gab ein Guckloch, durch das man mich beobachten konnte – ob ich mich aufhänge? – Alles genau wie im Fernsehen!

Nun saß ich desperater Pinsel also hier! Außer der Pritsche gab es nicht viel, ein Waschbecken und die Toilette, ein vergittertes Fenster noch. Sonst nichts. Gummizelle aus Edelstahl und Gußeisen.

Als ich mir die Handgelenke rieb, gewahrte ich erst, daß man mir seit langem schon die Handschellen abgenommen hatte, und doch kam ich mir unfreier und jämmerlicher vor als jemals. Auf der Fahrt durch mein liebes Heimatstädtchen, wo junge Menschen frei und munter durch die Straßen flanierten (und sich in ewiger Freiheit wähnten!), war es mir allerdings noch dreckiger ergangen. Da beschaute ich aus dem Funkwagen heraus meine weit entrückte Welt, und es war, als führe ich durch einen sehr bedrückenden Alptraum. – Man wollte nach der Mutter gar rufen – doch die war lange schon tot!

Immerhin empfand ich nun hier in der Ausnüchterungszelle eine leichte Entlastung, denn ich war allein! Kurz schlief ich wohl doch und träumte – von Nilfischen!? Was sollte das sein? Was hatte das zu bedeuten? Und gab es solche Nilfische überhaupt? – Doch, doch, die gibt's! Denn im Nil tummeln sich Fische und das Nili gibt's ja sogar auch. – Na also!

9. Kapitel

Zitterrochen

Das Leben bleibt undurchschaubar; deutlich und spürbar zeigt sich die Trauer und in vielen Dingen lauert oder schläft, je nachdem, etwas Seltsames, Bedrückendes. – Das wußten die Griechen schon und der Römer wußte es damals auch schon und der Katholik sowieso. – Oder etwa nicht? Oder wer oder was denn nicht?

Die Fahrt im Zug – meine letzte auf lange Zeit! – von Schweinfurt nach Grollstadt war indes sehr angenehm und kurzweilig gewesen, einesteils infolge meiner (durch etwas Schmerz) kaum getrübten Heiterkeit und andernteils dank eines netten und gesprächigen Mannes, der die Qualitäten des »Nix-weidä«-Stephanus besaß und tiefe Einsichten in viele Dinge erkennen ließ – wie etwa in Spezialgebiete wie ›Wörgl‹, ›*Ski-alpin*‹ oder eben in das abgründige ›*Nix-weidä*‹, wobei er dessen philosophische Dimensionen – immer auf seine Art freilich! – leichthin absteckte, auslotete und umfaßte.

Dieser Mann, der in Salzgitter zustieg, hatte einen lodengrünen Tiroler Hut aufsitzen, der wie eine moderne *Baseball*-Kappe vorn mit Schirm gearbeitet oder gar maßgefertigt war, denn eine solche Kappe hatte ich nie zuvor gesehen! Es war eine den Jugendkappen ähnliche (aber aus Loden!), solche, wie sie auch Rentner im

Jugendwahn tragen – nur niemals so! Überm Schirm stand schwarz und rot über einer Schneeberg-Kontur »I ♥ Wörgl!« aufgestickt und rechts hinten ragte ein gestreckter Gamsbart mit zwei Hahnfedern am Hutband auf.

Später, nach einigen zusätzlichen Reisebieren im Zug, drehte der Mann dann im Überschwange den Hut nach Art unserer Junggebliebenen um, also den Schirm nach hinten: Darum stand ihm der Gamspinsel dann links vorn meist aufrecht und wußte nie, in welche Richtung zu kippen; also pendelte er lustig über seinem Träger hin und her.

Als er zustieg (die Kappe saß noch korrekt), fragte er mich, ob er sich dazusetzen dürfe?

»Ja, selbstverständlich!«

»Darf ich in Fahrtrichtung sitzen?«

Na gut. – Ich rückte rüber. Er war lustig! – Ein feiner Kerl und Mensch.

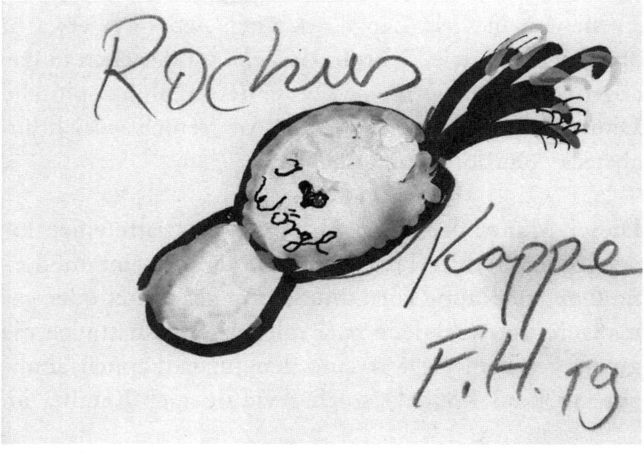

Dieser eher hagere und großgewachsene Mann, mit scharfen Äuglein versehen, die flink durchs Abteil huschten, war mit einem grünen Lodenanzug gekleidet – Trachtenstil, modern geschnitten, zur Mütze passend. Ab und an pustete er sich den Gamspinsel aus dem Gesicht und ohne Hut ständig auch eine störrische Haarsträhne.

Der Mann hatte abenteuerliche Fahrten hinter sich; er war gestern noch in Haßfurt in einen Zug gestiegen, sei aber irrtümlich schon in Schweinfurt ausgestiegen, wo er sich, da er »nun einmal da war«, noch »um die sieben, acht Seidel« in einer Gaststätte am Knollplatz (dem verfluchten! uns bekannten) hatte servieren lassen, um sich »den letzten Rausch« seines vierwöchigen Urlaubs »zu packen«, der nun vorbei sei. Dann war er oft umgestiegen und hatte jeweils am Bahnhof während des Wartens »auch noch getrunken« – oft nur, weil er sich wieder verfahren hatte. Nun saß er endlich im richtigen Zug nach Grollstadt-Sauger. Er bat mich ihm Bescheid zu geben, damit er Grollstadt nicht wieder verpaßte!

»Mache ich, mein Herr, ich steige dort auch aus!«

Was er denn wohl in Schweinfurt sonst noch erlebt habe? Und ob es ihm dort gut ergangen sei? mochte ich (schlechter Erfahrungen und Neugierde halber) wissen.

Er meinte, bis auf »ein oder zwei Halbe zuviel«, sei alles bestens gelaufen, er habe nur einen verwahrlosten, aber ungewöhnlich ordentlich gekleideten Bengel und eine minderjährige Dirne völlig bauchfrei und frech am hierfür berüchtigten Knollplatz Richtung Busbahnhof direkt vor seiner Lieblingswirtschaft den Behörden übergeben müssen und sei ja dann auch anschließend und problemlos weitergefahren.

Er war diesen beiden halbwüchsigen Zeichensetzern meines Unheils also auch begegnet! – Ich staunte.

Morgen, fuhr er fort, müsse er in Grollstadt wieder seinen Dienst antreten. Er sei gebürtig von da, aber Haßfurt sei seine Heimat, wo er aufwuchs, zur Schule ging, und er habe lange in Haßfurt und Bamberg auch als Beamter in hoher Behördenposition gedient und sei dann vor zwei Jahren weiter aufgerückt und nach Grollstadt in seine Geburtsstadt versetzt und »gewissermaßen hoch- und zurückversetzt« worden, dank oder mit Hilfe »der Grünenpartei«.

»Die Grünen?« fragte ich nach.

Ja, die! Die seien die geschicktesten und klügsten, was den Postenschacher im Beamtentum anbelange, »mit denen mußt dich gutstellen!« behauptete er, »da fällt immer mal was ab«.

»Ach!« staunte ich (selbst nicht verbeamtet, selbständig, also: ›Alles selbst, und das ständig!‹). Was genau er denn mache, welche Position er innehabe? mochte er indes nicht verraten: »Denn hier bitte ich um Nachsicht, mein Herr!« sprach er freundlich zu mir: »Es gibt Ämter, da gilt es per Eid, Diskretion zu wahren! Sie werden das einsehen. Ich habe unterschrieben, verschwiegen zu bleiben.«

Sodann aber benahm sich der aus Grollstadt gebürtige Neu-Grollstädter im ersten Teil der Reise sehr aufgewühlt, sehr gesprächig. Je näher wir aber Grollstadt und seiner Unterschrift unter das Schweigegelübde kamen,

und je mehr ihm der Rausch während der Fahrt und infolge gedanklicher Verausgabungen verdunstet war, um so schweigsamer wurde der Lodenmann. Den Hut behielt er nun nicht mehr auf; er hatte ihn gegen Ende der Reise neben sich gelegt und nur trübsinnig noch aus dem Fenster geschaut. Dies mochte sich einer Katerstimmung verdanken, die alle befällt, denen Alltag und Nüchternheit allzu jäh einbrechen.

Als er sich dann kraft eines kurzen Nickerchens etwas erfrischt und aufgeräumt hatte, blieb er doch weiterhin einsilbig, und kurz vor Grollstadt war ihm die Redelust endgültig verebbt! – Ja, es vollzogen sich Änderungen an ihm: Er wurde ernster und förmlicher. Seine Augen blieben indes munter und beobachteten scharf. Er besann und betrübte sich zugleich – was stets auf die Leiden der Melancholie schließen läßt, oder auf den schöpferischen Trübsinn. Möglicherweise war er ja einer jener »Liberos des Trübsinns«, von denen man neuerdings viel im Radio hörte?

Während seiner munteren Lagen, gegen Anfang der Reise, brachte mein fideler Melancholiker freilich beachtliche Reden zustande. Um es zu straffen, zitiere ich ihn in Sentenzen aus dem Gedächtnis – und klar doch bleiben dabei nur Höhepunkte und Drastik haften! Wie auch immer, ich bündele sie hier, *Die Besten Stellen aus den Reden eines fidelen Liberos des Trübsinns in Loden* (so überschrieb ich es später für die *Kalamitäten*), und zitiere davon zum Genuß der Leser:

»Der Neger!« rief er sehr laut. Und im Großraumwagen zuckte alles zusammen, und ich sah mich auch erschrocken um, ob etwa ... und horchte dann weiter: »Der Neger, der von früher der, und besser noch die klasse super Negerin!« korrigierte er: »Die konnten immer gut singen! Unerhört, wie schön die singen können, ob an der Oper oder im Wörgl-Swing-Chor! Der alte weiße Mann und Knacker aber, so einer wie ich, der kann radfahren und zugfahren, aber bald *nur* noch elektrisch! Das ist das ganze Problem, mein Herr! Der Niedergang der einen bedeutet den Aufstieg der anderen. Das ist immer so!«

Das Publikum und ich hatten uns (einigermaßen) beruhigt. – Das war ja relativ gering anrüchig gewesen. Er nahm einen Schluck Bier und fuhr fort:

»In Wörgl mache ich seit zwanzig Jahren Sommer- und Winterurlaub mit Skifahren. Kennen Sie den Unterschied zwischen Alpin und Langlauf?«

»Nö!« antwortete ich.

»Alpin ist, wer als erster unten ankommt. Langlauf, wer als erster einen hoch bekommt, ah! – bei den Damen aus der Langlaufgruppe! Verstehen Sie, haha?«

Er sah mich erwartungsvoll an. Das Waggon-Publikum lauschte gespannt oder rollte die Augen. – Ich aber hatte nicht recht verstanden ... Da prustete er los, haute sich auf die Lodenschenkel und zeigte auf mich wie auf einen Tropf. – War ich wohl auch.

Und die Schadenfreude wider mich griff auch gleich öffentlich um sich – das ganze Großraumabteil feixte und machte sich lustig, und er nahm einen Beruhigungsschluck.

Mehr noch und weiter sprach er solches zu mir:

»Mein verehrter Herr Reisebegleiter! Welcher ist Ihr allerliebster unbelebter Gegenstand in Ihrer unmittelbaren Umgebung, verehrter Herr?« fragte der fidele Lodenmann mit Wörgl-Hintergrund ganz unverhofft und sah mich hierbei prüfend an.

»Nili, unser Stoff-Nilpferd!« nannte ich prompt, hatte aber auch kurz meine Kotfliegen und die *Busenbürste* im Sinn – und schob sie beiseite, denn es wäre zu ausufernd, zu beschwerlich geworden, beide begreiflich zu machen. Aber da kam er mir schon zuvor und sagte:

»Bei mir ist es eine Stoff-Seekuh, die wir, meine Frau und ich, Moni nennen.«

»Moni!? Ist sie dick?« rief ich.

»Ja, sicher!«

»Ein notorisches Chaiselongue-Wesen?«

»Richtig! Ein dickes faules Tier. Moni sieht gern fern mit uns. Fressen kann ja die Stoff-Seekuh nicht.«

Der Mann gefiel mir! Dann sagte er noch:

»Zuvor hatte ich eigentlich als erstes und allerliebstes mein Taschenmesser nennen wollen, als unbelebten Lieblingsgegenstand, noch vor Moni der Seekuh!«

»Wie heißt es denn?«

»Wer?«

»Das Taschenmesser.«

»*Balmung* heißt es. Ich heiße übrigens Rufus!«

»Frowalt«, sagte ich, »angenehm!

Das Publikum war zufrieden. Wir prosteten uns allesamt zu.

Schon duzten wir uns. Ein gemein gewordenes Übel, wie ich finde, jeden zu duzen – abscheulich! Ich hatte es dem netten Kerl aber nicht ausschlagen können, und wie ich so darüber nachsann und schauderte, sagte er selbst:

»Das Duzen ist im Grunde grauenvoll, Herr Frowalt! Es macht alle gemein und beschädigt den Respekt. Die neumodischen Duz-Bosse mit ihren Computern, die können ihre Sklaven jetzt per Du rumschubsen und feuern. Aber Sie, Herr Frowalt, sind so ein freundlicher Reisegesell, daß ich mich doch freue, daß wir uns duzen, Du! Bei mir im Amt wird natürlich gesiezt, mit Dir ist es etwas anderes, Frowalt!«

Nach einer gleichsinnig durchfühlten Besinnungspause, fragte Rufus plötzlich ganz ernsthaft:

»Welches ist wohl der Faktor, Frowalt, der, unter Absehung aller natürlichen Zahlen, über die Wurzel des Quadrats gezogen, einem Dreihunderttausendachtzehntel des Erddurchmessers entspricht? Was meinst Du? Weißt Du's, Frowalt?« (Immerhin duzte er mich mit

Respekt und sprach es großgeschrieben aus: das »Du«!)

»Weiß ich nicht. Keine Ahnung, Rufus!«

»Ja, Frowalt!« triumphierte er: »Ich weiß es ja *auch* nicht! Keiner weiß es! Es ist nur Unsinn und Spaß!«

Haha! – Wir lachten uns beide aus. Dann fuhr Rufus waghalsig fort:

»**Der Penis** älterer Männer riecht besser als der jüngerer, hat mir und meiner Frau neulich unser Gynäkologe, der Dr. Brinkmann aus Wörgl oben, berichtet. War Dir das bekannt, Frowalt?«

Ich vermutete wieder ein Scherzchen, aber es war ihm ernst: »Seines Erachtens liegt das an den Hormonen des Mannes, aber auch an der in jungen Jahren noch häufigen Kontamination mit den auch stark riechenden Keimkulturen der Vagina.«

»Hm. Wußte ich nicht. Ist das so?«

»Ja, klar! Es ist doch auch seltsam, daß beide Füße gleich riechen. Denn woher will der linke vom rechten wissen, wie der riecht? Und umgekehrt. Sie haben doch kaum Kontakt. Hände berühren sich ständig. Aber Füße? Leben getrennt in Strümpfen und Schuhen.«

»Seltsam, ja!«

Einen Schluck weiter sprach er wiederum solches zu mir:

»Höre mir zu, Frowalt! Was die letzten Dinge anbelangt, lehre ich ähnlich wie Epikur, daß nämlich mit dem Tod alles aus und vorbei ist. Und man dankt es uns überall gewaltig, daß wir die Menschen vom Aberglauben an Hades und Hölle befreit haben! Dann blüht auch die Anatomie frei auf und die religiöse Angst vor der Leichenschändung verstummt endlich. Die Wissenschaft kommt voran! Aber wieder bemächtigt sich heute die Orthodoxie meiner und Epikurs Religionskritik und Skepsis, um sie und uns unschädlich und um alles rückgängig zu machen.«

»Hm.«

»Es fehlt an Chemie, Frowalt!« sagte Rufus und besah sich sein Bier in der Flasche.

Ich befürchtete einen der üblichen Vorträge des Halbwissens über die Gebote der Reinheit und die Bierchemie. Er zielte indes in eine andere Richtung:

»Es herrscht darüber die Empfindung oder argwöhnische Gesinnung, es bei Chemie mit Gift, Gefahr und überhaupt mit bösen Mächten zu tun zu haben. Siehst Du jetzt überall! Sie wollen alle keine Chemie. Alle schlucken sie aber in der Not als Medizin und kaufen unverdorbene Lebensmittel ihretwegen zu günstigen Preisen. Gleichzeitig schimpfen sie auf die Chemieindustrie, der sie zu danken hätten! Die Biologie hingegen wird von genau diesen Leuten derzeit als Segen empfunden. Bio ist das Zauberwort! Es verkauft gut, alle fühlen sich besser, es salbt den ärgsten Unfug und sie fressen dir einen Knollenblätterpilz weg, nur weil er garantiert *bio* ist. Und ist er ja auch, ha! Oder?«

»Sehr giftig, ja!«

»Mit Empfindungen läßt sich keine Wissenschaft betreiben, Frowalt! Nicht bei mir! Klar, im Aufgabenbereich der Chemie und Biologie stecken Gefahren. Aber es steckt noch mehr Segen drin! Außerdem gibt es keinen Menschen, keinen Baum ohne Chemie, kein Bio, kein gar nix, wo nicht Atome und Moleküle drin rumschwirren.

Man will sie nur nicht sehen, die Atome! In die Physik wagen sie sich auch weit hinein, aber wie Abergläubige, die Wasser tanken und ihre Steckdosen an die Sonne schrauben. Ha! Die Liste der Dummheit will durchaus nicht vollständig werden, Frowalt!«

Dazu sagte ich nichts. Wir nahmen einen Schluck.

»Rufus, ich könnte Dir«, sagte ich zaghaft, »auch einiges aus der anscheinend so seelenguten Welt der Drogerien und dem Sanitärfach erzählen. Das glaubt Du nicht, was da los ist, Rufus! Kennst Du zufällig den Greiner aus Paderborn, *Drogerie Greiner* in Paderborn?«

»Klar! Ich war mal drin. Hab' Rasierseife oder Soda oder was gekauft. Ist gestorben, der Mann. Magenkrebs. Ha!«

Ha! – Mehr mußte dazu nicht gesagt werden! Und ich mußte auch nichts weiter dazusagen; er nickte ohnehin schon allwissend. – Rufus, ein Mann von Format und nach meinem Geschmacke! (Rufus – ›der Rote‹!)

Rufus begann beim übernächsten Bier offen zu politisieren – was in aller Öffentlichkeit heute riskant ist. Allerhand »magenkranke Unirdische, Hüperventilatöre und viel fallsüchtige Rüttler und Retter« warteten nur drauf, so Rufus, bissig einzuschreiten – und dann gebe es Krach! »Sozialbauarbeiter und Abrißunternehmer!« hieß er die Krachmacher. Rufus aber trompetete selbst unbekümmert im ganzen Waggon herum:

»Frowalt, Du glaubst es nicht! Aber mußt Du! Mußt Du, ha!« kreischte er. »Hör zu: In einer Bamberger Behörde, wo ich früher Dienst schieben mußte – wo, kann und darf ich nicht weiter erklären, erst in zehn Jahren!

Dienstgeheimnis! –, also da hatten sie es schon so weit getrieben, daß sie uns neben der Frauenbeauftragten einen hochmodernen sogenannten ›RVT‹ nach amerikanischem Vorbild, wo sich der Schmarren ›*CDT*‹ nennt, vor die Nase gesetzt haben, einen: ›Reiniger verderbter Texte‹, kurz: RVT oder: *Cleaner of Depraved Texts, CDT*. Verstehst Du? Ha! Und wieder war's eine Frau geworden, die sich den Posten geschnappt hat. Sie griff dann hart durch, das muß man sagen! War auch beim *Technischen Hilfswerk* Freiwillige. Judogürtel und alles, ha! Da schoß dann kein Rosettenpfiff mehr durchs Haus, das sage ich Dir, Frowalt!«

»Rosettenpfiff, Rufus?« – Das kannte ich nicht.

»Ja, also da war kein Haarbreit an Zotenreißen, Schweinigelei oder losen Sprüchen mehr erlaubt, Mensch! Bloß keine falschen Töne, verstehst Du? Es ging auf einmal zu wie in der Ostzone früher.«

Dem Gespräch eine harmlosere Ausrichtung zu verschaffen, trug ich in der Not mein schönes *Weltgelt*-Gedicht vor, das Sie schon kennen, verehrte Leser! Was Besseres fiel mir akut nicht ein. Normalerweise hätte ich das niemals gemacht! Mich auch noch als Dichter ausgeben (im Großraumabteil!) – wie peinlich und nur Hochstapelei im Grunde! Aber Reisebekanntschaft eben und dann noch angetrunken … Also gut, es passierte, ich trug mein *Weltgelt*-Gedicht vor und stellte mich sogar hin vor ihn (wie ein Schuljunge):

»*Welt*« sprach ich betont. Dann weiter:

»*Gelt*« Das ›t‹ wieder stark betont, dann:

»*Geld*« und abschließend:

»*Weld*« Wieder mit Betonung! Und setzen.

Das Bekreuzigen ließ ich sein. Den ergänzenden Quatsch mit der speziellen Signatur meiner Dichtung ließ ich auch bleiben. Aber ich erklärte alles, vor allem das mit dem Unterschied von t und d und alles, was Sie, verehrte Leser, längst wissen! (Man muß das Gedicht lesen, sonst versteht's doch keiner! Gesprochen klang es blöd, merkte ich jetzt.)

Loden-Rufus sah mich erstaunt an und entgegnete streng:

»Ja, die Dichtung, Frowalt! In Grunde oft ein unsinniger Aufwand, der viel Gelehrsamkeit und Fleiß an den falschen Platz schleppt. Ein Idiotenkraftakt um wenig Geld und Ruhm für gewichtige Zeilen, nichts sonst! Von Balladen natürlich abgesehen. Aber es ist trotzdem schön, Dein Gedicht, Frowalt! Ein sauberes Gedicht auch, Du! Mach in Balladen, sage ich Dir! Die laufen jetzt gut! Das bringt Kohle, ha! Mach Balladen!«

Der Zug rollte auf Grollstadt zu, draußen war kaum noch Wald zu sehen, weniger Felder, dann Reifenhändler und Tankstellen, schließlich Häuser und ziellos umherirrende Menschen. Die einen liefen in die eine, die anderen in eine andere Richtung, wie auf den Autobahnen. Wir rollten nach Grollstadt in den Hauptbahnhof. Und Ankunft: »Grollstadt-Sauger. Ausstieg rechts!«

Leicht verspätet. Den verstummten Lodenmann brauchte ich nicht zum Ausstieg ermahnen; er war ernüchtert, verändert schon, etwas geknickt, aber hellwach. Wir verabschiedeten uns herzlich. Er lief in die Stadt, ich zur großen Uhr, um den Mann, meinen Abholer, den beneidenswerten Karl ›Kardinal‹ Lehmann, zu treffen und ihm die Päckchen zu übergeben.

Die ich übrigens beide dem Rufus im Zug noch stolz vorgezeigt hatte – direkt nach meinem Gedichtvortrag, um da wiederum von meinen Peinlichkeiten abzulenken. Ich zeigte ihm die Päckchen und sagte:

»Hier! Geburtstagsgeschenke, Rufus. Bringe ich mit nach Grollstadt.«

»Was verschenkst Du, Frowalt?« fragte er.

»Weiß gar nicht, was drin ist. Liefere nur ab.«

Er wollte sie ansehen. Ich gab sie ihm kurz. Er schüttelte die vermeintliche Flaschenpost und sagte bestimmt:

»Kirschgeist!«

»Sicher?« staunte ich.

»Freilich! Kirschgeist!«

Dann befühlte er das andere Päckchen, bewegte es an seiner Nase vorbei und bestimmte:

»Schiller! Antiquarisch, vermutlich Uhlenhorst Verlag. Hamburg, 1900 etwa. Jede Wette, Frowalt!«

Ich stellte mich unter der Uhr auf und sah ihm nach, dem lieben Rufus, wie er im Getümmel verschwand, erst tauchte sein Lodengrün unter und dann entschwand auch sein aufragender Gamsbartpinsel in der Menge. – »Adieu, Rufus! Du seltsamer Mann! Auf Nimmerwiedersehen!« rief ich ihm leise durchs Stadtgewühl hinterher.

Der Abholer, der ›Kardinal‹ Karl Lehmann, der kam dann ja nicht, wie wir wissen. Aber ich kam ins Gefängnis. Und alles brach ab.

III. TEIL

Die Lösung

Das Aeußerste, das Menschenkräfte leisten,
hab' ich gethan – Unmögliches versucht –,
mein Alles hab' ich an den (einen) Wurf gesetzt:
Der Würfel, der entscheidet, liegt,
er liegt: Begreifen muß ich's –
– und daß ich verlor.
(H. v. Kleist)

Möge nur alles hier fürderhin gedeihen
und möge es gut andicken
und fortführen
wer immer
es mag
und
vermag!
(F.H.H.)

1. Kapitel

Risse

Diese Geschichte setzt Einschnitte, um sie in Teile und Kapitel zu sondern, damit es ihr nicht an Übersicht, Lesbarkeit und Ordnung ermangele. – Sehen und prüfen Sie selbst, geneigte Leser! – Ob alles so taugt?

Zudem braucht auch der dichtende Häftling und ehedem Bürstenfachmann – dem täglich der Schädel vor lauter Kotgeschmeiß, *Kalamitäten* und Röhritäten brummt! – eine Ordnung, damit er nicht in den Wahnsinn abgleitet und ins Delirium gerät – um hier dann, im *Lehmannschen Boten*, nur Unfug noch zu erzählen? – Nein!

Also lag es nahe, im ersten Teil eine Einleitung und allmähliche Auffaltung vieler anfangs immer dunkler Vorgänge zu bieten, damit die Sache gemach in Schwung gerate. So widmet sich der erste Teil dieser Schrift den Alltäglichkeiten, die jedes Leben bestimmen. Eine jäh vertrackte Handlung und Erdbeben gibt es im Leben selten – und darum hier auch nicht! Denn ich schreibe nur auf, was war und was *ist*!

Im zweiten Teil ist dann freilich doch Außergewöhnliches passiert. – Solch eine wundersame Verhaftung und ihre Gründe sind etwas, das überdacht und erzählt werden darf, wie ich finde. – Jedenfalls habe ich es gemacht, und so ist es ergiebiger, meine ich, als von Urlaubserlebnissen, vom alternativen Landleben oder lieblosen Liebschaften oder dergleichen Fadheiten zu berichten.

Im gewöhnlichen Leben bleibt stets ungewiß, wie alles ausgeht – und somit eignet diesem, selbst wenn kaum etwas passiert, doch eine gewisse, meist sehr ebenmäßige, geringe Spannung. – Immerhin! Die Geschicke des Helden aber steigen und fallen enorm, wenn er im Theater die Pappmaché-Gipfel erklimmt. Im richtigen Leben zieht und zieht sich alles hin! Bis einmal der Ausnahmefall eintritt!

Die Weltgeschichtler lehren, daß es klare Einschnitte, die Epochen und Zeiten voneinander trennen, im Grunde nicht gibt. Es mag entscheidende Schlachten geben und alles verändernde Katastrophen. Königstode, Pest und Hunnenstürme setzen Schnitte – aber der Fluß strömt dennoch ungerührt weiter wie je – bis hin über uns und fürderhin! Was zählt da eine Verhaftung? – Nun, für den Erdenwurm ist sie ein Schnitt! Die Ereignisse um meine Verhaftung legten nahe, daß sie hier in einem zweiten und mittleren Teil gesondert erzählt wurden.

Dieser dritte Teil verheißt nun »Die Lösung« – alles löst sich ja irgendwie! – ob es aber einen glücklichen Ausgang geben wird, steht dahin; wir werden sehen ...

Da schlief ich nun kaum und kurz nur, in einer von meinen Steuern sparsam eingerichteten Ausnüchterungszelle, und träumte schlecht:

... Einst ward wieder ›Bierbrunch‹ (sic!) im Freien, gegen 11 Uhr bei sonnigem Wetter, leicht bewölkt. Die ›Rote Rotte‹ (?) stand herum und zapfte im Sommerpavillon der Alewynschen Gärten Freibier vom Faß. Es gab gefüllten ›Nilfisch in Gelee‹. Sie hatten alle Tiroler Hüte auf, solche wie Rufus im Zug.

Mal er, mal ich oder etwas dazwischen stand auf,

pumpte Luft und sang so kräftig wie beherzt den anderen Gefangenen ein Lied vor:

»Ich bin *kaaain* Mädchen aus Piräus
Und steh' nicht am Háfm
Und blick' nicht übas *Meer!«*

Die mit einmal tote Rotte (!) applaudierte, wie Gerippe applaudieren. Dann kam der Refrain, den der Gefangenenchor der Toten aus Nabucco (»Va, pensiero, sull'ali dorate«-mäßig) voll Rohr mitgrölte:

»Kain Schüff würd kómmän!
Und das bringt mir kei-nän
Aba auch nicht ei-nän ...«

Hier brach ihm, also mir die Stimme – weg! Einfach ab! ...

Und aus! Ich schreckte hoch! – Was wird nur aus mir? Sprengstoff war's ja wohl nicht, was in den bunten Kartonagen der Frau Lehmann gesteckt hatte, auch massenmordende Gifte oder Virenkulturen nicht, sonst hätten sie uns die Frachten nicht so arglos hinten im Kofferraum mitgegeben! Auch waren ja die Bombenkerle und die Chemiker schon recht enttäuscht davongezogen, während ich hinten im Funkwagen saß. Ansonsten wäre hier doch der Teufel los gewesen!

Was aber konnte es sonst gewesen sein? Hehlerware? Drogen? – Man würde es mir schon noch sagen, dachte ich und schlummerte weiter fiebrig und weniger als halb nur. Die Fliegen ließen vor Sorge ab von mir, verschonten mich heute – denn verlieren möchten sie mich nicht! Ein guter Parasit schont seinen Wirt; es ist sogar besser, wenn er was für ihn tut, ihn bei Laune hält und päppelt!

Da aber leuchtete jählings ein Nebel von warmem Licht durch meinen Kerker. Und aus dieser Nebelwolke trat ein Engel hervor, die Arme und Flügel weithin gespreizt.

Mein Gott!? – War dieser Engel denn etwa wieder der gute alte Ennoch Brockel aus Kiel oben? Den ich von früher her aus Bamberg schon kannte? (»Gonzalez« wurde er meist genannt.) – Oder war es der »Kappel«? – Einer von beiden jedenfalls sprach zu mir, und ich meinte, es sei Gonzalez gewesen, der zu mir sprach:

»Verzage nicht, Frowalt! Verzage nicht!«

Dann drehte sich Engel Gonzalez – oder Kappel? – um, und sprach zum Publikum, also zu *Ihnen*, verehrte Leser! Und zwar wie folgt, und hören Sie besser gut zu! Denn sie mögen sich ungern wiederholen, die Engel – ich kenne sie! Und dieser Engel hier war wohl tatsächlich *doch* der gestrengere Smorfitt Kappel (genannt »Kappel«) und nicht, wie ich erst meinte, der Brockel Ennoch von Kiel oben (»Gonzalez« genannt). Also Vorsicht! Der Engel Kappel war stets – ich sah's nun genau! – in einen azurfarbenen Bademantel gekleidet, und seine Hüften waren umgürtet mit Troddeln, daran auch ein roter Pfeifensack befestigt, worin aber Zigarettenschachteln der Marke »Muratti« steckten (Kappel rauchte stark), und dieser Sack glich seinem, des Kappel, feisten Leib. Des Kappels Antlitz erstrahlte wie Funkenschein, und seine Augen waren, sofern er sie je geöffnet, wie Fackelfeuer, und seine Arme und Füße funkelten wie bärtiges Erz, und seine Worte, sofern er je eines von sich gegeben, waren wie das Gebrause eines sechzehnhufigen Gespanns und entsprachen siebzehnfachem Posaunenhall! Er galt als Einziger, als Unikum!

Und Engel Kappel sprach nun! Er sprach zu Euch, Leser! Also lauschet:

»**Ihr dort, ihr da**!« sprach er: »Merket wohl und hört mir gut zu, was Engel Kappel euch zu sagen hat und befiehlt! Dieser Mann hier, unser aller Frowalt, hat sein Lied von Piräus im Traume ja nicht mal eben aus Übermut angestimmt! Sondern vor Kummer, und daß es ihm zum Trost gereiche! Helft nun alle mit, mein Mündel, den guten Frowalt, endlich wieder zu erquicken! Ich bitte euch! So werdet ihr, artige Leser, ihn gewißlich bald aufrichten und froh machen, damit er hier in Ruhe weitermachen kann! Und ich werde ihn zum Guten wandeln, noch bevor dieser neue Tag und zwei Jahre geendet sein werden! Diese Nacht aber gilt es zu überstehen, denn sie greift meinen Schützling, den lieben Frowalt, härter noch an als alle künftigen Tage. Lest also wacker weiter, Leser, und kauft seine Schwarten! Dergestalt dürft und könnt ihr jetzo und fürder eines Kappels englischste Sängerschar bilden, wenn ihr, nur vorübergehend, des Frowalts irdische Rettungskräfte formieren wolltet! Es soll euch nicht zum Schaden gereichen! Kappel aber erledigt den Rest, tschakka! Tschakka! Amen und halleluja!«

Wie bitte? – **Höre ich** meine Leseschar nun auch artig »Tschakka, amen und halleluja!« rufen? Bekreuzigt sie sich gar brav und kniet nieder? – Nein! Es scheint nur so. Ja, will man des Kappels Reden etwa nicht ernst nehmen? Dann wird es böse ausgehen für uns! – Also bitte!

Sofern und sodann schwang sich Kappel, der *Muratti* rauchende Engel, im Fluge auf seinen schnellsten

Hengst, welcher »Trübsal« hieß und ebenso zu fliegen vermochte und unsterblich war wie Kappel selbst. Und sie ritten beide flugs davon zur Stute »Heiterkeit«, des Hengstes Weib, welches ein Wasserwesen war und gut schwimmen, gut tauchen konnte; im Stall wollte er sie beglücken (*a tergo*, haha! Nach Pferdebrauch ...), um sodann und zu dritt frohe Botschaft in alle Welt zu blasen! – »Halleluja!« Und nun danket endlich auch Ihr alle, Leser, Ihm, Ihnen und Gott obenan!

Unterdessen ich, nichts als Trüb- und Bitternis (und heitere Stuten und viel Beistand) im Herzen, die Nacht doch einigermaßen heil überstand.

Nach einem klassischen Marmeladenfrühstück, wie ich es von meinen billigen Vertreterhotels her gewohnt war, führte man mich hinauf in einen oberen Trakt, der ganz unbewohnt wirkte. Dort wiesen mir zwei Vollzugsbeamte (oder was die sonst für welche waren) eine größere und wohnlichere Zelle zu. – Und rumms! Tür wieder zu!

Tisch und Stuhl waren aus Holz, man konnte durchs Gitterfenster (Südfenster!) auf die Bäume an der Rückseite des Reviers und einen Streifen Himmel sehen, eine Herdplatte stand an einer kleinen Spüle bereit, es gab (stumpfes) Besteck, eine Vase gab es sogar. Und ein Schreibtischchen! Man durfte Bilder aufhängen! – Wer wollte das ausschlagen?

Ich erwog, den *Armen Poeten* aufzuhängen, wie in Meppen so auch hier überm Schreibtisch – und verwarf den Plan sogleich! Denn lange werde ich nicht bleiben müssen, dachte ich. Sonst würden sie es mir nicht bequemer machen, die Haft mir nicht jetzt schon entschärfen, dachte ich noch.

Freilich hätte vielleicht schon morgen mein *Armer Poet* – der so schnell wohl nicht zu haben war! – einen verzagten Nachfolger und Knastbruder aufheitern können. Ich hätte den *Poeten* hier großzügig hängen lassen, klar doch, den Behörden das Blatt glatt auch spendiert! Guter Haftbedingungen wegen! – Also: Sollte ich doch an die Zellentür klopfen? (Und testen, ob überhaupt wer reagiert?) Und beim zuständigen Wachtmeister eine Eingabe machen und die Bitte um einen Kunstdruck vom *Armen Poeten* in Gang setzen? – Hm, ich erwog es ewig ... Immerhin aber hatte der gute Kappel (und des Lesers Beistand?) ein bißchen schon bewirkt ... es ging mir und auch allgemein besser!

Bald danach führte mich ein Wachtmeister in ein Büro und hieß mich, Platz zu nehmen und auf den »Zuständigen« zu warten, welcher »für gewöhnlich« nicht lange auf sich warten lasse und gleich kommen werde.

Gut, setzte ich mich! Es war wie bei Arztbesuchen: Man saß allein und wartete wieder, diesmal im Audienzgemach eines »Zuständigen«, eines Kriminalkommissars wahrscheinlich; man sah auch hier einen kargen Schreibtisch, ein Telefon, die Rückseite eines Computerbildschirms, die Tastatur, Fachbücher. Und dann kommt »für gewöhnlich« von links oder von hinten der Weißkittel herbei und flüstert: »Ja, wo fehlt's uns denn, Herr Hiffenmarkt?«

Hier aber bewachte hinter mir noch ein gewichtiger Schutzmann stumm die Tür und wohl auch mich. Ein karger Verhörraum, wie man sie vom Fernsehen her kannte, war das hier nicht. Ein Büro wohl eher – das Büro eines Kriminalkommissars wahrscheinlich. Es gab sogar Pflanzen und das Foto einer Frau (vermutlich Ehefrau).

Dann hörte ich, wie jemand eintrat, den Wachtmeister grüßte und mich schon von hinten ansprach: »Sie also sind der Herr Hiffenmarkt!?«

Ich stand zur Begrüßung auf und sagte im Drehen »Ja!« – und rief wie von Sinnen! – halb entsetzt und halb beglückt:

»*Ruuufus?!?*« – Und drohte schon ohnmächtig umzufallen, so daß der Wachtmeister mich beinahe hatte auffangen müssen. Aber ich bekam noch mit, wie dieser Kommissar sich ungerührt vorstellte:

»Mein Name ist Röhr, Oberhauptkommissar Röhr! Geht's Ihnen gut? Können wir beginnen?«

»Ja«, hauchte ich benommen und hielt mich am Stuhl fest.

»Gut, setzen wir uns, bitte!«

2. Kapitel

Springroß

Er war's! Rufus stand und saß nun vor mir – ohne Loden und Hut und wieder verändert! Nun trug er einen seriösen Anzug, sah sehr wach, sehr nüchtern und aufgeräumt aus, der Scheitel saß amtlich, keine Strähne fiel ins Gesicht, gesunde Erscheinung, und er besaß weiterhin seinen flinken, umsichtigen Blick. – Als Rufus war er irgendwie doch sehr bürgerlich im Tragen (sehr, ja stark) legerer Kleidung gewesen, und dieser Röhr hier war nun eher leger im Tragen sehr gutbürgerlicher (ja starkbürgerlicher) Anzüge. – Hm.

»Ja, Herr Hiffenmarkt! Also Sie meinen mich schon zu kennen!?« fragte er freundlich, und ich rief:

»Aber ja doch! Sie sind doch der ...« – (... den auch Sie schon von der Zugfahrt her kennen, aufmerksame Leser und untrügliche Zeugen!)

»Gut, gut, der war ich!« sagte er kühl: »Hier bin ich Herr Kommissar Röhr, bitte! Es gibt seltsame Zufälle, wer weiß, wozu sie gut sind?!«

Nach kurzer Pause fuhr er fort:

»Ich wurde betraut, Sie künftig zu verhören und Ihren Fall zu bearbeiten. Der freundliche Wachtmeister hinter Ihnen, der Herr Wachtmeister Knorr, wird auch zuständig sein und Sie herumführen und persönlich betreuen. Ihn können Sie jederzeit ansprechen.«

Hinter mir knurrte es zustimmend: »Jawohl, Herr Hauptkommissar! Zu Diensten!«

Sodann führte mich Wachtmeister Knorr zurück in meine Komfortzelle, und auf dem Weg erschrak ich noch: Was hatte denn zu bedeuten, daß ich den Wachtmeister *»jederzeit«* ansprechen könne? – Wie lange dauert so ein »jederzeit«?

Ich wischte die Sorge beiseite und überlegte, ob ich beim Knorr gleich mal den *Armen Poeten* bestelle? – Nein, besser noch nicht …

Aus »Du, Rufus!« war nun »Sie, Herr Röhr!« und »Herr Oberhauptkommissar« geworden. – Na gut.

Aber! Es ist nämlich so: Eines Zuviels an Vielheit und Formzerfall – dessen bedarf der Behemoth. Zuviel Einheit und Gleichform – braucht der Leviathan. Die Balance und das Mäßige gebären gleichsam das Zivilste. – Joho! …

Und es ist eben auch so: Formbringer *formen* zwingend und desgleichen Formsprenger, denn Formsprenger *sprengen* zwingend – nämlich *neue* Formen frei! So bedingen sie einander, Auf- und Niedergang in einem. – Jo, hoho! …

Das war nun schon die ›Zweite Hiffenmarktsche Arrestzellen-These‹ während der zweiten Nacht (nunmehr im Zwei-Sterne-Karzer, haha!) wie im Kotfluge erdacht und notiert! (In der Ausnüchterungszelle war ich zu bedeppert gewesen, und meine Fliegen waren's auch, obwohl's doch schön aasig dort roch …) – Immerhin schon die zweite These, die mit der Formsprengung, nach der Behemoth-Sache. – Also in jeder Situation das Beste draus machen! (*Kalamitäten*-Kwetsche einsetzen, haha! Jo ho!)

Ach, was hätte ich mich jetzt hier (am zweiten Hafttag in der zweiten Zelle schon) gern besoffen und die verfluchten Formen *allesamt* in die Luft gesprengt! In einem Aufwasch! – Mit Kirschgeistdynamit oder Schiller-Ausgaben-Sprengstoff, einerlei! – Aber, aber:

»Froh laßt uns trinken, Frowalt, Du! des Geistes nüchterne Trunkenheit!« Vulgo: *Sobria ebrietas!* – so dem Ambrosius seine nüchternen Worte (an mich) von der nüchternen Trunkenheit! Freilich, nicht mal Märtyrer war der, sondern nur alter Süffel gewesen! Und eine Kneipenkette hieß einst auch *Ambrosius*; die beste Außenstelle lag auf der Bergmannstraße in Berlin-Kreuzberg, wo ich einst die Berufsschule besuchte; ein Emailschild (*E-Mail* gab's noch lange nicht, haha!) war außen angebracht, dort stand »Essen wie bei Muttern!« und darunter hatte ein Schelm mit schwarzem Wachsstift »Also Angebranntes!« ergänzt. – Schöne Jahre waren das, die Siebziger, auf der Vertreterfachschule in Berlin. *Ambrosius*, *Blauer Affe*, die Schirmverkäuferin! – Lange, lange noch dachte ich nach über dies und über das ...

Die Glätte meiner Gedankenführung, die ließ hier nun doch langsam zu wünschen übrig. – Kunststück! Zweiter Tag in Haft, erste Nacht in der Ausnüchterung, zweite in der Komfortzelle. Man wird morgen weitersehen müssen – sahen wir also morgen weiter!

Aber einiges war schon passiert – zwei Thesen, ein Umzug (zweiter eigentlich) und aus dem Wörgl-Rufus war ›über Nacht‹ ein Oberhauptkommissar Röhr geworden ...

Immerhin, fest stand jetzt schon: Wo keine Offenbarung ist, wird das Volk wild und wüst; wohl aber dem, der das Gesetz handhabt! – Nun, so fest steht's nicht, denn hier klingt es anders, die Weissagung lautet in Luthers Worten:

»On Gottes wort kan der Mensch nichts anders thun / denn Abgötterey vnd seinen willen treiben. Wenn die Weissagung aus ist / wird das Volck wild vnd wüst / Wol aber dem der das Gesetze handhabet.«

Wie auch immer, wir halten dafür: Wenn keine Offenbarung da ist, verwildert ein Volk, aber wohl ihm, wenn es das Gesetz beachtet! – Und das hatte ich persönlich ja immer! (Was manchmal vielleicht doch dämlich war? Das hab' ich ja nun davon!) Und morgen sehen wir weiter! Morgen sollte ich informiert werden, was mir zur Last gelegt worden.

Mit einem Herrn Kommissar Röhr also hatte ich es nun zu tun – ehedem Rufus, der Lodenmann, vormals fideler Melancholiker mit »I ♥ Wörgl!«-Kappe, haha! Dieser (der jetzt zu jenem geworden war) hatte im Zug nach Grollstadt noch behauptet:

»Die machen doch keine Erfahrungen mehr, Frowalt!«

»Wer denn, Rufus?«

»Die Jungen. Unsere Nachkommen, ha! Die erwarten zuviel! Und haben zu viele Ängste! Perfekte Sozialisten also, wehleidige Menschen, sage ich Dir, Frowalt!«

Er holte tief Luft und nahm einen Schluck – ich sehe es vor mir! – und brummelte einiges von »Diesseitsverweigerern« mit »maßlosen Erlösungsforderungen«, von »Gegenwartsstümpern« und »verträumten Zukünftlern, ha!« – sie lögen sich allesamt ins Tränentuch! Darinnen sich dann später freilich keine Diamanten fänden!

»Tränentuch?« fragte ich damals dämlich.

»Ja, verheulte, poplige Rotztücher aus feinem Seidenstoff! Ha! Und wenn sie die im Alter mal rührselig wieder auffalten, staubt es gewaltig und hört sich an wie Klettverschluß.«

Wie also *jener* Rufus dachte, hatte ich erlebt – durfte ich hieraus auf *diesen* Herrn Kommissar Röhr folgern? War es von Vorteil, daß wir uns schon privatim kannten? – Oder gereichte es mir zum Schaden, machte mich blind, töricht? Und war nicht eher ich von ihm, dem Kommissar Rufus, längst durchschaut? Sein Detektivgespür legte er während seiner Reisen doch wohl nicht ab? – Hm. Das wollte alles gut bedacht sein.

Mein fideler Lodenmann jedenfalls hatte im Zug, als wir uns (halbwegs nüchtern) noch nicht duzten, behauptet:

»Was haben Sie gegen Vorurteile, mein Herr? Sie treffen doch meist recht gut zu. Und alle, die sie so vehement verurteilen, haben selber Vorurteile! Als erstes nämlich, daß es keine gebe. Ha! Und im Grunde drängen sie einen immer nur, unsere Vorurteile reuevoll gegen ihre auszutauschen.« – Und auch das ewige Beschwören der Kompromisse könne er, der Lodenmann, nicht mehr hinnehmen!

»Was haben Sie denn gegen Kompromisse?« fragte ich damals.

»Sie bemäntelten überwiegend Kriecherei und Niederlage. Schwäche wird mit etwas Schaukampf verbrämt, ha! Scheinfechten, Luftwirbel! Es steckt eine schlaffe

Haltung hinter. Das wissen harte Dogmatiker und ganz Unbeugsame natürlich auszunutzen!«

Ja, wie nun? Was hieß das jetzt? – Sollte ich mich morgen im Verhör besser hart geben, kompromißlos? *Superman* oder *Spiderman* mimen? Oder gleich die *Busenbürsten* und knallharte Geständnisse dessen vorlegen, was sie bei der Polizei (laut Televersion) gern hören wollen? Also gleich freiwillig alles und mehr noch rausrükken? (Ist ja auch eine Haltung!) Bestechen quasi …

Nachts wollte und wollte ich wieder keine Ruhe finden. Um zwölf ging das Licht aus. Allzu ungewohnt dann diese neue fahle Kammer, die langen Gitterschatten des Mondes, meine Suche nach möglicher Schuld bei mir und nach richtiger Handhabung am nächsten Tag. – Wie mich klug verhalten? Welche Schläue wird dem aus Rufus geschlüpften Röhr eignen? Was und wie sollte ich auftreten und sprechen?

Allmählich kamen fernere Gedanken auf mich und lenkten ab: Unsere Sprache, dachte ich, befindet sich in einem Schrumpfverhältnis zu ehedem; sie wird mählich (und schmählich?) verschwinden – und schwindet bereits. Es zeigte sich dies im stetig schwellenden Analphabetismus und Schwinden der Schrift und Handschrift, die sich allesamt technisch, durch Lese- und Vorlese- und Erkennungsprogramme, kompensieren lassen und das Übel hierdurch gleichsam verursachen, aufheben und wieder verstärken; es zeigt sich in der vulgären Schlichtheit und Zerbabelung der Umgangssprachen, dem retardierten Geschleuder der (auch adjektivischen) Interjektionen, im einander Anschnauzen und Bellen. Nicht mal das Bonmot von der »Diktatur des Brülletariats« trifft es mehr, und auch das (haha!) »röhrend Kommunizieren« nicht – es gibt ja weder ein (einst doch gebildetes) Proletariat mehr noch ein miteinander Reden und Verstehen unter gestandenen, manierlichen Menschen! (Das gängige Schlaffwort ›Kommunikation‹ deutet es seit langem an.)

Es gibt ja nur noch dieses verständigungsarme, brunftige Gegrunze oder giftige Gegröle oder Geseiere und Geseich, von dem sich kaum sagen läßt, daß es ein Rückfall in die Tierwelt sei. Denn vor der Sprache wird sich der *Homo sapiens*, wie die meisten Tiere, gut und besser verstanden haben als wir jetzt untereinander, aber dieser paradiesische Rückfall in die Intuition und Witterung wird ausbleiben – *beides* ist dann hin: das feine Gespür *und* der Intellekt. Es wird ein schreckliches Anbellen und Angiften und Winseln dauern. Der Schriftrest wird aus notwendiger »Betriebsprosa« (so der ›Hons‹ mit den »Hypomnemata«) bestehen.

Wird dieser Herr Hauptkommissar Röhr – dem des Rufus' liebenswerte Eigenschaften ja nicht völlig abhanden gekommen sein konnten! – und wird der Wachtmeister Knorr, werden sie beide mich morgen wohl in die Mangel nehmen, anschnauzen, zwacken, bellen und beißen? – Herr, stehe mir bei!

***»Me, myself**, my selfie and I.«* – Solche Sätze garte ich im Halbschlaf auf der Zellenpritsche lauwarm durch, und sie hätten auch gleich notiert werden müssen und später einsortiert, in den frisch angelegten *Kalamitäten*-Ordner für 2018, den zehnten Band, der in Meppen verwaiste, unter: »Thesen und Sprüche«. (Morgen werde ich Knorr um Papier und Bleistift bitten und etwas improvisieren! Und bald war auch ein neuer Band fällig!) Ich wiederholte den Satz dreimal, damit er mir nicht entgleite:

»*Me, myself, my selfie and I*«, haha!

»*Me, myself and …*«

Dann fragte ich mich wieder: Wird man unbescheiden, wenn man nicht Bescheid weiß? Und jene, die Bescheid wissen, sind sie dessentwegen bescheiden? – oder gerade umgekehrt? – Hm.

Und *Freiheit*? – Ja, fortschreitend: früher zunächst und endlich halsaufwärts, dann zwischenzeitlich nabelabwärts, jetzt nur noch halsabwärts. Oberhalb nichts mehr? – Jo ho?! … Denn man suchte ja bisweilen schon höheren Ortes nach, um Erlaubnis zum Verbot des hinderlichen Duldens von schlechthin allem halsabwärts. Man willfahrte zum Teil schon und bot wieder Kompromisse: Brustabwärts (zunächst war nur gürtelabwärts) sollte alle Freiheit gewährt, darüber stark kontrolliert sein. (Unten Selbstverwirklichung, oben nur überflüssige Haßrede – so in etwa die Argumente.) Usw.

Vorsicht ist nun geboten, da es Alles gilt! Und was wird uns retten? Was trösten? Aufrichtung und Erlösung tun not wie nie! – Da es Alles gilt! Es hatte sich freilich so vieles schlecht gefügt und gewendet. Werden wir nun gar zuschanden? Vorsicht jedenfalls ist nun geboten, da es die Zukunft, das Leben gilt und morgen ein erstes Verhör zu parieren, zu überstehen!

Halte stand, Frowalt! Halte stand!

Über solchem Wirr- und Unfug schlief ich wohl endlich ein.

Und schon bellte Wachtmeister Knorr durch meine Futterluke, die in die Zellentür eingelassen war: »Aufstehen, Frühstück!«

Es stand als Abbild des gestrigen auf einem Regalbrettchen unter dieser von außen geöffneten Luke. Wachtmeister Knorr gebot mir durch sie hindurch, in einer halben Stunde bereitzustehen!

»Jawoll!«

Dann wurde ich wieder in Rufus', nein, Kommissar Röhrs Büro geführt; er saß schon da. Sehr kühl. Kaum, daß ich zu Wort kam. Kaum, daß er klar sagte, wessen ich angeklagt sei. Herr Oberhauptkommissar Röhr gewährte mir – aus verhörtaktischen Gründen? so wie ich vermutet hatte! – kein freundliches Wort und keinerlei Gespräch, obgleich ich mich an seinen dienstlichen Obliegenheiten und persönlichen Verantwortungen, jenseits meines Falles, interessiert zeigte und ihm auch außerdienstlich Respekt bekundete; schon das aber wies er barsch zurück!

Landläufig wird mir solch eine Unterhaltung stets gern vergönnt, weil ich sowohl kurzweilig als auch freundlich und arglos zu scherzen und allerhand Seltsames auch zu berichten vermag und mich hierbei vornehmlich selbst bloßstelle, ja bisweilen selbst verarsche. (Was zu verstehen etliche überdies noch zu doof sind!) Und weiter zeigte ich mich dem Röhr auf diese Weise durch und durch entgegenkommend – so hatte ich es mir in der Nacht auch vorgenommen! So war ich erzogen. – Freundlich sein!

Röhr blieb kalt. Auch wird ihm die arge Vertraulichkeit und Angetrunkenheit, die er mir da auf der Bahnfahrt geboten hatte, peinlich geworden sein, und er hielt es vermutlich für besser, distanziert zu bleiben und Autorität zu markieren, bis sich die neue Rangordnung gesetzt und ich des Rufus' ganz vergessen hatte. – Und darum wohl saß ich heute auch stracks wieder in meinem Zweisternekarzer.

Mit meiner Frau Dietlinde und einigen noch zurechnungsfähigen Drogeriegreisen pflegte ich vielmals das Gespräch über die Vor- und Nachteile des Alters, vorwiegend über erstere, denn ich vertrat wider beide, meine Frau und die Seifengreise, die Meinung, das Alter zeitige trotz allem (und allen Knisterns und Tatterns zum Trotze) etliche Vorzüge und sogar Köstlichkeiten, die der Jugend fremd bleiben.

Meine Frau war acht Jahre jünger, die Seifengreise waren durchschnittlich wohl mindestens zwanzig Jahre älter als ich; diese hegten, der *Busenbürsten* wegen, wohl leichte Hoffnung noch, blieben aber im Kern ohne jede Zuversicht. Meine Frau indes ängstigte das Altwerden, sie lehnte es rundweg ab und beschloß, jung zu bleiben. Trotz meiner Einwände, trotz bester Gesundheit und *Busenbürsten*, so viele sie nur haben mochte, wollte sie sich nicht aufs Altern einlassen und vorbereiten.

Unsere Söhne freilich, der Erwin und der Friedemann, glaubten, sobald sie sechzehn geworden, vollauf an die Zukunft, an einen rundum erneuerten Sozialismus, an eine Welt ohne Kriminalität und Kohle, die mit ewigem Weltfrieden komfortabel und feinstaubfrei ausgestattet sein werde – sofern man nur ihrem Linksdrall folgte! Dann werde schon alles gut! Auch das Alter, erklärten mir die Söhne, werde man dann sofort in den Griff bekommen!

Monika indes sah immer schon gern ›nur fern‹ und blieb teilnahmslos und »unparteiisch«, wie sie sagte, wenn man sie etwa fragte, was sie wohl wählen würde. – Gutes Kind, damals!

»Doch FDP eventuell, Moni?« prüfte ich sie.

»Nö, unparteiisch! Ich bleib unparteiisch!« – Da zeigte sie Größe und Gelassenheit, die Moni, und stimmte erst gar nicht ab! Sah lieber fern. – Das imponierte mir.

In jungen Jahren bestrebte ich auch einmal den Himmel auf Erden, was, wie ich heute weiß, nicht nur das Tor zur Hölle auf Erden aufbrechen, sondern das Leben insgesamt zur Enttäuschung führen kann, wenn sich die hochfahrenden Hoffnungen auf die Zukunft nicht erfüllen und in der Gegenwart nur Unzufriedenheit und Unfrieden stiften.

Heute wünsche ich schlicht nur die Erde auf Erden; das genügt mir! Hier richtet man sich tunlichst ein so gut es geht. Und was den Himmel betrifft, habe ich meine Gottesbeweise und meine Niederschläge, die von oben kommen – bestenfalls als Sommerregen. Freilich pflegt ja das Leben bisweilen auch solche gemein zu behandeln, die gar nicht ausnehmend viel erstreben und die Dinge nehmen, wie sie sind. – Das ist ein Jammer! Aber darum ging es ja nicht.

Denn was halfen mir, dem Familienvater, dem heruntergekommenen Bürstendrücker und Meppenflüchter, der Sozialismus und eine saubere Welt ohne Autoverkehr, wenn es galt, meine Jungsozialisten zu füttern und die Miete in Sauger und für das Mepper Refugium aufzubringen? Ich sah die Jugend schon damals nicht aufs Paradies, sondern den Toren der Unterwelt zumarschieren – wo sie für uns dann das Alter schon mal in den Griff bekommen und Staub wischen werden, haha! Und so manche Himmelsstürmer sind schon voraus- und hinabgegangen! Avantgarde eben …

Zukunft, auf die ich alles setzen könnte, gibt es für mich nur insofern, als es mir im Alter erlaubt bleiben möchte, zu lesen und schreiben, (egal) was ich will! Und mein Heim und mein Refugium wünsche ich zu halten, und zuletzt wünsche ich nur noch gemäßigte Nacktfotos von hübschen Frauen betrachten zu dürfen, denn im Alter genießt man sie viel stärker als beim ständigen jugendlichen Drüberwixen – das nun endlich entfällt und auch ganz überflüssig geworden ist! Es geht im Alter um den Liebreiz und die Schönheit schlechthin. Es geht um reines Begehren, interesseloses Wohlgefallen bei interesselosem nur so Dasitzen und Däumchen (so rum und anders rum) drehen. – Was brauche ich da noch dem Sinn des Lebens nachzugrübeln?

Für irgendeine Vollendung, eine letzte Vollkommenheit ist es beinahe zu spät. Das letzte geschlossene Werk wird hoffentlich noch dieser Bau aus schwierigen Steinen und Kotmörtel, *Der Lehmannsche Bote*, werden. Den Schutz der Engel Kappel und Gonzalez genieße ich hierbei; den Rest erledige ich selbst. In dieser Angelegenheit fühle ich mich den Drogisten verbunden, die nichts als ihren Laden bis zum bitteren Ende zu halten bestreben, nur um in muffigen Hinterzimmern bei Dosensuppen Konkurse zu hemmen und das Sterben zu erwarten. – Aber sie und wir wollen es so!

Ich hing jetzt zunächst aber noch der vierten Hoffnung nach, die Freiheit wiederzuerlangen – um Fotos zu gucken und Däumchen (so und so rum) zu drehen? – Ja. Als Henkersmahlzeit wollte ich mir »Kloß mit Soß« mit Rinderbraten (oder Roßbraten?) wünschen, um dann endlich, bei Gott, Gott zu beweisen (da ich Seiner ansichtig geworden?!). – Das wäre im Grunde alles. Eine schlichte, aber kreisrunde Vollendung.

3. Kapitel

Totenbeschwörung

Verehrte Leser! Sie wissen längst aus dem ersten Teil dieser Schrift, daß es zwischen Röhr und mir dann allmählich einträchtiger, ja bald völlig kollegial lief. Oder gar schon freundschaftlich? – Vielleicht. So etwas erfragt oder erklärt man ja nicht. – Nur »brüderlich« war's zwischen uns nie! Brüder hassen und neiden oft einander, und das Ideal von der Brüderlichkeit birgt im Kern Bruderzwist und Kleinkrieg. – Das gab es zwischen uns nicht.

Endlich dann, es mochten schon vier Wochen vergangen sein, die ich einsaß, wagte ich erneut die anfangs jäh abgeschmetterte Frage, wessen ich denn überhaupt angeklagt sei? Und warum immer noch eingesperrt? Bestrafte man mich gar schon? Und für was? Und war denn das alles überhaupt rechtens – ohne Gericht, Anwalt und ohne Urteil?

Sogleich kühlte der inzwischen herzliche Röhr merklich ab. Also hielt ich abermals stille, denn ich befürchtete, er werde noch zur Auffassung gelangen, wir, der Kommissar und sein Häftling, seien gemeinsam nicht mehr in der Lage, »ergebnisorientiert zusammenzuarbeiten«, wie es heute so betriebswindschnittig heißt. – Nun, zu solchem Blabla war er viel zu eigensinnig, zu distinguiert und bedacht; so würde Röhr nicht reden. Und ich? – hatte derweil schlicht Angst, ihn zu verlieren! Er war ja ansonsten anständig und korrekt – und sehr amüsant auch! Ich brauchte ihn derweil im mönchischen Tageseinerlei. Er war, na ja, fast schon mein Ennoch Brokkel und ein Kappel für mich oder einfach mein Tröster in der Not und Gefährte durch schwierige Zeiten. Und im Grunde war ich mir auch ganz sicher, daß er hier stets das Richtige und Beste für mich tat.

Anderntags wurde ich – wie üblich jeden Vormittag und oft jetzt auch nachmittags und manchmal sogar abends! – von Röhr einberufen und in sein Zimmer geführt. Nun bewies er sich wieder als sehr gesprächig und heiter. Womöglich brauchte auch er mich und scheute allein diese (meine) Frage nach dem Warum. Denn wenn das geklärt wäre, käme es bestenfalls zur Freilassung und schlimmstenfalls zu meiner Verlegung in eine Haftanstalt, in jedem Falle aber zum Abschied, zum endgültigen Lebewohl. – Und so war es wohl denkbar doch Freundschaft schon?

Undenkbar indes, daß wir uns weiter, nach meiner Haft, privat träfen! Für ihn schon aus dienstlichen Gründen. Mir stünden da, sofern nicht auf Jahre weggesperrt, mehr Freiheiten zu, aber ich hätte wohl auch und in jedem Fall den Bruch vorgezogen. Denn mit eins wären sämtliche (unverzichtbar gewordenen) Vorgaben, Bedingungen, Orte für diese in jeder Weise besonderen Verbindung verloren gewesen. Und wenn sich Röhr dann auch zurückstülpte in den Rufus, der daheim Pantoffeln trug und Zittermusik hörte, so hätte ich das zweifellos nicht bewältigt! Rein nervlich schon …

Über all dies Bedenken wälzte sich anderntags die folgende, wieder eigenartige Begebenheit:

Zunächst sah Röhr nicht gut aus heute, hatte wohl schlecht geschlafen. Ich fragte ihn, ob es denn ginge und ob wir besser vertagen sollten?

»Nein!« wies er mich ab. Es sei nur Schlimmes geschehen. Man habe mich, ja mich (!), den Frowalt Heimwée Irrgang Hiffenmarkt, in der Nacht auf heute in einem Waldstück bei Sauger tot aufgefunden; der Leichnam liege nun schon in der Rechtsmedizin unten. Ganz zerschunden auch. Es bestünde ein starker Mordverdacht.

Meinen Einwand, dies könne nicht sein, ließ er nicht gelten. Es wisse wohl, was er gesehen habe:

»Glauben Sie mir bitte, Herr Hiffenmarkt! Ich war am Tatort und habe ermittelt und war eben auch unten in der Forensik. Die Sache ist ernst!«

Mir toste es um Haupt und Ohren! (Die Fliegen hellwach!) Um Ruhe und Fassung zum Nachdenken zu finden, dankte ich freundlich für seine so freimütige wie ehrliche Mitteilung – denn Denken und Danken ist eins und das eine entsprießt dem anderen, wie das andere dem einen.

»Danke!« sagte auch Röhr und: »Herzliches Beileid auch!«

»Danke!« sagte ich, und dann setzte ein Redestrom meinerseits ein unter dem Einfluß einer Traurigkeit ob meines von mir versäumten Hingangs, der anfallsweise von Einwänden Röhrs mehr gestaut als unterbrochen und gemäßigt wurde. Dieses Mal war es so, daß ich mehr redete als Röhr, und er ließ es gern geschehen – aus Mitleid wohl!

Es wird Ihnen gewiß sogleich klargeworden sein, verehrte Leser, daß meine letzten Zeilen der Dichtung und nicht der Wahrheit entsprossen! Sie entquollen gequetschtem Fliegengedärm. – Ja, noch Leichen sollen mitunter koten! Insofern ...

Sehen Sie mir den Scherz bitte nach! Wie sollte das auch weitergehen? Hätte ich etwa Geburtstag gehabt und Röhr gratulierte mir, wie es sich gehört! – dann fragte ich ihn doch, wie ich denn heute Geburtstag feiern könne, da ich doch tot sei?

Meist unterschätzte ich Röhr immer noch. Aber ich kannte ihn schon besser und wahrscheinlich wäre seine Antwort gewesen:

»Wir regeln das, Herr Hiffenmarkt! Keine Sorge! Ich lasse mir was einfallen.«

Und dann würden sie im Justizministerium übereinkommen, mir vorzuschlagen, einen meiner früheren Geburtstage zu feiern, durchaus wie ich wünschte, es könne sogar der siebzehnte Geburtstag sein, wenn mir das genehm sei! Und dann würden sie bedenken, daß auch Tote Geburtstag feiern: Bach etwa ständig und Goethe, Schiller – letzterer ganz groß (und typisch) vor drei Jahren erst! Und zum Beschluß bezeigten sie sich großzügig und verkündeten meiner, des Verstorbenen, Unannehmlichkeiten wegen: Mir seien jetzt neben meinen Geburtstagsfeiern nunmehr ministeriell auch die jährlichen Feierlichkeiten anläßlich meines verfrühten Todestages genehmigt worden!

»O, danke sehr! Das freut mich sehr!« erwiderte ich gegebenenfalls (und wiederum zu deutsch-höflich-devot? – Also keck weiter): »Aber nun ist ja mein Geburtstag schon wieder einige Tage her, und da habe ich mir erlaubt, meinen 86. Geburtstag schon mal vorzufeiern und meinen ersten Todestag morgen nachträglich zu begehen!«

»Hm.« – Röhr und das Ministerium nickten gegebenenfalls und erwögen es. Plötzlich aber hellte er, Röhr, gegebenenfalls (wieder rascher) auf (als das Ministerium) und riefe mir gegebenenfalls zu:

»Wie Sie belieben, verehrter Hiffenmarkt! Es sei Ihnen gewährt! Knorr und ich werden Ihnen die Ehre erweisen! Wir werden Würstchen mit Kartoffelsalat auftragen!«

Nun, verehrte Leser! So könnte es hier allemal weitergehen mit der Dichtung, aber ich hatte den stillen Vorsatz, Ihretwegen (!) bei der Wahrheit zu bleiben! Meine Gedanken und Kot-Schnurren sind schon verwegen genug, können Schwindel auslösen und nicht nur Zweifel, sondern können auch Dreifel (haha!) und mehr(fel) wecken.

Seltsamerweise erinnerte ich mich des Abends in der Zelle (der Wahrheitsliebe wegen?), an mein erstes Beilager mit einer hochbusigen, ständig dann begattungswilligen Schirmverkäuferin vom Hermannplatz in Berlin.

Ich war mit siebzehn aus dem altsprachlichen Gymnasium in Grollstadt gerissen und in Berlin auf eine Berufsfachschule für das Vertretergewerbe (mit Wohnheim) geschickt worden und steckte im ersten Lehrjahr. Das gewieftere Frollein trug mir neben viel Lustbarkeit auch die erste Lustseuche ein. Nun lassen sich mit Seuchen schlimmere bekämpfen und ich wurde sie, die schlimmere, hierdurch los. – Nicht aber die Sucht nach ihr! Ich schlief bald nur noch im Unterricht und aus Lust wurde mehr als Last.

Also mühte ich mich, die Schirmverkäuferin aufzugeben. Ein beinahe aussichtsloses Unterfangen! Ein Schulfreund hatte mir Zwiebelpizza mit Knoblauch und reichlich Sambuca hierzu empfohlen, die ich vor dem Beilager einnehmen sollte, um abzuschrecken; ich aß gleich zwei (mit extra Knoblauch), trank eine (ganze) Flasche – die Wirkung verfehlte! Dann stieß ich sie, auf andere und angenehmere Ratschläge hin, mehrmals am Tag so heftig durch, daß sie beinahe ohnmächtig wurde; das aber machte sie noch lüsterner – und verwegen: Sie wünschte, als Steigerung noch, während des Aktes gewürgt zu werden, was mir widerlich war. Diese Verweigerung meinerseits aber war es, die sie abkühlen ließ. Am Ende obsiegte freilich mein Vater, der mich zurück nach Grollstadt riß und dann nach Amberg in die Lehre gab, wo ich eine bezaubernde Susi kennenlernte, die milder und sogar hübscher war als die wilde Uschi vom Hermannplatz. – Susi lehrte mich das Pingpong-Spiel. Von der Pike auf.

Siege sind eine heikle Sache: Die US-Amerikaner etwa siegen leicht, aber der Sieg entzieht sich ihnen meist, und so haben sie dann doch verloren. Das lernte ich nun auch in Amberg, wo ich (nach Susis Vorschule) im Tischtennis brillierte und einen Pokal nach dem anderen abräumte; darüber vergaß ich jedoch den Verkehr mit dem anderen Geschlecht und auch den Geschlechtsverkehr, und so verlor ich auch Susi, die ich zum Schluß noch einmal im Pingpong-Spiel besiegte. (Sie ging in die Staaten und reüssierte im reizvolleren Strandvolleyball; ich blieb in Amberg und fing das Gaststubenhocken an.) Misogyn war ich nicht geworden – aber desinteressiert – Amberg eben …

Auf ›Hons‹ Imhoff aus Niederrad (Buchdrücker und Telegrammbote, hessische Landdrastik mit frankfottsch' Esprit!) geht die Perlenkette »Reihe, Reiher, Reich.« zurück; ich pflege noch »Rei« und »Reinigungsmittel« hintanzufügen, damit eine Fünferkette daraus werde, die mich vollendeter dünkt, weil die Dinge stets fortgeführt (aber nicht verfortschrittelt und verbumfiedelt) werden wollen; ob er, ›Hons‹, diese Zusätze billigte, weiß ich nicht, und ich getraue mich nicht, bei ihm in Niederrad nachzufragen. Er läßt auch wenige nur und auch selten nur vor …

Ach, was für kalte Erinnerungen dies alles sind! Ich steige darin umher wie in Eishöhlen. Trotzdem streue ich diese Mitteilungen heute auf diesem Wege hier in die Welt, weil es nicht anders geht. Die Bahnhofsvorplätze sind mir versperrt, und ich weiß keine andere Möglichkeit, als meine Kunde an dieser Stelle schriftlich zu verwalten.

»**Daß Entartung** und Niedergang mit Wachstum und Blüte Hand in Hand arbeiten« (so abermals ›Hons‹), will nicht mal typisch Schiller recht leiden und auch nicht leben noch wirklich wollen. Er bevorzugt faule Äpfel und den Niedergang – starb auch früh. Blüte war Goethes Sache mehr.

Und die Menschen leiden es auch nicht, das Sterben – die wollen immer nur Blütenfeste und ewige Lust und so treiben sie ihren Körperfimmel wider den Geist, aber nur dieser kann das Leiden und den Schmerz meistern und uns das Altern lehren und den Tod erträglich machen.

Ich aber weiß es nun auch, nach bitteren Erfahrungen (die bis eben andauern), und lebte dann nach Amberg allein dem Bier und dem Dao, dann der *Busenbürste*, meinem Weibe, den Kindern und den Schmerzen und schuf Gottbeweise und kam ins Gefängnis. – Mal Rinnsal, mal Katarakt – das Leben eben ...

Als ich auf die Welt kam, soll mein Taufpate zum Pfarrer über meinen Vater, der schon recht alt war, gesagt haben: »Es erstaunt alle Welt, daß dieser alte Stumpf, mein Oheim Edmund, noch so ein frisches Reis gestoßen hat!«

»Das liegt in Gottes Hand!« soll da der Pfarrer Johannes Hauptmann geantwortet haben: »Das Kind aber wird darum ein ewig verspäteter Mensch, ein Spätentwickler und Spätheimkehrer werden und wird, so hoffen wir, auch verspätet sterben, damit es seine Zeit hienieden hat für Irrtümer und Blüte und langen Herbst. Dann mag er, unser Frowalt, endlich auch Einlaß finden ins Himmelreich! Amen.«

Die Taufpredigt selbst muß so geklungen haben, denn ich höre sie wie heute:

»Keiner soll und darf ins Grenzenlose streben und dabei zerfließen und verrauchen ohne Nutzen für die Welt. In sich selbst und oberhalb seiner selbst soll einer sich sammeln und in der Enge seines Lebenskreises seine Pflicht tun, soll die beharrenden, göttlichen Kräfte anrufen, die die Menschen festhalten mit stiller Macht und stets aufrichten aus allem Elend und Übel. Hierzu ist es nie zu spät, liebe Gemeinde! Wer dann geläutert sich davonzumachen und zu sterben weiß, ist mit Gottes Hilfe weder bezwing- noch bedrückbar. Wie aber steht da geschrieben in den Kapiteln, da wo es steht: ›*Qui potest mori non potest cogi*‹, welches ich Euch so eindeutsche, Brüder und Schwestern: ›Wer zu sterben vermag, ist nicht zu bedrücken und bleibt erhaben über allen Zwang!‹ Nun aber wandelt alle lustvoll mit Gott zur Tauffeier des Frowalt hin! Und bezeigt Euch gefälligst großzügig und schenkt ordentlich Geld! Nach einer Spende an uns, die heilige Kirche, gehet dahin und gebet und feiert des Frowalt Geburt! Amen.«

Diese Taufpredigt des Pfarrers Hauptmann, der eine gewaltige Stimme einzusetzen wußte, ergriff mich als

Täufling schon gewaltig! Auch begriff ich sie damals voll und ganz, denn auf seltsamste Weise hatte ich, ein Säugling noch, alles gespürt und auf dem Schoß der Mutter mitangehört (und es sollen an die 800 Mark für mich zusammengekommen sein – selbst das entsinne ich!), so daß in mir damals wohl schon die Redelust, als meine stärkste Veranlagung, kraft dieser einen Kanzelrede aufkeimte, in ihr erste Nahrung fand und später dann ausreifte wie kaum sonst etwas an mir.

Heute lobte Röhr den Mut jener Männer, die »populären Vorurteilen entgegentreten, die im Augenblick als die Ideale aller gutgesinnten oder idealistischen Menschen gelten«. Es gebe wenig unangenehmere Aufgaben, fuhr er fort, als sich Bewegungen entgegenzustellen, die allgemein Anerkennung fänden und richtig schienen, und »als Warner aufzutreten, der Gefahren zeigt, wo Enthusiasten nur Gutes sehen. Als ein Mann, der widerrät und widersteht!«

Er schwieg hiernach und sah nach draußen. In diese Stille hinein fragte ich einfältig, als wie ein abgerichteter Dämlack (oder Gullydackel, haha!), der zuviel Zeitung las:

»Und was ist mit den Frauen?«

Er sah mich scharf über seine Lesebrille hinweg an und sagte:

»Ja, genau, Hiffenmarkt! Ich zielte damit ebenfalls auf nicht wenige von ihnen! Die Frauen widerstehen selten, sie machen lieber mit! Meine Frau nehme ich aus. Und Ihre auch.«

Röhr berichtete von den Wagnerfestspielen, die er kürzlich besucht hatte:

»Nachdem ich nun fünf Stunden in Bayreuth auf der Holzpritsche saß und das Gebrülle um die Walküre unter modernsten Bühnenbedingungen, noch verschärft und überdehnt bis zur Echtzeit oder zur Unechtzeit, ertragen habe, kann ich Ihnen sagen, Herr Hiffenmarkt, was mir dort die ganze Zeit durch den Kopf ging ...«

Er pausiert, mein Interesse zu ermitteln; ich nickte angeregt.

»... daß ich da nämlich, ohne es recht zu ahnen, längst einen Fortschritt, eine Entlastung geleistet habe!«

»Ach ja?!« staunte ich.

»Ja. Ich hatte da mal in Jugendjahren aus Daffke mit dem Tonband eine Kurzfassung vom Ring gebastelt. Der komplette Ring dauert im Stück normal sechzehn Stunden. Bei mir zwanzig Minuten! Später haben unsere Enkel« (aha!) »mit Computertechnik sogar eine Sekunde geschafft!«

»Das ist beachtlich, Herr Röhr! Mir ist das ja auch zu lang. Das moderne Theater fürchte ich deswegen. ›Mach kein Theater!‹ hat meine Mutter immer gesagt. Ich hab's beherzigt!«

Wir lachten gleichsinnig, der *Prinzeps* und sein Knecht und Beisasse, der Räuber und sein Gendarm. Dann sagte der Gendarm:

»In Bayreuth hat dieser Castorf dramatisiert, wie sie heute sagen. Ich habe versucht, ihm beizeiten meinen komprimierten Ring zukommen zu lassen. Aber der Mann läßt sich nicht reinreden.«

»Wir sollen nur zuhören!« wußte ich.

»Ja. Das ist alles zur Belustigung mit Volkspädagogik verkommen. Hiffenmarkt, glauben Sie mir! Auch in der Kunst. Man nehme eine offiziell genehme Denkart, mische ordentlich pseudorebellische Drastik drunter, aufpusten und wieder is' 'ne Documenta fertig! Und Bayreuth wackelt und kracht harmlos hinterdrein.«

»Oder vorneweg!«

»Vorerst hinterher!«

»**Was halten Sie von** Rechtschreibreformen, Herr Hiffenmarkt? Sie schreiben ja viel.«

»Ein Schmarren ... und verfälschend! Totgeburt.«

»Beispiele?« wollte er hören.

»Wir haben die Sicherheiten zu klaren Unterscheidungen verloren. Aus der Abschaffung von *daß* mit Buckel-S ist nur Wirrwarr entstanden. Freund von mir, Buchvertreter, hat auf dem Flohmarkt zufällig eine leichte Reiseschreibmaschine kaufen können, wo oben auf eine Taste dieses *SS*-Runenzeichen gelegt war, Spezialanfertigung wohl. Der hat dann aus Protest immer das ›Da*ss*‹ damit getippt. Sah komisch und irgendwie bloßstellend aus.«

»Wird er Ärger bekommen haben.«

»Hat er, Herr Röhr! Hat er.«

»Sag ich doch!«

»Oder, anderes Beispiel, man kann ja die Wörter *krank* und *schreiben* für sich stellen, dann sind es zwei Wörter, zwei Bedeutungen. Gut, und jetzt können Sie, wenn Sie mal *krank* sind, ja auch was *schreiben*, und dann kann ein Arzt jemanden noch *krankschreiben*. Drei Unterschiede. Das ist alles vermatscht worden. Jetzt macht es keiner mehr richtig.«

»Aber früher, vor der Reform, die ich auch für Unfug halte, war nur *krank schreiben*, getrennt geschrieben, erlaubt, auch wenn krankschreiben gemeint war!«

»Ach? Das wußte ich nicht. Ich hätte gedacht andersrum. Aber da sehen Sie's wieder! Alles durcheinander.«

Er nickte freundlich. Dann sagte er, weitergedacht:

»Ein falscher Teilsatz macht die ganze Aussage falsch, aber ein wahrer Teilsatz macht sie nicht unbedingt wahr.«

Jetzt nickte ich freundlich und dachte nach. In dieser Situation, da er wieder einmal recht behalten hatte, erinnerte ich mich der Worte eines Schankwirtes aus Berlin-Spandau, wo ich mal einen Lehrgang für Sanitärfachkräfte absolvierte. Der Wirt hieß Günter Büttelmann und ging vorlaute Gäste gern so an: »Der liebe Jott weeß allet! Aba *du* weeßt allet bessa! Du Arsch, du!« – Hier war's andersrum! Und dann sprach Büttelmann damals oft noch als Fazit hinterdrein: »Allüren ham die Ärsche, die würd ick mir partu rausnehm lassen!«

Ich erzählte Röhr davon – er amüsierte sich köstlich.

Der Kommissar befliß sich großen Wissens in allen möglichen, auch sehr vertrackten Fächern. Um Auskünfte meinerseits zu Fragen der Allunendlichkeit, der Unterscheidungen und Paradoxien angegangen, ließ er sich herbei, mir folgendes begreiflich machen zu wollen:

»Das All, Herr Hiffenmarkt!« Er wischte mit dem Arm über sich im Zimmer herum: »Und Alles hier! Das ist so viel, so zahllos, üppig, unüberschaubar und für den Menschen zuviel. Also beinahe auch wieder Nichts, wenn er sich nicht darein bescheidet und unterscheiden lernt. Mit dem Stückchen seines Lebenskreises weiß der

Mensch etwas anzufangen. Das ist alles. Aber darüber hinaus? Die Negative Theologie hatten wir ja schon erörtert. So muß also der Mensch seinen Horizont kennen, um sich zurechtzufinden. Darüber hinaus irrt er meist.«

»Was ist mit Paradoxen?« wollte ich gern wissen, und Sie, verehrte Leser, wissen längst, daß mich das stark beschäftigte. Und Röhr nun auch:

»Sie spielen auf Ihren amüsanten Begriff vom ›Fall *paradox*‹ an?! Nun, Ihre Paradoxe sind ein möglicher Weg. Der gängige ist der Weg der Unterscheidungen. Die Wissenschaft macht es und das einfache Volk auch. Auf einem Lehrgang bei *Scotland Yard* habe ich zum Beispiel erfahren, daß selbst die in der Regel kaum schriftkundigen Zuhälter aus Pakistan dort eine Taxonomie in Umlauf gesetzt haben, die taugliche Frauen unterscheidet, die sie in die Prostitution zwingen. Mädchen im Alter zwischen 12 und 16 werden da Pistazien genannt. Die zwischen 17 und 20 Kirschen. Die zwischen 20 und 22 Äpfel. Und alle, die älter sind, nennen sie Wassermelonen. Das ist trotz des traurigen und kriminellen Hintergrunds doch ein treffliches Sprachstück! Finden Sie nicht, Hiffenmarkt?«

»Da habe ich wohl eine Wassermelone geheiratet«, sagte ich wie abwesend, und er sagte: »Ich auch.«

4. KAPITEL

Pusteblumen

»**Bitte behalten Sie** Ihre Hoffnung, Herr Hiffenmarkt!« bat er mich. Manchmal kam er mir wie ein Psychotherapeut vor; so fragte Röhr auch: »Haben Sie noch welche? Hoffen Sie noch?«

»Ach, Pustekuchen! Im Grunde nicht. Aber was bleibt mir hier übrig. Stellen Sie sich doch vor, Sie sitzen hier an meiner Stelle, Herr Röhr!«

»Das tue ich durchaus und oft. Ich kann Ihnen versichern, daß Sie die Hoffnung bewahren dürfen, obwohl ich Ihnen nicht erklären kann, warum. Übrigens, wußten Sie, daß *Pustekuchen* von *poschut chochem* kommt, aus dem Hebräischen?«

»Nein!«

»Doch! *poschut* bedeutet *wenig nur*, *kärglich*, und *chochem* bedeutet *klug*, *schlau* und *gewitzt*.«

»Paßt ja!« sagte ich, er darauf:

»Aber Hoffnung um jeden Preis und prinzipiell ist auch verkehrt, lieber Herr Hiffenmarkt! Dieser Bloch da, der Ernstel, der sogar prinzipiell hoffte, das war ein Deppenfabulant, ein Irrläufer! Es muß nichts derart überschraubt werden!«

»Überschraubt?«

»Überschraubt! Der Bloch ist im Kern ein Parteimann, der sich expressionistisch gibt. Der Stil bläst ihm einen hübschen Nebel über seinen Utopieungeist, oben ragen seine Hoffnungsüberangebote raus. Wer gleichgültig bleibt, sieht aus wie ein Trottel.«

»Als der Bloch tot war, in Tübingen damals«, erinnerte ich mich, »da gab's noch die alte Drogerie vom Hans Herb, die *Drogerie Herb*, die ist auch längst weg. Da haben Studenten einen düsteren Fackelzug gemacht und sind da zufällig am Laden vorbeigezogen, als wir drinnen verhandelt haben. Es war gespenstisch. Wir befürchteten, daß sie Schaufenster einschlagen!«

»Fackelzug! Gruselig!«

Nietzsches Worte, die hier gepaßt und mich wieder mehr ins Licht gesetzt hätten, fielen mir leider erst – wie so oft das Beste! – hinterher ein; ich trug sie Röhr anderntags vor:

»Ich habe Fälle erlebt, wo junge Männer achtbarer Herkunft, die lange ihrem Leben kein Ziel zu geben verstehen, zuletzt in geradezu schmutzigen Bewegungen verschwinden, – nur weil diese ihnen ein Ziel geben ... Einige z. B. werden sogar Antisemiten ...«

»Das hat er geschrieben? Man sagt ihm doch Antisemitismus nach!« wandte Röhr ein; ich sagte, selbst verblüfft:

»Ja, Pustekuchen! War er wohl gar nicht! Hat sich nur verschiedentlich sehr eigen geäußert. Ganz arglos.«

»Das Urteil ist immer schnell gefällt. Und heute oft ein Todesurteil. *Antisemit*. Da können Sie einpacken, Herr Hiffenmarkt! Oder *Rassist*, da ist's ganz aus!«

»Der Moralpunsch macht alle besoffen. Und giftig obendrein!«

»Ja, wer schielt, kann nicht mehr gut unterscheiden, Herr Hiffenmarkt!«

»Alles doppelt oder verdoppelt sehen, ja ...« – Was ich nun damit andeuten wollte, weiß ich nicht mehr. Das Gespräch versiegte, wurde schepp und depper gar ... Wir hatten uns dennoch wieder prima verstanden! (Aber worauf? – Und gleichsinnig, ›konsensuell‹ gar, haha!? – Eher wohl nicht.)

Überdies fiel mir auf der Zelle dann noch die Wäscheapartheid ein, die meine Frau betreibt. – Auch eine gewaltige Taxonomie! Dunkle Wäsche, Weißwäsche, Bunt – alles bleibt streng geschieden; außerdem selektiert sie je nach Waschtemperatur und wählt unter passenden Pülverchen, Flüssigmitteln und sogenannten »Tabs«. Eine Wissenschaft, werte Leser! (Die Leserin weiß längst Bescheid, haha!?) Aber das sah ich jetzt auch unter dem Gesichtspunkt der nützlichen und ›raffinierten‹ (vulgo: gereinigten) Unterscheidungen.

Ich persönlich find's trotzdem unnütz und wasche alles bei 50 Grad. So verblaßt bei mir, was bunt war und was hell war, wird alles grau. – Es entropiert! Wie alles im Leben. (Und dann ab in die *Kalamitäten* damit!)

Hier im Gefängnis gebe ich einmal die Woche meine durchweg graue Wäsche (die wir jeweils doppelt oder vierfach haben) im Beutel ab und alles kommt akkurat gebügelt und gefaltet zurück. (Wer's macht? – Hm. Socken wasche ich selbst.)

Dann fiel mir noch ein, daß ich einmal in Gegenwart Röhrs »unsäglich« gesagt und er bemerkt hatte:

»Seien Sie vorsichtig damit, Herr Hiffenmarkt! Denn es ist derweil schon unsäglich, wie viele Leute andauernd ganz unbedacht ›unsäglich‹ sagen.«

Danach war er in Zusammenhang mit Hoffnung und Lebenszielen auf die jüngeren Zeitgenossen (wie ehedem die älteren auf uns) zu sprechen gekommen:

»Sie langweilen sich, ängstigen sich viel und träumen schon wieder von der besseren Gesellschaft und dafür hauen sie auf den Universitäten Möbel klein. Sonst können die nicht viel. Einer mißratenen Generation obliegt allein, wenn sie weiter nichts kann als Ansprüche stellen, den Bestand an künftigen Menschen zu sichern, die es dann vielleicht besser machen, die Schäden der Eltern ausbügeln und dann wieder mehr aufbauen als einreißen. Darin besteht ihre achtbarste, ja einzige Aufgabe! Die Taugenichtse brauchen nur ordentlich zu koitieren, was sie ja gern tun. Aber wenn sie die Früchte abtreiben oder wenn alle im nächsten Krieg fallen, sieht's wieder finster aus! Kein Nachwuchs, weitere gescheiterte Generationen und das Ganze droht endgültig zu verderben, denn alles, was Menschen tun können, braucht Klugheit, braucht Anstrengung und Klasse und dazu Bestand und Beständigkeit.«

»Und schöne ordentliche Möbel!« sagte ich noch. Er stutzte. Dann lachten wir wieder, Räuber und Gendarm im Bunde. (Und ich überschlug noch kurz die Tauglichkeit meiner Kinder ... – Im Grunde sind sie gut und normal, auch berufstätig, also bitte!? Und die Dicke ist eigentlich nur krank ...)

»Eine Frage noch, Herr Röhr! Gab es denn so was jemals? In der Menschengeschichte?«

»Was meinen Sie?«

»Na, so Ausfallgenerationen.«

»Immer mal. Spätantike. Kinderarmut und Verblödung zeitigten das, was wir Frühmittelalter nennen. Oder weit vorher verlosch das Leben der großen griechischen Intelligenz in den Sklavenstuben italischer Bauern. Ich sage nur Delos, Sklavenmarkt, Hiffenmarkt!«

Hörte sich wieder plausibel an. Aber ich wußte nie recht, ob er recht hatte. Jedenfalls sind die *alten* Griechen weg; jetzt sind neue da. Das steht fest. Und die stellen wohl auch wieder Ansprüche, sann ich noch vorwitzig nach, aber, na ja …

»**Rezitieren Sie auch Mörike**, Herr Röhr?« fragte ich, um unsere Angelegenheiten wieder vom heiklen Politisieren und Historisieren weg ins allgemein künstlerische und gemütlich-spätmöríke (oder mörikesque) Dichtertum zu bugsieren. Und Sie, liebe Leser, wissen ja, wie gern Röhr das Rezitieren mochte und was für ein Repertoire der Kommissar draufhatte. Also funktionierte es:

»Gelegentlich!« antwortete er zuverlässig und fragte sofort auch: »Wollen Sie was hören, Hiffenmarkt?«

»Gerne, ja!«

»›*Er ist's*‹, kennen Sie?«

»Auswendig, Herr Röhr!« und ich legte gleich los: »›*Frühling läßt sein blaues Band / Wieder flattern durch die Lüfte* …‹. Dieses schöne Gedicht, mit dem lieblichen ›Hafenton‹ mittendrin, der meine Kinder entzückte, wenn ich statt ›Harfenton‹ ›Hafenton‹ aufsagte und dann die Schiffshupe mimte!«

»Also lieber was ohne ›Hafenton‹?«

»Ohne, bitte!«

»Wie wäre es mit ›Keine Rettung?‹«

»Welche genau?«

»Die mit ›*Kunst! o in deine Arme wie gern entflöh ich dem Eros! / Doch du Himmlische hegst selbst den Verräter im Schoß.*‹ Diese Rettung, die war's aber auch schon.«

»Kenne ich auch. Spreche ich manchmal vor Drogisten. Ich bin ja ihr *Busenbürsten*-Wunder und sie halten mich dann für geeigneter noch als Drogerie-Retter!«

»Gut, dann was anderes. Muß ich aber was improvisieren. Titel ›*Josephine*‹, sagen wir mal. Also hören Sie, Herr Hiffenmarkt!«

Röhr erhob sich, ich gleich mit. Dann sprach er zu den stehenden Herren Knorr und mir: »Ä häm, Weltpremiere! –

›*Josephine*
Nach des bitt'ren Tages Arbeit will ich nun
Ruhn' an der liebst-hold knufflischsten Pforte
Daselbst herzliebst' Küsse zu empfah'n
Wie einst von Louisen und Gerlinden
Im Kaltwasserheilanstaltsbade
Zu Herrenalb bei Calw
Im obern Frühlingswalde,
Wo Josephinen wohnte bei mir.‹

Tja, das war's, meine Herren! Setzen wir uns wieder!«

Wir setzten uns wieder, er schmunzelte zufrieden und ich staunte anerkennend (»wohnte bei mir« vulgo: »wohnte mir bei« – raffiniert!). Und Knorr hustete – anerkennend.

Da nun aber bald schon Ende Oktober war – freilich lief's hier drinnen allezeit gleich mit den Jahreszeiten – und der Advent ohnehin demnächst ins Haus (der Lichter-Kugeln, -Ketten und weihnachtlichen Stall-Gitter) stand, bastelte ich mir auf der Zelle schon mal Wörter aus Wörtern und schmückte damit die Innenwände meines Hirnkastels ganz festlich und speicherte so auch Stoff für Angebereien vor Röhr und für die *Kalamitäten*.

Das kam sonderlich deshalb: Jemand hatte mir vor Jahren Freude bereiten wollen mit Weihnachtsgrüßen; als ich die Postkarte näher untersuchte, fand ich darauf das groß gedruckte Grußwort »Fröhliche Fahrradventile!« mit der umseitigen Anmerkung, es verstecke sich »Advent« im Gruß – was auch stimmt! Freilich fragte ich mich damals, ob man darum überschwengliche und unangemessene Adventsgrüße verschicken sollte – so als ob es eine imposante Entdeckung und auch eine lustige Blasphemie gewesen wäre, die gleich groß verkündet werden mußte!?

Nein! Und darum gab ich mir heute einen ganzen Zellennachmittag frei, und fertigte, anstelle bleibender Dichtung und geläutertem Fliegengeschiß, Wortfolgen unter Zuhilfenahme einiger Pappkärtchen und in Einklang, ja in mächtiger Konkordanz mit Goethen, der in *Dichtung und Wahrheit* einmal bekannte, wie sehr »Pappenarbeiten« ihn »höchlich beschäftigen« und »fördern« konnten – so wie mich nun! Bei gedämpftem Licht und zu einem (passenden) Stück Kranzkuchen, den sie heute mit einer Tasse dünnem Kaffee durch die Freß- und Kommandoluke geschoben hatten, schnitt ich mir vierzehn *Scrabble*-Pappscheibchen zurecht, um sie mit den Buchstaben des Wortes »Fahrradventile« zu beschriften und damit Wortfolgen und Buchstabenreihungen zu anagrammieren, die freilich *alle* Buchstaben des Wortes

»Fahrradventile« beinhalten sollten und nicht nur ein erbärmliches Stückchen »Advent« ausrupfen.

Eingangs saß ich recht vergnügt über den primär praktischen »Pappenarbeiten« am Schreibtischchen. Alsdann schob ich mit Ungestüm und voller Zuversicht auf größerer Fläche (auf dem Fußboden) meine F-, H-, D-, V-, N-, T-, I-, L- und die je zwei R-, A- und E-Scheibchen umeinander und endlos hin und her – allein, das Unternehmen wollte nicht gelingen und mich zunehmend verdrießen. Am Ende fügte sich auch mir immer nur ein »Advent«. Die absonderlichen Reste aber standen so untauglich wie impertinent über, und ich schob sie mißmutig umher, so daß einmal »Adventfielrahr« entstand, dann »Adventhielrarf«, dann wieder »Adventfirhelar« oder »Rarfadventheil« – und nichts taugte!

Es gärte schon Zorn in mir und Weltgram dräute hinauf ...

Doch siehe, da geschah wieder ein Wunder! Enoch Brockel, genannt »Gonzalez«, mein Freund und Schutz, kam eben von Kiel heruntergeflogen und führte mir flink den *Scrabble*-Finger, welchselbiger das Wort »Veranda-Reh-Lift« montierte und mir einen »Nevada-Reh-Flirt« arrangierte und hintendran noch den simplen »Radfahr-Eliten V.« bescherte, wobei das einsam anhängende »V.« für Verein steht, wie Gonzalez behauptete – etwas notdürftig, gewiß, aber wenn's doch ein Engel kündet ... und so paßte es auch wieder! Zuletzt schob mir Gonzalez noch »Fahrradviertel« zu und verschwand sogleich auf seinem Reiseroß ›Trübsal‹ ins Ohngefähr (oder zur Stute Heiterkeit). – Danke, Gonzalez! Dank, Euch allen!

Und somit war ja hienieden auch alles wieder gut und voll durchtheodiziert und vervollkommnet, nicht wahr, verehrte Leser!?

Im TV mochten sie nun meinetwegen und auch wiederholt vermelden, daß »endlich die Weichen gestellt« seien, »die Eckpunkte gesetzt« und alles schön vom »Prüfstand« gehoben und »in trockne Tücher gewikkelt« worden ward – denn geradeso ging ja der übliche Schwachsinn wie gewohnt und einwandfrei, ja sogar superglatt durch und weiter und weiter fort und sogar gut aus!

Und folglich sprang Frowalt Heimwée Irrgang vor lauter Verzweiflung und Weltbehagen mal wieder kurz und schmerzlos – *hinter* den Zug! Was ihm zwar auch Wehwehchen bereitete – aber nicht so sehr …

Anderntags wollte ich was Kluges beitragen und fragte Röhr etwa so, wie er ab und an auch mich:

»Ist Ihnen die ›*Glibbermasse*‹ ein Begriff, Herr Kommissar?«

Er antwortete eindeutig:

»Nein.«

(Und schien am Ende selbst doch keine Kinder zu haben?) – Also erklärte ich ihm das wabbelige Spielzeug, und er schien (doch, aber wenig) davon gehört zu haben. Also holte ich tief Luft und sprach gewichtig:

»Herr Kommissar! Ich halte die Glibbermasse für den Stoff des Zeitalters! Es ist das Zeitalter nach dem des Stahls und nach dem des Kohlenwasserstoffs und Siliziums. Egal, Kohlenwasserstoffe stehen für grenzenlosen

Variationsreichtum in der organischen Chemie und Silizium für Halbleiter- und Computertechnik. Die Glibbermasse ist selbst ein Polyvinylalkohol, ein C_2H_4O, und ebenfalls eine Kohlenwasserstoffverbindung. Also könnte man sie auch dem Zeitalter des Kohlenwasserstoffs zuschlagen. Die modernen, synthetischen Drogen bestehen übrigens aus ähnlichem Baumaterial wie die Glibbermasse. Das *Ecstasy* etwa, Herr Röhr! Es heißt chemisch $C_{11}H_{15}NO_2$. Unsere Kinder haben teilweise beides ausgiebig durchgespielt! Also wird es wohl doch ein ›Zeitalter der Glibbermasse‹ werden. Denn diese lustige, vielfältig-bunte, im Kern aber homogene Glibbermasse besitzt hochmoderne Mensch- und Massentugenden. Wie etwa Anpassung, Pseudoindividualität, gleicher Stoff in mannigfaltiger Form, sie schleimt wenig widerständisch die Wände herab, gleitet und flutscht überall durch, klebt gern oben und liegt im Trend.«

»Woher kennen Sie sich so gut in Chemie aus, Herr Hiffenmarkt? Oder sollte ich Soziochemie sagen?«

»Gute Schule, Herr Röhr! Sanitärfachlehre, ein Semester abgebrochenes Chemiestudium. Hat damals die Innung bezahlt für Talente, aber es hat mich überfordert. Es ist das schwerste, Herr Kommissar! Grundkenntnisse sind aber vorhanden. Und Kinder. Die Drogistenszene noch und so kennt man sich eben aus!«

Das Zeitalter des Glibbers im Nachhall und gewiß daheim noch gründlich überdacht, fragte mich Röhr beim nächsten Verhör – logischerweise, haha!:

»Haben Sie auch so ein Händi, Herr Hiffenmarkt?«

»Ja. Hatte ich eins angeschafft, vor einem Jahr, bevor ich hierherkam. Hier ist es beschlagnahmt worden.«

»Hätten Sie gern wieder so eins?«

»Ich bin kein Freund des Telefons, Herr Röhr! Aber es ist gut zum Nachschlagen und um meine Frau mal anzurufen und noch einiges ... Es würde einiges erleichtern! Also ja!«

»Ich werde sehen, was sich machen läßt!« – Dann sah er wieder hinaus durchs Fenster und sinnierte weit hinaus in die Geschicke der Gattung und der Arten und fuhr fort:

»Sofern Darwin und die ihm übergeordneten Instanzen recht behalten, und es sieht danach aus, so treibt der Mensch und vorderhand das Weibchen demnächst ein weiteres, der Hand ähnliches Körperglied am Hals oder auf der Schulter aus, das dann, ohne die zwei normalen Hände zu brauchen, ein Händi halten und bedienen kann. Mit einer neuen Hand und mit handlichem Fingerstand! Eine Überlebensfrage inzwischen, Herr Hiffenmarkt! Das Händi verschärft den Mutationsdruck und seine Tendenzen hin auf Handähnliches und Händitaugliches.«

»Hm? Ja ...«, pflichtete ich bei, »könnte schon sein!«

»Es könnte auch sein«, träumte Röhr weiter, »daß zunächst nur eine Schulter, die rechte normalerweise, schwach mutiert, etwas biegsamer und planer wird und dem nahegelegenen Ohr so besser beispringt, um das Gerät ans Ohr zu halten. Allerdings sieht es so aus, als ob diese Verrenkung und Mutation durch Technik schon überflüssig geworden ist. Das wird ein Wettlauf! Entweder alles wird technisch besser angepaßt und implantiert, oder es wächst diese neue Hand, die zunächst verkrüppelt aussähe. Das Schönheitsempfinden muß dann gut mithalten. So könnte es kommen, daß es eines Tages Nacktfotos von Händihänden gibt und die Frauen ziehen sie reizvoll an. Was denken Sie, Herr Hiffenmarkt?«

Ich erschrak, denn vom altersbedingten Nacktbildergucken hatte ich Röhr (schwöre ich!) nichts erzählt. Ahnte er das wieder? Vor Verlegenheit und zur Ablenkung hob ich schon an, von Händihandamputationen und Gicht zu faseln, da fuhr er freilich selbst fort mit:

»Wer weiß, was sich dann für Abartigkeiten entwikkeln und neue Kriminalitäten. Und wieder mit neuen, gemäßen Taxonomien! Denken Sie nur an die Kirschen und Wassermelonen in neuartigen Zusammenhängen mit Händihänden, ha!«

»Haha! Herr Röhr!« feixte ich entbürdet. (Und er hatte, wie Rufus damals im Zug, wieder mal ein »ha!« beigefügt!)

Wem geht es eigentlich gut in diesen eigentümlichen Zeiten? Vielen, vermute ich. Mir nicht. – Obwohl es ja doch geht, Frowalt! Was willst du denn noch? – Ich habe hier meine Ruhe, sagte ich mir, habe gute Gespräche, eine nette Zelle (größer als das Refugium!) und eine recht merkwürdig ausgefallene Sorglosigkeit eignet mir. Für Wohnung, Heizung und Futter ist gesorgt! Daß ich nicht mit meiner Frau beisammensein kann, ist traurig, hat aber Vorteile.

Bisweilen vermisse ich Ausschweifungen. – Seine grausamen »Sturm und Trankjahre«, so behauptete »Rex Mager« (wie Komponist Reger sich gern selbst nannte), habe er schon früh überwunden. – Ich nehme ihm das nicht ab. Gewiß ist er, der Musiker, so wie alle berufsbedingten Trinker zumeist, in gewissen Momenten empfindungsseliger, fühlvoller, aber auch taktischer beim Saufen vorgegangen als andere, etwa auch die meist alkoholisch sehr anfälligen Bürstenvertreter; wobei Max Reger – und das macht seine Kunst aus! – auch während blümerant geneigter Momente stets strengste Formen walten ließ, die die Bürstenmänner wiederum so gut wie immer vermissen lassen! – Ich indes suchte als Mitglied der Bürstenzunft trotzdem die Form zu wahren! Denn ich hatte ja außerdem noch meine Wetten und die *Kalamitäten* zu besorgen.

Regers Bach variierende Choralkantate »O Haupt voll Blut und Tränen« hörte ich während *meiner* frühen Sturmzeit und Süffeljahre beinahe lieber noch als das Urstück! Bach mag wohl bisweilen auch gesoffen haben, aber das bleibt Randerscheinung bei ihm. Bei Bach obsiegt die Form gänzlich; sie wird bei ihm reines, strenges

Formvergnügen – Weintrinker also? Er sieht mehr nach Bier und Kirchgang aus – vielleicht ja beides?

In der Zelle ermangelte es mir an Bier und Musik! Es war so wonnevoll, wenn früher daheim in Sauger mein Gehorche und Gefühle bei Flaschenbier in der Küche am Radio endlich abhob und mir hierbei die Zähren wie Blut abschwitzten, wenn sie Schubert sendeten!

Bier werden sie mir hier in der Haft gewiß nicht genehmigen, und ich will auch keins. Aber sollte ich mir nicht besser ein CD-Gerät wünschen anstelle des Händis? Die Funkstille mit der Welt draußen bekam mir so gut wie die erzwungene Abwesenheit des Bieres. – Formstrenge kasteit und hebt empor. Daraus ergibt sich logisch: Frowalt Amadé Bach seitenverkehrt introvertiert im Schuber.

Heute politisierte Röhr wieder furchtbar – wie ja Rufus damals im Zug auch immer. Mensch, peinlich! (›Der Rote‹!) Und es steckte neuerdings sowieso wieder mehr Rufus im Röhr! Heute besonders, denn es hatte wohl draußen übers Wochenende irgendwelche »massiven Wählerbewegungen« gegeben, was ihn aufbrachte, mir hier indessen völlig schnurz war! (Und ich wollte, wie unsere dicke Moni daheim, jetzt auch lieber »völlig unparteiisch« bleiben!) Außerdem, *sollte* der Pöbel draußen wieder einmal brandschatzen und ausmorden wollen, so wird er doch einen Bogen um die Kerker machen! spekulierte ich. Schlimmstenfalls werden sie uns stürmen, befreien und ins Chaos zurückwerfen. Da aber sei die Macht vor! Also Knorr und Röhr, welcher da sprach:

»Die Linke hat sich so schleichend wie schnöde vom

Proletariat abgewandt, dessen Vorhut sie einst zu sein behauptete, um sein historisches Telos wider die alten Klassen, insonderheit die Bourgeoisie, zu führen.«

Das sagte er so! Er schien Lenin und die anderen Spitzbuben studiert zu haben – und schien dem Parteijargon noch immer verfallen:

»Das Proletariat bedurfte solcher Vorhut freilich nie!« fuhr Röhr fort: »Von tüchtigen Betriebsräten abgesehen! Und so wandte sich die Arbeiterklasse nicht nur ab, sondern löste sich auf. Sie ahnte stets, daß man sich auf Kader und Führer schlecht verlassen kann und hielt es für ratsamer, ins festangestellte Bürgertum mit vierzehntem Monatsgehalt oder einfach zu den Kleinen Leuten mit Auskommen und Häuschen zu wechseln. Die sitzengelassenen Berufsavantgardisten wandten sich gekränkt anderen Schützlingen zu. Jetzt buhlen sie um Minderheiten und Dritte Welten, um sie allesamt zu befreien und in einer Welt zu einen. Ha! Auch diese Schützlinge werden ihren Befreiern zu danken wissen! Am Ende brauchen auch die keine Retter und fegen sie weg wie historische Irrtümer. So ist das mit der Linken.«

»Und was ist mit der Rechten, Herr Röhr?«

»Wahlergebnis?«

»Auch. Aber mehr generell!?«

»Tja, Herr Hiffenmarkt, wer sind die? Alle, die nicht links sind? So scheint's. Oder ein Simulakrum? Die Rechte jedenfalls soll und darf es nicht geben, und nun gibt es sie gerade darum doch? Als Blitzableiter und Umlenker? Tatsache ist: Ein paar Unzufriedene mucken auf, sammeln sich, werden rechts sortiert, verfemt und verhauen.«

»Sie könnten geschickter als Linke auftreten oder als Religiöse ...« wandte ich ein.

»Vielleicht tun sie das längst. Aber vergessen Sie nicht, lieber Hiffenmarkt! Wer Parteiungen sucht und mitmacht, muß sich einreihen, muß Maßen genügen und übereinstimmen. Das prägt, das uniformiert. Man ist sortiert und nicht mehr allein! Ich aber bin und bleibe es! Machtlos zwar, aber immerhin wohltuend abgeschieden. Als Kriminalbeamter finde ich Verstecke: tagsüber Gefängnis, privat Garten.«

Als ich ihm beipflichtete und meine Wimpel- und Vereinsaversionen bekanntgab, sagte er noch:

»Die Zeiten werden derart verkommen, daß bald keiner mehr begreift, daß der Ordnung halber gegen alles Verrohte, links wie rechts, oben wie unten, gleichermaßen angekämpft werden muß.«

Eine denkwürdige Rede und Polemik! – Ich lag im Bett, schaute den Mond durchs Gitter und sann Röhrs Worten des Tages nach. – »Rufus Röhr: *Zur Kritik der politischen Anatomie. Ein Ritt vorwärts, zweitausend Schritte zurück*, Grollstadt-Sauger 2019«, haha! – Und »wohltuend abgeschieden« hatte er gesagt! – In zehn Jahren vielleicht mit Röhr gemeinsam als Waldgänger durchs Fichtelgebirge? Oder ins Kloster? Bruder Rufus! (Er endlich pensioniert, ich frei!)

In Gedanken sprach ich Röhrs Worte als öffentliche Rede nachmittags bei Regen am Bahnhof von Schkopau. Einen Vorplatz gibt es dort nicht (war schon oft da), auch keinen lohnenden Verkauf (eine *Rathaus-Drogerie* nur; höchstens drei Bürsten pro Monat). Wenn ich Glück habe, dachte ich, kommen zwei Schirme vorbeigehuscht. Aber die Arbeiterklasse Betreffendes findet Anklang und Widerhall in der Zone um Halle! Um Perspektiven bemüht, fügte ich Röhrs Kritik und meiner Fiktivrede noch einen dritten Teil an, der endlich wieder der verständigen Monarchie das Wort redete. (Was wohl Röhr davon hielte? Hm.) Hierzu zitierte ich einen Preußen, Friedrich Wilhelm I., herbei, da Schkopau einst zu Preußen gehörte (in Zschopau, Sachsen, hätte ich einen Wettiner August zitiert, klar!):

»Holle der Deuffel lieber meine zeitliche wohlfardt als daß so viell leutte Betler werden und ich reich.« – Sagte der Preußische König damals! Und so etwas hört man gern dort. Darum auch kam anschließend noch der 2. Brief des Paulus an die Thessalonicher, Kapitel 3, Vers 10 als Überraschungs-Hammer hinzu:

»Vnd da wir bey euch waren / geboten wir euch

solchs / Das / so jemand nicht wil erbeiten / der sol auch nicht essen.«

Solches erfreut proletarische Massen gewißlich, aber ich gab das Stück vorsichtshalber auf Lutherdeutsch, womit es nur die Alten und Weisen verstehen – bei zwei Schirmen hätte einer dabei sein können, aber ein Funke genügte ja, um einen Schkopauer Sturm zu entfachen! Beifall täte durchs Land brausen ... 2019: »Hiffenmarkts Große Schkopauer Rede« ...

Hiernach dachte ich noch an ›Die Wirkung des Schaukelns und Eisenbahnfahrens‹ aus *Drei Abhandlungen zur Sexualtheorie*. Und summte: »Schüttel' dein Speck!« – Und rubbel das Mark! – Und schlaf ein, mein Kind! Schlaf ein!

5. Kapitel

Wolfsblast

»**Wenn bestimmte** Sanitärartikel in Mode kommen, ist das Bedürfnis, auf das sie antworten, gerade dabei zu verschwinden. Ich kenne fast keine Ausnahme ...« – So meinte einst ein alter *Saponarius* und Drogerieverwalter aus Halle, ein gewisser Hans Hujuff, vor dem mich früher einige der vorlauten Drogisten eindringlich gewarnt hatten, es sei dies ein grundböser Mann! – Aber hat er nicht recht? Man müßte darüber nachdenken. Und was hat er verbrochen? – Gar nichts wohl! wie man hört.

Auf die Idee, scharfe, also heutzutage leicht für ungut befundene, Worte seien unerträglich und schlimmer als böse Taten, kommen nur Menschen, die als Kinder keine Backpfeifen, sondern höchstens und höchst ungern Schelte bekamen. Also schrecken sie Worte mehr als Hiebe – weil solche Nachkommen Prügel und Niederschlag (noch) gar nicht kennen. Ihnen kulminiert sich alle Gewalt als Verdacht im Wort, welches sie mit Gewalt zu pazifizieren suchen. – Dabei gehen auch sie unfein vor! Denn Gewalt wider andere ist ihnen unverdorbenes Vergnügen ...

Glückliche Kinder kennen das Grauen jetzt ohnehin kaum mehr (außer vom Film, und falls sie sich das Leben gegenseitig zur Hölle machen – aber ich spreche ja von glücklichen Kindern); die laufen und springen durch ihre Zeit ganz zeitlos und voller Entzücken. Ein Lehrer dazwischen wirkt fremd; er ist immer allein und sein

Leben unter Kindern preßt ihn stetig in die Welt dieser Unmündigen, ohne daß er ihrer Glückseligkeiten noch teilhaftig werden könnte.

»**Sie haben Kinder**, Herr Hiffenmarkt? Vier, wie ich sehe.«

»Nee, drei. Zwei Söhne, Stieftochter.« – Was Freundlicheres fiel mir heute nicht ein.

»Dann wissen Sie Bescheid.«

»Ja.« – Worauf wollte er hinaus? Er las lange in den Akten, in meinen wohl. Dann sah er auf und blickte wieder fern durchs Fenster. Der Fensterblick hieß mich, Betrachtungen zu gewärtigen. Und so sagte er dann auch:

»Die Kindheit ist eine seltsame und aus der Ferne betrachtet sogar komische Sache.«

Das Alter auch, haha! dachte ich. Aber die Stempelgeschichte vom Vater erzählte ich nicht. – Obwohl sie ihn hätte erheitern können, aber ich hatte geschworen. Diesen Knüller mußte ich mir verkneifen ...

»Ich gebe ein Beispiel«, sagte Röhr: »Als Kind hatte ich die feste Vorstellung, wieso ist mir bis heute rätselhaft, daß Menschen, die französisch sprechen, nicht bösartig sein können, daß es keine Soldaten geben kann, die französisch sprechen. Seltsam, nicht wahr?«

»Ich glaubte mal so ähnliches von Frauen, daß sie zu keiner Gewalt fähig sind. Das war als Kind und später noch. Und meine Mutter war ja auch so!« sagte ich wehmütig. (Und dachte: Mutter, wo bist du?)

Er lächelte mitfühlend. Und dann bemerkte er:

»So ist das! Aber dann marschiert die Fremdenlegion auf. *Voilà du boudin.*«

»*Oui, oui*, die Besen geschultert!« parlierte ich *très*

stupide und suchte nach Frauenbeispielen, die mir nicht einfallen wollten. Röhr kam mir zuvor:

»Ja, so fängt das Leben mit Enttäuschungen an. Irgendwann kommt die erste Backpfeife. Meine Mutter war bei mir zu zwei Ohrfeigen fähig. Beide korrigierten mich zwingend. Und damit war's abgetan! Meine Urgroßmutter war übrigens französischer Abkunft und sprach meist wohl französisch. Sie soll eine äußerst resolute und feurige Frau gewesen sein. Hieß auch Dufeu.« Dann fügte er noch bei: »Ha! Wenn Staatsgebilde bröckeln, verlieren nun mal die Männer an Wert.«

»**Gut**«, **sagte Röhr** dann, »man will keinen Krieg. Das Problem ist, der Feind will ihn und behauptet, ihr seid unser Feind! Das sagt er vornehm, wie die Preußen auf französisch! Wir aber wollen nun keinen Krieg! Er aber bringt uns den Krieg ins Haus. Wir zieren uns, wollen keinen. Aber er drängt ihn uns auf. Schließlich haut er ihn uns vor Zorn um die Ohren, den Krieg, und dann müssen wir ihn hinnehmen, wehrlos oder sonstwie.«

Röhr schaute betrübt nach draußen und sagte, so sei das eben! Und ich dachte an meine Mutter und die zwei Päckchen – mit kriegstreiberischen Inhalten? – Sollte ich noch mal nachfragen?

»Es kommt noch schlimmer, Herr Hiffenmarkt! Man stemmt sich hier also gewaltig gegen den Krieg. Ruft: Nie wieder! Tja. Um uns dann endlich, mitten im gefeierten Frieden, den Annehmlichkeiten eines anschleichenden Bürgerkrieges zu überantworten? Welchen alle mal wieder beim Schunkeln übersehen und überhört haben? Oder haben wollten!?«

Gut, er mochte ja recht haben. Aber die Sache mit den Päckchen wollte ich vorher geklärt wissen. (Wo meine Mutter war, konnte nicht geklärt werden.) Als ich kleinlaut anhob »Die ä Pä...« zu sagen, sagte er schon ...

»**Die Kirchen** wenden sich jetzt ja ab von der ewigen Suche nach höherer Wahrheit, die es nur auf der Rückseite des Lebens zu finden gibt. Sie möchten aber vorne, im breiten Gewoge der Zeit, mitspielen, predigen und abfischen.« Und weiter: »Die Barmherzigkeit« werde, so Röhr, »verkommen und abgleiten« zu einem »Anspruch auf Schonung und Erbarmen vor Unannehmlichkeiten und Plagen weltweit und bauchnah, ha!«. – Ah, »bauchnah«, sagte er (ganz eigener Geist, »geisteigen« also)! Und auch wieder »ha!« und: Man bette nun leider alles »ins Laue« um, meinte er, und: »Des lieben Friedens willen hängen Bischöfe ihre Kreuze ab!« schalt er.

Und ich getraute mich nicht mal, die Sache mit den Päckchen vorzubringen! Es ging ja um Höheres. – Und Röhr sprach auch rabiat heute! Vermutlich brach bei ihm das Erbe der alt-feurigen Dufeu durch:

»Ich vermute«, lästerte Röhr, »von einem Jahr 2648« – er sprach's wie »sechsundzwanzig-hundertachtundvierzig« aus – »wird keine Rede mehr sein. Die christliche Zählung, die die moderne Geschichtswissenschaft weltweit anwendet, ist vielen Völkern, Zeloten und Umstürzlern ein Graus. Und *beide* werden sie abgeschafft, Hiffenmarkt, die Zählung und die Wissenschaft! Glauben Sie mir! Wenn erst die Chinesen ausscheren ...«

»Spielen Sie da auf 1648 an?« fragte ich verwirrt, weil ich (innerlich) mit den Päckchen haderte ...

»Durchaus, lieber Hiffenmarkt! Der Dreißigjährige Krieg dauerte sogar zweiunddreißig. Aber die Beschädigungen oder, historisch betrachtet, Veränderungen, werden diesmal gewaltiger ausfallen als damals! Ha!«

»Und die Chinesen?«

»Mischen voll mit diesmal! Ha!«

Röhr war heute, Montag morgen, heiter geartet! Kunststück! Er konnte draußen nach Belieben auch mal ins Bierfaß fallen oder auf Wanderschaft gehen! Er durfte allzeit Zitronenfalter oder Nacktnymphen jagen und im jecken Försterkostüm über die Sauger Anhöhen lustwandeln, jo hu! – Obwohl, wer weiß, was er davon hatte? Er plauderte heute wieder sehr weiträumig, zielfrei und hatte ein vermutlich gutes Wochenende gehabt. – Oder ein übles doch? Und *hier* ging's ihm endlich wieder gut!? – Wer weiß? Er jedenfalls sprach:

»Immer wenn ich Schillers Frage: ›Ist die Natur nur groß, weil sie zu zählen euch gibt?‹ lese, muß ich am Stammtisch den Satz abändern und frage meine Freunde: ›Ist euer Vermögen zu groß, weil zu zahlen euch widerstrebt?‹ Man sieht mich dabei ironisch lächeln. Das habe ich auf der Polizeischule gelernt! Und am Ende zahlt sowieso wieder jeder für sich und knausert beim Trinkgeld. Gute Leute an sich! Mein Stammtisch. Aber höchstens mal 'ne Runde.«

Ich ließ ihn reden, fragte mich allerdings wieder, worauf er hinauswollte und wie es für mich zu deuten sei.

»Kein Mann«, fuhr er fort, »ist wahrhaft erzogen, der nicht den Selbstmord erwogen hat! Was sagen Sie dazu, Herr Hiffenmarkt?«

Das hörte sich gar nicht gut an! Gab er mir etwa einen Wink? Sollte ich meinen Fall etwa selbst beenden? – Und zwar so!?

»Im Zeitalter des einander Im-Stich-Lassens«, dozierte er im Fortgang, »gibt es kaum eine Schuld, die nicht schon durch Treue versöhnt würde, und so hielt ich immer zu mir! Und zu meiner Frau natürlich. Ich erwog zwar, wie wohl jeder rechtschaffene Mann, öfters den Freitod, vollzog ihn aber nie, Herr Hiffenmarkt! Sie sehen es ja ...«

Entwarnung! Ich entspannte und ließ ihn weiterreden. Aber halt! Wollte er etwa mein ›Zeitalter der Glibbermasse‹ durch sein ›Zeitalter des Im-Stich-Lassens‹ ersetzt wissen? – Weil neunzig Prozent von die Wirten zu hundert Prozent Trotteln seien, fiel mir ein. – Oder achtzig Prozent von die Kommissare, haha! Ich erzählte es ihm:

»Herr Kommissar, es gibt einen Film mit zwei amtlichen Österreicher Gaststättenprüfern, und da sagt der eine zum anderen: ›Neunzig Prozent von die Wirtn sans zu hundert Prozent Trotteln!‹ Wie finden Sie das?«

»Der ist gut!« fand er, ließ sich aber weiter nicht beirren:

»An meinen Stammtischen, es gab drei davon, festigte sich meine Haltung, die Meinung anderer stets gelten zu lassen, ja sogar zu achten und zu befördern, egal, was gesagt wird! Aber *selbst* eine haben, das ist lächerlich! Ein entbehrliches Laster!«

Ich stutzte. – Zitierte der? All das tiefsinnige Zeug – nur verbogene Zitate? Und darum tat ich's heute wohl (unbewußt) auch – Filme zitieren! Ich wußte ja von früheren Verhören, daß Röhrs dicksten Stammtischbrüder gewichtige (und teils auch dicke) und gute Leute waren! Ich schätze, da hat er sich immer viel bedient bei denen. Wahrscheinlich immer schon. – Ich indirekt also auch! Wie bei Witzen – man trägt sie weiter...

Heute bekam ich zufällig einen anderen Häftling zu Gesicht. Als ich auf dem Weg ins Verhörzimmer von Knorr über Umwege – einer Umbaumaßnahme wegen, wie es hieß – zum Verhör geführt wurde und einen mir unbekannten Gang passierte, an dem rechter Hand, wie im amerikanischen Film, Zellen nur mit Gitterstäben versperrt waren, sah ich ihn, den anderen Häftling! Bis auf eine waren alle Zellen unbelegt. In der mittleren stand ein rotgesichtiger Mann verdrießlich am Gitter, hielt sich an den Stäben fest und schnaufte bedenklich, so als sei er stark blutdruckkrank oder eines unmittelbaren Schnapses bedürftig, und er wirkte überhaupt sehr bedrückt, gleichzeitig wütend. Ich meinte auch eine furchterregende Fahne gerochen zu haben! – Wie konnte das sein?

Darum wohl sah ich den Wachtmeister Knorr derart verwundert an, daß er, der sonst nur knurrte und schwieg, mir in meiner Zelle verriet, was los war – womit ich ihn auch erstmals oder doch zum zweiten Mal reden hörte:

»Wir ham Winterfest am Annaberg obm, in Sauger obm. Mit ville Japaner und Berliner und Bier. Da sind unten alle Ausnüchterungszellen belecht. Und da mußte der eben ruff hier. Sonst jibs hier obm keene Leutchen weita. Sie sind unsa einzja Dauerjast hier, Herr Hiffenmarkt!«

Dauergast und »Dauerjast« gar, haha! (Er berlinerte auf grollstädtisch-saugersche Art.) Trotz des Wachtmeisters Knorr, der allerdings wieder (respektlos oder -voll?) vor mir lief, war es dem rotgesichtigen Schnaufer gelungen, mir rasch einen Zettel zuzustecken – er stopfte ihn mir in die rechte Gesäßtasche. Erst dachte ich noch, er wolle mich durchs Gitter hinterrücks packen oder treten. Aber ich gewahrte später dann, daß in der Tasche ein Zettelknüll steckte und hielt natürlich auf weiteres dicht und las ihn erst auf der Zelle – tatsächlich auf französisch stand da:

»*Ceux qui n'ont pas connu l'ancien Berlin-Ouest ne pourront jamais savoir ce qu'était la douceur de vivre.*« – Ich übersetzte es mir mühselig so: »Wer das alte West-Berlin nicht kannte, wird niemals wissen, wie süß das Leben einmal war!«

Verwundert beschaute ich diese knittrigen Zeilen eines vermutlich Alt-Berliner Annabergfestopfers mit guten Französischkenntnissen. Auf der Rückseite stand noch:

»*Dixit* – Solches dachte und weiß Talleralski von Berlin-Neukölln aus eigener Anschauung! Holt mich hier raus! Zu Hülfe! Verdammt!«

Hm? – Morgen würden sie ihn wohl ohnehin ausgenüchtert rausschmeißen. Ich glättete das Blatt und legte den Fall zu den *Kalamitäten*.

Und fiel fast vom Stuhl! – Röhr verkündete heute gegen neun Uhr dreißig abermals sehr beschwingt, ich brauche mir »an sich überhaupt keine Sorgen mehr« zu machen und käme auch bald frei. Ich sei ja auch ganz unschuldig!

»Wie bitte!?«

Doch! Man müsse aber, auf Anweisung höherer Instanzen, die kompliziert gelagerten Fälle, und so einer sei nun mal ich, »in höchstem Maße« sehr penibel und langwierig behandeln, da doch das Bundesreich insgesamt in der Krise stünde und der Bürger Rechtssicherheit beanspruche, was auch sein gutes Recht sei. Das einzige, was ich jetzt noch aufzubringen habe, sei:

»Zeit und viel Geduld, Hiffenmarkt! Die brauchen Sie jetzt noch!« – Hinter diesem verwickelten Fall stünde nämlich ein gewisses Zeitproblem. Mehr könne er nicht verraten.

Warum denn welches »Bundesreich« in der Krise stünde, fragte ich erstaunt?

Es seien in den letzten Monaten, die ich hier zur Untersuchung beherbergt sei, beinahe hunderttausend Berliner und Japaner ins Alt-Sauger Land gereist, um fest entschlossen am Annaberg-Winterfest (ein Bierfest im Grunde) teilzunehmen. Und die seien anfangs auch herzlich bewillkommnet worden in Grollstadt-Sauger, vor allem von jungen Leuten, die es *»cool«* fanden, sagte er, »sich offenherzig zu geben«. Und nun, so Röhr, da die Dinge oben aus dem Ruder liefen, wendeten sich diese Leute schon wieder anderen, »epochaleren Angelegenheiten« zu, raunte Röhr. Die Regierung aber habe sofort wieder furchtsam und unbedacht mitgezogen und stecke nun voll mit drin bei allem; sie behaupte aber »sehr abgefeimt und ausgekocht«, so Röhr grinsend, sie habe mit alledem hier in Grollstadt-Sauger überhaupt nichts zu tun! Damit seien die hiesigen Rotkreuz- und Ordnungskräfte freilich überfordert, und die Bundeswehr stünde dringlich in Mali drüben, weshalb die Obrigkeit entschieden habe, hier gar nichts zu unternehmen, denn ein Fall, der kein Fall sei, »wäre dann auch keinesfalls ein Fall«.

»Na ja, ist doch so, oder?« brummte ich heiter.

»Tja. Es knallen nun aber oben am Berg die Korken, die Böller, die Backpfeifen!« gab Röhr zu bedenken, und obwohl Winter sei, ginge es heiß her da, es wackelten die Wände, und alles schliddere und kollere, holterdiepolter! Nach Sauger, bis runter nach Grollstadt gingen Lawinen ab! Man schiebe schon »Doppelschichten« hier!

»**Wie lange noch**?« fragte ich unumwunden.

»Annabergkrise?«

»Wie lange meine Haft noch dauert!?« wollte ich (Kleingeist, Tropf, Pinsel) wissen und: »Wann und wie kommt das zum Abschluß hier?«

»Nach einem Versuch, den wir draußen mit Ihnen demnächst machen müssen, kommen Sie raus. Da können Sie dann gleich nach Hause laufen.«

»Was?! Was für ein Versuch?«

»Ein Polizeiexperiment sozusagen. Es ist keine Probe oder so was. Es geht weniger um Sie, Hiffenmarkt! Mehr darf ich dazu jetzt nicht sagen.«

Da sich Röhr heute doch halbwegs offen gab, fragte ich ihn nach dem rotgesichtigen Schnaufer und wie lange *der* wohl noch dableiben müsse? – insgeheim aber wollte ich die Umgehensweise in jenem Fall gegen die in meinem auskultieren und abwägen, welche Aussichten für mich wohl bestünden – es galt, Klarheit zu erlangen!

Also? – Röhr tat kund, es sei dies, »in der Zelle dahinten«, ein stark angetrunken gewesener Berliner, der einer Verfehlung wegen, die »an sich« eine Bagatelle sei, hier zuerst nur beruhigt wurde. Aber darüber sei der Mann derart staatsgefährdend aufgebraust und habe rumgetobt, daß er separiert werden mußte. Und er habe, erwähnte Röhr wie nebenbei, sogar einen Japaner oben am Bergfest gebissen!

»Japaner gebissen!?« staunte ich.

»**Ja, die Japaner** feiern doch nun oben gemeinsam mit den Berlinern, und die Berliner wissen, wie man feiert! Das wenigstens können die!«

»In Bamberg feiern die auch immer gemeinsam, im *Schlenkerla* meist!« merkte ich an.

Er fuhr fort: »Jetzt sitzen die freilich fest oben. Die Enge und Kälte macht alle grimmig. Aber sie wollen nicht abziehen, sondern oben bleiben! Es gibt extra Zelte, es gibt warme Bouletten und Steckerlfisch, den sie für Sushi ausgeben.«

»Und nun?« fragte ich tumb.

»Ja nun, sie wollen endlos weiterfeiern! Und wir dürfen die einen nicht nach Berlin zurückschicken, weil das inzwischen ein schwieriges und auch arg teures Pflaster geworden sein soll! Und Japan verweigert die Rücknahme seiner ›Hirsche, die sich für Pferde ausgeben‹, wie sie dezent auf japanisch sagen. Mit anderen Worten: Die sind alle heilfroh, daß reichlich Säufer außer Landes Unfug treiben und bei uns zur Ruhigstellung oben mit Freibier versorgt werden! Tja. Nun. Was soll man tun?«

Ich hielt mich, allein schon der rätselhaften Hirsche und Pferde wegen, bange zurück.

Dann wußte Röhr noch, daß sich hier erst herausgestellt habe, daß der Rotgesichtige überdies noch daheim einige Pflichtgebühren nicht gezahlt hatte. Darum saß er auch weiter ein. Die Staatsanwaltschaft wolle derzeit Härte zeigen, so Röhr, um Grollstadt und Sauger oben zu beruhigen, und sie werde darum beim Rotgesichtigen eine härtere Gangart einlegen. Renitenzen wider das rechtsstaatliche Gebührensystem seien nie und nirgends zu dulden! Sonst bräche noch alles zusammen! Überdies habe der Rotgesichtige, so Röhr, vor Wut Reden gehalten – und da sei eben Schluß!

»Was redet der denn?« mochte ich (als Redner) wissen.

»Er brüllt rum, daß die Politiker alles Arschlöcher sind, saublöd und filzig.«

Ich schwieg ergriffen. Röhr beugte sich unterdes über ein Kalenderblatt, nahm einen Bleistift und notierte »krank!«, damit er es nicht vergaß.

»Der Mann ist wohl krank!?« bemerkte ich und wischte mir hierbei vor dem Gesicht herum.

»Vermutlich sind's alle da oben!« sagte Röhr.

Heute wußte Röhr mit der Ansage zu verblüffen, daß er sich von gestern her, da er auch oben am Berg mitgefeiert und *»undercover«* rekognosziert habe, »dementsprechend vermattscheiblettiert« fühle! – Mattscheibe und *Scheibletten*-Käse kannte ich ja – aber das Mattscheiblettieren war neu! Ich gab's – dementsprechend sozusagen – zu den *Kalamitäten*.

Die ich übrigens wieder so freimütig schrieb, wie früher nur in Meppen. Ein neuer Aktenordner war mir besorgt worden von Knorr für Band 11, 2019. Die Furcht vor Enthüllung war mir verflogen, Röhr verstand Spaß, wußte einzustecken, und es wäre mir sogar recht gewesen, wenn er mein Verlies in Meppen hätte besichtigen wollen. Alles sollte er wissen – vor Röhr hielt ich kaum noch etwas geheim! (Nur Schweigegelübde waren zu halten! Und die Geheimnummer!) Der Mann war mir ans Herz gewachsen.

Überdies hatte ich derweil auch die Einsicht gewonnen, daß sich hier gar niemand für meine Aufzeichnungen interessierte! Röhr wird gedacht haben, daß meine Aufzeichnungen (wie beim Eckermann) allein unsere Gespräche betrafen, und da war er ja dabei gewesen und wußte, was gesagt worden war. Und insofern lief auch wieder alles so, wie bei meinen stets unbeachteten Reden. Tja! Keiner interessierte sich ... Obwohl meine verkannten *Kalamitäten* hier nun auch schon wieder einen ganzen Ergänzungs-Ordner (2018) gefüllt hatten (Anfangs-Ordner 2018 stand ja im Mepper Refugium), und ich hatte auch längst schon den neuen 2019er in Angriff genommen. – Dann wenigstens doch für Euch, verehrte Leser!? – Die mir dann *hoffentlich* künftig auch an den Bahnhöfen Gehör schenken, falls ich freikommen und dort zufällig einmal reden sollte?

Röhr sei froh, daß er glücklich (freilich noch immer »vermattscheiblettiert«) und ansonsten auch unversehrt oben vom Berg heruntergekommen sei und sich nun »endlich wieder« in Ruhe seinem »Lieblingshäftling« widmen könne. »Lieblingshäftling«, sagte er wörtlich! – Bruder Rufus, hoho! (Schmeichelte er mir? Warum?)

Im Schwange seiner Monologe ließ er sich dann heute in viel feinen Bildern vernehmen, etwa indem er, auf mich hindeutend, davon sprach, daß er sich freue, daß die Sperlinge auch wieder in seinen »Gefilden« herumflögen, womit er vermutlich einen Garten, Balkon oder Park mit vielfältigem Habitat und echten Vögeln meinte.

»Sie haben einen Garten, Herr Röhr?«

»Einen kleinen Schrebergarten, draußen bei Schneckfeld.«

»Schön. Hätte ich auch gern!« Und dann gab ich noch betrübt hinterdrein: »Das Drückergewerbe und die Kalamitätenschreiberei kommt ja über den Balkon nicht hinaus.«

»Macht viel Arbeit, so ein Garten, Hiffenmarkt! Aber es ist schöne Arbeit.«

Dann pausierte er lange. Ich nahm schon Atem, als er mir in den Ansatz fuhr und mir anvertraute, daß meine Anwesenheit und »die so lehrreichen wie amüsanten Gespräche« (sic!) mit mir, »ob von Verständnis oder Mißverständnis getragen«, ihm zu den »angenehmsten und anregendsten Stunden des Tages« geworden seien und nun schon zu seinen »süßesten Trostgründen« zählten.

Ah, Bruder Rufus! Das schmeichelte mir (tatsächlich) und ich sah ihn schmachtend an, hielt aber inne – damit ihm seine Herzensergießung nicht noch peinlich werde! Gern geredet hatte Röhr ja immer schon, aber nun war er überdies noch sehr rührselig, ja anlehnungsbedürftig geworden!

Abends genoß ich dann sehr entspannt und leer dahinsinnend der Amseln Gesang (aus den Alewynschen Gärten hinter den Gittern) vorm Fenster, der mich sonst so wehmütig und einsam fühlen ließ. Das geschah aber auch jetzt, nur anders. – Es war Abschiedsschmerz!

Man wird uns, Röhr und mich, demnächst auseinanderreißen! dachte ich voller Entsetzen. Erst aber wird es ja diesen rätselhaften Versuch geben ... – Möge es nur ja dauern bis dahin!

Röhrs Schneckfelder Garten verdanken wir und die *Kalamitäten* ein sowohl botanisches als auch taxonomisches als auch sprachliches Vergnügen hoher Güte. Es fiel mir später auf der Zelle schwer, Röhrs Vortrag so genau wie nur möglich zu repetieren und niederzuschreiben. Eines Morgens nämlich hatte ich aus lauter Freude über Amsel und Baum vorm Gitter so ganz naturbeschwipst und offen bekannt:

»Herr Röhr! Ich mag den Seidelbast sehr!«

Und weil er ja neulich vom Berg herabgestiegen war, erwähnte ich noch:

»Man nennt ihn ja wohl auch Bergpfeffer!«

»Ganz richtig!« sagte Röhr voller Begeisterung: »Auch Brennwurz! Und Cilant, so hieß der Seidelbast im Althochdeutschen. Cigelinde, Ciugelindenbern oder Citland sagte man auf mittelhochdeutsch. Aber er heißt heute auch Damar, Dripkraut, Drüsswurtz oder Egghelin und Eingrün.«

»Du liebe Güte, Herr Röhr!« rief ich: »So viele Namen für ein Blümchen! Und die wissen Sie alle auswendig!?«

»Ja, es gibt noch viel mehr, lieber Herr Hiffenmarkt! Wollen Sie die alle hören?«

»Aber ja! Mit Vergnügen!«

»**Nun denn**! Der Seidelbast heißt auch Elendsblut, Giftbäumli in St.Gallen, Giftbeere in Graubünden. Hitzekörner hat man ihn genannt und Holzmännchen und Hundszigl. Dann Insiegel in Berchtesgaden, Kelbershals in Schlesien oder auch Kelderhals oder Kellerhals, dann auch Kellerbeere oder Kellerkraut, Kellerschale, Kellerschall und Kershals. Weiter auch Läuskraut oder Linsigl. Es gibt ihn als Lirbeeren und Lorbeerkraut oder Märznägelein. Sogar Menschendieb und Menschmörder nennt man ihn, weil er giftig ist. Päperblome und Päperbusk sagen sie nördlich und Pfäle und Pfahje im Süden.«

Er pausierte und überlegte. Ich sagte:

»War es das?«

»Nein! Ich versuche es weiter alphabetisch. Also, es gibt noch Pfaffenstaude, Pfefferbaum, Pfefferblümche, Pfefferstrauch, Pfeller, Quälerhals, Rachbeere, Rechbeere, Rochbeere, Saubast, Schallkraut, Scheißlorbeeren, Sebast, Sedelbast, Seidel, Seidelbast kennen wir. Es gibt auch den Echten Seidelbast. Dann auch Seidelbaum, Setebast, Sidelbast, Sothebast, Stechbeere, Streit, Süsbast, Sulbast, Swellebast, Sydelbast, Talepinesker, Tschillingen, Waldlirbern, Waldlorbeer, Warzenblast, Wolfsblast, Zahnwehholz in St.Gallen wieder. Man hat ihn früher in Maßen bei Zahnweh eingesetzt, wie heute auch Nelken noch. So. Dann kommen noch Zebast, Zedelbast, Zegeling, Zeibast, Zeidelpast, Zeiland im Sinne von Bienenblume. Dann noch Zeilang, Zeilant, Zeiler, Zeilerber, Zidelbast, Ziedelbast, Zieglig, Ziegling, Ziegelinde, Ziland, Zilander, Zilang, Zilatbluast, Zilerber, Ziletli, Zilinder, Zillingenblüh, Zilunder, Zingelinde, Zitzelblast, Zizelblast, Zuilnberi, Zwilinder, Zylang und Zytlant. So, ich meine, das war's!«

»Alles Seidelbast, Herr Röhr?!«

»Alles Seidelbast! Bei Linné heißt er Daphne. Neunzig Arten etwa. Ha!«

6. KAPITEL

Bandwürmer

Röhr wirkte heute aufgebracht. Es habe Gerüchte in der Stadt gegeben, er, Röhr, sei einer, der Murmeltiere jage! Es habe ihn viel Zeit und einige Mühe gekostet, bis man das endlich als dummes Gerücht von Mißgünstigen oder Neidern abgetan habe, zumal es hier in der Gegend gar keine Murmeltiere gebe!

»Man darf sich da gar nicht aufregen!« riet ich, denn: »Das sind meist nur die üblichen Meldegänger und Anscheißer, die so was in die Welt setzen. Oder Neider sind's, von nebenan!«

Er hatte sich schon beruhigt – die Sache war ja auch längst bereinigt. Dann wußte er zu berichten, daß er hierbei doch etwas gelernt habe: Das ›Murmeltier‹ nämlich komme von lateinisch *mus montanus* bzw. mittellateinisch *murem montis* her, was schlicht Bergmaus bedeute. Im Volk sei es zum Murmeltier geworden, aber das habe nichts mit Murmeln zu tun, die ja, als Spielkugeln, vom Marmel und Marmor sich herleiten.

Dann fragte er mich ganz unvermittelt: Ob ich Landser kenne oder gar selbst mal einer gewesen sei?

»Ja, wie denn, Herr Röhr!? Ich bin doch knapp nach Kriegsende geboren, und heute gibt es sie wohl nicht mehr. Soldaten schon, aber keine Landser.«

»Gut, gut!« sagte Röhr schmunzelnd, als habe er mich nur foppen wollen: »Dann waren Sie aber wohl *doch* einer! Denn *Landser* kommt aus dem Sächsischen und dort bedeutet es schlicht Landsmann.«

Haha! Der Murmeltierjäger und der Seidelbastkommilitone kicherten gemeinsam gebildet wie alte Landsmänner.

Röhr schwärmte heute vom barocken Lesesaal der erzbischöflichen Residenzbibliothek zu Bamberg – dort sei das Paradies auf Erden! Der komfortabelste, umfänglichste Handapparat für alle Fakultäten sei vorhanden; es gebe »unerschöpfliche Zeitschriftenüppigkeiten«! Beinahe alles sei auf morgen lieferbar oder Fernleihe; man habe barocke Prachtsäle, feines Parkett, Bohnerwachsduft; Lesepulte und weiße Stoffhandschuhe stünden parat für die Inkunabeln. »Katholische Bibliothekarinnen im verwegenen Alter« seien jederzeit »dienlich« und »verfügbar«, so Röhr vor sich hin träumend. Vorm Fenster läge ein prachtvoller Rosengarten und qualmten dahinter die Brauereischornsteine im Stadtprospekt. Höchster Respekt gelte den Lieblingsarbeitsplätzen der Stammgäste und kaum jemand säße ja überhaupt dort – nur einige Privatgelehrte im reifen Alter und einige fleißige Damen noch. Der »Studentenpöbel hocke gottlob daheim« vorm Bildschirm oder in »kohlensäurereduzierten Kuschelkaschemmen« rum. – Alles sei so herrlich! –

»Als Pensionär werde ich nur noch dort sitzen! Waren Sie mal da, Hiffenmarkt?«

»**Habe ich versäumt**. Der *Bürsten-Nickles* hat ja das Marktmonopol in Bamberg, da treibe ich mich meist nur am Bahnhof rum. Höchstens mal bis zum *Fäßla*-Bräu komme ich rein, wo ich in Bockbierlaune sogar mal draußen vorm Tor eine Rede gehalten habe. Aber bis zur Residenz rauf bin ich nie gekommen. Nur rüber noch höchstens bis zum *Spezial* ...«

Er schmunzelte gütig, ja mitfühlig. Das mit den Reden an den Bahnhöfen hatte ich ihm längst auch schon gebeichtet! Sogar auch den Kappel aus Bamberg, meinen Engel! Und Gonzalez auch.

Wider Erwarten hatte er diese Geständnisse voller Beachtung vernommen und viel nachgefragt. Das war auch kein polizeiliches, sondern sein persönliches Interesse gewesen! Und die Rede, die ich ihm dann sogar mit Begeisterung im Beisein Knorrs vorführte (die von der passiven Renitenz hielt ich für angemessen), fand er sogar »einwandfrei«, nämlich: »Achtbar und hörenswert, ha!« fand er sie und fragte sogar den Knorr auch, und der brummte ebenfalls zustimmend: »Jawoll, Herr Hauptkomm'sar! Achtbar! Hörenswert!«

Was will man mehr? Und Röhr lachte gelöst und fragte mich:

»Wissen Sie, was der Residenzbibliothek in Bamberg einzig fehlt?«

»Ein Brillenputzdiener vielleicht?« riet ich übermütig.

Er lachte wieder und sagte: »Nee, Hiffenmarkt! Sie liegt etwas weit abgelegen von Grollstadt! Wir werden aber hinziehen, wenn ich im Ruhestand bin! Meine Frau zieht mit. Ich freu' mich schon!«

Ja, Anmut und Klasse – die sind wie frisches Wasser und niemals süßer Wein!

Ich komme mit! Ich werde mit Röhr durch die Fränkische Schweiz wandern oder beim Kloster *Vierzigheiligen* vorsprechen und anheuern. Und tagsüber sitzen wir in Bamberg und studieren. – Meinerseits alles abgemacht! Ich bin dabei, Kommissario! Die Frau kommt mit! Meine auch! (Also doch kein Kloster? Schade eigentlich!)

Allerdings hatte Röhr neulich den Hölderlin wieder herbeigerufen mit einer Absage ans Wandern durch Deutschland – der soll nämlich »Wehe dem!« gesagt haben: »Wehe dem, der, so wie ich, von großem Schmerz getrieben, ein Bettler meiner Art, zu solchem Volke kömmt und wandert.« Er meinte aber Deutschland, nicht Franken …

Ich saß schon da und blätterte in einem Kriminalmagazin, das mir Röhr wahrscheinlich extra hingelegt hatte. Als er eintrat, fragte er mich eilig, noch an der Tür: »Was halten Sie von Religion, Herr Hiffenmarkt?«

»Hm. Tja? Was soll ich sagen, Herr Röhr? Ich habe starke Neigungen. Vermute auch sehr viel und denke nach. Suche auch Trost und sitze gern in Kirchen. Aber es fällt mir schwer, an Wunder zu glauben. Ich glaube und ich glaube nicht, beides zugleich! Ein Fall von ›Fall *paradox*‹, Herr Röhr!«

»Ha! Würde ich auch sagen!«

Er sann nach – und schüttelte den Kopf: »Das mag nun alles recht so sein, lieber Hiffenmarkt! Aber wir glauben doch nicht der Wunder wegen! Manche brauchen das, glauben dran. Die meisten glauben aber ihrer seelischen Nöte wegen, zum Trost! Auch des Weltgefüges wegen. Und der Wißbegierde. So wie Sie wohl eher. Andere empfinden tiefer, die haben einen starken Glauben und Drang und sind sogar bereit ins Kloster zu gehen! Am Ende bleibt alles rätselhaft. Grundsätzlich unerklärbar!«

(Ja, ich weiß schon: »Negative Theologie« und so. Ich hatte schon viel gelernt von ihm ...)

»Sie haben sich ja doch auch viel mit Gottesbeweisen beschäftigt und Kant gelesen, Herr Hiffenmarkt!?«

»Ja, etwas.«

»Und?«

»Nichts läßt sich beweisen. Es bleibt der Glaube. Dafür ist der Begriff ja da! Aber die Beweise sind verwegen und köstlich! Es lohnt sich!«

»**Es gibt jetzt** Neurotheologen. Wußten Sie das, Herr Hiffenmarkt?«

»Ich hab' was gehört. Die messen Gehirnströme, um dem Glauben auf die Schliche zu kommen. Da können die lange messen!«

»Glaube ich auch! Sie werden nichts finden! finden können! Ströme wird es schon welche geben. Aber den Glauben erwischen sie nicht! Niemals!«

»Die bräuchten eigentlich nur mal die Mystiker zu studieren. Die wissen Bescheid, aber die reden natürlich in Rätseln oder gar nicht. Sind ja auch keine Beamten! Diese Neuroleute aber sind es, und sie machen extra viel Wind mit Luftwissenschaft, damit sie nicht arbeitslos werden.«

»Tja, lieber Herr Hiffenmarkt! Die Tragik des Menschen ist die des Verhungernden, der an der gedeckten Tafel sitzt und die Hand nicht ausstreckt, weil er nicht sieht, was vor ihm liegt.«

Das war schön gesagt von Röhr! Und da wollte ich nun nicht nachstehen und trug ganz hartmannesk weitere Gelahrtheiten vor und sprach also:

»Die Welt ist unerschöpflich an Fülle, Herr Röhr! Das Leben ist wertgetränkt und überströmend, wo wir es fassen! Da ist es voller Wunder und Herrlichkeit! O, ja!«

Bzw.: Amen. (und: Tschakka!)

Des Kommissars eigene Luftbauten gründeten, wie meine meist, auf einigermaßen festen Podesten. – Keine Fundamente, sondern Podeste. Hegel hat das einmal »gebildete Bauten« genannt, die »im Brey des Herzens, der Freundschaft und Begeisterung« aufragen. – Nun, immerhin bauten wir auf Brettgerüsten und nicht »im Brey« – obgleich es bisweilen so anmuten mochte! Und freilich ragten da so gewagte wie wacklige Gebäude aus Gedanken und Thesen haushoch hinauf! Ihm, Röhr, (und mir) zuliebe stieg ich mit in Röhrs Hochhäuser und blickte mich oben um, und es war ja stets amüsant dort, sehr übersichtlich auch und weit, ganz weit! Plötzliche Aussichten, glasscharfe Übersichten!

In der Zelle labte ich mich oft an der frischen, luftigen Erzählwelt Röhrs, die auch meinen *Kalamitäten* zu neuer Blüte und Aussicht verhalfen! Röhr schwadronierte ja nie ohne Substanz, und mich regte es stets an zu tiefgehend akrobatischen Denkübungen. Obgleich ich weniger zu Wort kam als er. Es war dennoch perfekt mit uns beiden und hätte immer so bleiben dürfen!

Was hatte ich denn draußen? – Eine leicht verstummte Ehe schon, ein muffiges Schreibversteck in Meppen,

Reden, die keiner hören wollte, die Dicke! Und versuchte ich einmal, höflich zu sein und den Menschen Vertrauen zu schenken (und ihnen Päckchen zu apportieren), dann wurde mir das, meiner Arglosigkeit wegen, wieder zum Verhängnis. Und so vergaß ich auch besser, von den Röhrschen Plateaus und Mastkörben herab, wie gefährlich und wackelig es draußen und drunten im Tal war.

»**Ach, Mensch**, Hiffenmarkt! Der Mensch! Der Mensch!« seufzte Röhr heute ermattet: »Der besteht aus Halbheiten, ist nackt und sucht ständig nach Gleichgewicht. Der kommt doch ohne Hilfe keinen Tag durch! So wie im Halbschlaf jede Seegurke, jeder Waldpilz oder doofe Bandwurm. Wesen, die alle einfach so überleben! Und, bedenken Sie, was Freiheit ist und was Natur? Was ist vorbestimmt? Güter und Übel, Verluste und Gewinnste, ach, verflucht noch eins!«

So langsam hoben wir, obgleich entkräftet, im Aufstieg beide ab, Röhr und ich, wir wurden schwindlig – von hoher Luft und steilsten Gipfelstiegen.

Da klingelte Röhrs Telefon dazwischen. Er nahm ab und sagte unwirsch: »Röhr!« Dann sagte er dreimal »Ja«, rief einmal »Ja!!«. Dann zweimal »Nein« und je einmal »Ha!« und »Verflucht noch mal!«. Zum Schluß nickte er, bedankte sich und sagte »Aufwiederhören!«.

Ich sah ihn verwundert an; er winkte ab: »Unwichtig!« Und sogleich gings wieder einträchtig bergauf:

»Die Menschen leben weit weg von den Glimmfeuern der Natur, verehrter Hiffenmarkt! Sie haben nun mal ganz hohle, verklärte Vorstellungen von ihr. Der Kontakt zu ihr besteht darin, daß einiges davon gekaut und geschluckt und schlecht verdaut wird, weil ihnen von der Natur nur zugänglich bleibt, was Supermarkt und Bioladen bereitstellen! Oder sie reden entfernt von Natur und über Natur ohne jeden wahren Kontakt zu ihr und meist in pathetischem Stil. Und da ist alles nur Rede und holder hohler Gedanke.«

Gut. Das mochte hingehen! Da hatte Röhr wohl recht. Aber nun war er mir schon vorangeschritten und rief mir von weiter oben her zu:

»Im Verwesen geht die Welt nie ihres Wesens verlustig! Das Erschaffene bedarf nur eingangs eines Erschaffers. Sodann erschafft sich das Erschaffen selbst. Ein schwingender, wandelbarer Zustand ist in allem, mal schneller, mal unmerklich langsam, und so pendelt die Welt im Wandel ewigen Gleichgewichts auf immer dahin. Freilich nicht immer im Sinne der Menschen!«

Ja! – So war es wohl! Ich hätte vor Höhenluftlust und Bergwonne jodeln mögen! (Im Sinne der Menschheit!)

Einmal fragte ich Röhr, nur so aus Daffke oder Übermut, ob er vom Fernsehen her den *Bergdoktor* kenne?

»Die Serie? Ja. Freilich. Nur noch Gebrochenes oder Abglanz ist den Menschen zuträglich. Also schauen sie lieber durchs Fernsehen in die Welt. Das sind jetzt ihre Tempelschreine! Da sitzen sie andächtig und schweigsam vor und beten im Grunde auch an. Schemen und Götzen nämlich. Mimen, ha! Simple Mimen! Der Glanz Gottes blendet die Fernsehgucker und verbrennt ihnen die Augen. Im Bestreben, Gott ganz und bloß zu schauen, verkohlt er blindlings. Denken Sie an Semele und Jupiter, Hiffenmarkt!«

»Es heißt, daß wir das Reden von den Menschen lernen und das Schweigen von den Göttern!« log ich daher. Und er sagte hierauf:

»Ich mag ja die Lilli Gruber vom Gruber-Hof oben gut leiden! Und dann diese fesche Wirtin vom *Wilden Kaiser*, die hübsche Susi Dreiseitl, die auch. Die mit den hübschen Dirndln die! Der Bergdoktor selbst, der Gruber, ist mir in allem zu überladen! Und Sie, Hiffenmarkt?«

»Die Dreiseitel, ja, die zwingt ja den Bergdoktor, ihn einmal in ganzer Pracht beschauen zu dürfen, so wie Semele den Jupiter festnagelt, ihn zu erkennen! Das macht er ihr zuliebe auch und zeigt ihr seinen Glanz. Ja. Und deswegen verschmort sie jetzt in einer Nebenrolle, und die andere, die Semele, wird vom Blitz getroffen!« dampfte ich forsch daher und fragte Röhr: »Wer aber ist dann wohl das Kind von Jupiter und Semele, wer verkörpert im Film den Dionysos, Herr Röhr?«

»Es wird die wilde Lilli Gruber sein! Die besetzt diese Stelle annähernd. Sie feiert viel, ist schwierig. Mal sehen, wie die aus der Pubertät kommt.«

»Ich kann's ja hier nicht verfolgen, Herr Röhr! Sie ist ja inzwischen älter geworden. Was ist mit ihr?«

»Sie wird langsam vernünftig! Aber sagen Sie, Herr Hiffenmarkt! Möchten Sie einen Fernsehapparat aufs Zimmer? Leite ich sofort ein!«

»Danke! Ich vermisse es nicht und bin ja auch nicht mehr lange hier, leider!«

»Ja, leider! Da ist die kleine Gruber wohl doch nicht der Dionysos im Bergdoktormythos! Wo sie doch nun immer apollinischer wird!?«

»Nö. Scheint so.«

»Meinen Sie, in fünfzig Jahren wird das einer noch alles erinnern oder wissen? Oder noch mal ansehen?«

»Jetzt schon nicht mehr jeder. Nö!«

Nunmehr bevorzugten wir wieder die trockene Schilderung ohne Wortdunst. Im Grunde kann man ja nur Zeichen in die Luft setzen. Wink geben! Oder wie Röhr es mal sagte:

»Im Unbekannten tasten wir uns mit Hilfe der Wörter und des scheinbar schon Bezeichneten und Gedeuteten mühsam umher. Ein Lächeln nur, das sagt mehr und alles!«

»**Was träumen Sie** hier so, Herr Hiffenmarkt? Darf ich das fragen?«

»Ja. Also, da steht dicht am Wasser ein schrägstehender, wilder Apfelbaum und streut seine kleinen, gelben, so richtig energischen Früchtchen in einen schwarzen, moorigen See. Vor der Gier der Menschen sind sie da sicher. Faulig schwimmen sie erst leicht an der Oberfläche und Fliegen landen drauf. Dann sinken die vermoderten Früchte langsam auf den Teichboden, wo sich die Fische daran weiden und Wasserpflanzen Dung finden. Ein dicker Wels frißt die Moorkarpfen und sonstige Guppys. Zuletzt geht er ein, weil keine mehr da sind. Der Teich verlandet langsam und der schiefe Baum stirbt ab. Nach einigen Jahren wachsen sieben Apfelbäume aus dem Torfboden und deren Äpfel sind viel dicker und rot und fallen nicht, sondern schweben wie Vögel beschwingt gen Himmel.«

»Schöner Traum, Herr Hiffenmarkt! Verbietet sich irgendwie, so etwas zu deuten! Finden Sie nicht?«

»Ach, er ist ja eigentlich nur so wie das Leben, Herr Röhr! Im Grunde unerklärlich, undurchschaubar. Freuds allseitiger Sexualitätsverdacht ist nur ein armseliges Gesichtspünktchen hierbei.«

»Bei Freud werden die Gesichtspünktchen zu Sommersprossen und die symbolisieren Lasterhaftigkeit und stehen im Traum für Hautausschlag und sodann für Geschlechtskrankheiten. Da haben Sie's dann wieder!«

»*Freudsche Gesichtspunkte zur Traumarbeit mit Sommersprossen infolge von Genitalinfektionen*. Könnte direkt einen Aufsatz geben! Oder?«

»Gibt's bestimmt schon, Hiffenmarkt! Träumen Sie das oft mit dem Apfelteich?«

»Jede Nacht.«

7. Kapitel

Doppelmoppeladler

Einmal hatte der Kommissar über merkwürdige Umwege die Stadt Ulm in seinen morgendlichen Vorträgen untergebracht, indem er schilderte, wie er damals, als junger Mann noch, das Chorgestühl des Münsters geherzt und sogar abgeküßt hatte, um dann sehr hoch- und gleichwohl tiefgestimmt den Glockenturm des Münsters zu ersteigen, wo er von oben die Schwäbische Alb schaute und dem Hölderlin zuwinkte. Endlich aber sei er hernach in den siebenhundert Jahre alten Gewölben des Rathauses eingekehrt, wo er als einziger Gast von einem Schock vornehmsten Gesindes umsorgt worden und wie ein Fürst oder höherer Staatsdiener bedient – letzteres war er ja auch! (Und einen guten Fürsten hätte er auch abgegeben!)

Längst weiß ich, daß er *mich* ebenso wie die Stadt Ulm oft besucht und abgehorcht und überflogen hatte. Und seine beschwingte Rede zog mich gleich wieder jubelheiter mit hinauf aufs Münster. Mir aber stieg er genauso in meine geistigen Anhöhen nach, um dort selbst einmal Kotfliegen zu melken und meinen Hirnwindungen zu folgen – damit er mich kenne und hierdurch auch sich besser!

Zuletzt konnte ich wieder vor Freude kaum an mich halten, und trug dem Rufus Röhr zum Dank die Zeilen eines verkannten Dichters vor, der da meinte:

»Der Ulmweltschutz, Umulmweltschutz und Umulmherumweltschutz ist den Ulmern sei jeher mulmig. Aber sie machen diesen eigensinnigen Ulmer Unfug natürlich trotzdem mit.«

Der Dichter aber war – ich, haha! (*Kalamitäten*, Band 7, ›Ortskenntliches‹.)

Seine Einschätzung war dann die folgende: Die Stadt habe, so wie andere, schwerste Bombardierungen erlitten. Mit diesen entbehrlichen Verbrechen habe man freilich auch die folgenden Generationen seiner Einwohner beschädigt, was sie zu kompensieren suchten. Darum stünden nun in Ulm das Münster und das Kaufhaus *Peek & Cloppenburg* gleichauf. Und alle seien sie chronisch krank dort! Röhr hob die Brauen und atmete kräftig aus.

»Wo haben Sie damals gewohnt in Ulm, Herr Röhr?«

»Das Hotel«, wußte er noch, »lag über einer modernen Hausbrauerei. So eine mit Strohballen und Kupferkessel. Kennen Sie das?«

»O, ja! Das einzige, was dort gut sein könnte, ist das Bier!« wußte ich.

»Ja! Immerhin erfreute mich damals im Biergarten unten eine Blaskapelle vom Lande. So eine gediegene, leicht angetrunkene in Trachten. Der erste Trompeter gab später enthemmt ein Solo im Jazzstil!«

»Leider spielt oft kein Horn und keine Tuba mehr mit!«

»Sie kennen sich aus, Hiffenmarkt?«

»Ja, ich spielte gelegentlich Flöte in einem Nasenflötenorchester. In der Tuttigruppe. Kein guter Solist eben, Tuttischwein nur. Aber immerhin!«

Röhr brummte heiter bis ulkig. Dann sagte er:

»Es gilt zu vermerken, daß die Blasorchester heute nur überleben, weil alte Männer wie wir ...«, er sah kurz hoch, wie ich's auffaßte, »... daß nunmehr alte Männer und sehr, sehr junge Frauen in Eintracht bestellt sind, unsere lieben alten Blaskapellen vor dem Untergang zu bewahren.«

»Junge Mädchen und alte Männer«, wiederholte ich nachdenklich.

»So ist es! Die ganz jungen Frauen, welche noch musizieren, wissen überdies, althergebrachte Höflichkeiten zu empfangen und reifen daran zu Damen. Der Respekt des Vornehmen der Frau gegenüber will mir so kultiviert wie notwendig scheinen, Herr Hiffenmarkt! Ebenso wie die leichte Ehrfurcht einer Dame gegenüber echtem Mannesadel aus der Blechbläserschaft. Darin findet unsere Welt Bestand! Das sind ihre Fundamente.«

»**Kürzlich war ich** kurz auch in Karlsruhe! Auf einem Kriminologenkongreß, Hiffenmarkt! Kennen Sie das? Kongreß!?« stöhnte Röhr: »Welch tränenwertes Wort und viel verschenkte Zeit! Und überhaupt Karlsruhe! Früher waren das so besonnte, hübsch aufgeräumte Orte. Heute wirken sie teilweise heruntergekommen. Kaum noch entspannte Behaglichkeit und nirgends *Adrettité* mehr, wie meine Großmutter sagte. In den Bohemevierteln spielen sie Ökolädchen, wo gewisse Weiber den ganzen Tag zwischen vermufften Bohnensäcken rumstehen und sich gegenseitig ihrer guten Eßgesinnung und Verdauung vergewissern, um endlich dann ihre gesunden Mehltüten nach Hause zu schaffen. Draußen rasen

Schwersthormonelle in aufgemotzten Schlitten durch die Gegend. Aber die nehmen einander nicht wahr! Jeder, wie er will! Bis das irgendwann mal hochgeht. Dann wird es ein Erschrecken geben.«

»Aber die leben doch da zusammen, kaufen beim Türken und so?« – »Nee, nee, Hiffenmarkt! Die leben aneinander vorbei. Die einen verachten, die anderen idealisieren, beides Formen der Blindheit. Die einen biologisch, die anderen dynamisch. Aber die Menschen gewöhnen sich an alles! Außerdem halte ich zu Gnaden, daß sich meine Ansichten zu Karlsruhe einer schlechten Stimmung auf und nach Kongressen verdanken. Verstehen Sie das, Herr Hiffenmarkt? Waren Sie in Karlsruhe?«

»Ja, verstehe ich! Ich kenne es kaum und bin vom Bahnhof aus nicht weit gekommen, obwohl ich zum Schloß wollte. Bis in eine Rüppurrer Straße bin ich gekommen und habe dort die halbe Nacht in einem *Pilskarussell* verbracht. Das war eine feine Kaschemme! Gute Stimmung, prima Leute!«

»Schade. Hätte ich wissen müssen.«

»**Der Mensch** ist angeblich ein ganz unbeschriebenes Blatt! Das ist ein Irrtum! Er ist *kein* unbeschriebenes Blatt, Herr Hiffenmarkt! Er kommt mit Anlagen in die Welt. Darum läßt sich später nur aufprägen, was sich aufprägen läßt. Einem Dummkopf können sie keinen Einstein einhämmern. Gewiß, der Mensch ist lernfähig, aber begrenzt. Und man kann ihn natürlich einschüchtern, zu allerhand zwingen, zurichten oder bestechen. Man kann ihn locken, verziehen. Oder aufrichten, belobigen, anspornen auch und zurichten. Aber nicht dazu, das Atmen oder den Stuhlgang einzustellen oder Magnetfelder mit bloßem Auge zu sehen. Darum brauche ich Spritzen, wenn ich Brüste haben will, Punkt!«

Weitere Kuriosa aus meiner ›Röhrschen Blütenlese‹, enthalten im vorerst wohl letzten Band 11 meiner *Kalamitäten*:

»Die Aufrüttler und Aufrüttlerinnen, die jetzt allenthalben aufrütteln, das sind welche, die meinen, daß endlich aufgerüttelt werden muß. Auch warum und wer aufzurütteln sei. Es sind gutmeinende Retter und Retterinnen, die Rüttler und Rüttlerinnen, ja wahrhaftige Rüttelretter und Rüttelretterinnen sind's! Währenddessen die Aufzurüttelnden nichts als dahindösende Ahnungslose sind, Rettungsfälle mithin, allesamt! Die Aufrüttler und Aufrüttlerinnen halten Rüttel-Tribunal, dort lassen sie die gegebenenfalls Aufzurüttelnden antreten. Die Aufzurüttelnden werden zu Aufgerüttelten und reiben sich endlich die Augen, fragen sich aber meist doch noch, warum ihnen die Aufrüttelei nottat? Die Aufrüttler und Aufrüttlerinnen werden es ihnen schon beibringen! Denn die Aufzurüttelnden sollen Buße tun. Wissen Sie, was das ist, Hiffenmarkt? Nichts als ein Exorzismus, ha! Einer, der sich im Säkularen hat halten und überdauern können!«

Wenig später folgte dann dieses:

»Unsere Weltbetrachtung und Historie pflegt den Ereignissen mehr Beachtung zu schenken als den Zuständen. Diese werden unterschätzt, jene überschätzt. Zu den Zuständen gehören Bräuche, Denkgewohnheiten, Formen, aber auch Ängste, Lüste, Sprachräume. Die Ereignisse machen naturgemäß Trubel. Trubel braucht das Fernsehen. Der Trubel ist der Dauerzustand des Fernsehens. Es wirbelt Staub auf, der sich alsbald legt. Staub ist Nebel, amorphes Ereignis; es lagert sich ab; die Sedimente hieraus sind wiederum Zustände, klären, werden kristallin, ha!«

Die Röhrschen Redeflüsse fingen mählich an, die Stromschnelle der Rufus'schen Zugtiraden zu gewinnen!

Was aber hörte ich da? – Während des Nachmittagsverhörs vernahm ich, der Verhörte, ihn, den Verhörer, den Kommissar Röhr, erstmals auch – singen! Daß er gern Gedichte aufsagte, war mir und ist Ihnen, verehrte Leser, bekannt! Auch sein Liedrepertoire war wohl beachtlich und bemerkenswert, weniger freilich in dem Sinne, daß es bemerkt zu werden würdig, als in jenem, daß es merkwürdig war. Auch wie er sang.

Er mußte neulich unseren Gedanken über die allgemeine Menschlichkeit weiter nachgesonnen haben und mochte das nun ohne viel Ein- oder Überleitungen weiterführen und ausschmücken, indem er ein Ständchen brachte:

»Ob du arm bist oder reich,
alle Mänschen sind glaich!
Wir wollen Gleichheit, Brot
und Rooosen!
Genügend Geld für a-
lle Arbeitslooohoosen!«

Wir, Knorr und ich (und auch Röhr selbst), lauschten beeindruckt hinterher, wie »a-lle Arbeitslosen« allgemach aus dem Büroraum marschierten, im Flur verhallten, dann langsam verwehten und nun woanders westen (oder im Fernsehn auftraten). – Und Stille ward!

Es sei dies, erläuterte Röhr noch außer Puste, seine eigene Übertragung des *Lieds vom Gleichheitsbrot* aus der Französischen Revolution, das Lied *Le Pain Égalité*. In Ermangelung des Brotes habe man damals vom Brot gesungen, erläuterte er. Alle seien ganz außer der *Façon* gewesen seinerzeit und sangen es ständig. Marie Antoinette habe, wie alle Welt wisse, Kuchen gegen den Brotmangel empfohlen. Das habe sie den Kopf gekostet. Das Lied habe einen Taumel ausgelöst, den die heutigen Verheißungen der Globalendogamie *noch* nicht auszulösen die Kraft gesammelt hätten. – »Ungeheuerlich!«

»Global- was? Endomie?« nahm ich wunder.

»En-do-ga-mie, Hiffenmarkt! *One and better world, all together now*, *free and easy*, Hiffenmarkt! Weltumspannend! Eigentlich ja Polygamie schon. Wobei die erstrebte ›Ehe für alle‹ die Vorhut bildet.«

Wenig später dann kam Röhr – was weiß ich wie? – auf sein »übliches Geschäftsgebaren« zu sprechen. – Für Überraschungen sorgte er immer! Er erklärte:

Geschäfte fänden bei ihm *nicht* statt. Wohl aber gebe er freimütig Geschenke an Achtbare, an Freunde. Da sei er großzügig, was die Qualität der Geschenke beträfe. Freilich erwarte er »Gegengeschenke«, was sich zunächst, so Röhr, immer sehr eigennützig anhöre, aber zum großen Austausch unter Freunden gehöre – so wie »redselige Bierabende mit reihum Spendierrunden und Tabakgaben«! Er halte viel vom uralten Tausch – nicht viel von heute üblichen Geldgeschäften! Der Tausch sei ein ehrerbietiges Ritual mit wechselhaftem Verhandlungsgang, dergestalt, daß er, so er ein Geschenk verfügbar halte, mit Vorsicht und »bangen Herzens« auskultiere, ob sich der Beschenkte geneigt und verpflichtet bezeigen werde, die Gabe zu empfangen, ihr einigen Wert beizumessen und das Tauschbegehren zu erkennen. Der Tausch entspreche der alten Vorstellung von einer ausgleichenden »Weltwaage«. Dem Gedanken des Talionsrechts nahestehend.

Ich berichtete hierauf, daß ich einmal ebenso verfahren sei, indem ich mein erstes Auto verschenkte, einen *Renault Dauphine*, 36 PS; es sei aber *nichts* zurückgekommen, absolut nichts! Weg!

»Weg? Hm.«

»Ja, nichts! Weg!«

»Tja, Schieflage. Nur noch Gaunerei und Geldgier.«

Er erzählte dann noch eine Geschenkgeschichte, damit alles deutlicher werde. – Und mit Geschenken kannten wir uns eigentlich beide gut aus – o ja! (Der Wagen, die Päckchen!)

»In Thüringen«, erzählte er, »gibt es Holzschnitzer, die Nußknacker fertigen. Neuerdings kann man Fotos hinschicken und danach gestalten sie den dann. Wußten Sie das, Hiffenmarkt?«

»Nein.«

»Jetzt hatte ich mir mal den Spaß erlaubt und vom Chef damals in Bamberg, dem Dr. Stoiber vom BKA, einige Fotos nach Thüringen geschickt. Er ließ sich gern fotografieren, der Mann! Nach den Fotos vom Stoiber haben sie einen riesigen Nußknacker hergestellt, den ich dem Stoiber dann zu Weihnachten geschenkt habe, vor allen Kollegen beim Wichteln oder wie das heißt. Also ich mußte ihn beschenken. Und es war herzlich gemeint! Der Nußknacker sah freilich wie eine Karikatur aus vom Stoiber! Herrlich war der! Fast gleich groß, ha!«

»War er begeistert?«

»Nicht, nein! Es war ein Angriff auf seine Eitelkeit. Und er litt unter ständigem Ehrsuchtskitzel, geradezu lächerlich strebsam, der Mann! Seine Gegengaben bestanden dann aus Schikanen gegen mich. Schlechter Tausch wieder! Später habe ich vorsichtiger dann nur noch Karl Marx, Hegel oder meinen Freund Erwin Kramer nachschnitzen lassen. Freund Kramer war ehrlich erheitert drüber! Stalin? Hätte mich das Leben gekostet, damals! Marx war wohl auch humorlos.«

»Hegel war wohl eher komisch. Ob er es aber sein wollte und selbst so sah, weiß ich nicht!« gab ich zu.

Röhr sah mich hieraufhin ernst an. Man müsse sich auch in acht nehmen, mahnte er! Die Dummheit der Meinungen und Gegenstände übertrage sich leicht auf alle, die zu sehr eintauchen. – »Dann wird aus dem Versenken ein Versinken im Moor, wo die Moorleichen wohnen und Ihre Äppel faulen, Hiffenmarkt!«

»Aber dann gedeihen sie doch!«

»Unberechenbar alles, ja!«

»Inpommerabel quasi ...« – Darob feixten wir wie die Nußknacker!

»... man braucht den Quatsch bloß ständig daherzureden!« meinte Röhr. Ich hatte nicht recht zugehört, fragte nach:

»Was für Quatsch, Herr Röhr?«

»Ja, egal, was! Programme, Werbung. Politische Parolen, Utopien, Spinnereien, kranke Thesen, verwirrte Theorie.

Egal. Die Leute glauben es! Glauben alles!«

»Was!? Jeden Quatsch?«

»Jeden!«

»Aber wenn nun die Wirklichkeit Einspruch erhebt?«

»Sogar dann, lieber Hiffenmarkt! Ich wiederhole es: Sogar dann!«

»Versteh' ich nicht.«

»Versteht auch keiner. Außer Hegel und noch paar versteht das keiner! Passiert aber ständig ...«

»Hegel?«

»Ja. Hegel soll mal zu einem Freund, dem Niethammer, da soll er im Vertrauen mal behauptet haben, daß theoretische Arbeit mehr zustande bringt als praktische.

Das Wort bewirkt mehr als die Tat. Wenn erst das Reich der Vorstellungen revolutioniert ist, meinte er, dann hält die Wirklichkeit nicht mehr stand.«

»Und was hat dieser Niethammer dazu gesagt?«

»Der soll nur ›So, so.‹ gesagt haben. Und Hegel daraufhin ›Doch, doch!‹. Und manchmal glaub ich's auch, und ich weiß es ja auch!«

»**Gibt's da besondere** Beispiele für, Herr Röhr?«

»Also wir haben hier in Grollstadt gewisse politische Kreise, nicht wahr, und da herrscht dieses Souffleursunwesen ...«

»Was haben wir für Unwesen?«

»Einflüsterer und Vorbeter haben wir! Wie überall übrigens. Man redet Fakten herbei, Hiffenmarkt! Seit fünfzig Jahren behaupten die eisern, daß die Leute hier vor 1968 alle Spießer waren und ganz verklemmt. Und nun glauben es schon alle. Und ausgerechnet diese spätgeborenen Souffleusen fordern jetzt, daß keine anstößigen Witze mehr erzählt werden dürfen. Daß ich nicht lache!«

»War ja doch schon etwas bequetscht damals, in den Sechzigern alles, oder, Herr Röhr?«

»Quatsch! Fangen Sie auch schon an, Hiffenmarkt!? Rock 'n' Roll war und Jazz und Beat und Feiern und Frauen ohne Ende! Gucken Sie mal Schwarzweißfilme mit Heinz Erhard oder Paul Dahlke aus den Fünfzigern. Die Knef, die Dietrich. Und was in den Kneipen hier los war nach dem Krieg, glaubt kein Mensch!«

»Auweia, ja! Ich weiß noch, wie sie im Grollstädter Krug unten auf den Kneipentischen koitiert haben,

Herr Röhr! Kennen Sie ihn noch, den alten Grollstädter Krug?«

»Na klar doch! Ich war als Jugendlicher jeden Abend drin. Wie von Sinnen alle dort! Trunksüchtige Weiber durften sich einen Fünfer vom Thekenrand schnappen. Freilich nur mit dem Geschlechtsteil! Oder einfacher für sie: einen Zwickel vom Tischrand, fürs nächste Bier!«

»Ja, Zwickel, das waren die Zweimarkstücke damals!«

»Deshalb hießen die so, Zwickel! Wie der Zwickel im Damenhöschen. Meine Mutter hat's mir immer nicht glauben wollen.«

Als wir heute, Röhr und ich, während der ersten Zusammenkunft nur müßig und stille beisammensaßen, aus dem Fenster schauten und dem frühlingsfrohen Vogeltreiben lauschten – ohne ein Wort, in vollkommenem Einklang! –, zog in mir jählings eine schaurig-wohlige Stimmung, ja eine ganz numinose Hochstimmung auf, die auch meinen Körper durchschauderte, die aber meine – mir verbliebene? vielleicht sogar geschärfte? – Vernunft trotzdem gereizt abwies, ja für schädlich hielt.

Meine Vernunft legte mir nahe, zu bedenken, ob ich nicht etwa meschugge geworden sei über die Zeit hier drinnen? Und ob nun etwa ein *»high«* (wie meine Söhne sagen) auf mich gekommen war? Ob manischer Schwurbel mich heimgesucht? Etwa durch meinen Schweinfurter Kopfschlag gut vorbereitet? Oder kraft des immer gewagteren Atmosphärenflugs meiner Kotfliegengeschwader durch Röhrs und meine hiesigen Ideengebirge? Oder vermittels Stoiber-Nußknacker und ›Anundfürsichblüten‹? Oder kraft zu vieler Fälle von paradoxen

Fällen? Oder der vom Spitzweg-Poet befeuerten *Kalamitäten*-Ekstase wegen? – Was trüge es auch Wunder? All das gab es ja.

Indes, mir wollte augenblicklich fühlbar aufgehen, als habe ich meine Haft als lange schon Kranker angetreten, und als habe mich nun der Karzer, die Röhrsche Gastfreundschaft und Gesprächsführung hier endlich doch – *gesunden* lassen!

Das war kein gereifter Gedanke, sondern kam jäh wie eine Erleuchtung und Gewißheit auf mich! Es glich den nächtlichen Fliegenüberfällen. Glich einem Blitzschlag! Hernach dann das (elektrische) Knistern! Ein Licht ging mir auf: Mein nächtliches Knistern und Knacken war Ankündigung von Abglanz und Triumphen! Jetzt roch es auch elektrisch wie Ozon, und ich wußte, was es bedeutet. Mit eins wußte ich, du wirst als Gesunder, als ein an Geist und Körper Geheilter erleuchtet von hier scheiden und der Welt draußen künftig mehr Freude bereiten! Die Frau wird dich erneut erkennen! Im ersten Akt mit ihr würde das künftige Glück, das neue Leben gezeugt! Hoho!

Hierzu brach ein befreites Gelächter aus mir und ließ draußen vorm offenen Fenster für Momente die Vogelwelt erstarren. Röhr, der ja heute neben (!) mir saß (er hatte seinen Bürostuhl neben meinen gerollt) und mit mir nach draußen durchs geöffnete Fenster in den Sommer schaute, der sah mich nicht einmal erstaunt oder verwundert an, da ich doch vor Lachen barst – nein, er ahnte, ja wußte, was in mir vorging! Mein Verstand hielt das grundlose Lachen freilich erst wieder für Anzeichen von Irrsinn.

Bis ich mich erneut besann. – Denn Röhr wies meinen Verdacht des Irrsinns strikt ab! Ich sei verrückt, meinte er, wenn ich glaubte, verrückt zu sein! Und abermals schlug der Blitz ein und beleuchtete alles! – Wir waren zwei Mystiker, die unter mönchisch-klösterlichen Bedingungen (in Klausur gewissermaßen) die Welt auslachten, der eine mehr, der andere weniger! Unsere so hoch- wie tiefschürfenden Unterhaltungen, für beide stets ein Gewinn – denn wir liebten den Scharfsinn, Spott und das Vergnügen! –, waren längst darüber hinaus zum Einklang gediehen, zur Sphärenharmonie, die keines Wortes mehr bedurfte. Und alle Fliegen brummten wohlig! – Warum sollte ich mich da nicht wohl fühlen *und* schieflachen?

Heute morgen sah Röhr ganz erschrocken auf seine Topfpflanze am Fenster – eine merkwürdig zerzauste, alt gewordene *Monstera*, welche Pflanze, die, wie Röhr anmerkte, der Wachtmeister Knorr »sieche Fensterblatterln« nannte (und die gewiß noch viele andere Namen trug), obwohl Knorr sonst Berliner Zunge sprach – wenn er denn sprach; diesfalls sagte er »sieche Fensterblatterln«. Röhr imitierte es für mich: »sieche Fensterblatterln«, haha! (Ich hatte den Knorr ja nur ein Etwas beim rotgesichtigen Schnaufer und Weniges sonst noch sagen gehört.) Danach sah Röhr mich an und offenbarte mir:

»Hiffenmarkt, es ist so: Erschütternd ist es! Gestern sah ich eine im Gesicht und auch von Gestalt leibhaftig sehr gut aussehende alte Frau. Sie mußte überaus schön gewesen sein. Und doch fand ich sie ganz abstoßend! Die Sandalen zeigten krüpplige Zehen, ihr Gesicht hatte mit der Zeit ganz schrecklich verkeifte Züge gefaltet, der Mund verkniffen, alles verwelkt, verbiestert und grämlich. Alles dahin!«

Er sah mich betrübt an. Ich fragte:

»Und weiter?«

»Ja, dann kam das Schlimmste! Der schmachtende Blick! Früher haben mich Weiber solchen Formats keines Blickes gewürdigt, und jetzt geilen diese Dörrpflaumen uns alten Männern nach! Ha! Entwürdigend! Sie sehen mich ja! Gut sehe ich beileibe auch nicht mehr aus! Da mache ich mir nichts vor! Und ich bin, was mir meine Frau immer vorwirft, manchmal sehr jeckenhaft gekleidet. Gut, es stimmt! Denken Sie an meinen Lieblingsanzug, den Lodenanzug, der übrigens maßgefertigt ist nach meinen Vorgaben! Mein Wörgl-Habit!«

»Ich weiß, ich weiß« wiegelte ich ab, und beinahe hätte ich noch »Rufus!« angefügt, denn erstmals hatte er ja doch den Rufus von damals erwähnt (ohne freilich den Namen zu nennen)! – Also mochte es ihm nun nicht noch peinlich werden …!

»Wie findet Ihre Frau diesen saloppen Wörgl, Herr Röhr?«

»Sie akzeptiert ihn! Ist ja auch älter geworden, aber schön geblieben! Niemals verbiestert. Ich kleide mich eben privat, wie es genehm ist. Für Sie, Herr Hiffenmarkt, und für meine Frau und im Dienst trage ich selbstverständlich Anzug und ordentlich Krawatte!«

»**Verborgen Sie** Geld, Hiffenmarkt?« fragte er mich unerwartet.

Ich hatte gerade versucht, seine Loden-Kappe von

damals zu erinnern und sie mir in Gedanken detailreich und anschaulich vorschweben zu lassen. Man vergißt so viel, aber dann schwebte sie und drehte sich dreidimensional vor mir in der Luft. Denn es bleibt immer ein Eindruck, ein Geschmack, irgend etwas haftet – der Rest kommt dann. Ich antwortete verzögert:

»Manchmal, ja.«

»Tun Sie es keinesfalls!« sagte er: »Die Schuldner jaulen jetzt neuerdings sehr dreist auf, wenn man sein Geld wiederhaben will. Sie geben sich dann wie Opfer einer absichtlichen Niedertracht und mutwilligen Verarmung. Die Gläubiger sind in jedem Falle die herzlosen Geldsäcke, sonst könnten sie ja kein Geld verborgen. Also haben sie's im Überfluß, folgern die! Womöglich ausbeuterisch erwirtschaftet. Böse, klar doch! Vieles hat sich grundlegend verändert!«

»Ständig, ja! Es ist lästig!« pflichtete ich bei.

»Der Schmetterling tut so, als habe er Augen. Ganz große, auf den Flügeln!« behauptete Röhr wiederum überraschend, und er wußte: »Er täuscht damit. Große Augen sollen Gefahr und Risiko signalisieren, daß ihn andere nicht fressen. Die Augen mancher Menschen täuschen hingegen vor, daß sie voller Schmetterlinge sind! Und manchmal sind sie es auch. Meine Frau hat Augen, sage ich Ihnen! Damit kann sie Herzen schmelzen und Kinder verzaubern! Ich bin's schon seit vierzig Jahren! Von meiner Frau Charlotte, geborene Kunz. Jetzt Röhr. Ah, die Lotte! Mein Lottchen! Wir gehen nach Bamberg ...«

Wir aber freuten uns. Sahen beide das Foto von ihr (auf'm Schreibtisch) an. Nun freilich kam wieder solches von Röhr:

»Sagen Sie, Hiffenmarkt! Was war zuletzt da? Nicht zuerst! Zuletzt! Das Ei oder die Henne?«

»Ich weiß nicht mal, was zuerst da war!«

»Wollen Sie's wissen?«

»Nun?«

»Der Eierlikör, haha!«

Er feixte wie von Sinnen, und dann sagte er noch ganz außer Puste:

»Und ganz am Ende fällt die Eierlikörflasche hin. Rumms! Platsch! Zerplatzt das Fläschchen vom guten Ei.«

Aus Röhr wurde nun doch *peu à peu – voilà du boudin*, die Besen geschultert! – mehr und mehr Rufus! Und damit kam das Absurde erneut ins Spiel, das ich schätze wie kaum etwas anderes auf der ganzen Sprachwelt!

Wenn etwa eine Dame am Nebentisch über Krankheiten und Untersuchung spricht und abschließend resümiert: »Mal sehen, was morgen das Blut sagt!« – Dann mag ich ihr glatt einen Eierlikör spendieren vor Sprachwonne! (Was ich mir wegen Dietlinde aber immer verkneife!) Oder jemand sagt nur: »Wir müssen uns neue Ideen ausdenken!« – Könnte ich heulen vor Glück! Hierzu passend hielt Röhr einen kurzen Vortrag:

»Wenn nun, sagen wir mal«, legte er los, »das Verbrennen von Witwen irgendwo Brauch ist, so sollen sie das meinetwegen tun! Aber mein Land hat auch seine Bräuche. Wenn Leute Frauen lebendig verbrennen, haben wir diese Brenner früher auch verbrannt! Ich bin vom Fach, Hiffenmarkt! Ich kenn' mich aus. Das war noch das alte *Ius talionis*, Hiffenmarkt! Sie kennen das?«

»Ja. Auge um Auge und so ...«

»So ist es! Späterhin hat man solche Witwenbrenner dann humaner nur aufgehängt. Heute kommen Witwenbrenner auch vor Gericht, aber man zeigt Verständnis für allerlei fremdartige Sitten und Bräuche, man bemüht sich um kulturelle Einfühlung. Man klopft die undelikate Sache etwas pikiert ab und gibt dann Bewährung.«

»Bewähren sich die Brenner denn auch?« fragte ich.

»Tja. Es wird sich wieder eine finden, die dann als Witwe gut brennt. Das regelt ja die Familie, weniger der verstorbene Ehemann! Die Schwiegermutter schenkt also der Schwiegertochter zur Mahnung immer mal Streichhölzer. Das genügt! Mehr können diese Leute vorerst nicht machen. Jedenfalls wird eine künftige Witwe bemüht sein und sich beeilen, tunlichst *vor* ihrem Mann zu sterben.«

Röhr lief zur Höchstform auf: »Nestwache und Kinderführen«, behauptete er, »sind die eigentlichen Höhepunkte eines reifen Mannes und Gentlemans und mehr mit Gefühlen und Geist geladen als das Begattungsvorspiel oder der Sexualakt selbst. Überdies vervollkommnet es ihn. Und hierdurch mußte der Mann schön werden! Evolutionär quasi unter Selektionsdruck.«

In der Zelle überdachte ich es wieder. Wie nun? – Hierdurch *mußte* der Mann schön werden. Oder: Hierdurch mußte der Mann *schön* werden; oder: Hierdurch mußte *der Mann* schön werden. Oder: Hierdurch mußte der Mann schön *werden*! Oder: *Hierdurch* mußte er es?

Gegen Ende der Verhörstunde hatte Röhr noch vermutet:

»Die Frauen veredelt ähnliches und anderes. Dadurch wurde sie noch schöner als der Mann. Bei den Stockenten ist es umgekehrt.«

Röhr, Röhr, Röhr! – Ich besuchte hier die höhere als auch alte Schule. Die Palme aber geht an ihn! Nach den letzten Worten von den verkehrten Stockenten ließ er mich hinausbegleiten und telefonierte. Und ich ging hinter Knorr her direkt an die *Kalamitäten*.

8. Kapitel

Garnelenglück

»**Komischerweise** wird derzeit eine schwache und unzureichende Polizei moralisch höher geschätzt als eine starke, die unsere Nörgelathlethen dann doch herbeirufen, wenn ihnen das böse Leben nicht die gewohnte Schonung gewährt.«

»Die Bullen, ja.«

»Unsere Staatschefs und obersten Vorgesetzten sind nur noch Vorrednertypen. Ansager. Glauben Sie mir, Hiffenmarkt! Die Talente agieren immer nur unter ihnen oder in anderen Bereichen. Die tragen aber hier das Risiko bei Entscheidungen, die oft aus Laune oder Blähsucht doch mal von oben kommen, wo sie für gewöhnlich Entscheidungen scheuen. Das ist keine leichte Aufgabe für Talente, weil nicht nach Vernunft gehandelt werden darf. Und die Medienleute sind leider auch dämlich. Und mutlos, sonst würden sie drüber berichten.«

»Die Klugen sind also mutig?« fragte ich ihn.

»Nein, dämlich, wenn sie mutig sind! Dann sind sie schnell raus. Denn schwache Geister und gebrechliche Staaten werden nervös und ertragen keine Kritik, keine Gegnerschaft. Sie reagieren hysterisch und verdrängen gern. So dauert dann ein Weltkrieg vier Jahre, obwohl er schon nach einem für keinen mehr zu gewinnen ist. Die ortsüblichen Rechthaber und Bescheidwisser erhoffen immer, daß sich der Wind nach ihrer Fahne dreht, und wenn der es, wie meist, nicht tut, dann zwingen sie ihn. Sie trompeten verschimmelte Parolen durchs Brett vorm Kopf gegen den Wind im Land – bis er dreht.«

Das mit dem Trompeten hatte er garantiert von mir abgekupfert! – Sage ich doch immer, »trompeten«! Und sage ich auch Ihnen: Der Mann kupfert viel!

Dann ging's weiter: »Das Stimmvieh hält diese vorverdauten Meinungen endlich für seine eigenen. Soweit ist das gekommen! Was sagen Sie?«

»Was soll ich sagen?« sagte ich.

Mensch, Frowalt! dachte ich. Jahrelang schwingst du da an den scheiß Bahnhöfen die großen Reden – die gar nicht viel anders oder schlechter als Röhrs waren! – und nun bist du selbst an einen Redner geraten. So grinste ich blödsinnig durchs Fenstergitter nach draußen.

Ich wollte mal kurz, als junger Mensch noch, ins Kloster gehen, richtig hart – zu den Kartäusern, Bruno von Köln, Schweigegelübde und so ... Ganz ernsthaft mit *Refektorium*, *Necessarium* und *cum cervisia Andecsi*. – Ach Gott! Hätte man hier doch bloß mal zwei oder drei *Andechser* Bockbiere oder Fastenbiere naschen dürfen! Und dann ab ins *Dormitium*. (Nun hatte man das als Quittung für ehemalige Lateinmühen!? – Wie nur? – Ach, das verstehe ich doch selbst nicht ...)

Heute also darum einige Fluchtgedanken: für kurz nur mal raus, nur zum Biertrinken! Dann brav wieder heim ins Zellchen! Ganz unauffällig ... Faktisch aber nichts zu machen! – Ich habe alles erwogen, probiert und überall gerüttelt – nichts! Kein Lüftungsschacht, keine Bodenplatte, nichts!

»Supi, supi, ha! *Heute wieder ma supi fucking pretty good Wether today! Alles: eins, ja 1a ff draußen! Bäume usw. Bzw.: 1a ff supi pp, haha! But leider only draußen, nur only draußen! Shity big sun draußen, shit! And all the Bäume and so on, alles Scheiße! But I dont care! Fucking shit!«*

Das stand tatsächlich (anderntags und voller Rätsel) genau so auf gelochtem Karopapier (»im Raume«, haha!). Und wurde von mir früh sogleich ordentlich abgeheftet (*Kalamitäten*, Bd. 11, Jg. 2019/20, daselbst). – Seltsam, seltsam! Unerklärlich.

Ob ich da wohl doch nächtens durch Grollstadt-Sauger wandelte? Als Nachtwandelwesen? Und in der Nähe gemütlich wo einkehrte und inkognito soff? Als Wiedergänger im *Grollstädter Krug* etwan? Mit Röhr gar!?

Ha! – *Why not? Fuck!*

»**Revolution macht jetzt nur noch** der Kapitalismus selbst!« wuchtete Röhr anderntags in sein Büro vor mich hin: »Er ebnet sich den Weltmarkt und rollt ihn von Westen und Osten her auf mit neuen Märkten, neuen Ordnungen, neuen Menschen! Ha!«

Mir entfloh ein: »Nee!«

»Doch! Angestaubte Revolutionäre und postmoderne Weltausleger sind ihm die nützlichsten Idioten. Sie planieren und ölen die Rutschbahnen, sie roden und brechen die alten Instanzen und Eigenarten nieder! Zum Frommen neoliberaler Absichten. Glauben Sie mir, Hiffenmarkt!«

»Hm.«

»Für seine planetarischen Märkte braucht das Kapital freies Feld! Frischen Wind! Keine Konventionen, keine Religionen, keine Nationen mehr! *One world, free and easy living!* Marx hatte recht! Er würde staunen! Sogar die Kirchen, die Kommunisten rutschen mit!«

»Nicht alle, Herr Röhr!«

»Doch, Hiffenmarkt! Alle liefern sie Schubkraft! Gerade die Widerstandskräfte, ob nun die linken oder rechten oder die von ganz oben. Den Widerspenstigen dämmert nicht, daß sie nützlich und sogar förderlich sind! Nützliche Idioten. Danach fegt es sie weg!« behauptete Röhr, wieder sehr waghalsig! Dann erwähnte er noch:

»Das Analphabetentum, das als billiges Werkzeug aller Revolutionäre zyklisch das Bürgertum und die Reichen ausmordet, um kurzfristig teure Träume zu finanzieren, erwürgt seine Gebieter, wenn die Luftbauten platzen. Der Pöbel bleibt am Ende selbst auf der Strekke, wird umgepolt, ersetzt, geopfert. Der Kapitalismus kommt dann rundum erneuert wieder hoch! Nirgends gedeiht er so, wie in den Ruinen gescheiterter Experimente. So glättet sich seine Bahn, und es geht weiter und weiter. Der ganze endlose Irrsinn. Man muß sich abfinden.«

»**Aber der Kapitalismus** ist den Menschen immer unheimlich, Herr Röhr!«

»Haben Sie recht, Hiffenmarkt! Obwohl wir im Welt- und Geschichtsmaßstab gerade recht komfortabel drin wohnen.«

»Relativ, Herr Röhr! Und nicht alle.«

»Gut. Es gab und gibt immer welche, die ihn darum abschaffen wollen. Andere, die ihn bremsen und sozialer möchten. Die haben auch einiges bewirkt. Die Abschaffer nur Übel! Aber kennen Sie welche, die ihn absolut und ungebremst befürworten? Der Kapitalismus begehrt und besorgt selbst, daß er geschmeidig und flüssig bleibt. Er hält sich fügsam, sonst härtet er aus und bricht. Das Eigentümliche ist, daß er sich selbst zu wandeln und heilen weiß!«

»Das weiß der?«

»Die innere Dynamik ist vorhanden. Er hat seine Agenten und Helfer. Die Kapitalisten haben ja immer ein schlechtes Gewissen, früher ein christliches, heute ein ökologisches. Also rannten sie früher in die Kirche und heute kaufen sie Elektroautos und spenden. Darum gab's früher dann Gewerkschaft und Urlaub, heute gibt's Umweltschutz und Grundversorgung. Und wieder und immer läuft alles wie geschmiert! Überdies fürchten die Leute, daß die Abschaffung des Kapitalismus im Neolithikum endet. Keine Tiefkühlpizza mehr! Nur noch frieren. Das will keiner!«

»Einige sagen, die Roboter arbeiten demnächst für uns.«

»Und wer baut die, Herr Hiffenmarkt?«

»Roboter!«

»Und Roboter bauen Roboter, die Roboter bauen?«

»Ja, und die bauen uns die fleißigen Chinesen, hihi!«

Wir lachten ein- und eigensinnig! Dann sagte Röhr:

»Das hört sich immer nach einer Mischung aus *Perpetuum mobile* plus Erlösungstheologie an. Der Schöpfer schöpft sich selbst auf immer und ewig und räumt die Wege ins Paradies frei.«

»Bis er erschöpft ist?«

»Wie die Roboter. Die brauchen und verbrauchen Stoffe, Energie. Sonst ist aus! Die verdauen und spucken Produkte aus, die im Müll oder im Kühlregal landen. *Perpetuum* und nachhaltig gibt es nicht.«

»Und was nun?«

Das konnten wir beide nicht beantworten. Für Gesamtweltentwürfe und die hierzu notwendig missionarischen Horizonte fehlte es uns im Polizeipräsidium an Aussicht. Die ging in Röhrs Büro nur bis auf den Hof hinaus, wo zwei Bäume und einige Autos arglos umherstanden. Darüber ein Streifen Himmel.

»**Bei uns dreht sich** ja einiges, wenn auch nicht restlos alles um die Ökonomie!« gab Röhr heute kund. »Der Konkurrent« sei hier die »Grundfigur« und alles sei »übers Geld vermittelt«.

Lauschte ich wieder einem einstigen Marxisten oder

einem erneuerten Adorno? (– Rufus, ›der Rote‹! – Ob sein Stammtisch ihn wohl »Ruff« rief? Wie *Ruof*: Ehrenwolf! Oder »Rufi«?: Rotes Ruferchen!)

Der verbliebene Geist, meinte Röhr, folge dem Muster der Konkurrenz und verteile sich über Parteiungen und Meinungsträger hinweg, und hierbei sei alles allein über Diskussion und Geld geschlichtet. – »So läuft der Laden hier, Hiffenmarkt!«

Am Nachmittag dann, beim zweiten Verhör, äußerte Röhr sehr bestimmt, »das All und Alles« existiere, weil es »wunderbar« sei! »Alles und Nichts« seien sich sehr nahe, aber uns Menschen gleich entlegen. Das »Nahe und Verstehbare« aber könne man »im Etwas« finden. Die »Namen aller Dinge« wiesen darauf hin. Darum müsse er selbst, Röhr, auch von allem immer alle Namen wissen – so wie vom Seidelbast!

»**Gestern**«, erzählte Röhr, »ist mir beim Betrachten von Rohrsängern in Haselsträuchern, vor denen üppig Seidelbast schwoll, da ist mir der Fuß bis zum Knöchel vom Morast eingeschluckt worden.«

Ich sah ihn interessiert an; er blickte zum Fenster hinaus in den Himmelsstreifen überm Dach drüben:

»Da habe ich mich mit eins wie erleuchtet und versteinert in die Dinge und Namen der Natur vertiefen können!« – Ich nickte gewichtig.

Dann fuhr er fort: »Ich war ganz Ohr, blieb ganz ruhig.« (Ganz röhr also, haha!) So sprach er nun beinahe andächtig flüsternd weiter:

»Wir, die wir auch nur eine Gebärde der Natur sind, glauben diese Gebärden auch annehmen und wissen zu können. Um zu verstehen, ziehen wir die Welt in uns hinein und vergeben Namen, aber das sind alles andere Welten, ganz für sich, wie Gras, Wasser, Wolke und jedes Tier. Uns hält jene Welt, wenn sie uns denn überhaupt beachtet, nur für Eindringlinge, Hiffenmarkt! Fürwitzige Eindringlinge sind wir! Nichts weiter. Wissen Sie, wo sich der Wind festhält auf der rundsausenden Erdkugel?«

»Nein. Wo denn, Herr Röhr?«

»In den Bäumen, Dornen und Geästen, in Tälern und Senken. Der Wind schläft und träumt, wenn er ruhen möchte, bei den Insekten und schlafenden Vögeln, in den Kastanien oder in Sandmulden. Da versucht er dem Sog und den Zügen der kreiselnden Erde zu entwischen. Was meinen Sie?«

»Ich schätze, Herr Röhr, die Luft und die Winde gibt es nur, weil sich Gott die Vögel zum Spaß und zur Freude erfunden hat!«

Er nickte erfreut und ließ es gelten.

Nicht wenige Zeit nach meiner lyrischen Ansage meinte Röhr:

»Ich war auch mal Kommunist, Hiffenmarkt! Man muß das mal gehabt haben, wie Liebeskummer, wie Tripper oder so was.«

(Und da war ja nun mal der Dr. Benn für zuständig.)

»**Es wäre alle Schäden wert**, es doch einmal wenigstens richtig auszuprobieren!« meinte Röhr.

»Was denn?«

Nun, er meinte das Experiment mit einem ›Bedingungslosen Grundeinkommen‹ und er behauptete: »In Teilen gibt's das ja schon, in schlichter Form. In der Arbeitslosigkeit. Rentnerdasein. Bummelstudent. Alimentierte Faulenzerei. Aber das müssen dann mal alle kriegen. Jeder!«

»Millionäre auch? Und Gauner?«

»Alle! Die werden sich totlachen, aber nicht drauf verzichten wollen. Alle Menschen sind gleich bei uns! Also alle, Hiffenmarkt! Da müssen wir durch ...«

»Müßiggänger bedenken seit jeher mehr und tiefer als Geschäftige!« gab ich beherzt kund – ich, der vollbeschäftigte Bürstendrücker und *Kalamitäten*-Schreiber, haha! (Nee, nix da: rundumversorgter Häftling, hähä!)

»Es werden immer wenige sein, die etwas tief bedenken, Hiffenmarkt! Einige werden wohl auch weiter Klavier lernen und üben. Oder Feuer löschen und Alte pflegen. Man wird in Teilen schon irgendeine Beschäftigung suchen. Und richtig Faule sind harmlos, die tun nichts! Faule halten Ruhe, wenn sie satt sind. Das ist stark mit eingerechnet.«

»Und was wird man generell machen? Sich langweilen? Angeln gehen? Saufen?«

»Viel vor Bildschirmen hocken, vermute ich. Und eine der wenigen Zerstreuungen und selbsterwählten Anstrengungen, die es dann noch gibt, werden gewiß allerhand Verbrechen sein. Ich kenn' mich da aus! Da hat das Leben noch Kitzel. Es wird nämlich fad werden, langweilig. Kein Schweiß im Angesicht mehr …«

»Jugendliche bemalen jetzt freiwillig riesige Hauswände und unter Gefahr auch ganze Züge. Die alt gewordenen Jugendlichen springen an Gummis von Brücken.«

»Man sollte sie den Malerberuf erlernen und malen lassen!«

»Und die Gummispringer?«

»Springen lassen! Sind gut versichert alle!«

Heute alles auch über Hygiene und »Läuseknoten«. Dann behauptete Röhr, daß Leute, die sich nie oder zu oft wüschen, automatisch zu stinken anfangen! »Deos, Axelsprays und so Scheiß« (sic!) helfe gar nichts, damit stinke man nur noch mehr!

Abends in meiner Zelle nahm ich mir bei Hagebuttentee und Margarineschnittchen vor, morgen nach den »Läuseknoten« zu fragen. Kannte ich nicht. Hatte verabsäumt, nachzufragen – es mußte aber doch in die neuen *Kalamitäten* – unbedingt! Ach, jetzt war's auch egal! Ich war müde und schlief fast ein …

»Verflucht sei, der etwas ändert!« sagt ein chinesisches Sprichwort – fiel mir auf (bzw. ein). Und es fehlte ja doch eigentlich nichts auf Erden! Alles ist ja irgendwie vorhanden. Dachte ich im Bett voller Zufriedenheit um mein Zimmer hier. Daheim hatte ich kein eigenes Bett, da war es ein Ehebett! (Womöglich lag nun die Dicke mit drin!) Dann schämte ich mich noch kurz meiner leichten Schwermut, da ich wider all meine Kurzatmigkeit und bemessene Zeit einsah, daß es in der Welt niemals ein Ende gibt. Alles geht weiter! Es geht und tut sich alles von allein. Auch ohne die Menschgattung. Außerdem hatten Röhr und ich beschlossen, heiter zu werden!

Dann rauschte es und brummte und ein frohes Knistern zog auf ... und ich kicherte etwas. Und schlief ein und schlief gut.

Und da saß auf einmal ein Mann am Meer und wartete, was dessen Schoß wohl herauf- und herauswerfen werde. – Wrackteile? Schatztruhen? Fischstäbchen? Oder gar nichts? Dann bliebe ihm wenigstens das Salz, dachte der Mann. – Das kostbare Salz!

Meine Träume führten mich neuerdings von den Teichen und Mooren hinüber zu den Ozeanen, unter den Seetang, die Algen, zum Heilbutt und Dorsch, zu den Rochen, Finten und Sprotten, zum Wittling und Lumb. Die Namen waren mein Tauchanzug. Und meine Insel war hier, wo überm Seidelbast Kirschen und Äpfel gediehen. Wolken zogen darüber hin. Und alles war gute Nacht!

»**Es gibt eine monogame Garnele**, die *Hymenocera* heißt, wußten Sie das, Hiffenmarkt?«

»Ach i wo denn? Und monogam?«

»Die Treue der Paare wird durch eine unendliche Sehnsucht nach Ruhe hervorgerufen. Wie gefällt Ihnen das, Hiffenmarkt?«

»Verstehe und verstehe ich nicht.«

»Das Paar wird durch eine Appetenz nach Ruhezuständen im Sinne Mayer-Holzapfels hervorgerufen. Triebbedingte Ruhezustände als Ziel von Appetenzhandlungen, sozusagen.«

Ich guckte ihn blöd an und sagte:

»Müller-Holzapfel?«

»Eine Frau Mayer-Holzapfel hat sich damit befaßt. Sie war eine Zoodirektorin. Die Appetenz zielte bei ihr voll auf die Garnelenforschung. Und nicht wie meist auf Dachshunde.«

»Dachshunde?«

»Ja, Dackel. Oder Kostüme und Konditoreiappetenzen!«

Wir schmunzelten so gleich- wie schwachsinnig. Dann sagte er:

»Also, die Mayer-Holzapfel, nette Frau übrigens, hat beobachtet, daß das Männchen keine Ruhe findet, wenn es sein Weibchen verloren hat, und dann eilt und irrt es zwanghaft umher, bis sich beide wiedergefunden haben, woraufhin das glückselige Pärchen zufrieden in tiefe Ruhe zurücksinkt. Ist das nicht schön, Hiffenmarkt!? Ist das kein Lebenssinn?!«

»Ja, durchaus. Und die Müller-Holzapfel kennen Sie persönlich?«

»Alte Geschichte, ja. Anatomie der Säuger, drittes Semester. Wir waren jung, Hiffenmarkt!

»**Es handelt sich** aber, wohlgemerkt, nicht um postkoitale Müdigkeit oder Wonnen der Ermattung, sondern dieser anhaltende Ruhezustand ist selbst koital, womöglich dauerorgastisch.« – »Ah! Reines Garnelenglück wohl!« rief ich beseelt.

»Vermutlich! Man steckt ja nicht drin in so einer Garnele.«

»Doch, ist schön!« pflichtete ich mehrmals bei (obwohl ich ja auch nicht drinsteckte). – Aber hier drinnen hatte ich ja eben so eine Ruhe! Eine abgeschlossene Wohnmuschel (mit Garnelenglück gar und Lebenssinn, freilich ohne Holzapfel bzw. Dietlinden, vulgo: zölibatäre Ruheappetenz). Röhr hatte noch nicht geendet und fuhr fort:

»Wir beide, lieber Herr Hiffenmarkt, kennen den Wert der Ruhe! Auch die Annehmlichkeiten, die Freuden des Lebens! Jeder wünscht glücklich zu sein. Sosehr ich diese Güter auch für mich und andere begehre, um so weniger mag ich sie durch Faulheit und Abgestumpftheit erkaufen. Auch ist es eine ganz kindische Hoffnung, einen Feind unserer angenehmen Lebensart und unserer Freizügigkeiten zu beschwichtigen oder durch Überzeugungskraft, Unterwürfigkeit und Schmeichelei, Schonung oder gar Gunst zu erreichen. Ungefährdeten Frieden, ha? Den gibt es nicht umsonst! Man muß ihn sich erkämpfen.«

Ich jedenfalls hatte mir ihn immer erhofft, so wie ewige Ruhe – von mir aus auch nach meinem Sterben erst. Davor wird's ja meist noch mal arg unruhig. Ich weiß es von meiner Mutter, die hat nur schwer Ruhe gefunden am Ende. – Aber jetzt hoffentlich! (»Garnelenglück«?)

Wir vermuten ja beide, daß unsere Frauen, Röhrs und die meine, nach ihrem Verscheiden ohne viel Umschweife und Zwischenhöllen geradewegs dem Himmel zugeteilt werden, weil sie, wie auch wir, auf Erden schon zureichend Höllen zu erdulden genötigt waren! Die Zeiten können einem hart mitspielen. Da gibt es keinen Unterschied zwischen Männern und Frauen, zwischen Kommissaren und Drückern.

Die Frauen sind, was das Himmelsziel anbelangt, zu Recht bevorzugt! Sie hatten bis vor einem halben Jahrhundert noch schwer zu schuften, mit Kind und Wäsche etwa. Meines (und Röhrs!) Erachtens hat die Waschmaschine, die übrigens ein Mann erfand, der Frau mehr Entlastung geschenkt als die halbe Emanzipationsbewegung, die nur wieder neue Mühen und Komplikationen bereitet hat. Und beide, Röhr und ich, waschen darum auch unser Zeug selbst! – wie Seeleute, Soldaten, Kommissare und Bürstendrücker es seit jeher tun! Mit der Waschmaschine freilich!

»Dafür leben Frauen länger, im Durchschnitt!« sagte ich.

»Ob das nun von Vorteil ist?« bedachte Röhr.

»Sie telefonieren lange und verbringen viel Zeit im Bad, Herr Röhr! Darum ist ihnen mehr Lebenszeit zugeteilt.«

»**Wir alle wissen**, daß es Menschen gibt, die beständig und kommod in Irrtümern und Illusionen beheimatet leben, ohne viel arbeiten und sorgen zu müssen. Hier tummeln sich die Schwärmer und Sozialbaumeister, die Randalierer und Menschretter. Handwerker aber oder Milchbauern, welche in einen Werktag gepflanzt sind und in ihm gedeihen müssen, sind schnell ruiniert, wenn sie Traumgebilden anhängen!« meinte Röhr und fuhr fort: »Solche praktischen Leute erleben die Wirkungen ihrer Fehler immer schmerzlich und lernen tunlichst, Vorsorge zu treiben und sich zu korrigieren. Sonst gehen sie baden! Natürlich träumen auch diese Menschen. Allerdings vorsichtig, umsichtig. Den Möglichkeiten gemäß und geerdet eben! Ein Flugzeugingenieur könnte sich nicht in der Luft halten, wenn er mit neumodischen Denkmustern die Gültigkeit der mathematischen Physik bezweifeln wollte.«

»Neumodische Denkmuster, wie gehen die?« fragte ich.

»Konstruktivismus zum Beispiel. Der tut alles als Denkkonstrukt ab! Man bildet sich dann die Schwerkraft und Kontoauszüge nur ein. Aber ein Flugzeugbauer muß strenger Wissenschaftlichkeit und Logik verhaftet bleiben, sonst stürzt er samt Publikum ab.«

»Aber man konstruiert sich doch immer einiges zusammen in der Welt. Mit Sprache meist! Haben Sie selbst mal behauptet!« behauptete ich. Da erwiderte er:

»Freilich doch! Aber wenn man, wie Sie, lieber Hiffenmarkt, mit zwei Mogelpäckchen am Bahnhof aufs Haupt gehauen wird oder umfällt und scheitert, kippt man um und scheitert! Fakt! Keine Einbildung! Aber gut, wenn ich *rot* sage, ist es ein Hilfskonstrukt, auf das wir uns einigen müssen, denn wie kann man wissen, was die anderen da sehen, wenn sie *rot* sehen und sagen? Und wie soll ich Ihnen mein *Rot* sichtbar machen?«

»Nur indem wir einfach *rot* sagen!« rief ich beflissen (und dachte an Renate und die zwei »Mogelpäckchen«); er brummte es ab. (»Mogelpäckchen« hatte er sie genannt!)

Da waren wir uns also heute wieder mal einig, und ich ging ins Bett und er wohl nach Hause auch ins Bett. – *Renate und die zwei Mogelpäckchen* oder *Ruffis Mogelpäckchen* – taugliche Kinderbuchtitel! begrübelte ich und sah durchs Gitter die Sterne und Fadenwolken.

Und da war es schon wieder, das Knistern, das Knirschen und meine brummige Nachtflugflotte schwirrte wie schwarze Sternchen um mich und um die glitzernden oben am Himmel herum wie wirr … in Fäden, wie Wolken.)

»**Was ist eigentlich** mit ihrem *Bonum-qua-malum*-Dingens, das Sie ständig anführen und vorbringen, Herr Hiffenmarkt?«

»Ich hab's von einem Gießener Denker übernommen, weil es einleuchtet wie kaum sonstwas! Der Gedanke folgt der Einsicht, daß wer Sorgen hat, auch Likör habe. Kompensationsprinzip und so.«

»Und *malum-qua-bonum*?«

»Hypokausten zum Beispiel!«

»Wie?«

»Ja, die Römer hatten früh schon eine zentrale Warmluftheizung erfunden, die Hypokausten, wo ein mit Holz befeuerter Heizraum heiße Luft durch die hohlen Wände und Böden spült. Bonum also! Kurze Zeit später war Italien entwaldet! Malum! Oder Geschirrspüler. Erst bringt er große Entlastung. Bonum! Die Nachkommen gewöhnen sich dran und sind bald zu faul oder zu ungeschickt, die Sachen da ordentlich oder überhaupt reinzustellen. ›Öffnung nach unten!‹ schärften wir den Kindern tausend Mal ein. Dann mußte man meist selbst umdrehen. Malum! Und Geschirr da ausräumen, mögen sie auch nicht. Also bringt ein Gutes ein Übles mit auf die Welt! Eine Entlastung entbindet Verwöhnung und Verdummung, quasi.«

»Hm. Hat was!«

»Fast möchte man meinen, Herr Röhr, es muß grundsätzlich jede Gabe, die dem Menschen durch Erfindungsreichtum beschert wird, mit einem gefährlichen Übel bezahlt werden! Das kommt im Gefolge.«

Beide nickten wir nachdenklich und schwiegen uns in den nächsten Gegenstand hinüber. Unterdessen kam mir der Gedanke, was nun wohl mit dem »Versuch« sei, mit dem angekündigten »Polizeiexperiment« – wird es wohl stattfinden? Dann wäre ja bald Schluß hier! Also ließ ich es bleiben. Mir war recht, daß die Angelegenheit ruhte. Am besten wäre, wenn alle sie vergäßen! Und alles ruhte.

Noch aber hatte ich in dieser Angelegenheit nicht geendet:

»Es gibt da noch einen Dreh, Herr Röhr! Je mehr Übel diese Erfindungen tilgen, desto unwiderstehlicher wird es für die Menschen, den technischen Fortschritt am Ende selbst nur noch als Übel zu empfinden! Mir geht es ja auch schon so! Dann sind sie extremsten Falls gegen Impfung, gegen Düngemittel, Pflanzenschutz, Autos, Flugverkehr. Nur gegen Rolltreppen vorerst nicht.«

»Nur Rolltreppen nicht?«

Röhr sah mich interessiert an. Also legte ich nach und los:

»Der Fortschritt hat ja auch Übel im Gefolge. Das hatten wir geklärt! Aber im wesentlichen entlastet er die Menschen doch. Und nun werden ihm merkwürdigerweise die Entlastungen lästig und er fängt an, an den Entlastungen rumzunörgeln und sogar zu leiden. Alles wird unter die Lupe genommen, und es wird so lange gemessen und rumgepolkt, bis doch noch Restübel ruchbar werden. Denn der Mensch erwartet mittlerweile die vollständige Abschaffung aller Mißstände, Krankheiten, Ängste, Mühen, Schmerzen, Tod und sonstwas. Die Abschaffung aller Mißstände ist aber unmöglich! Die geht allenfalls unendlich, also nie, gegen das Optimum null.«

»Hm. Die Rolltreppen bleiben also?«

»Mein Sohn Friedemann treibt viel Sport. Dann fährt er aber im Kaufhaus oder Bahnhof immer nur Rolltreppe. Runter sogar! Mit seiner Sporttasche!«

»Verstehe!« Wir nahmen etwas Kaffee und wurden gemütlich. (Seiner war besser als meiner auf der Zelle!) Ausgelassen sprach Röhr von seiner »bügeleisernen Hochzeit« im nächsten Jahr. Eine »diamantene Haftzeit« aber, so Röhr, müsse ich nicht befürchten, haha! Danach merkte er noch an, daß immer wieder einige Parteiungen, der billigen Wahlerfolge wegen, Vergiftungsängste im Volk schürten, seit Ewigkeiten schon:

»Was hier im Land moralisch höher steht, ist von niedrigem, dürftigen Geist. Leider denken die Menschen keinen Zoll über den Augenblick hinaus und glauben an Wahrsagerei und Geraune.«

»**Was glauben Sie**, werter Hiffenmarkt? Ob der pythagoreische Lehrsatz seine Wahrheit und schlichte Schönheit beibehält, wenn es nirgends ein Bewußtsein mehr gibt, das ihn denkt?«

»Ich vermute, der Satz löst sich einfach in nichts auf. Schwindet dahin, wo er herkam! Vergessen eben, weg!«

Röhr widersprach: »Ich glaube, der Satz gehört, wenn er einmal gedacht wurde, für immer als Dasein zum Dasein. Wir müssen über den Menschen hinausdenken.«

»Aber nur der Mensch denkt.«

»Nun, das denke ich *nicht*!« sagte Röhr: »*Gott* denkt!«

Ich erwog es, hielt inne und schwieg. Wir dachten nach ...

In Formen einer zur Anmut gemilderten Anmaßung? – Nee, denkste! In zur Anmaßung gesteigerter Anmut eher. – Nun ja.

»Wenn ich unsere Couch-Moni befrage«, sagte ich (frisch erwachend) zu Röhr, »was denn wohl eine Hypotenuse sei, so täte sie unüberlegt rumraten und etwas mit Bluse vermuten! Erwin und Friedemann wären schlauer. Sie treten wie viele heute mit moderner Selbstgewißheit auf.«

»Was würden die antworten?« interessierte sich Röhr.

»Sie würden womöglich verkünden, es handele sich bei einer Hypotenuse um eine Art Neuzüchtung der Pampelmuse.«

Wir amüsierten uns wieder sehr!

»**Herr Hiffenmarkt**! Ich sage mir immer: Alles besser ohne viel Gegrübel und Abwägerei flott wegleben und ableben und durchleben! Das scheint mir der beste Weg zu sein. Diesem folgen von jeher und ohne viel nachzudenken Menschen wie Schäfer, Schmiede, früher Piraten und auch Naturen wie Eskimos und manche Automatenspieler sogar! Solche Spieler, wie Sie einer sind! Aber Sie gehören wohl eher nicht dazu!?«

Ich staunte ihn an (er wußte längst Bescheid, wie ich wußte – ich hatte es ja selbst bekannt), und er grinste nur und sagte:

»Viele Spieler denken bedauerlicherweise zuviel nach und versuchen irgendwie hinter den Zufall zu kommen. Es gibt aber kein Dahinter.«

»Stimmt!« sagte ich kleinlaut. – Wie und warum meine merkwürdige *Tippico*-Hellsichtigkeit bei Fußballwetten funktionierte, wußte ich mir nicht annähernd zu erklären! Schicksal eben, dachte ich! Um mich etwas besser ins Licht zu stellen, erklärte ich Röhr:

»Mein Spielglück sichert mir meine und meiner Familie Existenz. Ich muß nicht dahinterkommen, warum es klappt. Es bringt Geld, aber sonst nichts. Das Bürstengewerbe hilft hierbei und ermöglicht mir eine Art solide Doppelexistenz, eine noch jenseits der Familie und draußen in Meppen und in der Welt. Den Ringkampf mit dem Leben aber versuche ich literarisch auszutragen. Keine gute Bewaffnung, aber anderes vermag ich nicht mehr!«

Hatte ich eben »Meppen« gesagt? – Ja. Röhr wußte das auch längst schon von mir und war nicht weiter erstaunt. Es schien gar so, als habe er da ähnliches in Wörgl laufen ... – Ein Wörgler Refugium gar?

»**Wie gelingt einem** das Leben, Herr Hiffenmarkt? Wie wird aus einem Menschen etwas Ordentliches, so wie es sich die Mütter wünschen?«

»Au! Das ist die Frage!« sagte ich überrascht: »Wenn man es wüßte, o, das wäre was, Herr Röhr!«

»Na, jedenfalls aus Lust oder durch Zwang zieht man sich selbst nicht hinauf und darüber hinaus ins Höchste. Man ist für sich verantwortlich, klar. Sonst kann man aus seinem Leben nichts machen. Um sich selbst noch zu überragen, braucht es Willen und Disziplin gepaart mit heiterem Gleichmut und Witz. Wenn aber die Gelassenheit zu Wurstigkeit verkommt und der Frohsinn zu bösem Galgenhumor, kann es kommen, daß man sich und alles gehenläßt, daß man bitter und gleichgültig oder sogar stumpf und dumpf wird und alles und jeden, auch sich selbst, im Stich läßt. Man verwahrlost.«

Ich dachte an unser Sofageschöpf, die dicke Moni. Sie lag gewiß jetzt mittags um halb eins vorm Fernsehapparat – um diese Zeit ging's los bei ihr ...

»Ich bin und bleibe da Pessimist, Hiffenmarkt! So bin ich immer aufs Schlimmste gefaßt und sehe klar!«

»Ich auch, Herr Röhr! Ich auch. Wem sagen Sie das?!«

Viel zu spät hatte ich dann doch entschieden, mir endlich ein Plakat vom *Armen Poeten* kommen zu lassen. Ich *wohnte* ja längst hier und *saß* gar nicht mehr! Da kommt dann durchs Wohnen der Einrichtungsdrang, das Schöner-Wohnen-Wollen und der Kissentrieb, die Anschaffungen auch! Gut. – Also das Bild hing nun in der Originalgröße von 1839 – 36 mal 45 Zentimeter, was klein ist! – über meinem Schreibtischbrettchen, wo ich mich tagtäglich in die *Kalamitäten* wühlte und ausgesuchten Kotfliegen Einlaß gewährte und Schlafecken anbot. Knorr, der für meine Neuanschaffung gesorgt hatte, mußte dann sofort Röhr davon erzählt haben und so meinte er nun heute beipflichtend:

»Mir gefällt der Spitzweg übrigens auch sehr, lieber Hiffenmarkt! Er hat den rechten Namen. Der paßt! Er kann gut malen und seine Sujets sind außerordentlich!«

»Finde ich ja immer schon!« jaulte ich so hingerissen wie erlöst auf. (Weil man als Spitzwegerianer sonst immer nur Schmäh erntete ...) Es wurde überhaupt gleichsinniger mit uns und inniger – und mir manchmal schon unheimlich! Verbrüderung von Räuber und Gendarm, so was wie ›Stockholm-Syndrom‹ oder ›Helsinki-Dingens‹ oder so? (Wo soll das enden?)

»Etliche Nörgler wollen da ja Kitsch entdecken«, sprach Röhr weiter: »Der versteckt sich aber zur Zeit in der Modernen Kunst, behaupte ich!« (Ja, ich doch auch!)

»Wer hat denn noch was gegen Moderne Kunst? Keiner!« (Ich zum Teil!) »Im Gegenteil!« (Na bitte!)

»Sie ist gemein geworden und drängt sich uns auf.« (Sag ich ja auch!)

»Aber was soll sein, Herr Hiffenmarkt? Zur *Neu-*

en Musik geht man erst gar nicht hin. Hab' ich kein Problem mit! Muß ich mich nicht mit abquälen mit so Zeugs!« (Ich auch nicht!)

»Was haben Sie da gehört?« interessierte mich.

»Den Rihm einmal und irgendwelche sogenannte Klanginstallatöre. Furchtbar! Der Pokal geht an eine Frau Kubusch oder so ähnlich. Die habe ich meiner Frau zuliebe an der Volkshochschule unten in Grollstadt ertragen.«

»Grausam!«

»Ja, aber das verhallt und dauert nicht. Schlimmer ist die Kunst dieser aufdringlichen Papprebellen. Sie tun einen auf Avantgarde, auf Revoluzzer und sind selbst nur Anpasser und Ranschmeißer. Solche Leute bauen Auschwitz aus *Lego*, wenn es ihnen der Trend einflüstert. Dann geben sie es für Kunst aus, wollen damit auf die *Documenta* und Preise und Geld für. Ekelerregend!«

»**In der Kunst**, lieber Hiffenmarkt, kann man jeden Blödsinn treiben, ganz gehaltlos, und darum kann man auch jeden Nepp plazieren. Ich schätze die Kunst, die moderne, durchaus! Aber die Literatur ist mir überprüfbarer. Wenn da Blödsinn steht, merke ich das. Mehr als Dada und Blabla kann man keinen Unsinn reinbringen, das ist dann ausgeblödelt. Einmal Nonsens reicht! Aber wer weiß?«

Er pausierte; ich schwieg; er fuhr fort:

»Wenn da Sprache ist und ein guter Satz steht, ist es ein guter. Eine treffende Formulierung, sie mag noch so ungewöhnlich und ungebräuchlich sein. Sie trifft es eben. Und die Wörter sind, auch wenn es gefühlig wird, gut zu unterscheiden in Kitsch und Seele. Worte wie ›Labsal‹ und ›Schlüpfer‹ sind schön! ›*Open-air*‹ ist kein freier Himmel mehr, und wenn was tot- oder großtuerisch neumodisch formuliert wird, merkt man das ja. Nur die gesottensten Beamten unter meinen Kollegen, glauben Sie mir, Hiffenmarkt, nur die stellen noch ›*basics*‹ auf ›Prüfstände‹ und bei denen ›herrscht Diskussionsbedarf‹, findet sich ›klimapolitisch Bedenkliches‹. Da wissen wir doch gleich, was los ist, wenn die so Blabla sagen! Wie Deppen, Nachschwätzer! Wichtig tun und nichts falsch machen wollen. Das sind kleine Seelen! Kultur ist was anderes.«

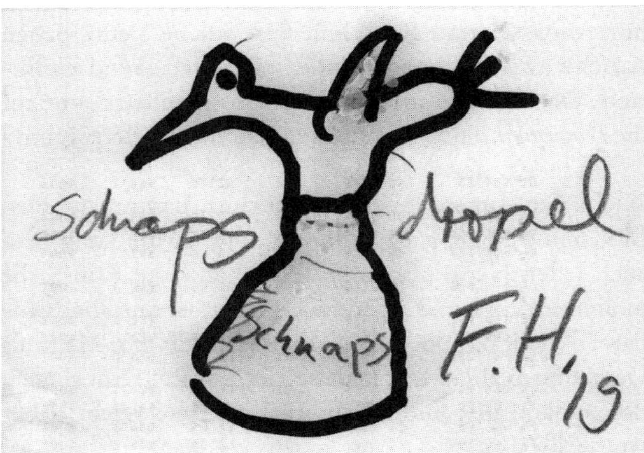

Ich dachte nach, ob er recht hatte? (Auch was meine Zeichnungen, mein eigentümliches Gekritzel betraf.) Nach meiner und seiner (also einer) Besinnungspause ergänzte Röhr:

»Ich habe ja mal den Hitler schnitzen lassen, auch als Nußknacker, in klein. Es war keine Kunstaktion, sondern eine Provokation, ein Test. Hat auch alle furchtbar erschrocken! Waren verunsichert, wie sie's einschätzen sollen, als Schmäh oder als Verharmlosung? Oder Verherrlichung? Da sind einige aus der Balance ... jedenfalls kein Gran Witz mehr! Nur Angst, was Falsches zu meinen.«

»Ist das nicht ebenso unsinnig wie diese mißratene *Lego*-Posse, Herr Röhr?«

»Schon, ja!« stöhnte er.

»Sie haben den trotzdem schnitzen lassen.«

»Zuzeiten wär's mir nicht gut bekommen. Heute ist es nur noch ein flauer Blödsinn, ja.«

»Und das künstlerische *Lego*-Mißglück?«

»Nur peinlich. Ich frage mich, wie es 1942 aufgefaßt worden wäre?«

»Als Kunstaktion wär's nicht durchgegangen.«

»Nein!« beglaubigte Röhr.

»Unsere Kinder«, erwähnte ich, »hatten einen *Lego*-Satz, der hieß ›Polizeistation mit Gefängnis‹. Haben die allesamt gern mit gespielt.«

»Gibt's das noch?«

»Ja. Und wir sitzen nun drin, Herr Kommissar!«

Röhr schwieg betreten. Dann reichte er vermeintlich (vulgo: ›mutmaßlich‹) bzw. angeblich »Selbstgebakkenes« (bzw. mutmaßlich Versöhnliches) zum wieder besonders guten Beamten-Mokka. (Bohnenkaffee und ›Nußplätzchen‹ mit Polizeistation und Gefängnis – verrückt alles!)

Ich erinnerte mich der Worte Nietzsches, der während seines turbulentesten Jahres, 1888, solches wähnte:

»Wieviel Geheimniß in der Correlation der deutschen Knödel und des deutschen ›kindlichen Gemüthes‹ steckt!« – Und wenn man erstere im Leibe habe, so rege sich sofort das letztere! Ähnlich korrelierende Wirkmächte (»Schwere, Lahmheit, Feuchtigkeit, Schlafrock«) sprach der geniale Schwirrkopp dem Bier und anderen Mitteln (»Christenthum«, »Gebäck«?) zu. Nachdem ich es mir zurechtgelegt hatte, trug ich Nietzsches Aussagen Röhr vor.

»Da ist was dran!« befand Röhr: »Viele Menschen befällt während böser Ahndungen etwa große Eßlust. Der Boethius wurde, wenn man einem gewissen Jöcher Glauben schenkt, bei dem ich studiert habe, so lange mit einem um die Stirne gelegten Strick gedreht, bis ihm die Augen zum Kopfe herausstiegen, worauf man ihn recht ›gothisch‹, sagt Jöcher, zu Tode geprügelt habe. Und dieser Boethius soll es zuvor geahnt haben und habe dann, wie stets vor und während schlimmer Ereignisse, die größte Eßlust verspürt. Übrigens schreibt dieser Jöcher noch den so amüsanten wie sehr kriminaltechnischen Zusatz: ›So wird also der Strick, an dem er gedreht worden, solide gewesen sein müssen.‹«

Durch die kriminaltechnischen Boethiusstellen war doch wieder mehr Röhr auf die Waage gelegt worden und Rufus und Röhr hierdurch wieder ausgewogener ins je zugewiesene Teil gesetzt. (Und ich setzte mich solchermaßen ins Mittel …)

Ein gewisser Philipp Andreas Oldenburger aber, berichtete Röhr (nach Jöcher) weiter, »muste einstens zwey Blätter von seinem itinerario Germaniae«, seinem deutschen Reisebericht also, den berühmt-berüchtigten *Constantini Germanici ad Iustum Sincerum Epistola Politica de Peregrinationibus Germanorum recte et rite iuxta interiorem Civilem prudentiam instituendis* von 1669, »worinne er etwas nachtheiliges von einem gewissen Fürsten und dessen Liebes-Affairen geschrieben, zur Strafe aufessen.«

Ob ich's auch mal werde müssen? Die *Kalamitäten* verspeisen? – Elf Bände!

9. Kapitel

Glühschweine

Mir war eines Tages plötzlich aufgefallen, daß in Röhrs Büro überall Glücksbringer verteilt waren. Ich entdeckte ein gerahmtes Kleeblatt, trockene Mistelzweige und tatsächlich auch ein Hufeisen über der rückwärtigen Tür, durch die er in die Heiligtümer des Präsidiums entschwand und wovor Knorr Wache hielt.

Die Anekdote mit dem Atomphysiker Heisenberg, den man auf ein Hufeisen über seiner Tür ansprach, ob er an so etwas denn glaube, kennen Sie gewiß, liebe Leser! Für alle aber, die sie nicht kennen: Heisenberg antwortete, daß Hufeisen auch hälfen und wirkten, so man nicht daran glaube!

Röhr kannte das. Ich erwog, ob ich ihn in diesen immer etwas delikaten Glücksbringer-Angelegenheiten besser in Ruhe lassen sollte. Aber mir war doch derweil alles so glückbringend einerlei, oder ich war einfach kekker oder glücksschweinigeliger geworden, und so stach mich der Hafer:

»Das ganze Zeug hilft also auch, wenn man nicht dran glaubt, ja?« fragte ich ihn spitz und neunmalklüger. Er sah mich streng an und fixierte mich über seine Lesebrille hinweg:

»Hiffenmarkt, ich warne Sie! Bei uns in der Gastwirtschaft unten in Grollstadt gibt es den ›Todessitz‹. Warum heißt er Todessitz? Weil alle, die sich da dauerhaft und gern hinsetzen, bald danach sterben! Das hielt einer mal für großen Quatsch und setzte sich erst recht hin. Es war auch ein schöner Platz, der aber natürlich gemieden wurde. Ein halbes Jahr später war der Mann tot! Krebs. Das sind so unerklärliche Gesetzmäßigkeiten, Hiffenmarkt! Glauben Sie mir!«

Dann wurde ich von Knorr wieder gesetzmäßig abgeführt. Und dann saß ich wieder in meiner Zelle am Schreibtischchen unterm *Poeten* und dachte lange an meine toten Saufkumpane unter den Drückerkollegen und wo sie genau gesessen hatten.

»**Wenn ich einen** Menschen schlafen sehe«, sprach Röhr, »oder auch ein Tier, da ist dann kein Unterschied! Und jeder weiß selbst, was es bedeutet, so entrückt zu sein jede Nacht, und wie wir da ganz abhanden im Liegen nach Kraft und Erholung wurzeln! Nicht wahr? Dann fühle ich uns Menschen doch noch der Erde und den Pflanzen verbunden. Beinahe wie ein Baum fühle ich da, Herr Hiffenmarkt! Und dann riecht es auch gleich nach Wiese und Wald, nach Pilz und Moos und auch nach Tod. Aber ganz natürlich! Nun sehen Sie doch bitte einmal nach unten, lieber Herr Hiffenmarkt!«

Ich schaute nach unten aufs Linoleum. – »Ja, und?«

»Da ist die Erde, die Wurzel! Und nun bitte mal nach oben schauen!«

Ich sah an die Decke, und er fuhr fort:

»Über uns, über dem Baum, wir sind jetzt mal beide wie einer, also ein Baum, ja!? Da steht über uns nun der weite, offene Himmel! Die Sonne, der Wind, die Wetter und auch der Mond und die Sterne spielen uns mit, wie so viele astrologisch gesinnten Völker beschwören. So ist unsere ursprüngliche Behausung immer zwischen Himmel und Erde gelegen und schafft uns Nahrung und Gedeihen. Heute kommt das mehr und mehr abhanden. Wir sitzen hier im zweiten Stockwerk zwischen Decke und Boden.«

»Hm.« – Das hatte ich auch bemerkt, mich aber nicht zu bemerken getraut.

»Schlechter Schlaf«, fuhr er fort, »Tabletten, Kunstlicht, Schichtdienst, kein Mond, keine Sterne, Zimmerluft und Fernsehen. Ha!«

Er stand auf und öffnete das Fenster. Dann sahen wir uns gemeinsam in Ruhe die zwei Bäume im Hof an. – Na ja. Immerhin zwei und Frühling …

»**Das Problem** sind die hohen, die reinen Ziele, verehrter Hiffenmarkt!« sprach eines Tages tief atmend Röhr und fuchtelte wie nach Rettung und beschwor etwas: »Dazu noch von den heute üblicherweise aufgedrehten Leidenschaften und Ängsten befeuert, weil es ja immer gleich ums Ganze und mindestens Weltuntergang geht, mit viel Geschrei verbunden. Das ist es ja, was uns schlimmstenfalls in die Straßenschlachten führt.«

Ich sah ihn ratlos an. Er wurde abstrakter. Das mußte er bemerkt haben und sagte:

»Diese Leute, Hiffenmarkt, das will ich damit sagen, die leben alle wie Grenzwächter nach zwei Seiten in einer geradlinigen Zeitanschauung. Können Sie mir folgen?«

»Ich versuche es, Herr Röhr!«

»Also da sind die Menschen für den Moment ihres täglichen Daseins, also immer jetzt eigentlich, in die totale Verantwortung gestellt. Aber diese Leute meinen nun, zwischen eine mangelhafte Vergangenheit und eine gewiß glorreiche Zukunft in eine völlig unzureichende Gegenwart gestellt zu sein. Darum Frontstellung nach vorn und hinten. Horchposten und Tugendwacht. Das bringt Unheil in die Welt.«

»Das sind doch immer nur ein paar Aufgeregte …«

»Und die blasen Panik und Luftschlösser unters Volk und stellen sich ihm gleich als Retter und Führer zur Verfügung! Und schnell schallt dann der Sowjetruf ›*Rastreljat!*‹ durch die Hinterhöfe!«

»Was heißt das denn, Herr Röhr?«

»Erschießen! Hinrichtungsbefehl. Auf russisch.«

Ich sah ihn an, wie ein typischer Spitzweg einen ansieht (weil ich wieder nichts verstand?).

»Wissen Sie, was ›Fürsichblüten‹ sind, Hiffenmarkt?«

»Ja, Pfirsichblüten eben!«

»Ich spreche von *Für-sich-Blüten* und von *An-und-für-sich-Blüten*!«

»Ja, was ist das denn?«

»Ich weiß es noch nicht. Man müßte sich was ausdenken. Gute Wörter sind beide! Die könnten ziemlich was tragen. Sehr tragfähig so was!«

Ich dachte nun auch nach, was sie tragen könnten. Da kam mir eher eine Idee als ihm (was selten ist), und ich gab sie gleich kund:

»Ich schlage vor, Herr Röhr, die Fürsichblüte ist eine hübsche Frau in voller Blüte, die aber für sich bleiben mag und keinen Mann haben will!«

»Hm. Und die Anundfürsichblüte?«

»Das ist eine Täuscherin, die an und für sich gar nicht so schön ist, wie sie scheint, aber nach einem Mann schmachtet und ihn sich angelt, indem sie täuscht und vortäuscht!«

»Wie?«

»Wie die Schmetterlinge mit den Flügelaugen oder die Augen mit Schmetterlingen. Aber mit Pfirsichblüten!« kalkulierte ich kühn.

Er war's zufrieden, nickte nachsinnend. Dann sagte er anknüpfend:

»Neulich habe ich etwas Beachtliches über vernachlässigte Damen gelesen. Da stand, daß sie geil auf Katastrophen sind, weil sie von denen kein Kind bekommen können. Und so liegen sie eben mit dem Unglück anderer Leute und mit den Katastrophen der Welt im Bett und befriedigen sich mit gespreiztem Mitleid. Merkwürdige These, oder, Hiffenmarkt?«

»Ja.«

Beide saßen wir einträchtig da und schauten aus dem Fenster. Knorr versuchte wohl unterdessen sich unsichtbar zu machen oder sich nach draußen zu *beamen* oder zu bleiben, wie und wo er war.

In die Stille schrillte wieder das Telefon. Röhr nahm ab:

»Röhr am Apparat!« Dann wieder »Ja.«, zweimal: »Nein.« Nach dem zweiten »Nein« von Röhr bat mich der zurückgebeamte Wachtmeister Knorr, der einen Wink bekommen hatte, aufzustehen und bis auf weiteres im Vorzimmer zu warten. – Nanu!? Ich durfte wohl nicht mithören … Na dann: Amen! dachte ich. – Was war jetzt wieder los?

Und da rief mich Knorr schon wieder rein, und Röhr verkündete, daß Frohbotschaften danach drängten, verkündet zu werden! – Ich horchte auf.

»Lieber Hiffenmarkt, ich habe erwirkt, daß Sie noch etwas bleiben dürfen!«

»Ach ja!?«

»Ja! Freuen Sie sich? Oder soll der Versuch, von dem ich vor Wochen sprach, gleich starten?«

»Wie lange darf ich denn noch?«

»Wie Sie wünschen. Aber ein Vierteljahr höchstens!«

»Gut, ich nehme zwei Monate, Herr Röhr!«

»Prima! Freut mich!« sagte er, und dann waren die zwei Monate auch gleich wieder um.

10. Kapitel

Papierschlangen

Ein weißer Glanz liegt über Land und Mehr (*over land and more – to go*? – Na logo!). Und duftend schwebt der Äther ohne Wolken. Äh!

»Ihre Ungeduld, lieber Hiffenmarkt, hat unsere gemeinsame Sehnsucht, Ihnen die Freiheit zu erringen und nun aber auch das länger Hierbleiben zu erwirken, oftmals wenig befördert, aber auch nicht behindert. Da sich die Dinge hier freilich sehr kommod beschleunigen, sollen Sie noch bleiben, Geduld üben und weiterhin Zuversicht für Ihr Leben gewinnen! Denn die Freiheit kann schonungslos werden. Sehen Sie ab heute hier alles wie einen Kuraufenthalt an! Sie haben täglich auch zwei Stunden Freigang von jetzt an und dürfen hier durch die Gegend spazieren. Dürfen auch Ihre Frau besuchen. In die Kneipe von mir aus. Aber alles in Maßen, bitte!«

Ich horchte auf und lächelte. Dann sagte ich:

»Am liebsten möchte ich für immer bleiben!«

Er lächelte mild und auch um seine Züge legten sich Freude und Wehmut.

Ja, ich mochte gern hier sein! (Wissen Sie ja längst!) Und ich mochte ihn, den ollen Röhr. Busenfreund Rufus. Genosse Ruff, der Rote. Er hatte mich von Anfang an mit großer Liebenswürdigkeit behandelt und hatte mich im Laufe der Zeit auch von seiner beruflichen Tüchtigkeit überzeugt, die ich eingangs ganz unterschätzt hatte, weil er mir im Verhör ja kaum recht zuhörte. Viel war gewiß auch Taktik seinerseits und Vorgeplänkel gewesen oder einfach nur Zeitschinderei.

»Sie müssen Geduld und Zeit haben!« Das hatte er ja oft schon gesagt, und später dann auch mal: »Die Häftlinge unterschätzen mich für gewöhnlich, verehrter Herr Hiffenmarkt! Weil sie alle denken, wenn nur ich rede, bräuchten sie nichts zu sagen und nichts eingestehen. Das aber beabsichtige ich ja! Sie sollen sich in Sicherheit wiegen. Und wenn ich so daherrede, was ich übrigens gern tue, Hiffenmarkt, Sie wissen das ja, nun, dann lese ich in aller Ruhe ihre so arglosen wie vielsagenden Mienen und Gesten und weiß deshalb bestens Bescheid. Auch von Ihnen weiß ich mehr, als Sie denken, Herr Hiffenmarkt!«

Was Sokrates einst alle Welt so lästig abgefragt hatte, war Mist gegen Röhrs Mäeutik! In den *Kalamitäten* nannte ich sie ehrfurchtsvoll die »Röhrsche Mäeutik«! (Mit ganz viel *Techné.*) Am nächsten Tag bekam ich prompt ein Buch in die Zelle geliefert mit dem Vermerk:

»An Häftling F. Hiffenmarkt, genehm. u. gez. POHK Röhr, 20.4.19«

Es war: ›Georg Luck, *Die Weisheit der Hunde. Texte der antiken Kyniker*, Stuttgart 1997‹ – Donnerwetter! Ein Geschenk von Röhr. Vom »POHK«. Ich darf hier stolz mitteilen, liebe Leser, daß dies Titel und Kürzel sind, für die Rangbezeichnung eines »Polizeioberhauptkommissars«! Man hatte mir – ja uns, verehrte Leser! – also keine subalterne Pfeife beigestellt, sondern den Besten der Besten aufgeboten! Und der wußte mir nun solche Gedanken und Buchwünsche aus der Mimik zu lesen! – Ja, ein so seltsames wie außergewöhnliches Talent war er, der POHK Röhr! Reinste Röhrsche Mäeutik eben! (Mein roter Ruff!)

Mein dauerhaftes Bestreben, erwog ich beim ersten Freigang durch Grollstadt, war im Grunde immer die Versöhnung mit meinem Schicksal, das Einvernehmen mit den Bedingungen, unter denen mein Dasein Gesetz wurde. Es gibt ja auch gar keinen Standort außerhalb der geschöpflichen Bedingungen. Natürlich gab es hierin Kämpfe, Mißglücke, Fehler, unterschiedliche Auswege, Tag und Nacht, aber die endlich vollzogene Einigung und der eine glückselige Tag vor Monaten, allein neben Röhr am Fenster seines Büros, gewährten mir endlich Frieden, in dem Röhr ohnehin immer ruhte. So erreichte ich – ausgerechnet in der Haft! – einen gleichsam metaphysischen Zustand, in dem sich Sein und Dasein umarmen.

Die poetische Form dieses Zustands bei Röhr war der Garten. Das Gartenidyll und die Dichtung, vor allem Hölderlins, Fouqués und Theodor Storms, gewährten ihm den abgeschlossenen Frieden, an dem sich die stürmischen Wellen des Geschehens brachen. So ruhte er fest in sich! Im Ganzen aber und gewissermaßen dienstlich war Röhr ein Feind idyllischer Zustände, weil sie ihn entwaffnet hätten. Die Welt, die er kannte und gut kannte, trägt Züge der Hinfälligkeit und Gebrochenheit, der Tücke und Niedertracht. Diese Einsicht zu besitzen und ertragen zu müssen, war uns beiden gegeben, doch kam sie bei ihm aus erlittener, böser Erfahrung, die er klug parierte, meinem Wesen aber wohnte sie seit je inne, und da, wo er sich aus Schläue dumm stellte, war ich grundlegend dumm und wirkte hierdurch schlau!

So lief ich, auf meinem ersten oder zweiten Freigang, in Gedanken, wie vorbestimmt, an einer Kneipe vorbei, die sich *Zur letzten Runde* nannte – und befand nachher, daß es klug und Vorbestimmung war, daran vorbeizugehen! Denn ich hätte es in der Gaststube vor Frohlocken ganz übertrieben und Ärger bekommen. Überdies hatten meine Überlegungen längst nicht geendet …

Dieses neuerliche Eingeweihtsein machte uns, Röhr und mich, bei aller Verschiedenheit, gleichsinnig und freundlich gegeneinander gesinnt! (Wie Goethe und Schiller oder wie Dick und Doof oder wie *Spiderman* und *Superman*? fragte ich mich bisweilen …) Bei solch einer Weltsicht gibt es keinen Haftpunkt für eine Erquikkung der Seele – außer in den Refugien, den Gärten, bei den Pflanzennamen, den Dichtern und in den *Kalamitäten*. Im Verzicht darauf würde man vollends verzagen. Der Rest ist tägliches Kampfgeschick. Denn das Glück bleibt unzuverlässig, also gilt es, ihm mit Schläue beizukommen. Es brauchte, neben den heimlichen Refugien, die Spannkraft eines Strebens, das jede Niederlage und Enttäuschung zu meistern und in Erfolg zu kehren wußte. Mir gelang das als unscheinbarer Tölpel – ihm, Röhr, als gewandter Überwinder und Kriminalheld.

Röhr obsiegte, durch sein (anfänglich) verhörendes Schweigen und vor allem durch sein *verhörendes* Daherreden, denn nur der hört viel, der entweder nicht viel redet oder auf- und überredet. Er versteckte seine Schwächen und Kräfte hinter einer Vielzahl an Eigentümlichkeiten und Darbietungen; er entzog sich hierdurch fremdem Zugriff, blieb undurchschaubar – und dadurch unschlagbar!

Von mir will ich besser schweigen. Aber vielleicht bin ich (nach seiner Frau?) der erste, der weiß, wer Röhr ist – wobei ich anmerken muß, daß ich es eben nur darum weiß, weil ich weiß, daß man es unmöglich wissen kann! Denn zwar gibt sich mir Röhrs Unergründlichkeit gut zu erkennen und als solche benennen kann ich sie auch – aber niemals ergründen! Und so wie Röhrs Souveränität auf Unbestimmbarkeit beruht, will mir mein Dasein nur gelingen, weil (und wenn) ich mir selbst unergründlich bleibe. – Aber geht es nicht eigentlich jedem so?

Die Fristmonate waren um. Heute, am Donnerstag früh, 25. April 2019, saß ich schon im Büro und erwartete Röhr. Jeden Tag konnte es kommen. Nun, er kam heute mit einer großen Tasche ins Büro, stellte sie auf den Tisch und holte – welch Wunder! welch Überraschung! – die zwei Lehmannschen Geschenkpäckchen hervor. Ich bestaunte sie beide ungläubig. Sie sahen ganz unberührt aus, so wie damals, als sie mir die falsche Renate Lehmann übergeben hatte für den Karl ›Kardinal‹ in Grollstadt – ein Jahr her. Dann setzte sich Röhr und erklärte:

»Lieber Hiffenmarkt! Ich kann es nun nicht länger hinauszögern. Von oben kommt Anweisung! Man hat mir die Buntkarierten ordentlich in Erdfarbe gebadet, das sage ich Ihnen, ha! Man kann keinen Menschen ohne Urteil ewig festhalten, das ist nicht rechtens! Selbst, wenn er bleiben möchte. Also wird es nun zum Versuch kommen, den ich vor Monaten schon ankündigte. Ich bin gezwungen, unser angenehmes Verhältnis hier zu beenden. Vorbei mit der Ruhe! Zwei Monate sind um. Sie hätten drei nehmen sollen!«

Ich sah ihn verlegen an: »Schon gut, Herr Röhr! Sind das da *die* Päckchen?« fragte ich. Ich hatte vermutet, daß damit sonstwas getrieben und untersucht worden war. Aber da lagen sie ganz unberührt und neu wie damals!

»Das sind sie!« beschied er: »Wir werden sie Ihnen morgen übergeben, und dann schicken wir Sie damit nachmittags zum Bahnhof, wo Sie sich bitte zur selben Zeit wie damals, nach dem Eintreffen des Zugs aus Schweinfurt, unter der Uhr aufstellen und auf den Abholer warten.«

»Aber das Treffen ist doch längst verstrichen! War ich etwa damals um ein Jahr zu früh?« fragte ich verdutzt.

»Nein. Das soll jetzt unsere Sorge sein! Ich erkläre das später.«

»**Was sind denn** nun eigentlich für Geschenke oder was sonst da drin verpackt? Darf ich *das* denn wenigstens erfahren! Ich bitte Sie, Herr Röhr! Was ist da drin? Bei aller Freundschaft!« quengelte ich, kniefällig schon …

»Kann ich Ihnen sagen. Im Flaschenkarton steckt eine Flasche guter Badenser Kirschgeist und im anderen Kistchen eine antiquarische Ausgabe von Schillers Tischreden im Schuber. Sonst nichts. Im Zug habe ich es Ihnen damals geweissagt! Ich wußte es damals selbst noch nicht. Berufserfahrung eben! Nichts Verbotenes, nichts Gefährliches. Wir schieben Ihnen da jetzt nichts unter bei unserem Versuch morgen! Gewöhnliche Geschenke nur.«

»Und *darum* hat man mich festgenommen?!« beschwor ich wie wild gen Zimmerdecke, wobei sich mir die Augen (wie weiland dem Boethius) aus ihren Gehäusen preßten! – »Herr im Himmel!« brüllte ich, »Darum!?«

»Nein, nein! Darum doch nicht, Herr Hiffenmarkt! Ich hatte damals im Zug nur schon richtig gefolgert, was drin ist. Wir wußten es ja damals noch nicht und mußten sichergehen und Sprengstoffexperten rufen. Als Sie dann verhaftet wurden und die Päckchen beschlagnahmt waren, haben wir die Sachen natürlich sorgfältig untersucht! Ich war damals im Zug eigentlich schon auf den Fall angesetzt, muß ich bekennen. Direkt vom Urlaub abberufen. Undercover! Wir wissen hier längst, daß Sie ein harmloser, unbescholtener Mann sind, Hiffenmarkt! Und ich weiß es ganz besonders! Sonst hätten wir Sie doch ganz anders angepackt!«

»Und was soll das nun alles, mein Gott!?«

»Sie werden schon sehen. Ein ganz ungefährlicher Vorgang übrigens, den Sie da mitmachen. Außerdem überwachen wir Sie, haben Peilung und Funk bei Ihnen versteckt und in die Geschenke eingebaut. Sollen wir Ihnen auch einen Revolver mitgeben?«

»**Waaas**!? Revolver?« rief ich entsetzt.

»Ihr Einverständnis vorausgesetzt natürlich. Ist an sich unnötig! Ein günstiger Bescheid von Ihnen, Hiffenmarkt, würde meinen Zielrichtungen nur mehr Genauigkeit, Erfolg und uns beiden den Frieden schenken. Also nehmen Sie den, zu Ihrer Sicherheit!«

Ich dachte jetzt nicht viel nach und Röhr hatte mich

sowieso überrumpelt! Allein, ein Revolver konnte auch sonst nützlich sein ... haha! Ihr werdet schon sehen ...

Also: »Gut! Ich mach's. Ich nehme ihn.«

»Sie haben richtig entschieden, Hiffenmarkt! Morgen geben wir Ihnen die Päckchen und den Püster zu Ihrer Sicherheit mit. Obwohl Sie keinesfalls gefährdet sein werden am Bahnhof! Das garantiere ich!« (Er hatte, ganz Unterwelt, »Püster« gesagt!)

»Gesetzt, dieser Mann kommt nun«, sagte ich: »Wer ist das überhaupt? Der ›Kardinal‹ Lehmann? Und wird er nicht mißtrauisch sein? Und wie soll ich dem die Verzögerung um Monate erklären? Das ist doch lächerlich alles!«

»Da denken Sie sich was aus!«

»*Ich* soll mir was ausdenken? Das machen doch gefälligst Sie, Herr Röhr! Oder sonstwer hier!«

»Nein! Ich meinte, Sie bilden sich da zuviel ein. Und wir vertrauen Ihnen, wenn Sie uns jetzt vertrauen! Und zu erklären brauchen Sie gar nichts. Nur die Päckchen übergeben. Und ›Danke!‹ und ›Guten Tag!‹. Das war's dann schon und ganz schnell ab.«

O Mann! Da werde ich im Falle eines Erfolges, dachte ich, übermorgen womöglich schon Röhrs erster Adjutant sein, mit eigenem »Püster« und mit besten Beförderungsaussichten! – Und nebenbei Polizeioffiziersanwärter im Heimstudium!

Endlich doch eine Beamtenlaufbahn – Dietlinde würde staunen! Dann zum Geburtstag (oder Todestag, haha!) einen Nußknacker nach meinem Ebenbilde, schließlich die ehrenwerte Entlassung und Pensionsfeier zusammen mit Röhr und dann auf Wanderschaft mit ihm durch die Fränkische Schweiz! – Leider kein Kloster! Dafür die Frauen dabei.

Gut also, daß ich nicht gezaudert hatte und die Waffe nahm, den »Püster«! Wer weiß, wofür? Ich war gewillt, den Scheiß mitzumachen und notfalls um mich zu ballern ... und basta!

Nächsten Tag schob er mir einen Revolver, den angekündeten »Püster« mit scharfer Munition (schweres Werkzeug übrigens!) und die zwei bunten Geschenke mit harmlosem Inhalt (so Gott will!) über den Tisch. – So harmlos konnte diese Aktion nicht sein!

»Hören Sie gut zu, Hiffenmarkt!« instruierte mich Röhr, als er mir half, den Halfter anzulegen:

»Nicht Blindheit ist es und nicht Unwissenheit, die Menschen und Staaten verderben. Nie bleibt ihnen verborgen, wohin die eingeschlagene Bahn sie führen wird. Sie lernen aus Fehlern und verlernen alles wieder. Es ist ihnen ein Drang, von Natur aus und von Gewohnheit verstärkt, dem sie nicht widerstreben und der sie weiter vorwärts reißt, solange sie noch einen Rest von Kraft haben. Also marschieren sie weiter von Übel zu Übel, von Lust zu Lust, von der Mutter zum Großvater und dann auf den Tod zu. Sie aber, verehrter Hiffenmarkt, marschieren nun in staatlichem Auftrag auf ein Bundesverdienstkreuz zu und machen, verflucht noch mal, alles richtig jetzt, auf mein Kommando! Verstanden?!«

»Jawoll!«

Wir lachten gewaltig! – Nichts kann mir ja mehr Freude bereiten, als daß mein Werk in dieser Hinsicht hilfreich und für recht befunden wird.

11. Kapitel

Revolver

Ein kluger Mann, der ein großer Naturwissenschaftler war – zu einer Zeit, als solche Leute viel mehr konnten, als nur wissenschaftlich denken, nämlich Cello spielen und Hegel lesen, und als sie noch sehr viel klüger waren als die Besten heute! –, der schrieb einmal:

»Bald sanft dahinfließend, bald anmuthig hüpfend, bald heftig aufgeregt, von den Naturlauten der Leidenschaft durchzuckt oder gewaltig arbeitend, überträgt der Fluß der Töne ungeahnte Stimmungen, die der Künstler seiner eigenen Seele abgelauscht hat, in ursprünglicher Lebendigkeit in die Seele des Hörers, um ihn endlich in den Frieden ewiger Schönheit emporzutragen, zu dessen Verkündern unter den Menschen die Gottheit nur wenige ihrer erwählten Lieblinge geweiht hat. Hier aber sind die Grenzen der Naturforschung und gebieten mir Halt.«

Und mir auch! – Um es kurz zu machen: Ich lief mit den Päckchen und meinem Revolver zum Bahnhof, stellte mich unter die Uhr und wartete. – Der Mann kam wieder nicht. Ich lief nach einer halben Stunde zurück ins Revier, gab Revolver und Päckchen ab (und kündigte fristlos). Dann räumte ich meine Zelle, nahm den *Poeten* ab und ließ ihn gerollt am Schreibtisch (für meinen Nachfolger) liegen. Dann packte ich meine *Kalamitäten* zusammen. Meine Zelle war schon seit Tagen nicht mehr verschlossen. Ich lief ganz aufgelöst raus und rein.

Betrübt setzte ich mich noch eine halbe Stunde lang aufs Bett, strich über die Decke hin und über die Inschrift »Haftanstalt Grollstadt-Sauger«. Ich sah mich schluchzend um. Und sah aus dem Fenster. – Da saß meine liebe Vogelschar mit bangen Äuglein auf allen Ästen und sah mir bekümmert zu. – Ob die wohl mitunter, kam mir in den Sinn, vom meinen Kotbrummern genascht hatten und nun auch Bescheid wußten und Erleuchtung genossen?

Wachtmeister Knorr trat in meine Zelle und sprach wie folgt:

»Herr Hiffenmarkt?! Darf ick Sie ma kurz störn?«

»Ja, bitte, Herr Knorr?!«

»Hauptkommissar Röhr hat verfücht, det Se nu jehn könn, Herr Hiffenmarkt! Frei sind Se nu! Ick will Sie noch saren, det ick Ihre Hefte und allet jelesen habe, weil der Hauptkommissar hat et so verfücht. Und dit hat mir sojar jefallen, wat Se da schreibm! Da wußt' ick doch gleich, det Sie 'n Unbescholtna sint! Ick kenn' mir aus hier!«

»Sie haben das alles gelesen, Herr Knorr?« fragte ich entsetzt. (Der »justizministeriale Besenschrank« fiel mir siedend ein!)

»Stückeweis nachts, wenn ick Ihre Schriftn heimlich uff Ihre Zelle beschlachnahmt hab'. Also denn aba hintaher.«

»Das habe ich nie bemerkt!«

»Nee, weeß ick! Ick weeß, wie man dit macht!«

»Und Herr Röhr hat *auch* alles ...?

»Ja doch! Erst immer Herr Hauptkommissar hat et jelesen und denn icke. Er wollte 'ne zweite Meinung!«

»Das haben Sie *alles* gelesen?« rief ich entgeistert.

»Nu, sachte! Wer Buddenbrocks schafft, na, der schafft och ditte! Und ick sach ja, schlecht fand ick et nich! Und der Herr Hauptkommissar Röhr och nich!«

Wir sahen uns eine Weile lang merkwürdig an. Dann sagte Knorr noch:

»Übrijens heiße ick Knoll, Wachtmeister Knoll mit zwei L! Und nich Knorr, wie Sie imma schreiben!«

»Knoll?«

»Knoll, ja!«

(Knollplatz, haha! dachte ich – Schweinfurt! Oje!)

»Entschuldigen Sie, Herr Wachtmeister Knoll! Kommt nicht wieder vor!«

»Is schon jut!«

Auf dem Flur zum Ausgang unten kam Röhr auf mich zu und wünschte mir alles Gute!

»Darf ich noch etwas wissen, Herr Röhr?«

»Was denn, Hiffenmarkt?«

»Warum wurde ich verhaftet?«

»Wir haben dadurch diese Leute auffliegen lassen. Die Lehmanns. Geheimdienste waren mit im Spiel. Sie waren eine wichtige Schachfigur, ein Täuschungsmanöver. Die Lehmanns haben gedacht, wir verdächtigen allein Sie und sperren Sie ein. Ich muß ansonsten schweigen. Nach zehn Jahren darf ich reden. Leben Sie wohl, Hiffenmarkt!«

»Ja, und Renate Lehmann und der Karl ›Kardinal‹ Lehmann, der wieder nicht kam? Wer sind die?«

»Die heißen ganz anders. Schlechte Leute. Aber mehr darf ich nicht sagen.«

Dann war er weg. Und ich stand da. Ohne Rufus. Ohne Röhr.

Wir sahen uns nie wieder. – Worüber ich oft traurig bin. Über die offenen Fragen und die Hintergründe der Angelegenheit habe ich nie etwas erfahren können, und ich weiß bis heute nicht, warum man mich so lange in Haft behielt. Vielleicht hatte auch Röhr Gefallen an mir gefunden und wollte mich ungern gehen lassen? Vielleicht war es auch Fügung und Röhrs höhere Aufgabe bestand darin, mich endlich zu läutern? zu erleuchten?

Interessant auch, daß ich in Schweinfurt damals wieder mal an eine schöne Frau mit schlechtem Charakter geraten war. Das hatte es schon oft gegeben bei mir! Nur meine Dietlinde war schön *und* im Herzen gut! (Wahrscheinlich gehörte sie zum ersten Akt des Röhrschen Läuterungsauftrags?)

Vor dem Revier stand sie dann auch, mein Dietelchen! – Hübsch wie nie! Sie hielt das Nili im Arm, beide freuten sich sehr! Und sprangen mich beinahe um!

Die Dicke aber war unterdessen verstorben und gen Himmel gefahren, kraft eines verschluckten Kartoffelchips, haha! – Nun, traurig und schade war's doch! Und welche gleichgewichtigen Menschen und wie viele Wiedehopfs (vulgo: Widehupfs und ›Frowaldis *Upupa epops*‹) sie noch hätte beglücken können – schade drum! Ruhe in Frieden, dicke Moni!

Die Bürsteninnung aber hatte mich zum ›Mann des Jahres 2018‹ gekürt, was stets im folgenden Jahr, jetzt also bald gefeiert wurde! Es sollte zweitausend Euter zum Bürstenband-Orden hinzugeben und einen Gala-Festabend im Hamburg-Hüpfburger ›*Congresscentrum* am Hafen‹, dem ›HCC‹, wo unser Erwin das Kompetenzzentrum hochbrachte und aufgerückt war stadtweit zum *»DJ Erwin«* und als solcher Furore (und sicher auch viel Krach) machte. Er war für mein Fest engagiert! Friedemann aber war zum Pauken- und Schlagzeugwart an der Berliner Philharmonie ernannt worden und durfte im Pausenbrot- und Auffrischungsraum neben dem Hornisten Klaus Wallendorf sitzen – wer den kennt, weiß, was das bedeutet!

Überdies übergab mir Dietlinde einen an mich adressierten amtlichen Brief, der mir ein »Wiedergutmachungsgeld« (Sechshundertundetwas) und endlich Ruhe verhieß! – Sie wissen längst davon, Leser!

Seit ich der Welt überdrüssig wurde, wurde sie es meiner zunehmend auch! Feinde indes werden wir nicht, allenfalls Gegner, die sich im Streite widerstrebig zwar, aber *doch* stets vereinen. – Was bleibt mir auch übrig? Sieger im Kampf zwischen ihr und mir wird letztlich die Welt sein, spätestens wenn ich ganz am Ende bin und sterbe und sie meinen Staub schluckt und über die Felder bläst.

Aber ich werde mit diesen Zeilen noch etwas in den Weltenstaub gezeichnet haben, der obzwar künftig verweht sein, vorerst aber dauern oder wenigstens mich eine Weile noch überdauern wird. So kann diese Schrift dann in kalten Nächten künftig ein wenig fröhlichen Nebel zwischen Mond und Erde hauchen und die Nachfahren aufklären oder aufheitern. – Hoffe ich jedenfalls!

Und nun reicht es! Die *Kalamitäten* sind vorerst (mit Band 11, Jg. 2019) abgeschlossen. Und wer mir und meinen Lesern mehr als vierhundertachtundfünfzig Seiten zumutet (wie es Volumenromane tun), den meide und verbelle ich! – Wir haben auch anderes noch zu tun! Und ich muß nun wieder das Dietelchen tätscheln und ihr beispringen, hähä! Und auch das Nili muß ich wieder mehr herzen – als geläuterter und geheilter, als besserer Mensch nun (und ›Ex-Knacki‹)!

So stand ich anderntags da. Freier Mann. Leichter Regen. Gutes Wetter zum Reden! Am Bahnhof Grollstadt-Sauger hatte ich nie geredet – zu heikel! Sollte ich es heute wagen? Ich sah erst hinauf nach Sauger und zum Annaberg, wo es sich oben wohl entspannt hatte, und dann rief ich:

»Grollstadt-Sauger, du altes Drecksloch! Da hast Du mich wieder. Und ich werde Dir nun was erzählen!«

Und dann brüllte ich: »Es begab sich aber …«

Und wieder achtete meiner kein einziger Mensch.

Aber – ich war frei!

Na ja.

ENDE

Gegenwartsliteratur
in der edition suhrkamp
Eine Auswahl

Bernd Cailloux. Der gelernte Berliner. Sieben neue Lektionen. es 2563. 251 Seiten

Ann Cotten. Verbannt! Versepos. es-Sonderdruck. 168 Seiten

J. D. Daniels. Die Korrespondenz. Übersetzt von Frank Jakubzik. es 2713. 121 Seiten

Andrej Gelassimow. Durst. es 2624. 115 Seiten

Mark Greif. Bluescreen. Essays. es 2629. 231 Seiten

Durs Grünbein. Die Bars von Atlantis. Eine Erkundung in vierzehn Tauchgängen. es 2598. 60 Seiten

Frank Jakubzik. In der mittleren Ebene. Erzählungen aus den kapitalistischen Jahren. es 2707. 160 Seiten

Thomas Kapielski
- Mischwald. es 2597. 347 Seiten
- Neue Sezessionistische Heizkörperverkleidungen. es 2680. 214 Seiten
- Je dickens, destojewski! Ein Volumenroman. es 2694. 458 Seiten
- Leuchten. A- und So-phorismen. es 2738. 160 Seiten

Natalja Kljutscharjowa. Dummendorf. Übersetzt von Ganna-Maria Braungardt. es 2640. 140 Seiten

NF 1094/1/10.17

Christiane Körner (Hg.). Das schönste Proletariat der Welt. Junge Erzähler aus Russland. es 2637. 210 Seiten

Detlef Kuhlbrodt
- Morgens leicht, später laut. Singles. es 2517. 124 Seiten
- Umsonst und draußen. es 2584. 199 Seiten

Thomas Meinecke. Ich als Text. Frankfurter Poetikvorlesungen. es 2651. 349 Seiten

Herta Müller. Lebensangst und Worthunger. es 2620. 53 Seiten

***n+1*-Research (Hg.).** Ein Schritt weiter. Die *n+1*-Anthologie. es 2539. 292 Seiten

Albert Ostermaier. Fratzen. Blaue Spiegel. Stücke. es 2587. 155 Seiten

Carmen Pinilla/Frank Wegner (Hg.). Verdammter Süden. Das andere Amerika. Übersetzt von Frank Wegner. es-Sonderdruck. 315 Seiten

Andrzej Stasiuk. Tagebuch, danach geschrieben. Übersetzt von Olaf Kühl. es 2654. 176 Seiten

John Jeremiah Sullivan. Pulphead. Vom Ende Amerikas. Übersetzt von Thomas Pletzinger und Kirsten Riesselmann. es-Sonderdruck. 416 Seiten

Uwe Tellkamp. Die Sandwirtschaft. Anmerkungen zu Schrift und Zeit. Leipziger Poetikvorlesung. es-Sonderdruck. 163 Seiten

NF 1094/2/10.17

Kate Tempest
- Hold Your Own. Gedichte. Übersetzt von Johanna Wange. es 2706. 200 Seiten
- Brand New Ancients / Brandneue Klassiker. Lyrik. Übersetzt von Johanna Wange. es 2733. 112 Seiten

Kevin Vennemann. Sunset Boulevard. Vom Filmen, Bauen und Sterben in Los Angeles. es 2646. 184 Seiten

Raul Zelik. Der Eindringling. Roman. es 2658. 288 Seiten

Serhij Zhadan. Big Mäc. Geschichten. es 2630. 227 Seiten

NF 1094/3/10.17